Wulf Dorn • Mein böses Herz

© Isabelle Grubert

DER AUTOR

Wulf Dorn, Jahrgang 1969, schreibt seit seinem zwölften Lebensjahr. Seine Kurzgeschichten erschienen in Anthologien und Zeitschriften und wurden mehrfach ausgezeichnet. Mit seinem Debütroman *Trigger* gelang ihm sofort ein Bestseller, die Verfilmung des Romans befindet sich in Vorbereitung. Inzwischen wurden seine Romane in zahlreiche Sprachen übersetzt.

Mehr über den Autor unter www.wulfdorn.net

Mehr über cbj und cbt auf Instagram unter @hey_reader

Von Wulf Dorn sind bisher bei cbt erschienen:
Mein böses Herz (30891)
Die Nacht gehört den Wölfen (31178)

Wulf Dorn

MEIN BÖSES HERZ

Sollte diese Publikation Links auf Webseiten Dritter enthalten, so übernehmen wir für deren Inhalte keine Haftung, da wir uns diese nicht zu eigen machen, sondern lediglich auf deren Stand zum Zeitpunkt der Erstveröffentlichung verweisen.

Dieses Buch ist auch als E-Book erhältlich.

Verlagsgruppe Random House FSC® N001967

5. Auflage
Erstmals als cbt Taschenbuch März 2014

Wulf Dorn ist ein Autor der AVA international GmbH
Autoren- und Verlagsagentur
www.ava-international.de
Umschlaggestaltung: *zeichenpool, München,
unter Verwendung eines Motivs von © shutterstock
(dinadesign, Neil Lang)
he · Herstellung: mh
Satz: KompetenzCenter, Mönchengladbach
Druck und Bindung: GGP Media GmbH, Pößneck
ISBN: 978-3-570-30891-2
Printed in Germany

www.cbj-verlag.de

Für Cinderella

und für
Jörg, Conny, Lilli, Christoph,
Dennis und Dismas

»Das Böse lebt nicht in der Welt der Dinge.
Es lebt allein im Menschen.«

Chinesische Weisheit

»If everything could ever feel this real forever.
If anything could ever be this good again.«

»Everlong«
FOO FIGHTERS

»Devil inside, devil inside,
every single one of us the devil inside.«

»Devil inside«
INXS

SCHWARZE ERINNERUNG

Was hast du getan, Doro? Was hast du nur getan ...?

Da war jemand. Ein Eindringling, hier bei mir im Zimmer. Noch bevor ich die Augen aufschlug, spürte ich seine Gegenwart.

Kalt.

Finster.

Böse.

Sieh mich an, Doro!

Diese Stimme, so dunkel und verzerrt, sie konnte unmöglich zu einem Menschen gehören. Eher zu einem ...

Nein, mein Verstand konnte kein Bild dazu formen. Alles, was er mir zeigte, war ein abgrundtiefes Schwarz. Was immer dieses Etwas auch sein mochte, war für mich unbeschreiblich. Ich konnte nur fühlen, wie böse es war.

Los doch, sagte die Stimme bedrohlich leise. *Sieh schon her! Worauf wartest du noch?*

Ich bekam keine Luft. Mein Körper war wie versteinert. Ich starrte auf meine Finger, die sich in die Bettdecke verkrampft hatten, während das Etwas hinter mir näher kam.

Seine Füße streiften kaum hörbar über den Teppich und mit jedem seiner Schritte wurde mir noch kälter. Als es dann unmittelbar hinter mir stand, ließ meine Lähmung nach, und ich begann, am ganzen Leib zu zittern, wie bei einem Schüttelfrost.

Du fürchtest dich vor mir, stellte das Etwas fest und kicherte.

Dabei bist du es doch selbst, vor der du dich fürchten solltest. Nicht wahr, Doro?

Wieder das Kichern. Als ob Hagel auf ein Blechdach prasseln würde. Dann beugte es sich zu mir herab.

Ich wollte aufspringen, es abwehren, schreien – doch das ging nicht. Meine Angst vor dem, was ich zu sehen bekommen würde, war viel zu mächtig.

Ich wusste, wenn ich mich zu ihm umdrehte, würde ich vor Entsetzen verrückt werden. Also konnte ich nur daliegen, zitternd und hilflos.

Wir beide wissen, was du getan hast, raunte die Stimme mir zu, und ich fühlte ihren eisigen Hauch auf meiner Wange. *Noch ist es unser hässliches kleines Geheimnis. Aber was wirst du tun, wenn die anderen davon erfahren? Was werden sie dann von dem lieben, netten Mädchen denken?*

»Lass ... mich ... in Ruhe!«

Es kostete mich unglaubliche Anstrengung zu sprechen. Jedes meiner Worte hörte sich verwaschen an, wie das Lallen einer Betrunkenen.

Nein, hauchte das Etwas, *ich werde dich nie wieder in Ruhe lassen. Nie wieder, verstehst du? Du hast mich in dein Leben gelassen und deshalb gehöre ich jetzt zu dir.*

»Nein.« Ich schluchzte. »Geh weg! Lass ... mich.«

Wie du willst, sagte das Etwas. *Für den Augenblick. Aber ich werde wiederkommen. Wieder und wieder und wieder. Bis du zu dem stehst, was du getan hast. Niemand entkommt seinen Taten, Doro. Auch du nicht!*

Auf einmal ließ die Kälte nach. Das Ding war fort. Es war ebenso plötzlich verschwunden, wie es gekommen war.

Weinend schreckte ich aus dem Albtraum hoch. Er war mir so realistisch vorgekommen, dass ich für einen Augenblick glaubte, ich würde die Fußabdrücke des Wesens auf dem Teppich sehen können.

Doch da war natürlich nichts. Nur das grüne Velours, auf das die Junisonne, die durch die Jalousie fiel, ein Streifenmuster warf.

Mein Wecker zeigte fünf vor acht. Von unten hörte ich das Klappern von Geschirr und gleich darauf die Stimmen meiner Eltern.

»Gerne«, rief Paps aus dem Bad und übertönte mit seinem kräftigen Bariton das Summen des Rasierapparats. »Zwei, bitte. Hart gekocht. Die kann ich heute brauchen.«

Aus der Küche drang Mums Lachen zu mir herauf.

An jedem anderen Sonntagmorgen hätte mich dieser frühe Lärm genervt, ich hätte mir die Bettdecke über die Ohren gezogen und weitergeschlafen. Heute war ich zum ersten Mal dankbar für die Störung.

Ich sprang aus dem Bett, schlüpfte in Jeans und T-Shirt und ging nach unten.

Mum stand in der Küche und löffelte Kaffeepulver in den Automaten. »Buon giorno, cara. So früh schon auf?«

Sie lächelte mich an und im Licht der Morgensonne glänzte ihr schwarzes Haar mit ihren bernsteinbraunen Augen um die Wette.

Jeder Mensch hat seine eigene Farbe und die meiner Mutter ist eben dieses wundervolle Goldbraun ihrer Augen. Ihre Eltern waren Sizilianer, und meine Großmutter hat immer gesagt, Italienerinnen seien die stolzesten und schönsten Frauen der Welt. Ich weiß nicht, ob das wirklich auf alle zutrifft, aber bei meiner Mum hat sie auf jeden Fall recht gehabt.

Mum zwinkerte mir zu. »Bist du noch sauer wegen gestern?«

»Wegen gestern?« Ich schüttelte den Kopf. Im Augenblick war ich viel zu froh, aus dem Albtraum erlöst zu sein, um mich an gestern zu erinnern. »Nein, ich bin nicht mehr sauer.«

Mum schmunzelte. »Das freut mich, cara mia. Dann vergessen wir unseren Streit wohl am besten.«

»Ja, natürlich«, sagte ich und versuchte, mich zu erinnern, doch irgendwie gelang es mir nicht. Alles, was ich von gestern Abend noch wusste, war, dass wir uns angeschrien hatten. »Ich habe wohl ziemlich heftig reagiert, was?«

»Du hast eben Omas Temperament geerbt. Und jetzt Schwamm drüber.«

»So ist das also«, sagte Paps, der hinter mir in die Küche kam. Er beugte sich zu mir herab und drückte mir einen Kuss auf die Wange. Ich roch sein Aftershave, auf dessen Fläschchen *kristallfrisch* stand. Ein Geruch, bei dem ich jedoch nicht an Kristalle denken musste, eher an Elfenbein. Das war die Farbe meines Vaters. »Wenn du das Aussehen von deiner Mutter und das Temperament von deiner Großmutter geerbt hast, was hast du dann von mir mitbekommen?«, fragte er.

»Den Zweitnamen deiner Mutter«, sagte ich und wischte mir den Elfenbeingeruch von der Wange.

Wie so oft, wenn ich zu ihm aufsah, fragte ich mich, warum ich es nur auf einen Meter zweiundsechzig geschafft hatte, und kam mir wieder einmal wie der Zwerg der Familie vor.

Paps war ein großer schlanker Mann mit einem kantigen Gesicht und tief liegenden blauen Augen. Er fuhr sich mit den Fingern durch das nasse braune Haar und musterte mich mit gespielter Ernsthaftigkeit. »Ich verstehe gar nicht, dass du den nicht magst.«

»Na, komm schon, Paps. Welches Mädchen will schon gern *Dorothea* heißen?«

»Du offenbar nicht.«

»Nein, ich finde den Namen spießig.«

»Ich weiß«, entgegnete er schulterzuckend, »aber deine Mutter mochte ihn. Nicht wahr, Schatz?«

Die Eieruhr rettete Mum vor einer Antwort. »Doro, Liebling, sei so gut und sieh nach deinem Bruder. Er ist bestimmt schon wach.«

»Och Mann, immer ich. Kann denn nicht Paps mal nach ihm sehen?«

Es war jeden Morgen das Gleiche. Allein schon der Gedanke an das schreiende kleine Monster machte meine gute Stimmung wieder zunichte. Nicht dass ich meinen eineinhalbjährigen Bruder nicht liebte, aber es nervte mich, ständig als Babysitter für »unser Nesthäkchen«, wie Tante Lydia ihn nannte, herhalten zu müssen.

Sicherlich hatte Kai sich wieder in die Windeln gemacht und ich hasste diesen Geruch auf nüchternen Magen.

»Ich bin bereits zum Brötchenholen abkommandiert worden.« Paps wedelte mit dem Autoschlüssel. »Also tu brav, was deine Mutter sagt. Vergiss nicht, dass auch sie das Temperament deiner Großmutter geerbt hat. Und noch dazu den Sturkopf deines Großvaters.«

»Ihr beiden seid unmöglich«, sagte Mum und lachte. »Und jetzt ab mit euch, die Eier werden kalt.«

Paps und ich wechselten einen kurzen Blick, dann mussten wir ebenfalls lachen.

Damals wusste ich es noch nicht, aber es sollte der letzte glückliche Moment in unserem Familienleben sein.

Die Erinnerung an das, was danach geschah, erscheint mir irgendwie dumpf und verzerrt. So wie man etwas wahrnimmt, wenn man den Kopf unter Wasser hält.

Ich kann weder Mum in der Küche hören noch den Motor unseres Autos, als Paps aus der Garage fährt. Stattdessen ist da ein hoher monotoner Laut, der meinen Kopf ausfüllt. Es ist schon viele Jahre her, dass ich einmal sehr hohes Fieber hatte. Auch damals war da dieser Ton gewesen. Eine Art Schwingen und Summen, die nur schwer zu beschreiben ist. Vielleicht am ehesten wie die Laute, die man unter Stromleitungen auf einem freien Feld hören kann.

Ich stehe im Flur und sehe zum Obergeschoss hinauf. Sonnenlicht fällt durch die Fensterwand auf die Stufen und taucht alles in ein unwirkliches Licht. Ja, es ist wie ein Fiebertraum.

Aus irgendeinem unerklärlichen Grund möchte ich nicht dort hinauf, aber dann gehe ich doch die Treppe hoch. Ich spüre die Teppichmatten unter meinen nackten Füßen. Die festen, engen Maschen. Fast ist es, als wollten sie mich zurückhalten.

Geh nicht weiter, sagt etwas in meinem Kopf. *GEH NICHT WEITER!*

Kais Zimmer liegt am Ende des oberen Stockwerks. Nachdem ich die Hälfte der Treppe hochgestiegen bin, kann ich den Hampelmann aus Pappe an der Tür sehen. Er leuchtet so hell, dass mich seine Farben blenden.

Ich blinzle und gehe zögerlich weiter. Dabei lausche ich durch den Summton in meinem Kopf hindurch nach Kais Stimme. Doch alles hier oben ist still.

Er muss uns doch unten in der Küche gehört haben. Warum schreit er dann nicht wie sonst?

Der Gang vor der Tür zieht sich unwirklich in die Länge, und plötzlich verschwindet das Sonnenlicht, als habe sich eine dunkle Wolke vor das Fenster geschoben.

Noch immer ist da diese warnende Stimme in meinem Kopf, die nicht möchte, dass ich weitergehe.

Aber trotzdem nähere ich mich Kais Zimmer. Schritt für Schritt. Ich kann einfach nicht anders.

Ich lege die Hand auf die Klinke und drücke sie vorsichtig nieder. Dann betrete ich das Halbdunkel des Kinderzimmers. Auch hier ist es unheimlich still. Vor mir sehe ich Kais Gitterbettchen. Das Mobile mit den bunten Disneyfiguren, das wie erstarrt von der Decke hängt.

»Kai«, flüstere ich. »Kai, bist du wach?«

Die Stille schnürt sich wie ein Band um meine Brust.

»Kai«, sage ich noch einmal, diesmal lauter. »He, kleiner Schreihals, was ist los mit dir?«

Er antwortet nicht.

Ich erkenne seine Umrisse unter der Sommerdecke, starre auf das Muster mit den lachenden Elefanten, die über den blauen Stoff tanzen. Doch Kai selbst bewegt sich nicht.

Irgendwoher weiß ich, dass es jetzt an der Zeit wäre, umzukehren und wegzulaufen, aber etwas zieht mich näher zum Bettchen meines kleinen Bruders hin.

Dann stehe ich am Gitterrand, sehe zuerst zum Fußende, wo Kais großer Plüschhase mit der Latzhose zu mir empor grinst. Alles in mir sträubt sich dagegen, zum anderen Ende des Bettchens zu sehen. Ich presse die Augen zu, so fest ich nur kann.

»Kai«, höre ich mich selbst sagen, »bitte ...«

Aber da ist noch immer nur diese hässliche, böse Stille.

Ich habe ihm den Kopf zugewandt, schlucke, und dann öffne ich langsam die Augen.

Vor mir liegt Kai und starrt mich an. Seine Augen sind ebenso leblos wie die des grinsenden Latzhosenhasen. Aber Kai grinst nicht.

Er ... er ...

Sein Gesicht! Oh mein Gott, sein Gesicht!

Und dann endlich kann ich schreien.

Seit jenem Tag hat sich mein Leben von Grund auf verändert. Nichts ist mehr so, wie es war.

Sie brachten mich in eine Klinik und ich hatte viele Gespräche mit Psychiatern und Therapeuten. Sie wollten, dass ich mich erinnere, was in der Nacht vor Kais Tod geschehen ist. Aber es geht nicht. Statt Bildern klafft an dieser Stelle ein großes schwarzes Loch in meinem Gehirn, und irgendwo in diesem undurchdringlichen Dunkel höre ich die Stimme des unheimlichen Wesens flüstern. Tief, verzerrt und bedrohlich.

Was hast du getan, Doro? Was hast du nur getan ...

Ich weiß es nicht.

Wirklich, ich weiß es nicht.

Alles, was ich von dieser Zeit in Erinnerung behalten habe, lässt sich am besten durch einen Kalenderspruch ausdrücken, den meine Zimmernachbarin in der Klinik über ihrem Bett hängen hatte:

Erst wenn wir alles verloren haben, verstehen wir, was es uns wirklich bedeutet hat.

Teil 1

FREAK

1

Vierzehn Monate später

»Herrje, was ist das denn?«

Mum trat so heftig auf die Bremse, dass ich nach vorn geworfen und gleich darauf schmerzhaft vom Sicherheitsgurt zurückgerissen wurde.

»Autsch!«

Irritiert sah ich zu Mum. Ich war auf der Fahrt eingenickt gewesen und nun schlug mir das Herz vor Schreck bis zum Hals.

»Du meine Güte«, stieß Mum hervor, ohne mich anzusehen.

»Was ist denn los?«

Ich blinzelte gegen das grelle Sonnenlicht an. Mühsam konnte ich die Autoschlange ausmachen, die sich keine fünfzig Meter vor uns auf der Landstraße staute.

»Ein Unfall?«

»Irgendetwas brennt da vorn.«

Mum zeigte zum Anfang des Staus, doch die tief stehende Sonne blendete viel zu sehr. Es kam mir vor, als versuchte ich, Details auf einem überbelichteten Foto zu erkennen.

Ich hob meine Sonnenbrille auf, die bei Mums abruptem Bremsmanöver in den Fußraum gefallen war, und dann sah auch ich die schwarze Rauchsäule, die kerzengerade zum wolkenlos blauen Himmel aufstieg.

Um uns herum flackerten Kornfelder und Wiesen in der drückenden Spätnachmittagshitze. Grillen zirpten und über der hügeligen Landschaft lag der süßlich schwere Sommergeruch von Beerensträuchern, trockenem Gras und Getreide.

Ich wischte mir den Schweiß von der Stirn. Mein T-Shirt klebte mir am Leib und ich sehnte mich nach einer kalten Dusche. Mums alter Punto hatte noch keine Klimaanlage und ich kam mir vor wie ein Backhähnchen im Ofen.

»Wo sind wir eigentlich?«

»Kurz vor Ulfingen.« Da es nicht weiterging, stellte Mum den Motor ab und reckte den Kopf aus dem Fenster. »Sieht aus, als würde da vorn ein Feld brennen. Oder was meinst du?«

»Na prima«, murmelte ich und sah mich nochmals um. Weit und breit kein Haus. Nur Hügel, Felder und Felsen. Ich seufzte. Das sollte nun also meine neue Heimat werden. »Echt großartig.«

Ich musste an den Aufkleber denken, den mir Bea einmal geschenkt hatte – damals, als wir noch Freundinnen gewesen waren:

FAHLENBERG IST NICHT DER ARSCH DER WELT, ABER MAN KANN IHN VON HIER AUS SCHON SEHR GUT ERKENNEN.

Wer immer sich diesen Spruch ausgedacht haben mochte, hatte bestimmt vom Fahlenberger Kirchturm in die Richtung gesehen, in der irgendwo Ulfingen lag – Ulfingen, und sonst nichts außer dieser Einöde.

Hinter den sieben Bergen, bei den sieben Zwergen, dachte ich, konnte aber nicht wirklich darüber lachen.

»Warum musstest du ausgerechnet hierher ziehen, Mum?«

Mum lehnte sich wieder in ihren Sitz zurück, nahm die Straßenkarte vom Armaturenbrett und wedelte sich damit Frischluft zu. Dann wandte sie mir ihr Gesicht zu.

»Weil ich hier einen Job gefunden habe, ganz einfach.«

Ich sah mein Spiegelbild in den großen Gläsern ihrer Sonnenbrille: ein verschwitztes Mädchen, dessen kurze schwarze Haare in der Stirn klebten und das mit frustriertem Gesicht zu mir zurückblickte.

»Ich weiß«, sagte ich und seufzte. »Aber es hätte doch bestimmt auch andere Jobs gegeben. In diesem Nirgendwo will doch keiner tot überm Zaun hängen.«

»Nun hab dich nicht so, Schätzchen. Dir wird es hier bestimmt noch gefallen, wirst sehen. Ist ein schmuckes kleines Fleckchen, fast wie damals bei Oma in Cefalù.«

»Kleinsizilien auf der Schwäbischen Alb? Kann ich mir nur sehr schwer vorstellen.«

»Wo bleibt denn deine Fantasie, cara?«

Ich griff ihre Hand mit dem provisorischen Fächer und drehte sie so, dass sie auch mir etwas Luft zuwedelte. Viel brachte das allerdings nicht.

»Im Augenblick versteckt sich meine Fantasie vor der Hitze.«

Ich dachte an den Prospekt der Berliner Kunsthochschule, den ich gleich nach meiner Ankunft im neuen Haus an einer auffälligen Stelle platzieren würde, so wie in meinem ehemaligen Zimmer.

Dieser Prospekt war mein *Nicht-mehr-lange*-Motivator, der mir über die Tage hinweghalf, an denen ich glaubte, im Kleinstadtelend ersticken zu müssen.

Berlin war mein großes Ziel. Ich wollte endlich raus aus der spießigen Welt der Kaninchenzüchter, Blaskapellen und Kleingartenvereine, hinein ins pulsierende Großstadtleben.

Dort würden mich interessante Menschen erwarten, andere Kulturen, riesige Bibliotheken, Kunstausstellungen, Livekonzerte und Multiplex-Kinos mit Leinwänden, so groß wie die Außenfassaden der Dorfkinos, die ich bisher kannte.

Es würde ein Leben werden, von dem wohl jede Sechzehnjährige – *fast Siebzehnjährige!* – träumt.

Alles, was ich für diesen Neustart brauchte, war ein gutes Abi, und daran hatte ich die letzten Monate hart gearbeitet – trotz allem, was im vergangenen Jahr passiert war. Und bis es endlich geschafft war, musste ich einfach noch ein wenig durchhalten.

»Hier, trink etwas.«

Mum reichte mir die Flasche von der Rückbank. Das Mineralwasser war inzwischen lauwarm geworden und schmeckte übel.

»Hast du heute schon deine Tabletten genommen, cara?«

Ich verdrehte die Augen. »Ja, Mum.«

»Und du hast wirklich mit deinem Arzt wegen der Anschlusstherapie gesprochen?«

»Ja, hab ich.«

»Hast du auch an den Überweisungsschein gedacht?«

»Himmel, ja doch! Nun fang nicht schon wieder damit an.«

Sie nahm ihre Sonnenbrille ab und lächelte verlegen, weil sie mich nun schon zum dritten Mal dasselbe fragte.

»Ich will doch nur dein Bestes, mein Schatz.«

»Ich weiß, Mum. Aber so allmählich nervt es mich, ständig danach gefragt zu werden, ob ich an alles gedacht habe. Die letzten vier Monate bei Tante Lydia waren schon Stress genug.«

»Nun sei nicht ungerecht, Doro! Du solltest froh sein, dass du bis zum Ende des Schuljahrs bei ihr wohnen konntest. Das hast du selbst so gewollt, vergiss das nicht.«

»Ich bin ihr ja auch dankbar«, entgegnete ich und meinte es auch so.

Es war ein wirklich netter Zug von Tante Lydia gewesen, mich bei sich aufzunehmen, damit ich nicht gleich nach der Trennung meiner Eltern die Schule hatte wechseln müssen. Ich hatte befürchtet, dass sich meine Noten verschlechtern könnten, wenn ich meine restlichen Klausuren für dieses Jahr an einer fremden Schule hätte schreiben müssen. Die vielen plötzlichen Veränderungen in meinem Leben hatten mich schon genug belastet.

»Aber du weißt doch, wie Tante Lydia so drauf ist. Mit ihrer übertriebenen Fürsorge kann sie manchmal eine echte Nervensäge sein. Also, bitte, Mum, werde du es nicht auch noch, okay?«

Mum schürzte die Lippen und nickte.

»Ich glaube, dein neuer Psychologe ist wirklich nett«, sagte sie, offensichtlich bemüht, das Thema zu wechseln. »Er hat mir gleich einen Kennenlerntermin für dich gegeben. Morgen Vormittag.«

»Morgen schon?«

»Ja, was ist so schlimm daran? Du hast doch Ferien.«

»Eben drum.«

»Doro, ich werde das nicht mit dir diskutieren, verstanden? Er ist übrigens unser Nachbar, wohnt gleich gegenüber.«

»Auch das noch. Superpraktisch! Da hast du ja genau das richtige Haus ausgesucht.«

Missmutig sah ich aus dem Seitenfenster zu einem Plakat, das für ein Benefizkonzert irgendeiner lokalen Rockband warb. EIN FREIGETRÄNK IM EINTRITT INBEGRIFFEN, stand unter dem Datum, und ich dachte: *Ja, damit ködert man hier die Leute bestimmt.*

»Na also«, sagte Mum erleichtert und setzte ihre Sonnenbrille wieder auf, »es geht weiter.«

Die Autoschlange hatte sich wieder in Bewegung gesetzt, allerdings ging es nur im Schneckentempo voran.

»Hat sich dein Vater eigentlich noch einmal bei dir gemeldet?«

Mums Frage klang beiläufig, aber ich wusste, dass es ihr nicht so gleichgültig war, wie sie vorgab. Mir ging es ja selbst nicht anders.

»Nein, das Letzte, was ich von ihm gehört habe, war, dass er einen Käufer für unser Haus gefunden hat. Ist aber schon wieder zwei Wochen her.«

»Dann ist er jetzt wohl zu *ihr* gezogen?«

Mum betonte das Wörtchen *ihr*, als würde sie es auswürgen. Gemeint war damit Simone, die ehemalige Kollegin meiner Eltern und der Hauptgrund, warum Mum ihre Stelle im Personalbüro der Fahlenberger Motorenwerke gekündigt hatte.

Zwei Monate nach Kais Tod hatte Paps eine Affäre mit ihr gehabt. So hatte er es jedenfalls bezeichnet. *Eine Affäre.* Als ob es dadurch weniger schlimm gewesen wäre. Er sei einfach schwach gewesen, hatte er uns erklärt, nachdem Mum davon erfahren und ihn zur Rede gestellt hatte. Kais Tod, Mums anschließende Depressionen, wegen denen sie wochenlang kaum aus dem Bett gekommen war, und mein Klinikaufenthalt nach dem Schock seien einfach zu viel für ihn gewesen. Als ob *uns* da einer gefragt hätte, ob es uns zu viel war!

Seine Entschuldigung hatte ich nicht gelten lassen können – und Mum schon gleich zweimal nicht. Für mein Gefühl hatte er nicht mal aufrichtig geklungen – und danach hatte er weder um Mum gekämpft noch seine angebliche *Affäre* beendet. Stattdessen hatte er sofort in Mums Scheidungswunsch eingewilligt und damit auch den letzten Funken Respekt verspielt, den sie ihm noch entgegengebracht hatte.

Ich konnte Paps nicht verstehen. Sein Verhalten machte mich ratlos und wütend. Er hatte uns beiden das Herz gebrochen – so kitschig das auch klingen mag, es war so.

Als er mir später anbot, ich könne gerne noch bei ihm wohnen bleiben, bis ich zu Mum nach Ulfingen ziehe, hatte ich abgelehnt und lieber bei seiner Schwester gewohnt – bei meiner überfürsorglichen Tante Lydia, die mir zum Abschied ein dickes Lebensmittelpaket in die Hände gedrückt hatte und die das Verhalten ihres Bruders ebenfalls nicht verstehen konnte.

»Männer eben«, hatte sie gesagt. »Mach es so wie ich, bleib ledig.«

»Das ist kein Feld«, sagte Mum und holte mich damit aus meinen Gedanken zurück.

»Was?«

»Das Feuer. Da vorne brennt etwas, aber nicht das Feld. Ist da nicht ein See?«

Die Sonne schien uns direkt ins Gesicht, und Mums Windschutzscheibe hätte dringend eine Reinigung gebraucht, aber die Sprühanlage der alten Klapperkiste war defekt. Erst als wir noch ein weiteres Stück vorwärtsgekommen waren, sah auch ich den See. Von Weitem hatte das dürre Schilf noch wie eines der vielen Getreidefelder ausgesehen, aber nun erkannte ich die große Wasserfläche, die hinter den hohen Halmen verborgen lag.

Und dann sahen wir den Grund für die schwarze Rauchsäule.

Nahe am Ufer stand ein brennender Kleinbus. Viel hatte das Feuer nicht von ihm übrig gelassen, die Karosserie war komplett verkohlt, und noch immer schlugen Flammen aus den geborstenen Scheiben.

Der Kleinbus stand leicht zur Seite geneigt, und ich roch den beißenden Gestank nach verbranntem Reifengummi und dem dampfenden Löschmittel, mit dem die Feuerwehr dem Brand Herr zu werden versuchte.

Ich löste den Sicherheitsgurt und stemmte meinen Oberkörper aus dem Seitenfenster. Am Anfang des Staus sah ich mehrere Polizei- und Feuerwehrfahrzeuge und einen Sanitätswagen, der in diesem Moment ohne Blaulicht davonfuhr.

Kein gutes Zeichen.

Polizisten gestikulierten den Fahrern vor uns, sie mögen doch zügig weiterfahren, aber die meisten schlichen mit neugieriger Langsamkeit an dem brennenden Fahrzeug vorbei, ehe sie schließlich auf der Umleitung über einen Feldweg beschleunigten.

Als wir dicht an die Brandstelle herangekommen waren, konnte ich die Stimmen einiger Autofahrer und Polizisten hören. Im Dröhnen der Motoren verstand ich jedoch nur Satzfetzen.

»... aufpassen, dass die Flammen nicht übergreifen ...«

»... Brandstiftung ...«

»... diese jungen Leute ...«

»... einfach unverständlich ...«

Dann kamen wir endlich an der Absperrung an und Mum folgte der ausgewiesenen Umleitung.

Nun ging es schneller vorwärts. Holpernd fuhren wir den staubigen Feldweg entlang, und ich drehte mich nach hinten, um zu sehen, ob meine Taschen auch sicher auf der Rückbank lagen.

Durch die Staubwolke, die wir hinter uns aufwirbelten, erkannte ich die dunklen, lang gezogenen Umrisse eines Leichenwagens, der gemächlich über die Hauptstraße zur Unglücksstelle fuhr.

Der graubraune Staubwirbel ließ die Szene mit dem Leichenwagen aussehen wie in einem uralten Film. Die schwarze Lackierung des Autos glänzte in der Sonne und das Licht schien irgendwie unwirklich.

Wie damals bei Kai, dachte ich. Und plötzlich war mir trotz der Hitze eiskalt.

2

»Bitte, gib dem Haus eine Chance. Versprochen?«

Mum sah mich beinahe flehentlich an, als wir an unserem neuen Zuhause angekommen waren, einem ziemlich alten, zweistöckigen Fachwerkhäuschen, von dem an einigen Stellen der Putz abbröckelte.

Das einzig Neue an diesem Haus waren die Kunststofffenster, deren weiße Rahmen so auffällig waren wie ein makelloses künstliches Gebiss im Faltengesicht einer Hundertjährigen. Die dunklen Dachschindeln und die kleine Satellitenschüssel, die wie ein Fremdkörper von der Hauswand abstand, waren von Moosflechten befallen, ebenso wie ein knorriger Apfelbaum, dessen Äste über den Hauseingang ragten.

Unterhalb des Baumes verfiel eine verwitterte Hundehütte. Ihrer Größe nach musste ihr ehemaliger Bewohner wohl ein Dackel oder ein anderer kleiner Hund gewesen sein. Aber das lag sicherlich schon einige Jahre zurück.

Mum hatte mir erzählt, dass der Vorbesitzer des Hauses vor anderthalb Jahren gestorben war. Beim Einzug habe sie noch einige Fotos von ihm in einem alten Küchenbüfett gefunden und irgendwie habe sie der weißbärtige Mann mit den roten Pausbacken an den Weihnachtsmann erinnert.

Nun gehörte das Haus seinem Neffen, einem Bankangestellten aus Karlsruhe, der sich nicht mehr als nötig um dieses Erbe kümmern wollte. Er hatte mit Mum eine sehr günstige Miete vereinbart, unter der Voraussetzung, dass sie sich selbst um die kleineren handwerklichen Angelegenheiten kümmerte. Da habe sie nicht Nein sagen können.

Kein Vergleich mit unserem ehemaligen Haus, dachte ich und ertappte mich dabei, beinahe Heimweh nach Fahlenberg zu haben.

»Und?«, fragte Mum und sah mich unsicher an.

»Es ist nett«, schwindelte ich. »Ehrlich, Mum. Ein richtig nettes kleines Hexenhaus. Wie geschaffen für uns zwei.«

Sie lächelte mich erleichtert an. »Kleine Lügnerin. Aber wir werden das Beste daraus machen, ja? Innen sieht es deutlich wohnlicher aus, wirst sehen.«

Ich drückte ihr einen Kuss auf die Wange. »Mach dir mal keine Sorgen. Die Hauptsache ist doch, dass wir beide zusammenhalten.« Ich sah den feuchten Schimmer in Mums Augen und fügte schnell hinzu: »Wir können in unserer Freizeit jede Menge Lebkuchen backen und sie an die Hauswand kleben. Was hältst du davon?«

Mum lachte und mir fiel ein Stein vom Herzen.

Was das Innere des Hauses betraf, hatte sie nicht übertrieben. Mum hatte sich viel Mühe gegeben, ein echtes Daheim für uns beide zu schaffen. Alles war ordentlich aufgeräumt, es roch nach Putzmitteln und einem fruchtigen Duftöl.

Im Gang neben dem Telefonschränkchen erwarteten mich eine hohe bauchige Vase mit frisch geschnittenen Sonnenblumen – meinen Lieblingsblumen – und eine *Herzlich-Willkommen*-Girlande über dem Treppenaufgang.

Ich schluckte gerührt und dachte: *Ja, das soll ab jetzt die Farbe dieses alten Häuschens sein: ein sonniges Willkommensgelb.*

Das Wohnzimmer hatte Mum mit alten und neuen Möbeln eingerichtet, sodass Ikea auf Erbstücke meiner sizilianischen Großeltern traf.

Die Küche war groß und geräumig, und trotz der improvisierten Zusammenstellung aus Baumarkt-Wandschränken, dem Küchenbüfett des Weihnachtsmannes und einer Campinggarnitur anstelle eines Esstischs fühlte ich mich dort sofort wohl.

Was das Familiengefühl betraf, war die Küche auch früher schon der wichtigste Ort für mich gewesen. Hier traf man sich, kochte und war zusammen.

»Wir werden das alles nach und nach erneuern«, sagte Mum mit einem entschuldigenden Seitenblick auf die beiden Klappstühle. »Aber das dauert noch ein bisschen. Der Umzug war teuer und ich musste fast meine ganzen Ersparnisse in die Einrichtung stecken.«

»Ich mag es«, sagte ich und nahm sie in den Arm. »Sehr sogar. Vor allem die Klappstühle. Die bleiben hier, das musst du mir versprechen.«

Wieder lachten wir und Mum gab mir einen Klaps auf den Po. »Nun bring erstmal deine Sachen hoch. Und während du auspackst, werde ich uns einen großen Salat und eine frische Limonade machen.«

Mein Zimmer lag im ersten Stock, gleich neben dem Bad. Mum hatte nicht gewollt, dass Paps beim Umzug dabei war, und ich hatte für meine Klausuren lernen müssen, also hatte sich Onkel Alfonso extra eine Woche Urlaub genommen, war aus Neapel angereist und hatte ihr bei allem geholfen.

Es war ein eigenartiges Gefühl, meine Möbel in einer neuen Umgebung wiederzusehen – mein Bett, den Kleiderschrank, die beiden Bücherregale und den Schreibtisch, die nun ganz anders verteilt im Raum standen. Mein ehemaliges Zimmer war quadratisch gewesen, dieses hier war länglich.

Einerseits fühlte es sich befremdlich an, meine Sachen hier zu sehen, andererseits aber gab es mir auch ein heimeliges Gefühl.

Ich hörte Mum in der Küche und dachte an ihre Limonade. Sie bereitete sie wie immer selbst zu, nach Omas Rezept, und es musste für sie sein wie für mich jetzt mit meinen Möbeln. Es war etwas Vertrautes mitten im Neuen, ein Stück Erinnerung an etwas, das einem viel bedeutet hat und das es nicht mehr gibt.

An einem der Umzugskartons lehnte meine Zeichenmappe, und ich beschloss, so bald wie möglich die Bilder herauszusuchen, die auch schon in meinem ehemaligen Zimmer gehangen hatten. Irgendwann würde ich sicherlich neue Zeichnungen anfertigen und aufhängen, aber im Augenblick war mir wie Mum nach etwas Vertrautem zumute, an dem ich mich festhalten konnte.

Mein Zimmer hatte zwei Fenster. Aus dem einen konnte ich in den Garten hinter dem Haus sehen. Es war ein großer Garten mit alten Obstbäumen, einem überdachten Brennholzstapel entlang einer moosbewachsenen Mauer und einer verwitterten Gartenlaube, die wie ein verwunschener Pavillon aus irgendeinem Märchen aussah.

Das zweite Fenster zeigte zum Nachbarhaus, ebenfalls ein Fachwerkgebäude, aber deutlich besser in Schuss als unseres und auch weitaus größer. Zwischen den akkurat geschnittenen Büschen, die die seitliche Eingangstreppe bewachten, funkelte mir ein Messingschild in der Abendsonne zu.

Ich lehnte mich weiter aus dem Fenster, kniff die Augen zusammen und las die schwarze Gravur

F. NORD
Psychotherapeut

Darunter stand noch etwas, das ich aus der Distanz jedoch nicht erkennen konnte. Sicherlich die Sprechzeiten.

Als hätte Mum das extra so für mich ausgesucht, dachte ich und fand diesen Gedanken auf einmal gar nicht mehr so abwegig. Gut möglich, dass sie bei ihrer Stellen- und Wohnungssuche die Nähe zu einem Therapeuten für mich im Auge behalten hatte. Mum war eine Planerin, die immer an alles dachte. Aber musste der Therapeut deswegen gleich unser Nachbar sein?

Gerade als ich mich wieder ins Zimmer zurückziehen wollte, ging die Tür des Nachbarhauses auf, und ein Junge kam heraus. Er musste in meinem Alter sein, höchstens ein oder zwei Jahre älter, und er sah gut aus, sehr gut sogar.

Er war groß und schlank und hatte dunkles halblanges Haar, das ihm ein wenig ins Gesicht hing. Seine Sneakers, die Bermudajeans und das T-Shirt mit dem *Californication*-Aufdruck waren schlicht, aber cool.

Doch es war nicht sein Aussehen, das mich überraschte. Es war seine Körperhaltung.

Etwas stimmte nicht mit diesem Jungen. Er ging langsam, ließ die Schultern hängen, und es schien, als trüge er eine sehr schwere unsichtbare Last.

Er sah verloren aus. Und so traurig, wie ich es bisher nur bei den Kindern und Jugendlichen auf der Psychiatriestation gesehen hatte. Sicherlich war auch dieser Junge einer von Nords Patienten.

Sein Anblick hatte etwas Ansteckendes und löste ein Gefühl in mir aus, das mein bisheriger Therapeut als *Empathie* bezeichnet hatte. Diese Empathie war unglaublich stark. Fast glaubte ich, seine Trauer am eigenen Leib zu spüren. Um mich gegen diese Gefühlswelle zu wehren, versuchte ich, aus der Entfernung die Farbe des Jungen zu erkennen, doch es wollte mir nicht gelingen.

Er ging zu einer Vespa, die auf der Straße vor dem Haus geparkt war, nahm den Helm vom Lenker, und gerade als er ihn aufsetzen wollte, sah er zu mir hoch. Unsere Blicke trafen sich und nun spürte ich seine Trauer noch deutlicher. Wie zwei schwere Hände, die auf meine Schultern drückten.

Ich nickte ihm zu und er hob kurz die Hand zum Gruß. Dann setzte er den Helm auf und fuhr davon.

Ich schloss das Fenster und musste mehrmals durchatmen, bis meine Beklommenheit endlich nachließ.

Dann setzte ich meinen Erkundungsgang durch das Obergeschoss fort. Außer dem Bad und Mums Zimmer, in dem es noch recht chaotisch nach Umzug aussah, gab es noch ein weiteres Zimmer. Es lag am Ende des Ganges und die Tür stand einen Spalt breit offen.

Drinnen war es dunkel und stickig. Das Fenster zeigte nach Süden, und Mum hatte die Vorhänge zugezogen, um wenigstens einen Teil der Hitze draußen zu halten, aber dennoch war es – wie im gesamten Obergeschoss – drückend warm im Raum.

Im Zwielicht erkannte ich einige Umzugskartons und weitere Gegenstände, die noch darauf warteten, ihren Platz im Haus zugewiesen zu bekommen: der Staubsauger, zwei zerlegte Wandregale, die in unserer ehemaligen Speisekammer gestanden hatten – hier gab es wohl keine –, und das Bügelbrett, das im Halbdunkel wie ein riesiges Insekt aussah.

Dieses Zimmer wirkte unangenehm grau auf mich, und ich wollte es schon wieder verlassen, als mir zwei lange Ohren auffielen, die aus einem offenen Umzugskarton ragten. Sie gehörten zu Kais Plüschhasen mit der Latzhose.

Es war ein so unerwarteter Anblick, dass mir für einen Moment der Atem stockte. Zögerlich ging ich auf den Karton zu, und als ich über dem Hasen stand, grinste er mir entgegen.

Ich spürte einen Schauder, als ob mich ein eiskalter Windzug streifte.

Hallo Doro, schien er mir mit einer hohen Cartoonstimme zuzuflüstern. *Schön, dich wiederzusehen. Du erinnerst dich doch an mich? Natürlich erinnerst du dich. Zuletzt haben wir uns an jenem Morgen gesehen. Du weißt schon, der Morgen, seit dem du dich nicht mehr erinnern kannst, was in der Nacht davor geschehen ist. Die Frage ist nur, ob du es wirklich nicht kannst oder ob du einfach nicht* willst. *Nicht wahr, Doro?*

Ich glaubte, plötzlich ersticken zu müssen, packte den Hasen an den Ohren und warf ihn in eine Ecke. Dort blieb er in einer skurrilen Verrenkung liegen und grinste mich weiter hämisch an.

Ich schüttelte mich und berührte den Karton, so wie ich es in meiner Therapie gelernt hatte. Fass etwas Reales an - irgendetwas, nur nicht dich selbst, denn in so einem Moment könnte dich dein Körpergefühl trügen -, damit du wieder weißt, was wirklich ist und was nicht.

Die Stimme des Hasen war es nicht, wohl aber der Karton. Mum hatte darin einige Erinnerungsstücke an Kai aufbewahrt: Spielsachen, Strampelanzüge und winzige Schuhe. Und da es der einzige geöffnete Karton in diesem Raum war, hatte sie wohl schon mehrmals hineingesehen.

Behutsam nahm ich das Fotoalbum heraus, auf dem der Grinsehase gesessen hatte. Ich strich über den blauen Ledereinband, in den mit goldener Schrift UNSER KIND eingeprägt war.

Als ich das Album aufschlug, sah mir Kai aus dem winzigen Bettchen der Neugeborenenstation entgegen. Er hatte die Augen weit offen, als sei er fest entschlossen, dass ihm von Anfang an nichts entgehen durfte.

Das war typisch für meinen lebhaften kleinen Bruder, dachte ich und musste gleichzeitig schmunzeln und mir die aufsteigenden Tränen aus den Augen blinzeln.

Neben dem Bild stand *Mein erstes Foto* und gleich darunter hatte Mum mit ihrer sorgfältigen und gleichmäßigen Schrift den Lückentext ausgefüllt:

Ich kam am *16. Dezember 2009* im Sternzeichen des *Schützen* auf die Welt. Um *11* Uhr in *Fahlenberg*, ärztlich betreut von *Dr. Scholz*. Ich wog *2980* Gramm und war *50* cm klein.

Ein Rascheln neben mir ließ mich zusammenfahren. Erschrocken sah ich zu dem Hasen, der in seiner Position verrutscht war.

Mein Herz raste. Ich versuchte, mich zu beruhigen, mir klarzumachen, dass der Hase einfach nur von der glatten Oberfläche des Kartons abgerutscht war, auf den ich ihn geworfen hatte.

»Ganz simple Physik«, flüsterte ich mir zu.

Aber da war noch etwas ... Ein Keuchen und Röcheln, das ich sofort wiedererkannte, auch wenn ich es schon länger nicht mehr gehört hatte.

Es war das hässlichste Geräusch, das ich je gehört hatte. Und nun, hier in diesem stickigen grauen Raum mit den zugezogenen Vorhängen, dem widerlich grinsenden Plüschhasen und dem als Bügelbrett getarnten Rieseninsekt, war dieses unerträgliche Geräusch zu mir zurückgekehrt.

Ich hielt es keine Sekunde länger aus, schlug das Album zu

und warf es zurück in die Schachtel. Dann lief ich so schnell ich konnte zu Mum in die Küche hinunter.

Als ich den großen Glaskrug mit frischer Limonade und die üppige Salatschüssel vor mir sah, begann sich meine Verkrampfung langsam zu lösen.

In dieser Nacht schlief ich sehr unruhig und wachte immer wieder schweißgebadet auf. Es mochte an der Sommerhitze liegen, die sich hartnäckig im Obergeschoss festgesetzt hatte. Oder an dem Gefühl, dass ich nicht allein im Dunkeln war.

3

Irgendwann gegen Morgen musste ich doch noch richtig eingeschlafen sein. Als ich erwachte, war es bereits halb elf, und ich erinnerte mich an meinen Termin mit dem Therapeuten – den Termin, den meine alles vorausplanende Mum bereits sechs Wochen vor meinem Einzug in unser neues Zuhause für mich vereinbart hatte.

Ich lief in die Küche, um noch schnell ein Glas Orangensaft und einen Marmeladentoast zu frühstücken, und fand eine Notiz auf dem Campingtisch.

Bin zur Arbeit. Denk an deinen Termin um 11!
Ich freue mich auf heute Abend.
Kuss Mama

Mama. Sie mochte es nicht besonders, dass ich sie *Mum* nannte. Das höre sich für sie wie aus einem dieser amerikanischen Filme an, hatte sie einmal gesagt.

Aber *Mama* fand ich inzwischen einfach zu kindlich und *Mutter* klang mir viel zu distanziert. Und da ich sie auf keinen Fall *Antonella* nennen wollte, auch wenn es ein schöner Vorname war, und mir nichts anderes einfiel, blieb mir nur das coole *Mum* – amerikanisch oder nicht.

Punkt elf Uhr läutete ich an der Praxis von F. Nord und er öffnete mir selbst die Tür. Das F. auf dem Namensschild stand für *Frank*, wie er mir auf dem Weg zu seinem Sprechzimmer erklärte.

Er führte mich in einen großen, hellen Raum neben dem Wohnzimmer. Durch eine breite Glaswand konnte man in einen Wintergarten und von dort auf die Terrasse zum Garten hinaussehen. Ein schöner Ausblick, und ich genoss den kühlen Luftzug, der durch die offen stehenden Glastüren hereinwehte.

Nord bot mir an, in einer Sitzecke mit vier Sesseln Platz zu nehmen. Dann setzte er sich mir gegenüber und goss uns beiden Wasser aus einer Kristallkaraffe ein.

Unser Gespräch eröffnete er mit einer harmlosen Plauderei, sodass uns beiden Zeit blieb, einen ersten Eindruck voneinander zu gewinnen.

Er fragte mich, wie es mit meinen Klausuren gelaufen sei, wie mir Ulfingen und unser neues Heim gefielen, und natürlich sprachen wir auch über den heißen Sommer.

Ich schätzte Frank Nord auf Ende vierzig, auch wenn sein schlankes Gesicht und seine angenehme Stimme ihn viel jünger wirken ließen. Er war mir sympathisch, und das nicht nur, weil er mich von Anfang an *Doro* und nicht *Dorothea* nannte. Bei Dr. Forstner in der Waldklinik hatte es deutlich länger gedauert, bis er verstanden hatte, dass ich meinen Kurznamen bevorzugte.

Nord hatte eine angenehme Farbe, die dem Sandbraun der bequemen Sessel und dem Geruch der hellen Eschenholzmöbel in seinem Sprechzimmer sehr ähnelte. Ebenso wie der weichen Cremefarbe seines Poloshirts, das er über einer leichten Stoffhose trug, und der seines blonden, kurz geschnittenen Haars, in dem sich erste graue Strähnen zeigten.

Die Art, mit der er sprach und mich ansah, hatte etwas Beruhigendes, auch wenn ich das Gefühl hatte, dass er tiefer in mich hineinsehen konnte, als mir gleich bei der ersten Begegnung mit einem Therapeuten lieb war. Er schien mich zu durchschauen, und vielleicht war er gerade deshalb der Richtige. Vielleicht konnte er mir helfen, mich zu erinnern.

»Deine Mutter hat mir berichtet, dass du Synästhetikerin bist«, sagte er und setzte damit das Zeichen, dass er nun bereit für den therapeutischen Teil unseres Treffens war. »Synästhesie ist eine besondere Gabe«, fuhr er fort. »Sie wird meist vererbt. Gibt es denn noch weitere Personen in deiner Familie, die Zahlen, Gerüche, Menschen und Erinnerungen über Sinneseindrücke definieren können?«

»Mein Großvater konnte es«, erwiderte ich. »Er ist leider vor meiner Geburt gestorben, aber ich weiß von meiner Mum, dass auch er in Farben dachte. Eigentlich war er Olivenbauer, aber er hat auch sehr viele Bilder gemalt. Manche davon sehen wegen der Farbgebung ziemlich schräg aus.«

»Und du bist ebenfalls eine Künstlerin, nicht wahr?«

»Ich versuche es jedenfalls. Nach dem Abi möchte ich Kunst studieren.«

Nord nickte. »Du willst den Dingen in deinem Leben ihre wahre Farbe geben.«

»Ja, so in etwa.«

»Hast du denn deine eigene Farbe schon herausgefunden?«

Mit dieser Frage hatte ich gerechnet. Darauf sprach mich so gut wie jeder an, der erfuhr, dass ich eine Synnie war, und wie immer konnte ich nur mit den Schultern zucken.

»Ich glaube, es ist ein Blau, aber ich bin mir nicht sicher. Es auf sich selbst anzuwenden, ist sehr schwierig.«

»Was denkst du«, sagte Nord und legte den Kopf schief, »ist es ein eher dunkles oder ein helles Blau?«

»Mittelblau würde ich sagen. Ich habe mal auf einer Farbskala nachgesehen und Mittelblau traf es am besten.«

Wieder nickte er, als habe er mehr verstanden, als ich gesagt hatte. Dann nahm er eine Aktenmappe vom Couchtisch, auf der mein Name stand, und sah hinein.

»Um mich auf deine Therapie vorzubereiten, habe ich mich bei deinem bisherigen Therapeuten und deiner Mutter nach deiner Vorgeschichte erkundigt. Wie schon gesagt, ist Synästhesie eine besondere Gabe und keinesfalls eine psychische Störung. Aber natürlich sind derart feinsinnige Menschen auch empfindlicher. Vor allem wenn sie einen schweren Schock erleiden, so wie du. Ich denke, dort müssen wir ansetzen, wenn wir den Grund für deinen Gedächtnisverlust herausfinden wollen. Gibt es denn etwas, an das du dich erinnern kannst? Ich meine, was den Abend vor dem Tod deines Bruders betrifft.«

Ich schloss die Augen und rieb mir die Schläfen, um mich besser konzentrieren zu können. Aber so sehr ich mich auch anstrengte, es gelang mir nicht. Es war jedes Mal das Gleiche. Ganz egal, wie sehr ich mich auch zu erinnern versuchte, da war nur ein dunkles schwarzes Loch.

»Nein«, sagte ich schließlich. »Ich weiß nur noch, dass ich mit meinen Eltern gestritten habe. Sie wollten ausgehen und ich sollte auf Kai aufpassen.«

»Aber das wolltest du nicht?«

»Nein.«

»Einfach nur so, oder gab es an diesem Abend einen besonderen Grund, warum du es nicht wolltest?«

»Ich weiß es nicht mehr. Wirklich nicht.«

»Was für eine Farbe weckt dieses Gefühl in dir, dich nicht erinnern zu können?«

»Schwarz. So schwarz wie Tinte.«

Nord nahm sein Wasserglas, trank einen Schluck und schwenkte es nachdenklich vor sich.

»Es wird eine Weile dauern, bis die schwarze Tinte in deinem Kopf zu klarem Wasser werden wird. Aber ich bin mir sicher, dass wir es schaffen können. Denn irgendeinen Grund muss es doch geben, warum du dir die Schuld am Tod deines Bruders gibst.«

Ich sah ihn verblüfft an. »Wieso denken Sie, dass ich mich daran schuldig fühle?«

Wieder sah er mich mit diesem Blick an, der mehr sehen konnte, als ich ihm zeigen wollte.

»Das liegt doch auf der Hand, Doro. Nach Kais Tod hast du unter schweren Halluzinationen gelitten und musstest klinisch behandelt werden. Siehst du deinen toten Bruder denn immer noch?«

Ich musste schlucken. »Nein, das letzte Mal ist schon eine ganze Weile her.«

»Und wie sieht es mit dem Stimmenhören aus?«

Irgendwo weit hinter mir, jenseits der Wand, glaubte ich, ein hämisches Lachen zu hören. Es war ein Lachen, das nur grinsende Plüschhasen ausstoßen konnten.

Ich dachte an meine gestrige überraschende Begegnung mit Kais ehemaligem Lieblingsspielzeug und daran, wie sich der Karton angefühlt hatte, in dem Mum den Hasen aufbewahrte. Der Karton war real gewesen.

Ich habe es im Griff, dachte ich. *Also hör auf zu lachen, du verdammter Hase! Ich habe es jetzt im Griff und dieser Therapeut muss nicht gleich alles von mir wissen. Ich gehe in keine Klinik mehr.*

»Doro?« Nord musterte mich.

Ich atmete kurz durch, und das Lachen, das aus dem Zimmer im ersten Stock unseres Hauses zu mir herübergeklungen war, verstummte.

Nein, das stimmte nicht. Das Lachen war nicht von dort gekommen, es war in meinem Kopf gewesen. Aber jetzt war es weg.

»Auch keine Stimmen mehr«, sagte ich und bemühte mich, überzeugend zu klingen. »Schon länger nicht.«

Nord nickte, aber ich konnte ihm ansehen, dass er mir nicht glaubte.

»Sicherlich weißt du inzwischen längst, was ein Aneurysma ist«, sagte er, und ich verstand, worauf er damit hinauswollte.

»Eine angeborene Erweiterung eines Blutgefäßes«, sagte ich. »Bei Kai befand sie sich im Gehirn. Eigentlich ist so etwas harmlos, hat mir einer der Ärzte erklärt, mit denen ich darüber gesprochen habe. Aber manchmal, wenn man sich sehr anstrengt, kann so ein Ding platzen und eine Hirnblutung auslösen.«

»Richtig«, bestätigte Nord. »Und eben das war bei deinem Bruder der Fall. Leider kommt so etwas häufiger vor, als man denken mag, denn solange keine Beschwerden auftreten, bleibt ein Aneurysma meist unerkannt. Aber dann liegt man einmal zu lange in der Sonne, oder man hebt etwas Schweres oder strengt sich sonst irgendwie besonders an, und es passiert. Ohne Vorwarnung. Deine Mutter meinte, der Pathologe, der Kai untersucht hat, ist davon ausgegangen, dass Kai geschrien hat. Das hat er wohl häufiger getan, oder?«

»Ja, er konnte ziemlich trotzig sein und hat oft wie am Spieß geschrien, wenn es nicht nach seinem Kopf gegangen ist.«

»Vor allem morgens, wenn man ihn nicht gleich aus seinem Zimmer geholt hat, nicht wahr?«

»Hat Mum Ihnen das erzählt?«

»Ja, hat sie. Und sie sagte mir auch, dass es meistens du gewesen bist, die ihn zum Frühstück holen musste. So wie an jenem Morgen.«

Ich kämpfte gegen meine Tränen an und trank einen Schluck Wasser, damit Nord es nicht bemerkte.

»Ich habe meinen kleinen Bruder geliebt«, sagte ich mit belegter Stimme. »Natürlich gab es auch Tage, an denen ich den kleinen Schreihals am liebsten in der Wüste ausgesetzt hätte, aber das war nie böse gemeint.«

»Daran ist auch nichts Verwerfliches.« Nord nickte. »Das gehört nun einmal dazu, wenn man Geschwister hat, die so viele Jahre jünger sind als man selbst. Du hast dich bestimmt durch ihn eingeschränkt gefühlt.«

Nun umklammerte ich das Glas mit beiden Händen und spürte die angenehm weiße Kühle, die davon ausging. Sie war so realistisch. »Ja, das habe ich. Er war eben das Nesthäkchen, um das man sich mehr kümmern musste als um mich.«

»Warst du deshalb eifersüchtig auf ihn?«

»Ich hätte ihm niemals etwas antun können«, fuhr ich Nord an. »Verstehen Sie? Niemals! Sicher, Kai ist mir oft auf die Nerven gegangen, und dann noch dieses ständige ›Doro, mach dies, Doro, mach das‹, ›Doro, kümmere dich um deinen kleinen Bruder‹ ... So was nervt tierisch, wenn man selbst genug Probleme hat. Ich bin anders, das weiß ich, und es ist nicht leicht, so wie ich zu sein. Außerdem bin ich auch nicht gerade Miss Superschlau in der Schule und die Vorbereitung aufs Abi ist anstrengend. Und dann auch noch ständig den Babysitter spielen zu müssen, zieht einem höllisch viel Energie ab. Aber deswegen tue ich doch meinem kleinen Bruder nichts an!«

»Das hat auch niemand behauptet«, sagte Nord ruhig. »Niemand außer dir, Doro. Und ich frage mich, warum?«

Mein Kopf begann zu schmerzen. Auf einmal war mir das Sprechzimmer zu hell geworden. Auch das Sandbraun um mich herum war plötzlich nicht mehr angenehm – im Gegenteil, ich konnte es jetzt nicht mehr ertragen.

»Können wir für heute Schluss machen?«, fragte ich. »Meine Mum hat heute Geburtstag, und ich will sie mit einem Essen überraschen, wenn sie von der Arbeit kommt.«

»Sicher«, sagte Nord und stellte sein Glas ab. »Ist das der einzige Grund?«

Ich schüttelte den Kopf und Nord sah mich verstehend an.

»Eines noch, bevor du gehst«, sagte er. »Einerseits bist du jetzt weg von allem, was dich mit den Geschehnissen des letzten Jahres konfrontiert. Das kann befreiend für dich sein. Aber du bist nun sehr vielen neuen Eindrücken ausgesetzt, und das wiederum kann Stress auslösen, auch wenn du es vielleicht nicht sofort als Stress erkennst. In diesem Fall wäre es denkbar, dass sich deine Symptome wieder bemerkbar machen. Vielleicht haben sie es ja auch schon?«

Er wartete kurz, ob ich dazu etwas sagen wollte, und als ich schwieg, sprach er weiter.

»Ich bitte dich, weiterhin deine Medikamente zu nehmen und dich umgehend bei mir zu melden, wenn du etwas Ungewöhnliches an dir feststellst. Wenn sich plötzlich wieder Stimmen oder andere Halluzinationen bei dir bemerkbar machen, zum Beispiel. Versprichst du mir das?«

»Ja«, sagte ich knapp. »Aber es geht mir wirklich besser, und ich will die Ferien nutzen, um meine Akkus wieder aufzuladen.«

»Eine gute Idee«, sagte Nord und lächelte. »Geh raus in die

Natur oder zum Schwimmen oder in die Eisdiele, damit du ein paar neue Leute kennenlernst. Genieß den Sommer und das Leben. Man ist nur einmal sechzehn.«

Wir standen gleichzeitig auf und Nord begleitete mich zur Tür.

»Glaub mir, Doro, du wirst es schaffen, von dem Unbekannten, das dich belastet, freizukommen«, sagte er und legte mir eine Hand auf die Schulter. Sie fühlte sich warm und tröstend an. »Du brauchst nur etwas Geduld. Aber nun komm erst einmal gut in deiner neuen Umgebung an und dann meldest du dich für einen weiteren Termin bei mir.«

»Okay«, sagte ich und glaubte, wieder das Lachen des Plüschhasen zu hören.

Doch als ich aus dem Haus ging, waren es nur zwei kleine Jungs, die lachend die Straße hinunterrannten.

4

Auch wenn es sich für Nord wie eine dumme Ausrede angehört haben mochte – es stimmte, was ich ihm über Mums Geburtstag gesagt hatte. Und ich hatte mir eine besondere Überraschung für sie ausgedacht.

Mum hatte Omas Lasagne über alles geliebt und mir immer wieder erzählt, wie traurig sie darüber sei, ihre Mutter nie nach dem Rezept gefragt zu haben. Trotz etlicher Versuche hatte sie nie den typischen Geschmack hinbekommen, den sie als »Omas geheime Zutat« bezeichnete.

Während meines Psychiatrieaufenthalts hatte ich dann Stefano kennengelernt, einen schüchternen Jungen, der seine Eltern bei einem Autounfall verloren hatte und seither von ihren Stimmen verfolgt wurde. Oft hatte er sich tagelang in sich selbst zurückgezogen und war nicht ansprechbar gewesen. Aber dann hatte ich herausgefunden, wie man ihn aus seiner Verschlossenheit locken konnte.

Als eine Kochgruppe angeboten wurde, meldete ich mich an und fragte ihn, ob er ebenfalls Lust dazu hätte. Ich hatte ein Nein erwartet, aber zu meiner Überraschung war er plötzlich wie ausgewechselt, und als wir dann in der Therapieküche zu Werke waren, blühte Stefano auf.

Er erzählte mir, dass seinen Eltern ein kleines Restaurant gehört hatte und dass er eines Tages selbst Koch werden wollte, wie sein Vater.

Und so erfuhr ich von ihm das Rezept für eine perfekte Lasagne, deren Geheimnis in erster Linie darin bestand, auf die Béchamelsauce zu verzichten und stattdessen Rotwein, ein paar klein geschnittene Speckwürfel, viel Knoblauch und frische Kräuter zu verwenden.

Nach meiner Entlassung hatte ich das Rezept gleich ausprobiert und Tante Lydia war begeistert gewesen. Nun hoffte ich, dass auch Mum sich darüber freuen würde.

Ich zog mein altes Mountainbike aus der Garage, das ich vor zwei Jahren auf einem Flohmarkt gekauft hatte. Mein neues Rad hatte man mir wenige Tage zuvor in der Schule gestohlen gehabt, und dieses hatte der Vorbesitzer mit einem schweinchenrosa Farbspray lackiert.

»Das klaut bestimmt keiner«, hatte er mir versichert und recht behalten.

Nun schnappte ich mir *Miss Piggy*, wie ich das klapprige Rad nannte, und fuhr in den Ort hinunter.

Ulfingen war klein, man konnte sich dort sehr schnell zurechtfinden.

In Berlin wird das anders sein, dachte ich, während ich zum Supermarkt am Ortsende radelte. *Wahrscheinlich werde ich eine Weile brauchen, um das Landei in mir abzulegen.*

Beim Betreten des Supermarktes überprüfte ich noch einmal mein Geld. Ein Zwanziger und ein Fünfer, das musste reichen.

Ich schob den Einkaufswagen durch die Regale, lud alles hinein, was ich brauchte, und rechnete im Kopf mit.

Als ich durch die Konservenreihen kam, entdeckte ich ein vertrautes Gesicht und blieb stehen. Es war der gut aussehende Junge, der gestern aus Nords Praxis gekommen war. Er hockte vor dem Regal mit den Fertiggerichten und schien sich nicht schlüssig, auf was er Appetit hatte.

Ich fragte mich, ob es niemanden gab, der für ihn kochte? Vielleicht war das der Grund, weshalb er so traurig gewirkt hatte.

Für einen Moment dachte ich darüber nach, ihn anzusprechen, ging dann aber weiter, bevor er mich sah. Ich könnte jetzt behaupten, dass ich es eilig hatte und rechtzeitig mit dem Kochen fertig werden wollte, aber das wäre nur die halbe Wahrheit gewesen.

Ich war einfach zu schüchtern. Wenn man schon einmal als verrückt abgestempelt wurde und in der Klapsmühle gewesen ist, wird man sehr viel zurückhaltender. So ein angeknackstes Selbstbewusstsein kriegt man nicht so schnell wieder hin.

Nachdem ich alles für mein Überraschungsessen zusammenhatte, machte ich mich auf den Weg zur Kasse.

»Macht zweiundzwanzig neunzig«, sagte die Verkäuferin, nachdem sie meine Einkäufe mit unbewegter Miene über den Scanner gezogen hatte.

Ich legte ihr mein Geld hin und überlegte dabei, welche Farbe diese Frau hatte. Ein blasses Grün, stellte ich fest.

Dann schüttelte die Kassiererin den Kopf.

»Ich sagte *zweiundzwanzig neunzig.*«

Ich deutete auf mein Geld. »Ja, aber das sind doch fünfund...«

Ich stutzte. Als ich hinsah, lag da nur der Fünfer. Statt des Zwanzigers hatte ich meinen Einkaufszettel dazugelegt.

»Entschuldigung«, stammelte ich und durchsuchte die Tasche meiner Jeansweste, in der ich mein Geld aufbewahrt hatte. Sie war leer.

»He, junge Dame«, rief ein alter Mann aus der Schlange, die sich hinter mir bildete. »Geht's auch etwas schneller? Ich habe meine Zeit nicht gestohlen.«

Ich spürte, wie mir das Blut in den Kopf schoss, während ich nun auch die anderen Taschen durchsuchte. Doch außer einem angebrochenen Kaugummipäckchen fand ich nichts.

»Mist! Mir muss der Zwanziger vorhin aus der Tasche gefallen sein.«

Die blassgrüne Verkäuferin sah mich gleichgültig an. »Kannst ihn ja suchen, bevor ihn ein anderer findet. Soll ich dir die Sachen so lange zurücklegen?«

Meine Hände zitterten. Ich hatte den Schein *in der Hand* gehabt, machte ich mir klar. Ich hatte ihn *gesehen* und *gefühlt*. Er *war da gewesen*, also musste ich ihn irgendwo auf dem Weg vom Eingang zur Kasse verloren haben.

»Hier«, sagte eine Stimme neben mir.

Es war der Junge. Vor lauter Aufregung hatte ich nicht mitbekommen, dass er sich hinter mir angestellt hatte. Er hielt der Kassiererin einen Zwanziger entgegen, und noch bevor ich etwas sagen konnte, schnappte sie sich den Schein und gab mir das Wechselgeld.

Irritiert sah ich ihn an. »Das hättest du nicht tun müssen. Der Geldschein liegt hier bestimmt noch irgendwo.«

»Dann lass ihn uns suchen«, sagte der Junge und lächelte mich an. »Aber zuerst muss ich noch meine Sachen bezahlen, bevor mich der nette Herr hier mit seiner Tüte Hundefutter erschlägt.«

Er deutete mit dem Kinn auf den Alten und ich musste lachen.

»Ich bin übrigens Julian«, sagte er, während wir beide noch einmal meinen Weg durch die Gänge zum Eingang zurückverfolgten.

»Doro«, stellte ich mich vor.

»Warst du auch bei der Milch?«

»Wie? Nein, da nicht, aber drüben beim Käse.«

Wir suchten akribisch in jeder Ecke, doch der Schein blieb verschwunden, bis wir dann am Eingang angekommen waren.

»Scheiße«, sagte ich.

»He, das ist doch kein Problem. Du gibst mir die zwanzig zurück, sobald du wieder Geld hast. Okay?«

Ich sah zu ihm auf. Julian war bestimmt eins achtzig, aber nicht nur deshalb kam ich mir in diesem Moment kleiner vor denn je.

»Es ist nicht wegen dem Geld«, sagte ich. »Es ist nur ...« Ich wusste nicht, ob ich es aussprechen sollte, aber dann musste ich an gestern denken. Daran, wie er ausgesehen hatte, als er aus der Praxis gekommen war. »Ich muss mir einfach *sicher* sein, dass ich den Schein hatte. Kannst du das verstehen?«

Er runzelte die Stirn und blies sich eine dunkle Strähne aus dem Gesicht. »Du hast doch gesagt, du hättest ihn vorhin am Eingang noch gehabt?«

»Ja, schon.« Ich biss mir auf die Unterlippe.

»Aber?«

»Na ja, es ist nur so ... Manchmal kann ich mir eben selbst nicht so völlig trauen.«

»Ach so«, sagte er ernst und nickte. »Ich verstehe.«

»Wirklich?«

»Ja, klar. Ich kenne so was.«

Psychos unter sich, dachte ich und musste lächeln, ohne es wirklich zu wollen.

»Dachte ich mir schon, dass du dieses Gefühl kennst. Ich habe dich gestern vor Nords Praxis gesehen. Bist du da schon lange in Therapie?«

Nun begann Julian zu lachen. »Nein, das heißt, eigentlich ja. Ich bin sein Sohn.«

Toll, dachte ich. *Das ist mal wieder richtig toll. Stell mir fünfzig Fettnäpfchen in den Weg und ich werde garantiert in jedes davon treten.*

»Tut mir leid«, sagte er schnell. »Ich wollte nicht, dass es dir peinlich ist.«

»Nein.« Ich winkte ab, wobei mein Gesicht mit den Tomaten auf dem *Alles täglich frisch*-Poster neben mir um die Wette leuchten musste. »Ist schon okay. Dann kann ich dir ja nachher das Geld rüberbringen.«

Julian sah auf seine Uhr und hob die Schultern. »Heute geht es nicht bei mir. Ich muss auch gleich los, bin schon spät dran. Aber ein anderes Mal gerne. Bis dann.«

»Bis dann.«

Er lief eilig zu seiner Vespa, befestigte seine Tüte auf dem kleinen Heckträger und fuhr los. Ich sah ihm kurz nach, dann ging ich zurück in den Supermarkt und suchte noch einmal nach dem Zwanziger.

Ohne Erfolg.

Es war, als wäre er nie da gewesen.

5

Eine Stunde später saß ich auf dem Boden meines Zimmers und war den Tränen nahe. Ich ballte die Fäuste und bekämpfte die hilflose Wut, die in mir loderte wie ein Steppenbrand. Es war ein panisches und tiefrotes Gefühl der Verzweiflung.

Vor mir lag der Inhalt meiner Gelddose: sechs Zehn-Euro-Scheine, zwei Fünfer, der Fünfziger, den Tante Lydia mir vor Kurzem zugesteckt hatte – ihre Belohnung für mein fleißiges Lernen, wie sie gesagt hatte –, und etliche Münzen.

Aber kein Zwanziger.

Dabei war ich mir so sicher, dass es den Zwanziger gegeben hatte. Ich hatte ihn aus der Gelddose geholt und zusammen mit dem Fünfer und meinem Einkaufszettel in die rechte Tasche meiner Jeansweste gesteckt, ehe ich zum Supermarkt geradelt war. Dort hatte ich das Geld am Eingang noch einmal hervorgeholt – extra um sicherzugehen, dass ich es auch *wirklich, wirklich, wirklich* eingesteckt hatte –, und auch da hatte ich den Zwanziger gesehen.

Zum letzten Mal.

Nachdem Julian gefahren war, war ich noch viermal meinen Weg durch den Supermarkt abgegangen. Beim vierten Mal hatte ich sogar in den Gängen nachgesehen, in denen ich nie zuvor gewesen war – nur für den Fall, dass der Geldschein von einem Luftzug verweht worden war.

Nichts. Absolut nichts.

Bis auf ein paar Staubmullen, einen Babyschnuller, ein Zwei-

Cent-Stück und zerknüllte Einkaufszettel hatte ich zwischen und unter den Regalen nichts gefunden.

Ich ballte meine Fäuste noch fester, bis ich meine Fingernägel schmerzhaft in den Handballen spürte. Das war ein reales Gefühl.

»Cool bleiben«, flüsterte ich. »Ganz cool bleiben. Nur weil ich den Schein nirgends im Supermarkt gefunden habe, muss das noch lange nicht heißen, dass es ihn nicht gegeben hat.«

Das stimmte natürlich. Es konnte ebenso gut sein, dass ihn jemand gefunden und eingesteckt hatte, bevor mir der Verlust aufgefallen war. Vielleicht hatte mich dieser Jemand sogar an der Kasse oder später zusammen mit Julian beim Suchen beobachtet und sich gedacht: *Sollen die beiden nur suchen, ich kann das Geld gut gebrauchen. Gefunden ist gefunden, also gehört es mir.*

Irgendetwas in der Art.

Die Welt ist nun einmal unehrlich, dachte ich. *Jeder ist sich selbst der Nächste, und so weiter.*

Deshalb musste ich doch noch lange nicht annehmen, verrückt zu werden.

Deshalb nicht, korrigierte mich meine innere Stimme. *Aber wenn du schon genug Erfahrungen damit gesammelt hast, dir nicht trauen zu können, gibt es sehr wohl Grund zum Misstrauen. Denn dann geht es nicht darum, verrückt zu werden, sondern* wieder *verrückt zu werden. Das macht einen bedeutenden Unterschied.*

»Na und? Ich bin nicht verrückt. Bestimmt habe ich mich nur geirrt, so etwas kann vorkommen.«

Natürlich kann es das, entgegnete die innere Stimme, auch wenn sie nicht überzeugt klang. *Mir ist es auch egal, das musst du für dich entscheiden.*

Und das tat ich auch. Ich beschloss, dass es keinen Sinn hatte, weiter darüber nachzugrübeln. Tatsache war, dass der Zwanziger verschwunden war. Das ließ sich nicht mehr ändern, ganz gleich, ob es ihn zuvor wirklich gegeben hatte oder nicht.

Weg war weg. Punktum.

Ich ging in die Küche, packte meine Schätze aus und legte eine CD in den Player auf dem Küchenregal.

Dann begann ich zu kochen, während die Kings of Leon lautstark durchs Haus dröhnten. Passenderweise spielten sie *No Money*.

Während ich die Lasagne zubereitete, musste ich an Stefano denken. In meiner augenblicklichen Verfassung konnte ich nur zu gut verstehen, warum Kochen ihm guttat. Warum es für ihn wichtig war.

Kochen kann etwas Tolles sein. Du siehst etwas entstehen, das gut riecht und schmeckt, und weißt, dass du damit jemandem eine Freude machen kannst. Ein befreiendes Gefühl - vor allem wenn du sonst den Eindruck hast, dass sich alles andere um dich herum in Scheiße verwandelt hat.

Ich schob die Auflaufform ins Backrohr und machte mich an das Tiramisu à la Doro, meine eigene Spezialität, bei der ich statt Alkoholischem eine gehörige Portion Schokoladensirup in den Espresso mischte.

Nebenher rockten Green Day und ich streute den Kakao im Rhythmus von *Know your Enemy* auf meine Nachspeise.

Gerade als ich den Kühlschrank geschlossen hatte, hörte ich das Telefon auf dem Gang klingeln.

Ich stellte die Musik ab und ging zum Telefonschränkchen. Mum hatte einen altmodischen Klingelton ausgewählt, der mich an irgendetwas erinnerte ... irgendetwas, das ich vergessen hatte ... und das mir auch jetzt nicht einfallen wollte.

Diese nicht zugängliche Erinnerung war wie das Wort, das einem auf der Zunge liegt, aber nicht herauskann.

Und da war noch etwas.

Es hatte mit der Treppe zu tun.

Aber was?

Ich wollte nach dem Hörer greifen, doch ich konnte nicht. Meine Hände zitterten viel zu sehr.

Es hatte mich eingeholt. Und dabei hatte ich gar nicht darüber nachgedacht.

»Wie äußert sich diese Telefonphobie bei dir?«, hörte ich Dr. Forstner fragen - damals in der Klinik, in seinem kleinen Sprechzimmer, nachdem ich einen Weinkrampf bekommen hatte, als während unserer Unterhaltung sein Telefon geklingelt hatte.

»Ich bekomme schlagartig Angst«, hatte ich ihm erklärt. »Als ob da etwas aus dem Hörer herauskommen und mich packen könnte. Verrückt, nicht wahr?«

»Und was könnte dieses Etwas sein?«

»Ich weiß es nicht. Aber es würde mich vielleicht dazu bringen, etwas sehr, sehr Böses zu tun.«

Wie versteinert stand ich da und starrte zum oberen Ende der Treppe, während vor mir das Telefon klingelte.

Dann hörte ich, wie sich dort oben etwas auf dem Fußboden entlangschleppte. Was immer es war, es keuchte und schnaufte entsetzlich.

»Da ist nichts«, sagte ich leise und wiederholte es sogleich, diesmal so laut und deutlich ich nur konnte:

»Da ist nichts!«

Doch das Ding dort oben kam näher. Jeden Moment würde ich es sehen können.

»Da. Ist. Nichts!«

Plötzlich war Stille. Das Telefon war verstummt und gleichzeitig hatte auch das schleifende und keuchende Geräusch aus dem Obergeschoss aufgehört.

Ich lief hinaus in den Garten, stellte mich in die pralle Sonne und atmete die frische Luft ein und aus.

Bitte, dachte ich dabei. *Nicht schon wieder. Lass es nicht wieder losgehen!*

6

Mum kam früher als erwartet nach Hause. Kaum war sie zur Tür herein, hob sie den Kopf, schnüffelte und verdrehte verzückt die Augen.

»Lasagne!« Sie fiel mir um den Hals. »Cara mia, du bist ein Goldstück!«

»He, du erdrückst mich ja«, protestierte ich lachend. »Alles, alles Liebe zum Geburtstag, Mum!«

»Danke, mein Schatz«, sagte sie gerührt. »Ich hatte ja schon befürchtet, du wärst gar nicht zu Hause.«

»Warum denn das?«

»Na ja, ich hatte vorhin angerufen und wollte dir sagen, dass ich früher kommen werde, aber du bist nicht rangegangen.«

»Muss ich überhört haben«, log ich. »Ich hatte das Radio an.«

Mum wusste nichts von meiner Telefonphobie. Ich hatte ihr nie davon erzählt - zum einen, weil ich sie damit nicht noch mehr beunruhigen wollte, als ich es in den vergangenen Monaten ohnehin schon getan hatte, aber auch weil ich mich dafür schämte.

Telefonphobie - wie sich das schon anhörte! »Wie voll der Psycho«, hätte Stefano, der kleine Meisterkoch aus der Klinik, gesagt. Ich meine: Alle anderen in meinem Alter telefonierten leidenschaftlich gern!

Als mein Psychiater die Bezeichnung für meinen neuen Angstzustand zum ersten Mal verwendet hatte, hatte ich mich gefragt, was für Macken ich wohl sonst noch entwickeln würde: vielleicht eine Türglockenphobie, Angst vor dem Postboten, oder wie wäre es mit Panikattacken, wenn irgendjemand neben mir hustete?

Nein, so weit wollte ich es nicht kommen lassen. Also hatte ich beschlossen, allein gegen diese Macke anzukämpfen, so gut es nur ging. Und seit meinem Klinikaufenthalt hatte ich es auch ganz gut geschafft.

Selbst irgendwo anzurufen, war kein Problem für mich. Davor hatte ich keine Angst. Und wenn doch mal ein Telefon in meiner Nähe klingelte, versuchte ich, es bestmöglich zu ignorieren oder aus dem Raum zu gehen, bis es aufhörte.

Gottlob hatte Mum sich nie darüber gewundert, warum ich wohl die einzige Sechzehnjährige in der westlichen Hemisphäre war, die sich zu Weihnachten oder zum Geburtstag kein neues Handy wünschte. Zwar besaß ich ein mittlerweile längst veraltetes Nokia, aber ich hatte es seit mehr als einem Jahr nicht benutzt und hätte spontan auch gar nicht sagen können, wo es gerade war. Wahrscheinlich irgendwo ganz unten in einem der Umzugskartons. Von mir aus konnte es da auch bleiben. Ich fand es ohnehin lästig, immer und überall erreichbar zu sein.

Außerdem fiel mir außer Mum sowieso niemand mehr ein, der mich anrufen wollte.

Wenig später tafelten wir fürstlich an unserem Campingtisch, machten Scherze, und Mum erzählte mir von ihrer Kindheit in Sizilien.

Dabei fiel mir auf, dass sich die Art unserer Unterhaltung verändert hatte, seit wir das letzte Mal so zusammengesessen hatten. Es waren nicht mehr die Mutter-Tochter-Plaudereien wie früher, sondern eher die von dicken Freundinnen, und das gefiel mir sehr.

Nach drei Gläsern Wein erzählte mir Mum von ihrem ersten Kuss als Achtjährige bei der Olivenernte und dass sie noch lange Zeit für den Jungen geschwärmt hatte, von dem sie seit ihrem Umzug nach Deutschland zwei Jahre darauf nie wieder etwas gehört hatte.

»Er hieß Marco und war damals schon zwölf«, erzählte sie und zwinkerte mir zu. »Und er war todsüß.«

»Ich habe heute auch einen Jungen kennengelernt«, sagte ich und merkte, wie mir das Blut in die Wangen schoss.

Natürlich hatte ich Julian nicht so kennengelernt wie Mum Marco. *Aber ein Geheimnis für ein anderes. Quid pro quo.*

Mum strahlte mich über ihr Weinglas an – mit einem Blick, der verriet, dass sie schon ziemlich beschwipst war – und beugte sich zu mir vor, sodass der Campingtisch bedenklich wackelte. »Ach wirklich? Erzähl! Ist er von hier?«

»Ja, ist er.«

Ich musste mich räuspern. Es war das erste Mal, dass wir über Jungs sprachen – zumindest auf diese Weise. Früher hatte ich über so etwas höchstens mit Bea gesprochen, und seit unsere Freundschaft zerbrochen war, fehlten mir diese Unterhaltungen.

»Nun lass dir doch nicht alles aus der Nase ziehen!« Mum wirkte plötzlich, als sei sie selbst gerade erst sechzehn und nicht neununddreißig. »Sieht er gut aus?«

»Er ist unser Nachbar.«

»Nein, wirklich?«

»Julian«, sagte ich und spürte beim Aussprechen seines Namens ein angenehmes Kribbeln im Bauch, das sich irgendwie blau anfühlte. »Julian Nord.«

»Heißt das, er ist ...«

»Der Sohn meines Therapeuten, ja.«

Für einen kurzen Moment wurde Mums Gesicht ernst, dann nickte sie und lächelte wieder.

»Und? Bist du verliebt?«

»Spinnst du? Ich hab ihn ja bloß mal gesprochen!«

Trotz meiner Antwort konnte ich nicht verhindern, dass ich über ihre Frage einen Augenblick nachdenken musste. Wenn ich es mir recht überlegte, war ich wohl noch nie so richtig verliebt gewesen. Verknallt ja, und es hatte auch schon ein paar Jungs gegeben, für die ich geschwärmt hatte – meist heimlich, weil ich so verdammt schüchtern war und nicht dagegen ankonnte. Aber richtig verliebt ...

Nein, verliebt war ich noch nie gewesen. Zumindest nicht auf die Art, über die ich schon gelesen hatte. Mit Schmetterlingen im Bauch und so. Obwohl sich das Kribbeln gerade eben – und auch als Julian sich vor dem Supermarkt von mir verabschiedet hatte – ein ganz klein wenig nach Schmetterlingen angefühlt hatte.

»Ich finde ihn nett«, sagte ich schließlich, woraufhin Mum den Kopf zur Seite legte und schmunzelte.

»Soso, du findest ihn nett. Wie nett denn?«

»Ganz schön nett.«

Wir prusteten gleichzeitig los und lachten so laut, dass man es wohl noch draußen auf der Straße hören konnte.

So verflog die Zeit, während wir über Dinge sprachen, über die wir uns noch nie zuvor unterhalten hatten. Es war ein wenig, als würden wir uns neu kennenlernen. Eine neue Doro und eine neue Antonella-Mum, zu denen wir in den letzten vierzehn Monaten geworden waren.

Als wir schließlich gegen Mitternacht auf unsere Zimmer gingen, hatte Mum die Weinflasche leer getrunken und schwankte ziemlich, während sie vor mir die Treppe hochstieg.

»Danke«, sagte sie mit schwerer Zunge, nachdem sie mir einen überschwänglichen Gutenachtkuss auf die Wange gedrückt hatte. »Danke für den wundervollen Abend, meine allerbeste Freundin.«

Dann sah sie in ihr Zimmer zum Bett, als müsste sie es genau anpeilen.

»Eine ganze Flasche Wein. Oh Gott, cara, ich werde morgen sicherlich höllische Kopfschmerzen haben.«

Meine allerbeste Freundin.

Mums Worte hallten noch eine Weile in meinem Kopf nach, während ich an meinem Schreibtisch saß, aus dem Fenster in die Finsternis der schwülen Sommernacht hinaussah und wartete, bis mein alter Laptop hochgefahren war. Ich war noch viel zu aufgewühlt, um zu schlafen.

Meine allerbeste Freundin.

Einerseits freute ich mich wahnsinnig über unser gutes Verhältnis – es war das Einzige, was mir nach allem geblieben war –, aber gleichzeitig fühlte ich auch eine leere Stelle in meinem Herzen.

Ob du einsam bist, erkennst du am besten daran, dass du zwar zweihundertvier Freunde bei Facebook hast, aber im wirklichen Leben keinen einzigen. Niemanden, mit dem du dich mal eben schnell treffen kannst, um zu reden oder einfach nur zusammen zu sein.

Meine allerbeste Freundin.

Ja, sicher, das war Mum bestimmt. Aber sie war eben auch meine Mum.

Ich scrollte mich durch die Pinnwandeinträge meiner »Freunde«, las die neu eingegangenen Nachrichten, von denen die meisten Einladungen zu irgendwelchen kindischen Spielen waren, und sah, dass ich von siebzehn Leuten »angestupst« worden war.

Wie nett.

Keinen von ihnen hatte ich je in der Realität getroffen. Die meisten kannte ich aus Internetforen für meinesgleichen. Foren, in denen man sich Nicknames gab wie *PsYcHoQuEeN* oder *darkThoughts* oder *Willnichtmehr85*.

Dort hatten wir uns über unsere psychischen Probleme ausgetauscht, über Medikamente und ihre Nebenwirkungen und darüber, welche Psychologen und Psychiater wir okay oder scheiße fanden.

Und irgendwann hatte man sich untereinander mit seinem wirklichen Namen geoutet und eine virtuelle Freundschaft im social web geschlossen.

Aber es waren keine richtigen Freunde. Zumindest nicht so, wie ich es mir gewünscht hätte. Sie alle waren Freaks, so wie ich.

Ja, so hatten sie mich auf der Schule genannt: einen *Freak*. Das heißt, falls sie mich überhaupt wahrgenommen hatten. Für die meisten war ich nach meiner Rückkehr aus der Klinik einfach nur Luft gewesen. Als ob ich plötzlich unsichtbar geworden wäre.

Den absoluten Hammer brachte allerdings mein Rektor. Ausgerechnet er, dieser Mister Überkorrekt, der bei jeder seiner Ansprachen betonte, wie *weltoffen* und *tolerant* das Fahlenberger Gymnasium doch sei.

Alles nur leeres Gerede.

Durch diesen angeblich weltoffenen und toleranten Schlappschwanz hatte ich erfahren müssen, was das Wort *Stigma* bedeutet: Als damals feststand, dass ich wieder psychisch stabil genug war, um die Klinik zu verlassen und am Unterricht teilzunehmen, hatte er Mum zu einem Gespräch eingeladen – einem *dringenden* Gespräch, wie er betont hatte.

Offenbar hatte er nicht damit gerechnet, dass ich Mum bei diesem *dringenden* Gespräch begleiten würde, denn er druckste eine halbe Ewigkeit herum, ehe er uns mit hochrotem Kopf und Schweißperlen auf der Stirn sagte, was er eigentlich von uns wollte.

Ob es denn wirklich sinnvoll sei, dass ich an diese Schule zurückkehre, begann er. Ob denn nach meinem *Nervenzusammenbruch* – was für ein tolles Wort! – nicht ein neues Umfeld besser für mich sei?

Anfangs dachten wir noch in unserer Naivität, er mache sich tatsächlich Gedanken um mein psychisches Wohl, aber dann sahen Mum und ich uns an und verstanden, worauf er wirklich hinauswollte.

Daraufhin setzte Mum ihn unter Druck und schließlich rückte er mit der Sprache heraus.

Es hatte mehrere besorgte Eltern gegeben, die Angst hatten, ihre »Kinder« mit mir zusammen zur Schule zu schicken.

Das war so unvorstellbar für mich, dass ich ihn nur noch mit großen Augen und offenem Mund ansehen konnte.

Diese »Kinder«, von denen sich sicherlich keines mehr öffentlich so bezeichnen lassen wollte, waren immerhin in meinem Alter. Und sie kannten mich doch. Bevor ich Kai gefunden hatte und mit einem Schock in die Psychiatrie gebracht worden war, hatten wir zusammen im Klassenzimmer gesessen, wir hatten gemeinsam gechillt, Ausflüge unternommen, hatten abends in der Disco abgehangen oder die Innenstadt zusammen unsicher gemacht.

Wir hatten jede Menge Spaß gehabt. Natürlich galt das nicht für alle, aber für die meisten. Ich hatte mich immer mit allen gut verstanden, und es hatte kaum Streitereien gegeben – jedenfalls keine, die nicht wenig später wieder beigelegt gewesen wären.

Wofür hielten die mich denn jetzt auf einmal? Den weiblichen Hannibal Lecter?

Es war zum Kotzen gewesen, aber ich hatte Angst gehabt, das Schuljahr nicht zu bestehen, wenn ich in den letzten Monaten an eine andere Schule wechselte. Und ich war trotzig. Nein, so einfach würde ich mich nicht unterkriegen und davonjagen lassen.

Am liebsten hätte ich meinen Rektor gefragt, ob auch er Angst vor mir hatte, aber ich ließ es bleiben. Damit hätte ich ihm nur neue Munition geliefert.

Schließlich einigte sich Mum zähneknirschend auf einen Kompromiss mit Mister Überkorrekt. Wenn mir mein Psychiater eine *Unbedenklichkeitsbestätigung* – ja, so nannte er es wirklich – ausstellte, würde die Schule sich bei den besorgten Eltern dafür einsetzen, dass ich bis zum Ende des Schuljahrs dort bleiben könnte.

Die nachfolgenden Monate waren die härtesten in meinem bisherigen Leben gewesen. Ich verlor nicht nur meine Familie, sondern auch sämtliche angeblichen »Freunde«. Keiner wollte mehr mit mir zu tun haben – und ich irgendwann auch nicht mehr umgekehrt.

Stigma war das eine Wort gewesen, das ich an jenem Tag im Büro des Rektors gelernt hatte. Und *Demütigung* das zweite.

Aber jetzt hatte ich einfach keine Lust mehr, der Freak für alle zu sein. Ich wollte endlich ein ganz normales Leben führen können.

Ich rief die Facebook-Optionen auf und klickte auf *Account löschen.*

Habt noch ein schönes Leben, PsYcHoQuEeN, darkThoughts und Willnichtmehr85, dachte ich. *Der Freak fängt ab jetzt noch mal von vorne an.*

Und ich würde kein Freak mehr sein. Nie wieder und für niemanden!

Als ich den Laptop zuklappte, ging es mir besser. Das graue Einsamkeitsgefühl war verschwunden und ich war auf angenehme Weise müde.

7

Ich schnellte aus dem Schlaf hoch. Etwas hatte mich geweckt.

Mein Herz raste wie nach einem heftigen Schreck, aber es schien keinen Grund dafür zu geben. Da war nichts außer meinem dunklen Zimmer und der Nacht vor dem Fenster.

Kein finsteres Wesen mit tiefer Stimme, das auf mich lauert, dachte ich und ertappte mich bei einem nervösen Kichern.

Ich tastete nach dem Radiowecker und berührte stattdessen die Wand.

Du bist nicht in deinem alten Zimmer, rief ich mir in Erinnerung.

In meinem ehemaligen Zimmer hatte das Nachtschränkchen rechts gestanden, ebenso wie in Tante Lydias Gästezimmer. Nun würde ich mich an die linke Bettseite gewöhnen müssen und mir bis dahin sicherlich noch häufiger die Finger anschlagen.

Ich drehte den Wecker, sodass ich die großen roten Ziffern sehen konnte.

23:19

Aber das konnte nicht sein. Mum und ich waren doch nach Mitternacht ins Bett gegangen. Ich blinzelte mir den Schlaf aus den Augen und sah noch einmal hin.

03:19

Na also. Das kam schon eher hin.

Es war drückend heiß im Raum, aber durch das gekippte Fenster spürte ich einen kühlen Luftzug.

Nachdem sich meine Augen an die Dunkelheit gewöhnt hatten, erkannte ich einige Äste des Kirschbaums, der neben dem Fenster zum Garten aufragte. Sie wiegten sich mit raschelnden Blättern im Nachtwind.

Dann plötzlich wurde der Himmel gleißend hell, nur um sich gleich darauf wieder grollend zu verdunkeln. Mit dem Wind kündigten Wetterleuchten ein nahendes Gewitter an.

War ich davon aufgewacht? Das Gewitter war doch noch viel zu weit entfernt, das Donnergrollen kaum hörbar, und ich hatte normalerweise einen tiefen Schlaf. Als kleines Kind war ich häufig im Wohnzimmer auf dem Sofa eingeschlafen, wenn ich mir mit Mum und Paps einen Film im Abendprogramm hatte ansehen dürfen. Paps hatte mich dann nach oben in mein Bett getragen, und ich hatte tief und fest weitergeschlafen, ohne irgendetwas davon mitzubekommen.

»Ich glaube, du würdest selbst dann nicht wach werden, wenn das Haus um dich herum geklaut würde«, hatte Paps immer gesagt, wenn ich mich morgens nicht mehr erinnern konnte, wie ich ins Bett gekommen war.

Warum also war ich *jetzt* wach geworden? Und warum zitterte ich so, obwohl mir doch eigentlich viel zu warm in diesem Zimmer war?

Wie um mir meine Fragen zu beantworten, erklang ein hölzernes Poltern vor dem Fenster. Ein lautes, hartes *Wamm!*

Es kam aus dem Garten und klang, als ob jemand mit einer Holzlatte auf eine morsche Bretterwand eindrosch. Gleich darauf kreischte Metall und wieder knallte Holz auf Holz.

Ich schlug die Bettdecke beiseite, stand auf und ging zum Fenster. Im Garten war es so dunkel, dass ich kaum etwas erkennen konnte. Erst als eine Kette weiterer Wetterleuchten den Himmel erhellte, fiel mir die offen stehende Tür der alten Gartenlaube auf, die gleich darauf wieder vom Wind zugeschlagen wurde.

Wamm!

»Oh nein!« Ich seufzte. »Das darf doch nicht wahr sein!«

Aber es war nun einmal so, und ich hatte die Wahl: Entweder ich schloss das Fenster und erstickte in der angestauten Hitze, oder ich legte mich ins Bett, stöpselte mir meinen iPod in die Ohren und versuchte, das Schlagen der Tür zu überhören – in der Hoffnung, irgendwann nicht mehr mitzubekommen, wie das Haus um mich herum geklaut wurde –, oder ich ging einfach hinunter in den Garten und schloss die verdammte Tür.

Wamm! drang es erneut zu mir herauf, gefolgt von einem hektischen *Wamm wamm!*

Der Wind wurde kräftiger und nahm mir dadurch die Entscheidung ab.

»So ein Mist!«

8

In der obersten Schublade des Telefonschränkchens fand ich eine Taschenlampe.

Ein weiterer vertrauter Anblick im neuen Heim, dachte ich, denn schon in unserem ehemaligen Zuhause hatte Mum die Taschenlampe dort stets für einen möglichen Stromausfall deponiert gehabt, zusammen mit Streichhölzern und einigen Kerzen.

Ich verließ das Haus durch die Hintertür in der Küche. Sie führte direkt in den Garten zu einem kleinen Kräuterbeet, in dem nun allerdings jede Menge Unkraut wucherte, gnädig verborgen von der Finsternis der sternenlosen Nacht.

Dort schaltete ich die Taschenlampe ein.

Die Batterie war bereits recht schwach. Offenbar hatte Mum die Lampe schon länger nicht mehr benutzt. Der kleine gelbe Lichtkegel reichte gerade mal einen oder zwei Meter in die Dunkelheit hinein, aber er würde genügen, um auf dem kurzen Weg zur Laube mögliche Stolperfallen zu erkennen.

Im Garten war es totenstill, kein menschlicher Laut war zu hören – weder ein entferntes Auto noch der Fernseher irgendeines schlaflosen Nachbarn. Nur der Wind rauschte durch die Blätter der Obstbäume und fegte über den hohen Rasen.

Immer wieder erhellten Blitze den tiefschwarzen Himmel, begleitet vom Grollen des nahenden Gewitters. Noch war es drückend schwül, aber der Nachtwind trieb bereits den kühlen grauen Hauch vor sich her, der baldigen Regen verkündete.

Ich schauderte ein wenig, als ich weiter in die Dunkelheit vordrang und mich der Gartenlaube näherte. Ihre schwarze Silhouette ließ mich an das Märchen vom versunkenen Dorf denken, von dem nur noch eine Turmspitze aus dem See ragte.

Ich hielt mich nicht gerne im Dunkeln auf – schon gar nicht im Freien und erst recht nicht allein. Im Dunkeln konnte man die Dinge um sich herum nur erahnen, und manchmal glaubte man auch, etwas zu sehen, was es gar nicht gab. Und die Stille im Garten machte dieses beklemmende Gefühl noch schlimmer, denn je leiser es um einen ist, desto mehr erwartet man, im nächsten Augenblick irgendetwas zu hören.

Vielleicht ein Rascheln, das nicht vom Wind verursacht wird, oder Schritte oder …

Wamm!

Ich fuhr erschrocken zusammen und stieß einen kieksenden Laut aus, nur um mir gleich darauf albern vorzukommen. Es war doch nur die Tür der Laube, rief ich mir in Erinnerung.

Also geh hin, mach sie zu und schau, dass du wieder ins Bett kommst, bevor das Gewitter losbricht.

Als ich schließlich vor der Laube stand, konnte ich ihr Holz riechen, das noch von der Hitze des vergangenen Tages aufgeladen war. Ein graugrüner Geruch nach alten Brettern, abblätternder Farbe und etwas muffig Süßlichem, bei dem ich an Schimmelflechten und Staub denken musste.

Ich drückte die dünne Lattentür zu und wollte den Riegel vorschieben, aber es ging nicht. Wo sich das Gegenstück befunden hatte, war das morsche Holz gesplittert.

Als ich genauer nachsah, fand ich das Gegenstück nutzlos auf dem Boden liegen. Der Wind musste so lange an der Tür gezerrt haben, bis der Riegel ausgerissen war. Sicherlich würde es nicht mehr lange dauern, bis er die komplette altersschwache Laube umwehte.

Ich stieß einen leisen Fluch aus und sah mich nach einer Möglichkeit um, die Tür am weiteren Schlagen zu hindern. Die Taschenlampe wurde immer schwächer, sodass ich die Laube betreten musste, um überhaupt etwas in der Schwärze zu erkennen.

Innerhalb der Bretterwände war der muffige Geruch beinahe unerträglich. Alles war mit Gartengeräten und sonstigem Gerümpel zugestellt und dazwischen wehten staubige Spinnweben.

Ich konnte Harken, Rechen, Schaufeln und Spaten erkennen und einen schiefen Tisch, auf dem sich Pflanzschalen und Tontöpfe türmten.

Nichts davon schien mir geeignet, die Tür zu blockieren, weil es keine Möglichkeit gab, einen Spaten- oder Rechenstiel an der Außenseite zu verkanten. Also sah ich mich nach etwas Schwerem um, das ich von außen gegen die Tür stellen konnte. Einen Farbeimer vielleicht oder einen Sack Blumenerde.

Ich leuchtete unter den Tisch und konnte dort leere Kübel und einen geflochtenen Obstkorb ausmachen. Dahinter lag etwas Blaues.

War das ein Sack?

Ich kniff die Augen zusammen, bückte mich tiefer, hielt die Taschenlampe dichter daran ... und erschrak beinahe zu Tode!

Was ich für einen Sack gehalten hatte, waren in Wirklichkeit zwei dürre Beine in einer schmutzigen Jeans. Und dann starrte mir das Gesicht eines zusammengekauerten Jungen entgegen. Ein blasses, hageres Gesicht mit riesigen schwarzen Augen und weit aufgerissenem Mund, wie eine albtraumhafte Spukgestalt.

»Weg!«, fauchte sie mir entgegen.

Schreiend fuhr ich hoch und stieß mit dem Kopf gegen den Tisch. Ein Stapel Tontöpfe kippte und zerbarst auf dem Boden, während ich panisch hinaus ins Freie stürmte und zum Haus rannte.

Hastig schloss ich die Hintertür und lehnte mich keuchend dagegen. Mein Herz schlug wie wild in meinem Brustkorb. Doch dann meldete sich eine Stimme in meinem Kopf.

Wovor bist du weggelaufen, Schätzchen?, hörte ich sie spöttisch flüstern. *Hattest wohl mal wieder eine Halluzination, was?*

»Nein, da war jemand«, sagte ich und erschrak über meine eigene Stimme, die sich in der Stille der Küche bedrohlich laut anhörte.

Ach ja, wirklich? Und wer, bitte schön, sollte nachts um halb vier in eurer Gartenlaube unter dem Tisch herumkriechen? Vielleicht der schwarze Mann?

»Da war ein Junge.«

Ein Junge, soso. Das klingt nicht gut, Schätzchen. Nein, das klingt gar nicht gut. Gewinnt der Freak in dir etwa wieder die Oberhand?

Ich schluckte. Hatte diese Stimme – die nichts anderes war als der vernunftbegabte Teil meines Verstandes, dem der Schrecken nichts hatte anhaben können – vielleicht recht? Hatte ich mir das Gesicht nur eingebildet?

Vielleicht war es in Wirklichkeit nur der Kopf einer Gartenstatue oder ein alter verknäulter Sack gewesen oder eine Plastikfolie oder ein Blumentopf … Irgendetwas, das im schwachen Schein der Taschenlampe wie ein Gesicht hätte aussehen können.

Eben, pflichtete mir die Stimme bei. *Denk daran, was dir dein Therapeut einmal gesagt hat. Dass du eine lebhafte Fantasie hast, die dir manchmal Streiche spielt.*

Wieder hörte ich draußen das Schlagen der Tür.

Wamm!

Ich spähte durch das Küchenfenster in den Garten hinaus, und ertappte mich dabei, dass ich eine bleiche Gestalt mit riesigen schwarzen Augen und weit geöffnetem Mund zu sehen erwartete. Sie würde mir gefolgt sein und konnte jeden Moment durch die Glasscheibe brechen, um mich anzufallen.

Doch da war natürlich nichts.

»Blödsinn«, flüsterte ich meinem schwachen Spiegelbild im Fenster zu. »Da kann nichts sein. Ich habe das Gesicht nicht wirklich gesehen.«

Bravo, Schätzchen. Scheinst also doch kein Freak mehr zu sein.

»Bin ich auch nicht«, gab ich trotzig zurück. »Und das werde ich uns beiden jetzt beweisen.«

Falsch, Schätzchen. Du wirst es dir *beweisen. Dir und allen anderen, die dich für verrückt halten.*

Entschlossen griff ich nach der Türklinke, aber es kostete mich dennoch große Überwindung, zurück durch die Dunkelheit zur Laube zu gehen.

9

Als ich angekommen war, jagte ein gewaltiger Blitz über den Himmel, gleißend hell und weit verästelt, wie ein Rissmuster in einem riesigen Brennglas. Er erleuchtete schwere schwarze Regenwolken, die kurz davor waren, ihre Last zu entladen. Dann wurde es schlagartig wieder dunkel und schwerer Donner rollte von den Feldern jenseits der Wohnsiedlung heran.

Ich musste mich beeilen, wenn ich nicht in wenigen Minuten klatschnass werden wollte. Auch begann die Taschenlampe bereits zu flackern. Lange würde sie nicht mehr durchhalten.

Also schau schnell noch einmal unter den Tisch, Schätzchen. Und wenn du dich überzeugt hast, dass da niemand ist, solltest du zusehen, dass du die Tür blockieren kannst, bevor es zu schütten beginnt.

Obwohl ich inzwischen überzeugt war, mich getäuscht zu haben, griff ich mir dennoch einen Spaten und näherte mich dem Tisch. Tonscherben knirschten unter meinen Füßen.

»Ist da jemand?«, flüsterte ich und kam mir dabei wie ein verängstigtes kleines Kind vor.

Ein weiterer Blitz warf für Sekundenbruchteile Schatten durch das kleine Fenster. Gleich darauf donnerte es so heftig, dass ich die Vibration auf dem Bretterboden der Laube zu spüren glaubte.

Aber war da nicht noch ein anderes Geräusch gewesen? Ein leises Ächzen?

Bist du dir sicher, Schätzchen?

Der Spaten in meiner Hand zitterte, ebenso die Taschenlampe, mit der ich gleichzeitig unter den Tisch zu leuchten versuchte. Dann sah ich die Hand, die sich mir aus dem Dunkel entgegenstreckte.

Ich schrie, hob den Spaten, um zuzuschlagen, als der Hand ein Gesicht folgte – das Gesicht des unheimlichen Jungen, das ich vorhin schon gesehen hatte.

Aber trotz meines Entsetzens wurde mir schlagartig klar, dass davon keine Gefahr ausging. Im Gegenteil, der Junge, der nun aus dem Schutz des Dunkels kroch, wirkte entkräftet und krank. Auch wenn die Batterie meiner Taschenlampe kaum noch ausreichte, war das gut genug zu erkennen.

»Hilf ... mir«, krächzte er.

Seine Stimme klang schwach und heiser. Er sah entsetzlich aus, kreidebleich, die Wangen eingefallen, der Mund schmerzhaft verzerrt, und unter den wässrigen Augen zeichneten sich dunkle Ringe ab. An seiner linken Schläfe schimmerte ein Bluterguss und sein dunkles Haar stand ihm zerzaust vom Kopf ab.

Im schwachen Licht sah er tatsächlich wie eine Gestalt aus einem Horrorfilm aus. Wie ein Untoter aus *Die Nacht der lebenden Toten*, kam es mir in den Sinn.

Er hielt weiter seinen dünnen Arm nach mir ausgestreckt, und ich sah, wie jeder einzelne Finger seiner Hand zitterte.

Außerstande, auch nur ein einziges Wort hervorzubringen, ließ ich den Spaten zu Boden sinken.

Bildete ich mir das alles wirklich nicht ein? War der Junge real?

»Bitte ...«, flüsterte er. Sein Gesicht war eine einzige Grimasse der Angst. »Hol Hilfe.«

Ich bückte mich zu ihm herunter, wobei mir das Blut noch

immer in den Schläfen pochte. Vorsichtig griff ich nach seiner Hand, die er jedoch sogleich vor mir zurückzog.

Aber ich hatte ihn kurz berührt. Ja, diese Hand hatte sich real angefühlt. Kalt wie die Hand eines Toten, aber dennoch real.

Ich musterte den Jungen genauer, so gut es eben ging in dem trüben Licht.

Soweit ich erkennen konnte, schien er bis auf den Bluterguss an seinem Kopf nicht verletzt zu sein. Aber das musste nichts heißen, das wusste ich aus meinem Erste-Hilfe-Kurs, mit dem ich mich für den Rollerführerschein hatte anmelden wollen, wenn nicht die Sache mit Kai passiert wäre. Vielleicht hatte der Junge durch einen Schlag an den Kopf innere Verletzungen erlitten. Das würde seine Pupillen erklären, die unnatürlich geweitet waren, sodass seine Augen riesig und fast schwarz schienen.

»Was ist dir passiert?«, war das Erste, was ich hervorbrachte.

Er sah mich an, als hätte er vor Angst den Verstand verloren. »Böse«, brachte er krächzend hervor. »Will ... mich ... um... umbringen.«

Er hatte Schwierigkeiten beim Sprechen. Seine Worte waren undeutlich und verwaschen, als wäre er betrunken.

»Dich umbringen? Um Himmels willen, wer denn? Hier ist doch niemand außer uns beiden.«

Er verdrehte die Augen, sodass das Weiße darin zu sehen war, und sank entkräftet ins Dunkel unter dem Tisch zurück. Im selben Moment versagte meine Taschenlampe endgültig.

»Teufel«, flüsterte der Junge in die vollständige Dunkelheit. »Hat ... getötet ... mich ... unten.«

Ich versuchte, meine Sprache wiederzufinden.

»Okay«, sagte ich schließlich, stand auf und tastete mich zur Tür vor. »Bleib einfach hier liegen. Ich werde Hilfe holen.«

»Sch...« Er stieß einen Zischlaut aus, der zu einem »Schnell« wurde.

»Ja«, versprach ich. »Bin gleich wieder da.«

10

Auf halbem Weg zurück zum Haus wurde ich von einem Lichtstrahl geblendet.

»He, Doro«, rief mir eine vertraute Stimme zu. »Was ist denn los?«

Der Lichtstrahl senkte sich, und ich musste mehrmals blinzeln, ehe ich Julian erkennen konnte.

»Ich hab dich vorhin schreien gehört«, sagte er. »Ist alles okay mit dir?«

»Gut, dass du hier bist«, stieß ich hervor. »In der Laube liegt ein Junge.«

»Ein Junge?«

»Ja, und er braucht Hilfe. Kannst du nach ihm sehen, während ich den Notarzt rufe?«

Julian sah mich irritiert an, dann nickte er. »Klar doch.«

Ich lief an ihm vorbei ins Haus und wählte hastig die Notrufnummer. Eine Frauenstimme meldete sich.

»Mein Name ist Doro Beck«, begann ich und versuchte, mich an die fünf W-Fragen zu erinnern, die man uns im Erste-Hilfe-Kurs beigebracht hatte. Die erste lautete *Wer?*, die zweite *Wo?*

»Ich rufe aus Ulfingen an. In unserer Gartenlaube liegt ein Junge. Ich glaube, er ist am Kopf verletzt.«

»Moment bitte, Doro«, unterbrach mich die Frau in ruhigem Tonfall. »Wie lautet deine genaue Adresse?«

Scheiße, die neue Adresse!

Himmel, vor Aufregung wollte mir der Name unserer Straße nicht einfallen. Ich hatte ihn bisher noch nie gebraucht.

»Doro, bist du noch dran?«

»Ja, Sekunde.«

Ich sah mich nach etwas um, auf dem die Adresse vermerkt sein konnte – ein Brief für Mum, ein Notizzettel, irgendetwas – fand jedoch nichts.

Es war irgendein Blumennamen gewesen, das wusste ich noch.

Rosen, Tulpen, Nelken ...

Nein, etwas mit A.

Plötzlich sah ich Blüten vor mir. Und niedrige Büsche, die einen Geruch nach Weiß verströmten. Sträucher, die aussahen, als hätte jemand Sterne daran befestigt.

»Asternweg«, stieß ich aus. »Ja, Asternweg dreiundzwanzig! Bitte kommen Sie schnell!«

Die Frau sprach mit einer Gelassenheit weiter, als unterhielte sie sich mit mir über das Wetter. Mir war klar, dass sie dadurch meine Aufregung dämpfen wollte, aber dennoch reizte mich diese ruhige Art bis aufs Blut. In den letzten Monaten hatte es viel zu viele Menschen gegeben, die auf diese Art mit mir gesprochen hatten – ganz besonders die Pfleger in der Klinik.

Hallo Freak. Was hast du gesagt?

Noch einmal wollte sie von mir hören, was geschehen sei.

Ich riss mich zusammen und wiederholte es für sie.

Ob es noch weitere Verletzte gab, außer dem Jungen in der Laube?

»Nein.«

Ob ich wüsste, wie er sich die Kopfverletzung zugezogen hatte?

»Er sagt, er wird von jemandem verfolgt, der ihn umbringen will.«

»Ihn umbringen?«, echote sie, und es klang für mich wie: »Glaubst du das wirklich, Freak?«

»Ja, verdammt, ich weiß, wie sich das für Sie anhören muss«, schrie ich in den Hörer. »Aber das hat er gesagt. Also bewegen Sie endlich Ihren Hintern!«

»Bitte bleib ruhig, Doro, und warte einen Moment.«

»Warten? Herrgott, worauf denn?«

»Falls es Rückfragen gibt. Ich werde jetzt den Notarzt verständigen. Also leg nicht auf.«

Ich atmete schwer und wartete ein oder zwei Minuten, bis sich die Frauenstimme wieder meldete und meinte, der Rettungsdienst müsste in Kürze bei mir eintreffen.

Erleichtert legte ich auf und wollte gerade wieder zurück zur Laube gehen, als mir Julian durch den Hintereingang entgegenkam.

»Was ist los?«, fragte ich erstaunt. »Warum bleibst du nicht bei ihm?«

Er sah mich auf eine Weise an, die mir nicht gefiel. Nein, sie gefiel mir ganz und gar nicht!

»Doro«, sagte er vorsichtig, »bist du dir sicher, dass er in der Laube gewesen ist?«

»Wie?« Ich spürte plötzlich einen Druck auf der Brust. »Wieso *gewesen*?«

Julian sah mich hilflos an und zeigte mit seiner Lampe aus der Hintertür. »Doro, da ist niemand in der Laube.«

»Was? Was redest du da?«

Ich riss Julian die Lampe aus der Hand und rannte an ihm vorbei nach draußen.

Inzwischen war das Gewitter losgebrochen. Blitze zuckten über den Himmel, Donner krachte, und es goss wie aus Kübeln.

Mehrmals rutschte ich im nassen Gras aus und wäre fast gestürzt, ehe ich die Gartenlaube erreichte.

Drinnen ließ ich mich auf alle viere fallen und richtete den Strahl der Lampe unter den Tisch. Doch der Junge war nicht mehr da.

»He!« Ich sprang auf. »He, wo bist du?«

Vom Haus her hörte ich Julian meinen Namen rufen. Und dann übertönten ihn die Martinshörner des Rettungswagens und der Polizei.

11

»Also, was ist jetzt?«

Der Rettungssanitäter sah Mum, Julian und mich genervt an. Er wirkte müde und abgespannt, ebenso wie Mum, deren Gesicht vom Schlaf und den Nachwirkungen der Flasche Wein verschwollen war.

Der Sanitäter stand mit uns unter das kleine Vordach des Hauseingangs gedrängt, von dem der Regen wie ein Wasserfall herabströmte. In den Signalstreifen seiner orangefarbenen Weste reflektierten sich die Blaulichter des Polizeiwagens. Sein Kollege im Sanka hatte die Lichter bereits abgeschaltet.

»Wo soll nun der verletzte Junge sein?«

»Ich weiß es nicht.« Ich versuchte, die neugierigen Blicke der Schaulustigen zu meiden, die sich trotz des heftigen Regens auf der Straße eingefunden hatten. Seit einer guten Viertelstunde standen sie nun schon so da.

»Niemand!«, rief der ältere der beiden Polizisten gegen den Donner an. Er eilte mit eingezogenem Kopf auf uns zu, als könnte er unter dem strömenden Regen hindurchlaufen.

Er war ein hochgewachsener Mann mit kantigem Gesicht und Falten um die Augen – wobei ich bezweifelte, dass es sich dabei um Lachfältchen handelte. Die Art, mit der er mich gleich nach seiner Ankunft ausgefragt hatte, war mir wie das Verhör einer Schwerverbrecherin vorgekommen. Auch ihn schien der Einsatz um diese Uhrzeit gewaltig zu nerven.

»Wir haben alles abgesucht«, sagte er, als er bei uns angekommen war, und klopfte sich die Regentropfen von der Uniformjacke. »Weit und breit kein Junge.«

Mum sah mich ernst an. »Doro, ich frage dich noch einmal: Hast du den Jungen wirklich gesehen?«

»Er war da, Mum! Er lag dort unter dem Tisch.«

»Aber *du* hast ihn nicht gesehen?«, fragte der Polizist, an Julian gewandt.

»Nein. Als ich in die Laube kam, war niemand mehr da.«

Julian sah betreten zu mir herüber und zuckte mit den Schultern. Ich gab ihm mit einem Kopfnicken zu verstehen, dass es okay war.

Wenigstens hatte er *niemand mehr* und nicht nur *niemand* gesagt. Was so ein kleines Wörtchen doch ausmachen konnte.

»Und er war verletzt?«, fragte der Polizist nach. Diesmal meinte er mich.

»Ja, am Kopf. Das habe ich Ihnen doch schon gesagt. Er konnte kaum den Arm heben und hat wirres Zeug geredet.«

»Und trotzdem soll er weggelaufen sein, als du zurück zum Haus gelaufen bist?«, mischte sich der Sanitäter ein. »Mit einer Kopfverletzung? Wenn er kaum sprechen konnte?«

»Ja, verdammt noch mal!«, schrie ich ihn an. »Er kann sich schließlich nicht in Luft aufgelöst haben!«

Mum nahm mich an der Schulter und schob mich ein Stück in den Flur zurück.

»Doro, hör mir zu«, sagte sie leise und sah sich kurz über die Schulter, ob es die anderen hören konnten. »Wenn du dir nicht hundertprozentig sicher bist, dann sag es lieber gleich. Sie haben mir erklärt, dass ich für den Fehleinsatz bezahlen muss. Wenn es jetzt auch noch eine Suchaktion gibt ...«

»Glaub mir doch, Mum, ich habe ihn *gesehen*! Er *war da*. Ich habe ihn sogar *berührt*!«

»Du warst dir auch damals in der Schultoilette sicher«, sagte sie, und ich sah Tränen in ihren Augen funkeln. »Weißt du noch?«

Natürlich wusste ich es noch. Damals hatte ich Kai gesehen, der mich wie ein Geist durch den Flur verfolgt hatte, mit blau geschwollenem Gesicht und weit aufgerissenen Augen, so wie ich ihn in seinem Bettchen vorgefunden hatte. Ich war vor ihm in eine Toilettenkabine geflüchtet und hatte die Tür verriegelt. Danach wollte ich niemanden zu mir lassen.

Schließlich hatte der Hausmeister die Tür aufbrechen müssen und sie hatten mich in die Klapsmühle gesteckt.

»Bitte nicht, Mum«, flehte ich. »Es ist diesmal ganz anders. Der Junge war *real*, so wie du jetzt. Ich habe ihn gesehen, mit ihm gesprochen und seine Hand angefasst. Er war keine Einbildung, hörst du!«

Der Polizist kam zu uns herein, und seinem Blick entnahm ich, dass er jedes Wort unserer Unterhaltung mitbekommen hatte.

»Du hast gesagt, er sei verfolgt worden«, sagte er und sah mich auf diese abweisende Art an, die ich nur zur Genüge kannte. »Hat er auch gesagt, von wem?«

»Von jemandem, der ihn umbringen wollte.«

»Aha.« Der Polizist wechselte einen vielsagenden Blick mit Mum.

In diesem Moment war mir nach Schreien zumute, aber damit hätte ich alles nur noch verschlimmert und die beiden in ihrem Verdacht bestätigt.

»Hat dieser Junge einen Namen genannt?«, fragte der Polizist.

»Nein, keinen Namen.«

»Aber er hat etwas gesagt?«

»Er schien ziemlich verwirrt zu sein. Bestimmt wegen der Kopfverletzung.«

»Was hat er gesagt, Doro?«, fragte Mum.

Ich musste schlucken und schüttelte den Kopf.

Der Polizist ließ mich nicht aus den Augen. »Wenn du etwas weißt, musst du es mir sagen, Mädchen.«

»Er hat keinen Namen genannt.«

»Nun sag es uns endlich!«, fuhr Mum mich an. »Siehst du denn nicht, dass wir schon bis zum Hals im Ärger stecken?«

»Na schön«, entgegnete ich trotzig. »Er war verwirrt, und er hat behauptet, der Teufel sei hinter ihm her.«

Bis jetzt war die Miene des Polizisten unbeweglich gewesen. Nun hob er die Brauen und sah mich an, als hätte er nicht richtig gehört.

»Okay, Doro«, sagte Mum und schob mich noch weiter ins Haus. »Geh auf dein Zimmer. Ich regle das hier.«

»Nein!«, brüllte ich. »Ich bin nicht verrückt! Der Junge war da, Herrgott noch mal! Warum glaubt ihr mir denn nicht?«

Doch niemand achtete mehr auf mich. Ich war wieder der Freak, die Verrückte, die man lieber in Ruhe ließ, damit der Anfall nicht schlimmer wurde.

»Es tut mir sehr leid«, hörte ich Mum zu dem Polizisten und dem Sanitäter sagen. »Meine Tochter hat etwas sehr Schlimmes erleben müssen und ist seither ...«

Ich presste mir die Hände auf die Ohren und lief an ihnen vorbei, hinaus in den Regen. Das kalte Wasser klatschte mir ins Gesicht und mischte sich mit meinen brennenden Tränen, während ich die Straße entlangrannte. Als ich schließlich stehen blieb und mich umsah, war mir Julian auf seiner Vespa gefolgt.

»Wohin willst du denn?«, fragte er und wischte sich den Regen aus dem Gesicht.

»Ich habe ihn gesehen«, sagte ich wieder. »Julian, er war wirklich in der Laube.«

»Dann muss er noch irgendwo sein.« Julian griff hinter sich und hielt mir einen zweiten Helm hin. »Komm schon, suchen wir ihn!«

Im ersten Moment war ich viel zu überrascht, um etwas sagen zu können. Dann schnappte ich mir den Helm und sprang zu Julian auf den Motorroller.

»Halt dich gut fest«, rief er mir zu. »Wir sehen zuerst im Dorf nach. Weit kann er in seinem Zustand noch nicht gekommen sein.«

Er gab Gas und sauste mit mir die Straße hinunter. Im Vorbeifahren sah ich Mum und den Polizisten, der gerade zum Streifenwagen zurückging.

Der Sanka war bereits weggefahren.

12

Wir fuhren durch die Nacht und ich klammerte mich an Julian fest. Über uns flackerten Blitze wie ein gigantisches Feuerwerk. Donnerschläge zerrissen krachend die Stille, und da unsere Schalenhelme kein Visier hatten, schlug uns der Regen ins Gesicht, während wir Straße für Straße abfuhren und nach dem verletzten Jungen Ausschau hielten.

Seit wir die Schaulustigen vor dem Haus hinter uns gelassen hatten, waren wir keiner Menschenseele mehr begegnet. Inzwischen musste es ungefähr halb fünf morgens sein und ganz Ulfingen schien um diese Zeit wie ausgestorben. Nur hin und wieder ging hinter einem der Fenster Licht an, wenn Julian mit laufendem Motor vor einer Gasse hielt, die zu schmal für seine Vespa war, um zu sehen, ob dort irgendjemand unterwegs war. Und einmal sah ich eine Katze, die aus einem Fußweg gerannt kam, um gleich darauf unter dem Vorbau eines Hauseingangs vor uns und dem Regen Schutz zu suchen.

Irgendwie fühlte ich mich wie im Traum, wobei ich nicht hätte sagen können, ob es ein Albtraum oder vielleicht sogar ein schöner Traum war.

Ich war immer noch aufgewühlt und höllisch nervös, ob wir den Jungen finden würden - wir *mussten* ihn ganz einfach finden -, aber gleichzeitig hatte Julians Nähe für mich auch etwas Beruhigendes. Er glaubte mir oder zumindest *wollte* er mir glauben. Damit gab er mir ein Gefühl von Sicherheit, das ich in den vergangenen Monaten so sehr vermisst hatte. Und es fühlte sich gut an, sich an ihn zu schmiegen – auch wenn mir dieser Gedanke im Augenblick etwas unpassend vorkam.

Julian schien ebenso wie ich fest entschlossen, alles zu tun, um die Existenz des Jungen zu beweisen – obwohl meine eigene Hoffnung mit jeder Straße nachließ, die wir uns weiter von unserem Haus und der Gartenlaube entfernten.

Ich musste an den genervten Sanitäter mit den Augenrändern denken, an seinen ungläubigen Blick, als ich sagte, der Junge sei weggelaufen.

Wir hatten die Ortsmitte erreicht, und Julian hielt vor einem Brunnen, in dessen Mitte eine Statue des Heiligen Georg emporragte, das Schwert gegen den Drachen erhoben, der sich um seine Beine schlängelte.

Julian wandte sich zu mir um und wischte sich den Regen aus dem Gesicht.

»Er kann unmöglich so weit gekommen sein«, rief er mir zu, um den laufenden Motor und das Donnern des Gewitters zu übertönen. »Nicht bei dem Mistwetter und wenn er wirklich verletzt gewesen ist.«

Ich nickte nur und sah frustriert in Richtung der Kirche, die sich düster hinter den grauen Regenschleiern abzeichnete.

Wenn wir weiter in diese Richtung fuhren, kämen wir an den Supermärkten vorbei und dann aus dem Ort hinaus. Der Junge hatte Unterschlupf in der Laube gesucht und ein Versteck. Er würde sicherlich nicht auf offener Straße aus dem Ort laufen, wenn er befürchtete, dass jemand hinter ihm her war.

»Lass uns zurückfahren«, sagte ich schließlich, auch wenn es mir höllisch schwerfiel. »Es hat keinen Wert, weiterzusuchen.«

»Du willst aufgeben?«

»Wo sollen wir denn noch suchen?«

Julian wiegte den Kopf. »Okay, fahren wir zurück. Aber dieselbe Strecke, die wir gekommen sind.«

»Noch einmal durch alle Straßen?«

»Ja, sicher. Oder willst du etwa nicht?«

Am liebsten wäre ich ihm für seine Zuversicht um den Hals gefallen, aber ich hielt mich zurück.

»Na, und ob ich will!«

»Also gut.« Er grinste mich an und wandte sich wieder nach vorn. »Und los geht's!«

»Die Hoffnung stirbt zuletzt.«

Das hatte meine Großmutter immer gesagt, und an diesen Spruch klammerte ich mich jetzt, ebenso wie an Julian, der mir zuliebe weitersuchte, auch wenn ich ihn deutlich durch seine dünne Regenjacke vor Kälte und Nässe zittern fühlte.

Nun ging es wieder bergauf, durch sämtliche schmalen Gassen und Straßen, jedes Mal mit einem Schwenk über die Hauptstraße, so wie vorhin.

Immer wieder musste ich mir den Regen aus den Augen blinzeln und hätte deswegen beinahe die Gestalt übersehen, die durch eine dunkle Seitengasse wankte.

Groß, dürr, unsicherer Gang ...

»Da ist er! Halt an!«

Julian bremste ab und der Motorroller machte mit dem Hinterrad einen Schlenker nach links. Kaum waren wir zum Stehen gekommen, sprang ich ab und lief der Gestalt nach, die ungefähr zweihundert Meter vor mir in einem Hinterhof verschwand.

Hinter mir hörte ich Julian rufen, doch ich lief weiter. Auf keinen Fall wollte ich den Jungen noch einmal aus den Augen verlieren.

In der Gasse hüllten mich Dunkelheit und der widerlich-süßliche Kompostgeruch einer Reihe Biomülltonnen ein. Die engen Hauswände warfen das Echo meiner patschenden Schritte zurück, dann gelangte ich in den Hinterhof.

Keuchend blieb ich stehen und versuchte, etwas in der Dunkelheit zu erkennen. Doch bis auf den schmalen Lichtstreifen, der hinter dem Vorhang eines Fensters im ersten Stock hervorquoll, war es viel zu finster.

Dann plötzlich packten mich zwei kräftige Hände und warfen mich gegen eine Hauswand. Ich stieß einen Schrei aus und starrte gleich darauf in das faltige, unrasierte Gesicht eines Betrunkenen. Er musterte mich aus weit aufgerissenen Augen und drückte mich noch fester gegen den rauen Fassadenputz.

»Lassen Sie mich sofort los«, schrie ich und wehrte mich erfolglos gegen seinen festen Griff.

»Hast du ihn gesehen?« Seine Stimme war rauchig und hart, und mit jedem Wort hauchte er mir seinen Schnapsatem ins Gesicht.

»Sie sollen mich loslassen!«

Wieder versuchte ich, ihn von mir wegzudrücken, aber er hielt mich eisern fest und funkelte mich drohend an.

»Sag mir erst, ob du ihn gesehen hast!«

»He!«, hörte ich Julian schreien. »Lass sie sofort in Ruhe!«

Plötzlich gingen Lichter in den Fenstern über uns an. Irgendwo hörte ich eine Männerstimme rufen: »Was soll der Krach da unten? Spinnt ihr?«

Nun wich der Mann zurück und ließ von mir ab. Für einen kurzen Moment verharrte er im Licht und ich konnte die abgerissene Gestalt des Obdachlosen erkennen. Seine Haare waren lang und speckig, die Windjacke hatte etliche Risse, ebenso wie seine vor Schmutz starrenden Jeans. Nur sein Rucksack mit dem roten *Fishbone*-Emblem an der Seite schien relativ neu zu sein. Wahrscheinlich hatte er ihn irgendwo geklaut oder aus dem Sperrmüll gezogen.

»Verschwinde!«, fuhr Julian ihn an, woraufhin der Mann abwehrend die Hände hob und durch die Gasse das Weite suchte.

»Alles in Ordnung mit dir?«, wollte Julian wissen.

Ich nickte. »Ja, mir ist nichts passiert.«

»Das war wohl Fehlanzeige.« Julian sah zum Ende der Gasse, wo seine Vespa im Regen auf uns wartete.

Der Obdachlose war verschwunden.

»Ich weiß nicht«, entgegnete ich. »Er wollte wissen, ob ich jemanden gesehen habe. Vielleicht meinte er damit den Jungen?«

»Denkst du, die beiden gehören zusammen?«

»Keine Ahnung. Vielleicht ist er ja der Kerl, der hinter dem Jungen her ist?«

Der Teufel, dachte ich, wagte es aber nicht auszusprechen.

»Fragen werden wir ihn nicht mehr können«, gab Julian zurück. »Er ist sicherlich längst über alle Berge.«

»Ja, schätze ich auch. Wird wohl keinen Sinn mehr haben, weiter nach dem Jungen zu suchen. Bestimmt hat er sich irgendwo versteckt.«

Julian senkte den Blick und betrachtete abwesend den Helm in seinen Händen. Er fror sichtlich und auch mir war in meinen nassen Klamotten kalt. Dann sah er wieder zu mir auf.

»Kann ich dich etwas fragen, Doro?«

»Sicher doch.« Ich machte mich auf eine Frage gefasst, die mir wahrscheinlich nicht gefallen würde. Das verrieten mir Julians Augen, die gleich wieder unruhig den Boden absuchten, als hätte er dort etwas verloren.

»Kann es sein, dass du diesen Kerl mit einem Jungen verwechselt hast?«

»Du meinst in der Laube?«

Er nickte. »Könnte doch sein, dass er dort vor dem Gewitter Schutz gesucht hat. Und du hast doch selbst gesagt, dass du den Jungen im Dunkeln nicht richtig sehen konntest.«

»Nein.« Ich schüttelte entschieden den Kopf. »Es war ein Junge. Er war etwa in unserem Alter und er wirkte nicht betrunken. Der Typ da eben hat wie ein Schnapsladen gerochen, aber der Junge in der Laube nicht.«

Julian schürzte nachdenklich die Lippen, dann setzte er seinen Helm wieder auf, den er sich vorhin vom Kopf gerissen hatte, als er auf den Obdachlosen losgegangen war.

»Okay«, sagte er, »lass uns zurückfahren.«

»Darf ich dich auch etwas fragen?«

»Klar.«

»Glaubst du mir, dass ich den Jungen gesehen habe? Ich meine, dass ich ihn *wirklich* gesehen habe?«

Wieder wich Julian meinem Blick aus und sah auf die große Pfütze zu seinen Füßen, in der sich das Licht einer Straßenlampe spiegelte.

»Du bist jedenfalls davon überzeugt«, sagte er dann, und ich verstand sofort, was er damit meinte.

Das Schlimme daran war, dass ich es ihm nicht einmal übel nehmen konnte.

13

Als ich noch ein kleines Mädchen war, hatte mir meine Großmutter die Geschichte vom Hirtenjungen erzählt, der aus Einsamkeit und Langeweile »Wolf!« gerufen hatte. Die anderen Hirten eilten ihm zu Hilfe, doch da war kein Wolf, und sie ärgerten sich.

Am nächsten Tag fühlte sich der Hirtenjunge wieder einsam. Also rief er abermals »Wolf!«, und sofort kamen alle wieder angelaufen. Als wieder kein Wolf zu sehen war, schimpften sie mit ihm und gingen zu ihren Herden zurück.

Doch am dritten Tag kam dann tatsächlich der Wolf und fiel über die Schafe des Jungen her. Aber so sehr der Hirtenjunge auch um Hilfe schrie, niemand kam.

Keiner glaubte ihm mehr.

14

Nachdem mich Julian nach Hause gebracht hatte, war ich sofort in mein Zimmer gegangen, ohne noch nach Mum zu sehen. Ich hatte meine nassen Sachen in eine Ecke geworfen, war in das weiteste T-Shirt geschlüpft, das ich finden konnte, und ins Bett gekippt. Ich war völlig erschöpft gewesen und hatte geglaubt, mindestens einen ganzen Tag lang schlafen zu müssen. Doch dann hatte ich im Bett gelegen und kein Auge zugebracht.

Mir war der Junge aus der Laube nicht mehr aus dem Kopf gegangen. Sein angsterfüllter Blick, seine flehende, gebrochene Stimme, die mich bat, Hilfe zu holen ...

So hatte ich mich für ein paar Stunden im Dunkeln hin und her gewälzt, bis die ersten Sonnenstrahlen durch mein Fenster fielen und ich Mum unten in der Küche hörte.

Als ich aufstand und aus dem Fenster sah, war außer ein paar Pfützen auf der Straße und dem nassen Gras im Garten nichts mehr vom Gewitter der vergangenen Nacht zu sehen.

Fast schien es, als hätte ich alles nur geträumt.

Ich war übernächtigt, und mein Kopf schmerzte, als ich zu Mum in die Küche hinabging. Sie stand am Fenster, hielt mit beiden Händen ihre Kaffeetasse umklammert und sah in den Garten hinaus. Neben ihr auf dem Campingtisch sprudelten zwei Aspirin in einem Wasserglas.

Als sie mich mit einem knappen »Guten Morgen« begrüßte, ohne sich dabei umzusehen, musste ich an Omas Geschichte vom Hirtenjungen denken.

Auch mir wollte niemand mehr glauben. Weder die Polizei noch die Sanitäter oder Julian. Und nun auch Mum nicht mehr.

Nur war der große Unterschied, dass ich nie aus Einsamkeit oder Langeweile »Wolf!« gerufen hatte. Ich hatte damals tatsächlich Kai gesehen. Er hatte schrecklich ausgesehen. So wie an jenem Morgen, an dem ich ihn in seinem Bettchen gefunden hatte.

Der Notarzt hatte mir später erklärt, dass Kai an einer Hirnblutung gestorben sei, aber das war nur die halbe Wahrheit gewesen. Denn Kais blau-violett verfärbtes Gesicht mit den hervorgequollenen Augen und dem weit aufgerissenen Mund war nicht direkt durch die Hirnblutung entstanden. Vielmehr war er an einem Krampf erstickt, den diese Blutung ausgelöst hatte.

Und mit diesem entsetzlichen Aussehen war er mir immer wieder erschienen. Das erste Mal war zwei Tage nach seiner Beerdigung gewesen. Plötzlich hatte ich sein Spiegelbild im Fenster des Klassenzimmers gesehen, woraufhin ich aus dem Unterricht gelaufen war, um im Schulhof frische Luft zu schnappen. Auch damals hatte ich viel zu wenig geschlafen gehabt und mir war entsetzlich übel gewesen.

Doch dann auf dem Weg zur Aula war Kai mir wieder entgegengekommen. Er war die Treppe herauf auf mich zugegangen und diesmal hatte ich ihn deutlich sehen können. Nur ein Dreikäsehoch, aber dennoch das Bedrohlichste und Schrecklichste, was ich je zuvor gesehen hatte.

Das Verrückte daran war, dass ich auch damals schon gewusst hatte, dass es nicht Kai sein konnte. Tote stehen nicht aus ihren Gräbern auf und laufen herum, das hatte ich natürlich gewusst – so weit hatte mein Verstand noch funktioniert. Und erst recht verfolgten sie einen nicht durch den Gang bis in die Mädchentoilette, wenn sie zu Lebzeiten noch nicht einmal richtig hatten laufen können. Was das betraf, war mein kleiner Bruder ziemlich bequem gewesen. Er hatte es genossen, wenn die Erwachsenen den »kleinen Wonneproppen« – noch so ein typischer Tante-Lydia-Ausdruck – herumgetragen und ihm die Welt gezeigt hatten.

Schau nur mal im Garten, Kai. Was macht der Papa denn da? Umgraben. Sag mal um-gra-ben.

Du willst lieber da rüber? Was ist denn da? Ach ja, da ist ja die Mama.

Ach, ist er nicht süß?

Nein, das, was mich damals durch die Schule verfolgt hatte, bis sie mich wie von Sinnen schreiend aus der Klokabine holten, war nicht Kai gewesen. Es war nur eine Erfindung meiner überspannten Fantasie gewesen.

Aber dennoch hatte ich geglaubt, dass mich jemand oder etwas verfolgt hatte. Ich hatte das Kai-Monster *gesehen* – so deutlich, wie ich jetzt Mum vor mir am Küchenfenster stehen sah. Es hatte die Hände nach mir ausgestreckt und mir Laute zugerufen, die keine Sprache gewesen waren – Kai hatte noch nicht richtig sprechen können –, sich aber dennoch wie eine Anklage angehört hatten.

Und dieses Monster hatte mir den Verstand geraubt.

Immer wieder war er mir erschienen. In meinem Krankenzimmer in der Psychiatrie, im Büro meines Therapeuten und auf der Straße bei meinem ersten Probeausgang.

Danach hatten sie mich wieder auf die Geschlossene gebracht, wo ich Kai noch eine Weile in der Ecke meines Einzelzimmers stehen sah. Dort hatte er mich angestarrt, während ich weinend im Bett lag und mir nichts sehnlicher wünschte, als dass dieser Wahnsinn endlich ein Ende nehmen würde.

»Ich will nicht verrückt sein«, hatte ich zur Zimmerdecke geheult. »Bitte, mach, dass es endlich aufhört!«

Dann hatten meine Medikamente zu wirken begonnen und die Begegnungen mit meinem toten Bruder waren weniger geworden. Sie hatten die Dosis erhöht, und ich wurde immer stabiler, auch wenn ich anfangs noch einen schrecklich trockenen Mund davon bekommen hatte. Doch mir war alles recht, solange das Kai-Monster nicht mehr um mich herum war.

Schließlich sah ich es dann gar nicht mehr. Nicht einmal als ich an meinen Klausuren teilnahm, obwohl sehr viel Stress damit verbunden gewesen war, weil ich viel Lernstoff hatte aufholen müssen.

Alles hätte gut werden können, bis ich gestern den Jungen in der Laube entdeckt hatte. Er war real gewesen, ja, es hatte ihn wirklich gegeben – aber sowohl Mum als auch alle anderen glaubten, ich würde wieder zu halluzinieren beginnen.

Nord hatte es ja auch prophezeit: Jetzt, da ich von allem Abstand gewonnen hatte, könnte es durchaus noch einmal ausbrechen. Weil die Anspannung nachließ und Stress entstand, den ich »vielleicht nicht sofort als Stress erkennen würde«.

Es musste so ähnlich sein wie bei den Ehepaaren, die sich das ganze Jahr über auf ihren Urlaub freuten, nur um sich dann schon am ersten Urlaubstag in die Haare zu kriegen – weil plötzlich alle angestauten Emotionen aus ihnen herausbrachen. Darüber konnte man jedes Jahr in der Zeitung lesen, kurz bevor die Ferienzeit begann.

Es ging also wieder los bei mir. Das glaubten zumindest alle, aber ich sah das anders. Der Junge gestern war nicht wie das

Kai-Monster gewesen. Er war keine Horrorgestalt aus einer Wahnfantasie gewesen. Ich hatte ihn doch *berühren* können. Ich hatte seine eiskalten Finger gespürt und sie hatten sich ebenso realistisch angefühlt wie Mums Taschenlampe mit den schwachen Batterien.

Herrgott, es darf einfach nicht wieder von vorn anfangen!

Obwohl das warme Sonnenlicht in die Küche schien, fröstelte ich. Es war, als hätte jemand nach dem glücklichen Abend von gestern über Nacht eine unsichtbare Mauer zwischen Mum und mir errichtet.

»Ich muss dreihundert Euro für den Fehleinsatz bezahlen«, sagte Mum leise. »Sie waren so nett und haben mir angeboten, dass ich es in Raten begleichen kann.«

Dann wandte sie sich zu mir um.

Sie trug ihr Kostüm, das sie sich extra für den neuen Job geleistet hatte, und hatte sich hübsch gemacht, aber dennoch konnte ihr Make-up die verschwollenen Augen nicht verbergen.

Mum hatte geweint und ihr trauriger Blick zerriss mir fast das Herz. Sie war nicht böse auf mich, das konnte ich jetzt deutlich erkennen. Nein, sie machte sich Sorgen.

Sorgen um den Freak.

Ich wollte etwas sagen, brachte jedoch keinen Ton hervor.

»Ich möchte, dass du heute noch zu Herrn Nord gehst«, sagte Mum. Sie bemühte sich, dass ihre Worte gefasst klangen. Dennoch war das Zittern in ihrer Stimme nicht zu überhören. »Hast du das verstanden, Doro? Du wirst zu ihm gehen.«

Wieder konnte ich nichts sagen, nur nicken.

Mum stellte ihre Kaffeetasse in die Spüle und trank ihr Aspirin aus. Dann strich sie mir im Vorbeigehen sanft über die

Schulter. Zu mehr Nähe schien sie in diesem Moment nicht fähig, da schon wieder Tränen aus ihren Augen quollen.

»Ich muss jetzt zur Arbeit.«

Sie eilte hinaus und gleich darauf fiel die Haustür ins Schloss. Ich hörte, wie sie aus der Einfahrt fuhr, und nun begann auch ich zu weinen.

Es war ein tiefschwarzes Gefühl der Verzweiflung, das mich schüttelte.

Erst als ich etwas vor der Hintertür zum Garten keuchen hörte, fand ich meine Fassung wieder. Ich sah zur Tür und dachte, dass es vielleicht ein Tier wäre, das draußen über das Holz strich.

Zunächst klang es auch wie das Hecheln eines Hundes, aber dann wurde das hektische Atmen immer stärker. Als würde jemand panisch um Luft ringen.

»Nein«, schluchzte ich. »Nein, nein, nein! Du bist nicht da.«

Ich presste mir die Hände auf die Ohren und noch immer war da dieses Keuchen und Röcheln. Es kam nicht aus dem Garten vor der Tür, es war in meinem Kopf. Diesmal wusste ich sicher, dass es nur in meinem Kopf war. Eine Einbildung, weil ich unter Stress stand. *Emotionalem Stress*, wie es mein Therapeut in der Klinik ausgedrückt hätte.

Also lief ich zur Tür, um meinen Verstand völlig davon zu überzeugen. Ich packte die Klinke und riss die Tür auf.

Sonnenlicht blendete mich und augenblicklich verstummte das Keuchen.

Das ist der Unterschied zu gestern, dachte ich. *Als ich noch einmal hingegangen bin, war der Junge immer noch da. Er war nicht einfach verschwunden, wie das Keuchgeräusch in meinem Kopf gerade eben. Also* muss *es ihn gegeben haben! Und als ich zurück zum Haus gegangen bin, ist er weggelaufen und hat sich irgendwo versteckt.*

Ich sah zu der alten Laube hinüber. Trotz des hellen Tageslichts erschien sie mir dunkel, als könnte das morsche Holz die Sonnenstrahlen schlucken. Ihre schwarzen Fenster schienen mich wie Augen anzusehen. Beinahe glaubte ich, dass sie mir spöttisch zuzwinkerten.

Doch das lag nur an einer vorbeifliegenden Amsel, die einen Schatten auf das Fensterglas geworfen hatte.

15

Selbst bei Tag war es beklemmend, die Laube zu betreten. Der Boden knarrte unter jedem meiner Schritte, und durch die Vormittagshitze, in der sich kein Luftzug regte, war es hier noch stickiger als letzte Nacht. Um mich herum hing der muffige Geruch, der so dunkelgrün wie uraltes Moos war.

Ich sah Staubflocken in den Sonnenstrahlen tanzen, die durch die Ritzen der Lattenwand fielen. Unter den Dachlatten hingen Spinnennetze. Sie ähnelten zerrissenen grauen Gardinen, die einst weiß gewesen waren. Unzählige Mücken, Fliegen und Bienen hatten sich darin verfangen, von denen nur noch ausgetrocknete Mumien übrig geblieben waren.

Auch die an die Wand gelehnten Gartengeräte, der Tisch mit den Tontöpfen und ein schlankes Büfett, das wohl einst in einer Küche gestanden hatte und nun mit alten Düngemittelfläschchen und Schneckenkornpackungen vollgestellt war, waren im Lauf der Jahre von den Spinnen eingewoben worden.

Vor mir und den Polizisten - *und natürlich dem Jungen* - musste schon lange niemand mehr hier gewesen sein. Sicherlich hatte sich der Vorbesitzer mit dem Weihnachtsmanngesicht wegen seines Alters nicht mehr um seinen Garten kümmern können. Wahrscheinlich hatte ihm nur ab und zu einer der Nachbarn den Rasen gemäht - aber wenn, dann nicht mit dem vorsintflutlichen Mäher, der neben dem Büfett unter einem Haufen Rupfensäcke vor sich hinrostete.

Mit dem Fuß schob ich die Tonscherben und den Spaten beiseite, den ich vergangene Nacht genommen hatte, um mich gegen die Gestalt im Dunkeln wehren zu können. Dann kniete ich mich nieder und sah unter den Tisch.

Der Boden war staubig und einige Ameisen krabbelten darauf herum. Ich sah, dass der Staub verwischt war, und nickte zufrieden.

»Das ist nicht von mir«, flüsterte ich. »Du warst wirklich hier, wer immer du auch gewesen bist.«

Dann sah ich noch etwas, und mein Herz begann, heftiger zu schlagen. Neben dem Weidenkorb erkannte ich Kratzer im Fußboden. Die Latten waren alt und grau, aber an den abgesplitterten Stellen schimmerte das Holz heller.

Ich nahm einen der Splitter in die Hand und fühlte das weiche Holz. Dann kratzte ich selbst ein wenig mit den Fingernägeln über den Boden und weitere Splitter entstanden.

»Na also. Und es geht ganz leicht.«

Ich nahm meine Halskette mit dem kleinen Medaillon ab, das mir meine Großmutter zur Erstkommunion geschenkt hatte. Der Anhänger ließ sich aufklappen und zeigte auf der Innenseite ein Madonnenbild. Ich nahm einige der Splitter, die der Junge hinterlassen hatte, und legte sie vorsichtig in das Medaillon. Gerade als ich es wieder zuklappte, fiel ein Schatten durch die Tür auf mich.

Erschrocken fuhr ich herum und sah zu Julian auf.

»Hi«, sagte er. »Tut mir leid, ich wollte dich nicht erschrecken. Aber die Laube stand schon wieder offen und ich dachte …«

»Schon gut.« Ich zeigte zu den Kratzspuren und dem verwischten Staub unter dem Tisch. »Hier, sieh dir das mal an. Das ist der Beweis. Da war wirklich jemand.«

Er kam zu mir und kniete sich neben mich. Ich mochte seine

Nähe und die Geste, mit der er sich die dunklen Haare aus dem Gesicht strich. Und ich mochte seinen Geruch. Ein bisschen Schweiß und dazu sein Duschgel oder Deo. Es war ein Geruch, der mich an ein intensives Blau denken ließ. Trotzdem war ich mir nicht sicher, ob dies wirklich seine Farbe war, denn da war auch noch ein dunkles Braun, das ich in seiner Gegenwart spürte, ohne es wirklich an etwas festmachen zu können.

Merkwürdig, dachte ich. *Irgendwie ist er nicht greifbar. Als ob er sich hinter einer Mauer verbirgt.*

Ich fragte mich, was ich entdecken würde, wenn ich hinter diese Mauer sehen könnte. Vielleicht den Grund für seine Traurigkeit, die mir schon bei unserer ersten Begegnung aufgefallen war und die auch jetzt von ihm ausging, wenn auch nicht so deutlich wie neulich.

»Ja«, sagte er und betrachtete den verwischten Staub. »Sieht so aus, als sei da etwas gewesen.«

»Nicht *etwas* und auch nicht dieser Kerl, dem wir heute Nacht begegnet sind, sondern der Junge.«

Julian schürzte die Lippen. »Ja, schon möglich.«

»Du klingst nicht überzeugt.«

Er sah mich seufzend an. »Doro, ich will dich nicht verletzen, aber das da muss nicht unbedingt von einem Menschen sein. Da könnten ebenso gut irgendwelche Ratten oder Mäuse herumgekratzt haben. Oder eine von den Nachbarkatzen. Ist ja kein großes Kunststück, in die Laube zu kommen. Erst recht nicht für ein Tier.«

Ich spürte, wie ich vor Ärger errötete, aber ich konnte ihn auch verstehen. Er hatte gestern gemerkt, wie wichtig es mir war, dass ich mich nicht getäuscht hatte. Wahrscheinlich dachte er jetzt, dass ich für keine andere Erklärung offen war und mir die Tatsachen so zurechtbiegen wollte, dass sich ein stimmiges Bild daraus ergab. Verrückte taten das manchmal, um nicht als verrückt zu gelten – das war wie mit Betrunkenen, die sich alle Mühe gaben, damit man ihnen ihren Zustand nicht anmerkte. Als Sohn eines Therapeuten würde er das wissen.

Aber er täuschte sich. Auf mich traf das in diesem Augenblick nicht zu. Im Gegenteil, dank der Kratzer auf dem Boden fühlte mich jetzt klarer denn je.

»Und dann wälzt sich das Tier ausgerechnet an der Stelle im Staub, an der ich den Jungen gesehen habe, und kratzt dort herum?«

»Na ja, ist nur so ein Gedanke gewesen«, sagte er und sah mich entschuldigend an. »Weil es eine der wenigen Stellen hier ist, an denen man überhaupt am Fußboden kratzen kann. Der Rest ist ja mit allem Möglichen zugestellt.«

Das stimmte freilich, aber trotzdem ...

Ich schluckte trocken. »Ich muss hier wieder raus. Hier bekommt man ja kaum Luft.«

Wir gingen hinaus ins Freie, wo die Sonne brennend heiß vom wolkenlosen Himmel stach. Dort standen wir für einen Moment und rieben uns die Augen wie geblendete Maulwürfe.

»Warum warst du eigentlich gestern Nacht so schnell bei mir?«, fragte ich schließlich, als meine erste Enttäuschung über Julians Zweifel abgeflaut war.

»Ich hatte dich schreien gehört, als ich im Garten war.«

»Mitten in der Nacht?«

»Ja ...«

Er grinste unsicher, sah sich nach allen Seiten um und zog dann ein Päckchen Marlboro zur Hälfte aus seiner Hosentasche.

»Ab und zu brauche ich das«, sagte er leise und schob die Zigarettenschachtel sofort wieder in die Tasche zurück. »Aber verrate das bloß nicht meinem Vater. Der Gesundheitsapostel würde mir den Kragen umdrehen.«

»Womit er vollkommen recht hätte«, entgegnete ich. »Das Zeug kann einen umbringen.«

»Du hast wohl keine schlechten Angewohnheiten, was?«

»Bis auf die, dass ich fremde Jungen sehe, die außer mir niemand sieht, nicht.«

»Hey!« Er legte mir eine Hand auf die Schulter. »So war das doch nicht gemeint. Ich würde dir ja gerne glauben, aber irgendwie ... na ja, irgendwie ...«

Er sah mich ratlos an und ich trat von ihm zurück. Es war schön gewesen, seine Berührung zu spüren, und ich hatte mich wieder bei diesem schmetterlingsähnlichen Gefühl ertappt, das mir fast so gelb wie Mums Sonnenblumen im Flur vorkam.

Aber ich wollte nicht, dass Julian mich aus Mitleid berührte. Schon gar nicht er.

»Ist gut«, sagte ich. »Ich weiß, was du meinst. Mach dir mal keinen Kopf deswegen. Ist nicht das erste Mal, dass man mir nicht glaubt.«

Wieder machte Julian eine hilflose Geste. »Doro, bitte versteh doch ...«

»Wirklich«, unterbrach ich ihn. Ich wollte das jetzt nicht vertiefen. Es tat schon weh genug. »Lass es gut sein, es ist okay.«

Meine Hand zitterte vor Ärger und Hilflosigkeit, als ich die beiden Zehn-Euro-Scheine aus meiner Jeans zog und sie ihm hinhielt.

»Hier. Die wollte ich dir nachher vorbeibringen, wenn ich zu deinem Vater gehe.«

Dorthin, wo Freaks wie ich hingehören, dachte ich finster. *Zu einem Seelenklempner.*

Julian nickte wortlos, sah mich kurz an und ging. Auch wenn es jetzt noch mehr wehtat als vorhin, war ich ihm dankbar, dass er sich nicht weiter bei mir entschuldigte.

Wenigstens war er ehrlich zu mir.

Ich blieb allein im Garten zurück und dachte über Mum und Julian nach. Und über mich und die Holzsplitter in meinem Medaillon.

Ich musste ihnen beweisen, dass ich nicht verrückt war. Ihnen, aber auch mir selbst. Dies war vielleicht meine einzige Chance, mit dem Freak in mir fertigzuwerden, wegen dem Mum sich nachts die Augen ausweinte. Ein für alle Mal.

Ich musste diesen Jungen finden. Auch wenn ich noch keinen blassen Schimmer hatte, wie ich es angehen sollte. Ich wusste ja nicht einmal, wer er war. Oder wer ihn verfolgte ...

Der Teufel.

Teil 2

23:19 UHR

16

Ich hielt das Versprechen, das ich Mum gegeben hatte, auch wenn es mir nicht leicht fiel. Alles in mir sträubte sich dagegen, den Klingelknopf über dem *F. NORD*-Türschild zu drücken. Es kam mir wie das Eingeständnis vor, dass ich mich selbst für verrückt hielt.

»Ich tue es für Mum«, redete ich mir zu, überwand meinen inneren Widerstand und läutete.

Nord hatte mich bereits erwartet. Wahrscheinlich hatte Mum bei ihm angerufen – heute Morgen, noch bevor ich aufgestanden war.

Nachdem ich ihm meine Version von den Ereignissen der letzten Nacht erzählt hatte, saßen wir uns eine Weile schweigend gegenüber, eingehüllt vom Sandbraun seines Sprechzimmers. Nur das Summen einer Fliege war zu hören, die den sinnlosen Versuch unternahm, durch die Glaswand zurück in den Garten zu gelangen.

Nord hatte eine Karaffe mit einem gelblichen Getränk auf den Tisch gestellt und uns beiden eingeschenkt. Es roch fruchtig und frisch nach Bitter Lemon und Lycheesaft. Aber die Lychees, die mit den Minzblättern in meinem Glas schwammen, erinnerten mich viel zu sehr an blinde Augäpfel, als dass ich auch nur einen Schluck davon hätte probieren können.

»Na schön.« Nord brach schließlich die Stille. »Wenn es also nicht der Obdachlose gewesen ist, den du in eurer Gartenlaube gesehen hast, wer war es dann? Wer war der Junge? Und wohin sollte er deiner Meinung nach verschwunden sein?«

»Ich weiß es doch nicht«, sagte ich und seufzte erschöpft. »Hat es denn überhaupt einen Sinn, dass ich Ihnen davon erzähle?«

»Sicher.«

»Obwohl Sie mir nicht glauben?«

Nord sah mich forschend an. Er wirkte müde und abgespannt, und ich fragte mich, ob er in dieser Nacht ebenso wenig geschlafen hatte wie Mum und ich. Hatte er mitbekommen, was bei uns geschehen war? Das musste er eigentlich, bei all dem Trubel mit Polizei und Rettungswagen, aber ich hatte ihn nicht unter den Schaulustigen gesehen. Und er war auch nicht zu uns gekommen, bevor Julian und ich uns auf die Suche nach dem Jungen gemacht hatten. Sicherlich wäre er das, wenn er Julian bei uns gesehen hätte. Vielleicht war er aber auch gar nicht zu Hause gewesen?

»Es geht nicht darum, was ich glaube«, sagte er, »sondern um das, was *du* gesehen zu haben glaubst. Vielleicht war da wirklich jemand, aber es kann ebenso sein, dass dir dein Verstand einen Streich gespielt hat.«

»Nein«, widersprach ich entschieden. »Diesmal nicht.«

»Ach ja, deine Beweise. Die Splitter vom Holzboden und der verwischte Staub.«

Ich umklammerte mein Medaillon und schluckte gegen meine Tränen an. »Ja, es sind Beweise. Bestimmt nicht die besten, aber es *sind* Beweise.«

»Sicherlich sind sie das für dich, Doro. Aber nicht immer müssen die Dinge so sein, wie sie für uns scheinen. Kennst du die Geschichte von Don Quijote, der gegen die Windmühlenflügel kämpfte?«

»Ja, klar. Warum?«

»Er hielt sie für Riesen, wohingegen sein Weggefährte sehen konnte, dass es nur Windmühlenflügel waren.«

»Soll das heißen, dass Sie jetzt mein Sancho Panza sind?«

»In gewisser Hinsicht schon, Doro. Denn manchmal ist es wichtig, jemanden zu haben, der einem erkennen hilft, was wahr ist und was nicht. Nur weil es diesmal nicht dein toter Bruder gewesen ist, den du gesehen hast, muss es noch nicht heißen, dass der Junge von heute Nacht keine Halluzination gewesen ist.«

»Und warum nicht?«

Nord rieb sich müde übers Gesicht. »Sieh mal, Doro, ein Wahnbild kommt nicht von ungefähr. Meist ist es die Fehlinterpretation von Informationen, die in unseren Erinnerungen abgespeichert sind. Nach deinem Schock war es Kai, den du gesehen hast. Ein ganz konkretes Bild, über das du furchtbar erschrocken warst. Dein Verstand ist nicht damit klargekommen und hat es wieder und wieder aufgerufen, um es zu verarbeiten.«

»Ich weiß«, entgegnete ich ungeduldig, »das hat mir mein Psychiater schon ausführlich erklärt. Also, sagen Sie schon, worauf wollen Sie hinaus?«

»Auf das Verdrängte, an das du dich nicht mehr erinnern kannst. In der Nacht vor Kais Tod. Etwas muss geschehen sein, weshalb du dich schuldig fühlst, obwohl es keinen ersichtlichen Grund dafür gibt.«

»Was sollte dieser Junge damit zu tun haben?«

»Nun ja, der menschliche Verstand arbeitet gerne mit Assoziationen und Symbolen, wenn er sich zu erinnern versucht.«

Ich schüttelte den Kopf. »Wenn Sie damit andeuten wollen, dass ich diesen Jungen irgendwoher kenne, dann ...«

»Nein, nein«, sagte Nord. »Das will ich nicht. Ich beziehe mich nur auf deine Beschreibung des Jungen. Unnatürlich große und schwarze Augen ...«

»Ja, weil seine Pupillen geweitet waren.«

»Wie die deines toten Bruders, nicht wahr?«

Ein Schauer durchlief mich. »Aber ...« Ich konnte nicht weitersprechen.

»Du hast gesagt, du hättest seine Hände berührt und sie seien eiskalt gewesen. *Wie die eines Toten.* Das waren vorhin deine Worte, Doro.«

»Aber so hatte ich es nicht gemeint.« Ein Gefühl der Ohnmacht stieg in mir auf, während die Fliege am anderen Ende des Raumes immer hektischer gegen die Glaswand prallte.

»Wirklich nicht? Doro, du hast mir vorhin ein bleiches Gespenst beschrieben. Eine Gestalt wie aus einer Gruselgeschichte, die dich vor dem Teufel gewarnt hat, der sie verfolgt. Kann es denn nicht sein, dass das nur ein Bild aus deinem Unterbewusstsein gewesen ist? Etwas, das dir real erschien, aber in Wirklichkeit nur ein Symbol gewesen ist? Vielleicht sollte dich der Junge ja zu deiner verdrängten Erinnerung führen?«

Wolf, dachte ich, *er glaubt nach wie vor, dass ich wieder »Wolf« geschrien habe.*

»Doro.« Nord sah mich eindringlich an. »Gab es noch weitere Halluzinationen in den letzten Tagen? Hast du Dinge gesehen oder gehört, die nicht da sein konnten? Es ist wichtig, dass du ehrlich mit mir bist. Nur dann kann ich dir helfen.«

Ich dachte an das Keuchen heute Morgen vor der Küchentür. An das Röcheln, das sich mir gestern aus dem Obergeschoss genähert hatte, während das Telefon geklingelt hatte. An meine panische Angst vor dem verdammten Klingeln.

Dann schüttelte ich den Kopf, konnte meine Tränen aber nicht zurückhalten.

Ich sah Mums verweinte Augen vor mir, wurde wieder daran erinnert, dass sie sich Sorgen um mich machte – um ihre Tochter, die gleichzeitig ihre allerbeste Freundin war. Ihretwegen saß ich jetzt hier bei Nord. Weil ich es ihr versprochen hatte und weil ich es nicht ertragen konnte, dass sie sich weiter Sorgen um mich machen musste.

Gleichzeitig dachte ich aber auch daran, dass es wohl nie mehr ein Ende nehmen würde. Ich würde den Rest meines Lebens der Freak bleiben, wenn ich mich jetzt nicht dagegen wehrte.

Aber wie sollte ich das schaffen, wenn mich niemand ernst nahm? Wenn mir Nord mit irgendwelchen Theorien über mein Unterbewusstsein kam, statt mir einfach einmal zu glauben? War das denn so verdammt viel verlangt?

»Weißt du, Doro, in gewisser Hinsicht spielt es aber auch keine Rolle, ob der Junge real gewesen ist oder nicht. Sehr viel wichtiger ist, wie du damit umgehen willst.«

»Wie meinen Sie das?«

»Ich meine damit«, sagte Nord und beugte sich zu mir vor, »dass du jetzt für dich selbst an erster Stelle stehen solltest. Deine Zukunft. Du willst im September an die Schule zurückkehren und dich auf dein Abitur vorbereiten. Das wird dir viel Energie abverlangen. Energie, die du jetzt sammeln solltest, statt sie mit der Jagd nach Phantomen zu vergeuden.«

»Herrgott, der Junge war kein Phantom! Wie oft muss ich das noch sagen?«

Ich stellte mein Glas auf die Tischplatte zurück – heftiger als nötig, sodass ein wenig von dem Saft überschwappte und die Lychee-Augäpfel wild in der trüben Flüssigkeit umhertanzten.

Nord nickte und blieb weiterhin dicht vor mir. »Also gut, Doro. Ich glaube dir. Du hast einen Jungen in der Laube gesehen. Und er hat dich um Hilfe gebeten. Aber nun ist er verschwunden. Niemand weiß, *wer* er ist und *wohin* er verschwunden ist. Das sind die Tatsachen und sie lassen sich nicht ändern. Nun kommt es darauf an, was du daraus machst.«

»Was sollte ich denn Ihrer Meinung nach daraus machen?«

»Es dabei bewenden lassen«, sagte er und lehnte sich wieder zurück. »Mach jetzt nicht den Fehler, allen beweisen zu wollen, dass du recht hast, sondern konzentriere dich darauf, stabil zu werden. Das ist jetzt, was für dich zählen sollte.«

Im letzten Punkt musste ich ihm zustimmen. Ich würde mein Abi nicht schaffen – zumindest nicht so gut, wie ich es mir vorgenommen hatte –, wenn ich nicht endlich wieder stabil würde. Es musste endlich aufhören mit meinen Heimsuchungen.

»Aber was hilft es mir, stabil zu sein, wenn weiterhin jeder an mir zweifelt?«, gab ich zurück. »Haben Sie mal den Film *A Beautiful Mind* gesehen? Die Szene, in der sich der Mann mit dem Müllmann unterhält, aber seine Frau glaubt ihm nicht, weil der Müll nie an diesem Wochentag abgeholt wird? Sie glaubt ihm erst, als sie selbst den Müllwagen wegfahren sieht. Genauso fühle ich mich jetzt auch. Aber so kann das doch nicht ewig weitergehen.«

»Du wirst es nicht besser machen, wenn du ständig versuchst, deine Aussagen zu beweisen«, sagte Nord und schlug die Beine übereinander. »Der einzig hilfreiche Weg für dich wäre, wenn du der Ursache für deine Halluzinationen auf den Grund gehst. Wir sollten uns endlich auf diesen Weg machen und herausfinden, was dich so sehr belastet, dass sich dein Verstand mit allen Mitteln weigert, sich daran zu erinnern. Denn da ist die Quelle deiner Wahnbilder verborgen. Deshalb tauchen sie immer wieder unkontrolliert auf. Diesem unbekannten Jungen kannst du nicht mehr helfen, er ist weg. Also hilf dir jetzt selbst. Gewinne wieder die Kontrolle.«

Für einige Sekunden schienen seine Worte wie Bilder im Raum zu stehen. Ich sah einen dunklen See vor mir, auf dessen Grund etwas schlummerte, das mir Angst machte. Bläschen stiegen empor, und es hörte sich wie ein Röcheln an, wenn sie an der Oberfläche zerplatzten.

Und dann konnte ich den unbekannten Jungen am gegenüberliegenden Ufer sehen. Aber er war viel zu weit von mir entfernt, um ihn richtig erkennen zu können.

Wie ein Phantom.

»Was denken Sie«, sagte ich nachdenklich. »Was verheimliche ich vor mir selbst?«

»Etwas, womit du im bewussten Zustand nicht fertig wirst«, antwortete Nord, der mich mit unbeweglicher Miene beobachtet hatte. »Wir müssen in dein Unterbewusstsein vordringen, um es herauszufinden.«

Er sah auf seine Armbanduhr und erhob sich. »Aber nicht mehr heute. Wir reden beim nächsten Mal darüber. Ich muss in ein paar Minuten zu einem Termin.«

Er ging zu seinem Schreibtisch, zog eine Schublade auf und nahm ein mir vertrautes Päckchen heraus. Dann kehrte er zu mir zurück und reichte es mir.

Nepharol stand auf der Packung. Darunter konnte ich in kleinerer Schrift das Wort *Musterpackung* lesen.

»Hier«, sagte Nord. »Wir erhöhen deine Dosis. Statt einer halben wirst du ab heute zwei halbe Tabletten nehmen, jeweils morgens und abends.«

Ich stand ebenfalls auf, nahm das Päckchen und hielt es hoch. »Sie erhöhen die Dosis, weil Sie mir nicht wirklich glauben, dass ich den Jungen gesehen habe. Stimmt's?«

Nord atmete tief durch. »Nein, Doro, ich glaube dir. Ich bin ebenso wie du überzeugt, dass du ihn gesehen hast. Aber ich bin auch dein Sancho Panza, vergiss das nicht. Also lass uns herausfinden, ob es tatsächlich ein Riese oder doch nur ein Windmühlenflügel gewesen ist. Um bei diesem Vergleich zu bleiben.«

»Na gut«, sagte ich und betrachtete seufzend die Tabletten. »Es wird wohl nicht anders gehen.«

Nord berührte mich an der Schulter und drückte sie mit beinahe väterlichem Blick. »Niemand will dir etwas Böses, Doro. Weder deine Mutter noch ich noch sonst irgendjemand. Wir wollen dir nur helfen.«

»Ich weiß. Aber was würden Sie tun, wenn jeder behaupten würde, dass Sie splitternackt sind, obwohl Sie selbst davon überzeugt sind, dass Sie Ihre Leinenhose und das helle Sommerhemd tragen? Wie kämen *Sie* sich vor, wenn Sie doch den Stoff auf Ihrer Haut spüren könnten?«

»Ich wäre irritiert, so wie du jetzt«, entgegnete er und sah an sich herab. »Wahrscheinlich würde ich sicherheitshalber einen Mantel überziehen, meine Tabletten nehmen und abwarten, ob ich den Stoff dann immer noch spüren würde.«

»Es ist einfach ein beschissenes Gefühl«, sagte ich und ging zur Tür. »Wenn ich mir selbst nicht mehr trauen könnte, wem könnte ich dann noch trauen?«

Ich hatte die Tür zum Flur schon geöffnet, als Nord mir hinterherkam. »Doro?«

Als ich mich zu ihm umsah, erschrak ich. Er sah plötzlich verändert aus. Zerbrechlich und schwach, und wieder spürte ich, dass ihn etwas bedrückte. Seine Schultern hingen kraftlos herab und im Halbdunkel des Flurs traten die aufgeschwollenen Tränensäcke in seinem schlanken Gesicht noch deutlicher zum Vorschein.

»Ich möchte dich noch um etwas bitten«, sagte er und räusperte sich. »Um etwas Privates, das nichts mit der Therapie zu tun hat.«

»Ja?«

»Es geht um Julian.«

»Um Julian?«

Wieder räusperte er sich. »Mir ist aufgefallen, dass ihr beiden euch gut versteht. Das ist schön, aber ich ... Ich möchte dich trotzdem bitten, ihn nicht zusätzlich mit Problemen zu belasten.«

Beinahe automatisch ballten sich meine Hände zu Fäusten.

»Was soll das heißen? Dass er sich nicht mit einer Verrückten abgeben soll?«

Sofort machte Nord eine abwehrende Handbewegung. »Nein, Doro, das meine ich nicht. Bitte versuche, mich zu verstehen. Julian ... Nun ja, er macht gerade eine schwere Zeit durch.« Er schluckte und fügte hinzu: »*Wir beide* machen eine schwere Zeit durch. Julians Mutter ... meine Frau ... Sie liegt im Sterben. Ich wollte nur, dass du das weißt.«

Wieder hörte ich die Fliege in Nords Sprechzimmer gegen das Glas prallen. Ihr verzweifeltes Summen verfolgte mich noch, als ich das Haus schon längst verlassen hatte.

17

Zu Hause setzte ich mir Kopfhörer auf, drehte meinen iPod auf volle Lautstärke und dröhnte mich mit Musik zu, während ich meinen Frust auf einem Skizzenblock austobte.

Seit Wochen schon hatte ich nicht mehr gezeichnet, zum einen weil ich für meine Klausuren hatte lernen müssen, aber auch weil mein Kopf entsetzlich leer gewesen war, sobald ich den Zeichenblock aufgeklappt hatte. Etwas in mir hatte mich blockiert, meine Gedanken in Bilder zu fassen – sicherlich dasselbe Etwas, das auch meine Erinnerungen vor mir zurückhielt. Doch nun entstand ein wirres Pastellmosaik, das bestens zu meiner Stimmung passte, wobei mir abwechselnd die Foo Fighters, die Nine Inch Nails und Marilyn Manson in die Ohren brüllten.

Nach einer Weile ging es mir wieder besser und ich besah mein neuestes Werk.

Prima, dachte ich, *mein Kunsttherapeut in der Klapse hätte seine wahre Freude daran gehabt.*

Ich überlegte mir einen Titel für das Bild und schrieb VERWIRRUNG darunter. Dann schüttelte ich den Kopf.

»Nein, nicht aussagekräftig genug.«

Ich strich das Wort durch und übermalte es mit einem fetten knallroten FUCK YOU.

»Das sollten wir unbedingt diskutieren«, imitierte ich den Kunsttherapeuten. Ich stellte mir dabei das verdutzte Gesicht des riesigen Mannes mit der grauen Lockenmähne und der unverhältnismäßigen Fistelstimme vor, der mir immer wie ein Klischee vorgekommen war.

Bei dieser Vorstellung musste ich lachen. Ich legte das Bild in meine Skizzenmappe. Sollte ich es jemals zu einer eigenen Ausstellung in einer Galerie schaffen, wüsste ich auch schon den Preis, den ich für dieses Bild verlangen würde: dreihundert Euro.

»Ich brauche einen Job«, sagte ich zu mir selbst.

Ich wollte Mum die dreihundert Euro zurückgeben, die sie für den Fehleinsatz zahlen musste – auch wenn ich nach wie vor fest davon überzeugt war, dass ich richtig gehandelt hatte.

Das wöchentliche Anzeigenblatt mit den Werbebeilagen der Supermärkte, in denen Mum einige Sonderangebote markiert hatte, war mir bei der Jobsuche keine große Hilfe. Außer einigen unseriösen Anzeigen, die mir »viertausend Euro und mehr im Monat« versprachen, ohne zu verraten, wie man sie sich verdienen konnte, fand ich nichts darin.

Also holte ich Miss Piggy aus der Garage und radelte in den Ort hinunter. Dort würde ich eben überall nachfragen.

18

Zwei Stunden später hielt ich frustriert vor einem Eiscafé – dem einzigen Lokal in Ulfingen, das Tische im Freien anbot. Ich hatte alle drei Supermärkte, einen Getränkeladen, eine Gärtnerei, eine Bäckerei, eine Metzgerei und vier kleine Geschäfte abgeklappert, doch nirgendwo konnte man eine Aushilfskraft gebrauchen.

Wenn alle Stricke rissen, überlegte ich, könnte ich Mum fragen, ob ich mich bei ihrem neuen Arbeitgeber vorstellen kann. Aber das wäre nur die letzte Notlösung gewesen, da ich zum einen nicht glaubte, dass es Ferienjobs in einem Autohaus gab. Und zum anderen wollte ich nicht, dass Mum etwas davon mitbekam. Ich wollte sie mit dem Geld überraschen.

Doch dazu musste ich erst welches verdienen.

Also betrat ich *Pinos Gelateria*, wie sich das Eiscafé nannte, und genoss die Kühle, die eine kleine Klimaanlage über der Theke verströmte.

Abgesehen von dem jungen Pärchen, das draußen unter einem Sonnenschirm saß und sich einen Eisbecher teilte, gab es nur noch zwei weitere Gäste. Die beiden älteren Männer – sicherlich Rentner – saßen an der Theke und schauten gemeinsam mit dem Wirt eine Sportsendung im Fernsehen. Dann sah ich noch einen dünnen, rothaarigen Jungen, der ein Plakat an der Innenseite des Schaufensters befestigte.

»Oh, ein neues Gesicht«, sagte der Wirt, als er mich hereinkommen sah. Er war ein kleiner rundlicher Mann mit italienischem Akzent und einem riesigen Schnauzbart, bei dem ich an ein Walross denken musste. »Ich bin Pino. Was kann ich für dich tun, bella ragazza? Möchtest du ein schönes großes Eis gegen die Hitze? Joghurt, Amarena oder Stracciatella vielleicht?«

»Nun ja«, sagte ich und lächelte so breit ich konnte, »eigentlich suche ich einen Job.«

»Einen Job?« Pino hob die Brauen und lächelte zurück.

»Ja, vielleicht als Bedienung, oder brauchen Sie jemanden, der hier putzt und aufräumt? Ich mache wirklich alles.«

»Mi dispiace, ragazza«, entgegnete Pino und sah mich mit ehrlichem Bedauern über die Eistheke an. »Wenn ich mehr Gäste hätte, könnte ich dir vielleicht Arbeit geben. Aber zurzeit kann ich froh sein, wenn ich mich und meine Familie mit dem bisschen durchbringe, was ich hier verdiene. Diese Ulfinger Banausen kaufen lieber billiges Supermarkteis als mein köstliches hausgemachtes.«

»Schade.« Ich zuckte mit den Schultern. Hier zu jobben, hätte mir Spaß machen können.

»Kann ich sonst etwas für dich tun, bella?«

Ich war noch müde von letzter Nacht und hatte auch keine Lust, wieder nach Hause zu fahren, wo mir nur die Decke auf den Kopf fallen würde. Also bestellte ich einen Latte macchiato mit Haselnusssirup, um mich wach zu halten, und setzte mich damit ins Freie.

Dort ertappte ich mich dabei, dass ich immer wieder heimlich zu dem Pärchen sehen musste. Sie waren frisch verliebt, das war offensichtlich; sie kicherten und fütterten sich gegenseitig mit Eis und Schlagsahne.

Ich musste an Julian denken. Daran, was sein Vater mir gesagt hatte. Nun war mir auch klar, warum Julian so unendlich traurig ausgesehen hatte, als ich ihn kurz nach meiner Ankunft im neuen Haus aus dem Fenster beobachtet hatte. Das war es also, was er hinter der dunkelbraunen Mauer verborgen hielt. Es musste ihm schrecklich gehen, das konnte ich nur zu gut nachvollziehen.

»He, du!« Eine Stimme riss mich aus meinen Gedanken.

Es war der Junge, der das Plakat aufgehängt hatte. Ich schätzte ihn auf achtzehn oder neunzehn, vielleicht auch schon zwanzig. Er war unglaublich dürr und bis auf ein paar gerötete Stellen an seinen Armen so bleich, als hätte er noch nie das Tageslicht gesehen. Über sein Gesicht zog sich eine breite Spur Sommersprossen und sein Haar leuchtete kupferrot in der Sonne.

Am interessantesten aber fand ich seine Augen, die verschiedene Farben hatten. Das eine war grün, das andere braun. Sie musterten mich aufmerksam und irgendwie frech.

»Hi«, sagte ich.

»Ich hab vorhin mitbekommen, dass du auf Jobsuche bist.«

Er setzte sich zu mir, stibitzte wie selbstverständlich den Keks von meinem Unterteller und biss hinein.

»Ich heiße David«, stellte er sich schmatzend vor. »Vielleicht hätte ich da was für dich.«

Er versuchte, besonders cool zu wirken, aber für meinen Geschmack kam das zu aufgesetzt rüber.

»Schmeckt mein Keks?«

»Geht so«, sagte er und betrachtete ihn abschätzend. »Wir haben dieselbe Marke in der Cafeteria. Meinen Eltern gehört das Freibad, weißt du. Ich könnte sie fragen, ob sie einen Job für dich hätten. Aber eigentlich können wir sowieso immer Hilfe gebrauchen.«

Ich sah ihn erstaunt an. »Ulfingen hat ein Freibad?«

»Klar.« David nickte und verputzte auch den Rest meines Kekses. »Ist nicht gerade das größte im Umkreis, aber zurzeit ist da die Hölle los bei der Hitze. Also, was ist? Willst du? Mein Auto steht da drüben.«

Er deutete zu einem klapprigen tarngrünen Geländewagen, auf dessen Motorhaube ein krakeliger Schriftzug prangte: THE BARLOWS.

Mir fiel das Plakat wieder ein, das ich gesehen hatte, als ich mit Mum am Tag meiner Ankunft an der Unfallstelle im Stau gestanden hatte. War es nicht das gleiche Plakat gewesen, das David gerade vorhin im Eiscafé aufgehängt hatte?

»Na? Hat es dir die Sprache verschlagen?«

»Ich steige nicht zu Fremden ins Auto«, entgegnete ich und fühlte mich ziemlich überrumpelt.

Vielleicht lag es auch daran, dass ich mir noch nicht ganz sicher war, welche Farbe dieser David hatte. Ich tendierte zu einem Eierschalenton, in den sich dezentes sensibles Rosa mischte. Und es passte so gar nicht zu seinem selbstbewussten Auftreten.

Wir alle tragen Masken. Das war so ziemlich das Sinnvollste, was ich von meinem lockenmähnigen Kunsttherapeuten gelernt hatte. Und dieser David trug die falsche Maske. Sie passte nicht richtig, sodass seine Unsicherheit dahinter hervorschaute. Aber falls er merkte, wie ich über ihn dachte, zeigte er es nicht. Stattdessen grinste er breit.

»Du glaubst wohl, ich will dich nur abschleppen, was? Na schön, kannst es dir ja noch überlegen, Süße. Mein Angebot steht.«

Er sprang auf und legte mir einen zerknitterten Werbeflyer auf den Tisch. Ich las

Komm nach

ATLANTIS

Das große Frischeerlebnis für Jung und Alt!

Beheiztes Freibad mit Kinderbecken

Geöffnet vom 15. Mai bis 15. September

Darunter standen die Öffnungszeiten, die Adresse und eine Telefonnummer.

»Ich werde um fünf am Eingang auf dich warten«, sagte er und setzte eine große Sonnenbrille auf, die noch weniger zu ihm passte als sein übriges cooles Gehabe. »Also sei pünktlich, okay?«

Ohne eine Antwort abzuwarten, stakste er zu dem Geländewagen, sprang übertrieben lässig hinein und fuhr mit aufheulendem Motor davon. Dabei schepperten die Foo Fighters aus seinem Radio.

Seltsamer Kerl, dachte ich. *Aber er hat einen guten Musikgeschmack.*

»Mit dem solltest du aufpassen«, sagte Pino, der plötzlich hinter mir stand. Ich hatte ihn nicht herkommen hören.

»Kennen Sie ihn?«

»Si. Seinen Eltern gehört das Freibad. Sind nette Leute, aber ihr Sohn ...« Er zog die Stirn in Falten und ließ den Zeigefinger neben der Schläfe kreisen. »Wenn du mich fragst, ist der Junge *pazzo*. Lass dich lieber nicht mit ihm ein.« Dann lächelte er mich wieder an. »Hast du Lust auf eine Kugel frisches Eis? Geht natürlich auf mich, wenn ich dir schon sonst nicht helfen kann.«

Wenig später stand ich neben Miss Piggy, leckte ein köstliches Limoneneis und betrachtete den Flyer. Inzwischen war es zwei

Uhr nachmittags, mir blieben also noch drei Stunden Zeit. Aber es gab eigentlich nichts mehr zu überlegen.

Pazzo oder nicht, ich brauchte einen Job. Und schließlich war ich ja ebenfalls pazza.

19

Schon von Weitem konnte ich das Lachen und Toben spielender Kinder und das Platschen der Leute auf der Wasserrutsche hören. Es war ein heimeliges Geräusch, das ich sofort mit meiner Grundschulzeit und dem leuchtend hellen Wort *Sommerferien* verband – mit Eiscreme und Pommes frites, Chlorwasser und Sonnenmilch, brauner Haut und Gelächter.

Später, als wir aufs Gymnasium gegangen waren, hatten wir uns lieber an den Seen um Fahlenberg getroffen, wo man richtig Party machen und laute Musik hören konnte, ohne dass sich jemand beschwerte. Dort waren wir uns viel erwachsener vorgekommen als in der Nähe des Kinderbeckens.

Wir – das waren meine Freundinnen, die Jungs und ich gewesen. Dieselben Leute, die später nichts mehr mit mir zu tun haben wollten und die mir dadurch jegliche Sicherheit im Umgang mit anderen Menschen genommen hatten. Sicherheit, die ich erst wieder lernen musste.

Es war kurz vor fünf, als ich das Atlantis-Bad erreichte. Ich war klatschnass geschwitzt, obwohl ich mir beim Radeln Zeit gelassen hatte.

Aus dem warmen Morgen war ein drückend schwüler Hochsommertag geworden. Die Sonne stach von einem milchig trüben Himmel und es musste weit über dreißig Grad warm sein. Selbst die sanfte Brise, die in den hohen Tannen neben dem Kassenhäuschen am Eingang wisperte, war mit Hitze aufgeladen, und jeder Atemzug fühlte sich an, als könnte man die dicke Luft trinken.

Das Freibad lag außerhalb des Ortes. Es war nicht besonders groß, aber es bot einen majestätischen Blick von der Liegewiese über das Tal, durch das Mum und ich bei meiner Ankunft hergefahren waren. Von hier aus konnte man die Fläche des Sees erkennen, die wie ein blauer Spiegel zu mir herauffunkelte.

Ich wich einer Gruppe Kinder aus, die sich mit Rucksäcken, Strandmatten, Luftmatratzen und Volleybällen an mir vorbeidrängten, als mir jemand von hinten auf die Schulter tippte.

Es war David.

»He, du bist ja superpünktlich!«

Er grinste mich an, hielt mir eine Dose Diätcola entgegen und öffnete den Verschluss.

»Willst du?«

»Ja, gerne. Danke.«

Die eiskalte Cola war eine Wohltat. Fast glaubte ich, beim Trinken ein Zischen zu hören.

»Wusste ich's doch«, sagte David und grinste noch breiter.

»Dass ich kommen würde?«

»Das wusste ich sowieso. Nein, ich meine, dass du ein Diätcola-Typ bist. Wenig Zucker, gesunde Ernährung und so. Wie heißt du eigentlich?«

»Doro.«

»Wow«, machte er. »Cooler Name. Echt, der passt zu dir.«

»Ich werde es meinen Eltern ausrichten«, sagte ich und musste ein Rülpsen unterdrücken, da ich viel zu hastig getrunken hatte.

David sah das und musste lachen. Und auch ich konnte nicht anders als loszulachen.

Nachdem wir uns wieder gefangen hatten, sah ich David prüfend an. »Sag mal, hast du das wirklich ernst gemeint? Ich meine den Job.«

»Klar, was denkst du denn? Komm mit.«

Er nahm mich am Arm und zog mich mit sich durch den schmalen Eingang, vorbei am Kassenhäuschen und den Kindern, die sich stritten, wer von ihnen das Eintrittsgeld eingesteckt hatte.

Das Bad war proppenvoll. Auf der Liegewiese reihte sich Handtuch an Handtuch und gleich daneben spielte eine Gruppe Jugendlicher Beachvolleyball auf einer Sandfläche.

Im Schwimmerbecken war kaum noch eine freie Stelle auszumachen und auch das kleinere Becken daneben wimmelte nur so vor Kindern, Schwimmreifen und Wasserbällen.

Ich folgte David über einen gepflasterten Weg, der vorbei an den Duschen und Umkleidekabinen zu einem Flachbau führte, an dem ein großes Schild mit der Aufschrift WASSERWACHT angebracht war.

»Warte hier.« David reckte suchend den dürren Hals und sah dabei aus wie ein sommersprossiger Schwan. »Ich sehe mal nach, wo mein Vater gerade steckt.«

»Okay«, sagte ich und stellte mich in den schmalen Schatten vor den Umkleidekabinen für Damen. Hier war die Hitze einigermaßen erträglich, wohingegen keine zwei Meter vor mir die Luft über dem Pflasterweg flirrte.

Ich sah David nach, der gleich darauf im Getümmel der Badegäste verschwunden war.

»Vanessa!«, rief eine Frau, die ganz in meiner Nähe auf einer großen Badedecke stand und sich suchend umsah, wobei sie die Augen mit der Hand beschirmte.

Neben ihr saß ein kleiner Junge, höchstens ein Jahr alt, der mich mit seinem breiten Sonnenhut an einen pummeligen Pilz erinnerte. Er spielte mit einer Tube Sonnencreme und versuchte vergeblich, die Verschlusskappe zu entfernen.

»Vanessaaa!«

Ein etwa dreizehnjähriges Mädchen kam angelaufen. In ihrem kurzen dunklen Haar funkelten Wasserperlen und ihre Lippen hatten beinahe dieselbe taubenblaue Farbe wie ihr Badeanzug.

»Wo steckst du denn?«, schimpfte ihre Mutter. »Wir hatten eine halbe Stunde ausgemacht und jetzt ist es schon kurz nach fünf. Ich will endlich auch mal ins Wasser.«

Sie zeigte auf den kleinen Jungen und sagte etwas, und auch Vanessa sagte etwas, aber ich verstand es nicht mehr. Denn plötzlich weckte das Bild der Mutter, des kleinen Jungen und seiner Schwester eine verborgene Erinnerung in mir.

Durch das Hitzeflackern kam es mir vor, als könnte ich in unseren ehemaligen Hausflur sehen. Ein Blick zurück in die Vergangenheit, wo ...

20

... Mum mich verärgert ansieht.

»Bitte Mum«, flehe ich und bin verzweifelt. »Du kannst doch Julia fragen, die macht bestimmt gerne den Babysitter.«

»Julia ist noch bis Ende nächster Woche auf Studienreise, das weißt du doch«, entgegnet Mum und sieht die Treppe hoch, wo ich meinen Vater rufen höre.

»Schatz, hast du meine neue Krawatte gesehen?«

Nein, dass Julia unterwegs ist, habe ich nicht gewusst. Aber das spielt jetzt auch keine Rolle. Wichtig ist, dass mir jemand einfällt, der für mich einspringen kann.

Aber wer?

»In der Schublade bei den anderen«, ruft Mum zurück und prüft den Sitz ihrer Steckfrisur im Garderobenspiegel.

Ich rieche das Rosenrot ihres Parfüms, das perfekt zu ihrem braunen Teint und dem schwarzen Abendkleid passt.

Dann sieht sie mich an und verdreht die Augen. »Und da sag noch mal einer, Frauen würden lange im Bad brauchen.«

Simone fällt mir ein. Sicher nicht die beste Wahl, aber immerhin. Sie mag Kai, das hat sie selbst schon gesagt. »Am liebsten würde ich ihn mit nach Hause nehmen.« Ihre Worte.

»Und was ist mit Simone? Sie würde bestimmt auf Kai aufpassen. Seit Jürgen sie verlassen hat, liegt sie doch eh nur daheim auf dem Sofa rum und isst Pralinen. Das kann sie auch bei uns.«

»Ich möchte nicht, dass du so respektlos von meiner Kollegin sprichst.« Wieder kehrt der strenge Ausdruck in Mums Gesicht zurück. »Es wird

doch wohl nicht zu viel verlangt sein, wenn du am Hochzeitstag deiner Eltern auf deinen kleinen Bruder aufpasst.«

»Wenn es nur an eurem Hochzeitstag wäre«, gebe ich patzig zurück. »Aber ich muss mich ständig um den Schreihals kümmern. Vielleicht habe ich ja auch Pläne für einen Freitagabend, nicht nur ihr.«

Vor allem heute, *denke ich dabei und sehe Bens Lächeln vor mir.*

Ben, den Schwarm aller Mädchen an unserer Schule.

Ben mit den wahnsinnig tollen Augen und der samtgrünen Stimme, bei der man einfach weiche Knie bekommen muss.

Ben, dessen Namen ich heimlich auf die Innenseite meiner Vokabelhefte gemalt und mit Mustern verziert habe.

Ben, der mich vor zwei Tagen in der großen Pause gefragt hat, ob ich am Freitag zu seiner Geburtstagsparty kommen würde.

Ben, der geheimnisvoll gelächelt hat, als ich zugesagt habe, und der bestimmt große Augen machen wird, wenn ich ihm sein Porträt schenke. Sicherlich das beste Porträt von allen, die ich bisher gezeichnet habe.

»Keine weitere Diskussion«, sagt Mum. Im Geiste sitzt sie sicherlich schon im Theater oder in der romantischen Ecke bei Luigi's, *wohin Paps sie heute ausführen will.*

Ich werde immer verzweifelter, während ich Kai aus seinem Zimmer schreien höre. Seit er mitbekommen hat, dass unsere Eltern ausgehen werden, brüllt er wie am Spieß. Wie immer, wenn ich auf ihn aufpassen soll.

»Mum, bitte! An jedem anderen Abend gerne, aber bitte, bitte nicht heute! Ich bügle auch morgen Papas Hemden, was hältst du davon? Du hasst doch das Hemdenbügeln.«

»Das mit dem Bügeln ist eine gute Idee«, sagt Paps, der nun in allerbester Laune und mit seiner neuen silbern schimmernden Krawatte zu uns herunterkommt.

Diese dämliche Krawatte, die überhaupt nicht zu seinem dunklen Anzug passt, *denke ich. Trotzdem steigt ein klitzekleiner Funken Hoffnung in mir auf.*

»Dann werdet ihr also jemand anderen fragen? Ich kann auch selbst bei Simone anrufen.«

»Untersteh dich!« Mum macht meinen Vorschlag sofort zunichte. »Du bleibst heute Abend zu Hause und damit basta.«

»Du hast gehört, was deine Mutter gesagt hat«, fügt Paps hinzu und schlüpft in seine dunkelbraunen Slipper. »Und jetzt ist Schluss mit der Diskussion.«

Meine Hände ballen sich zu Fäusten. Ich bin so zornig, dass ich beinahe schon Funken sprühe.

»Nein!«, fauche ich, als meine Eltern zur Haustür gehen.

Es ist Paps, der sich zu mir umdreht.

»Nun hör mir mal gut zu, junge Dame! Du bleibst hier und wirst auf Kai aufpassen. Und du wirst nett *zu ihm sein, hast du das verstanden? Andernfalls gibt es Hausarrest für den Rest des Monats.«*

»Wenn ich heute nicht weggehen kann, brauche ich diesen Monat gar nicht mehr wegzugehen!«, schreie ich ihn an. »Warum versaut ihr mir nur diesen Abend?«

»Überleg lieber mal, wem du *gerade den Abend versauen willst«, entgegnet Mum mit finsterem Blick.*

Dann verlassen beide das Haus, ohne mich noch weiter zu beachten.

Ich höre, wie gleich darauf der Motor unseres Mercedes angelassen wird. Dann streifen Scheinwerferlichter den geriffelten Glasstreifen inmitten der Haustür und dann bleibe ich allein zurück.

Aus dem ersten Stock dringt Kais Schreien zu mir herunter, und ich muss die Zähne zusammenbeißen, um nicht ebenfalls zu schreien.

Ich ... ich ...

»Doro? He, Doro!«

Die Erinnerung verschwamm in der flackernden Hitze des Pflasterwegs und plötzlich sah ich David vor mir.

»Doro, das ist mein Vater«, sagte er und ...

21

... zeigte auf einen breitschultrigen Mann mit ernstem Gesicht.

David hätte ihn mir nicht extra vorstellen müssen. Es war auch so nicht zu übersehen, dass der rothaarige Mann, dessen Haut kaum dunkler war als sein weißes T-Shirt mit dem Aufdruck BADEMEISTER, sein Vater war. Nur ihre Statur und die roten Bartstoppeln des Vaters unterschieden die beiden voneinander.

Auch der Vater hatte die unterschiedlichen Augen, braun und grün, die ein wenig irritierend auf mich wirkten.

»Bernd Schiller«, stellte er sich mit lauter Bassstimme vor. Ganz offensichtlich war diese Stimme es gewohnt, herumtobende Kinder und ausgelassene Jugendliche zur Ordnung zu rufen. »David sagt, du suchst Arbeit?«

Ich nickte. »Ja, es wäre toll, wenn Sie einen Ferienjob für mich hätten.«

Bernd Schiller musterte mich von oben bis unten. »Bisschen zierlich. Du wirst in der Hitze umkippen, sobald du dich anstrengen musst.«

»Nein, bestimmt nicht«, versicherte ich. »Meine Mutter stammt aus Sizilien. Wir sind die Hitze gewöhnt. Und ich kann auch richtig anpacken, wirklich!«

David zwinkerte mir mit seinem lässigen Dauergrinsen zu und knuffte seinem Vater in die Seite.

»Nun komm schon, gib ihr doch wenigstens eine Chance. Wenn sie sagt, dass sie zupacken kann, dann kann sie es auch.«

Bernd Schiller bedachte David mit einem nichtssagenden Seitenblick. Was der Sohn zu viel an Mimik draufhatte, war beim Vater wohl abhandengekommen.

»Von mir aus«, sagte er schließlich. »Aber reich wirst du bei mir nicht werden, Mädchen. Mehr als fünf Euro die Stunde kann ich dir nicht zahlen. Und das auch nur, wenn du *wirklich* arbeitest.«

»Einverstanden«, sagte ich. »Fünf Euro sind völlig okay für mich.«

Sechzig Stunden und ich hätte Mums Geld zusammen, dachte ich.

»Und es gibt keinen Cent im Voraus. Verstanden?«

»Selbstverständlich.«

»Gut«, brummte Davids Vater zufrieden. »Du kannst gleich heute anfangen und Aydin beim Putzen helfen, sobald die Gäste gegangen sind. Lass dir von ihr zeigen, wo du die Putzsachen findest. Dein Job sind die Umkleidekabinen und die Toiletten. Und du sammelst den Müll auf der Liegewiese ein.«

Ich nickte. »Mach ich.«

Dass ich nicht einmal vor dem Toilettenputzen zurückschreckte, schien Bernd Schiller zu überzeugen, denn nun wurde seine Miene freundlicher.

»Aber pass ja auf die Wespen auf«, fügte er nun deutlich sanfter hinzu. »Die sind ganz verrückt auf die Zuckerpapierchen.«

»Geht klar.«

Nun glaubte ich sogar ein dezentes Lächeln um seine zweifarbigen Augen zu erkennen. »Natürlich hast du auch freien Eintritt und kannst vor der Arbeit schwimmen gehen. Aber nur solange Gäste hier sind! Klar?«

»Klar. Vielen Dank.«

Er nickte mir zu und wandte sich wieder an David. »Gut. Dann führ die Kleine mal herum und zeig ihr alles. Ich muss wieder zum ...«

Er stutzte, sah zum Kinderbecken hinüber und stieß einen Schrei aus, der alles Geplansche und Kindergelächter übertraf. »He, du in der roten Badehose! Ja, du! Wie oft muss ich noch sagen, dass seitliches Einspringen verboten ist?«

Damit eilte er davon, dem kleinen Übeltäter entgegen, dessen Gesicht vor Schreck zum selben Rot wie dem seiner Badehose angelaufen war.

»Sizilien also«, sagte David und lachte. »Da war ich noch nie. Ist bestimmt schön dort.«

»Ja. Ist es auch. Sag mal, warum tust du das eigentlich für mich? Ich meine, warum hast du mir mit dem Job geholfen?«

Nun sah ich zum ersten Mal offene Unsicherheit in Davids bleichem Sommersprossengesicht.

»Ich finde dich nett«, sagte er, wobei er mir nicht in die Augen sehen konnte. »Und du scheinst die Kohle ja echt zu brauchen.« Dann winkte er mir schnell zu, ihm zu folgen. »Komm mit, ich zeig dir alles.«

Er führte mich durch das Schwimmbad und wirkte dabei wie ein stolzer Führer, der neugierigen Touristen ein Schloss zeigt. So erfuhr ich, wo sich die Toiletten befanden, die Umkleiden, das Lager, der Werkzeugschuppen und die Chlorpumpen.

Zuletzt gingen wir zum größten Gebäude, der Cafeteria, einem Flachbau mit bestuhlter Terrasse. Auch dort war alles voller Menschen: Kinder, die für Eis, Pommes und Getränke Schlange standen, und Erwachsene, die unter Sonnenschirmen Kaffee tranken.

Und wieder verspürte ich dieses angenehme Grundschulzeit-Sommerferien-Gefühl, das so warm war, dass ich mir wie in der Zeit zurückversetzt vorkam. Damals war die Welt für mich noch in Ordnung gewesen.

Als wir die Stufen zur Terrasse hochstiegen, sah ich Julian. Er saß an einem kleinen Zweiertisch und unterhielt sich ernst mit einem Mädchen.

Sie wirkte so unnatürlich hübsch auf mich, als sei sie aus irgendeinem dieser Girlie-Schminktipps-Magazine entsprungen. Ihr langes blondes Haar, in dem pinkfarbene Strähnchen schimmerten, war präzise geschnitten und perfekt gestylt. Auch ihr Gesicht mit den großen blauen Augen, die jede von Julians Gesten aufmerksam beobachteten, war makellos – ebenso ihr Körper, schlank und dennoch mit den entscheidenden Proportionen. Sogar das Pink ihres knappen Bikinis schien sie mit ihren Strähnchen abgeglichen zu haben.

Vor meinem geistigen Auge erschien eine Karikatur dieser Barbiepuppe, als würde ich sie gerade zeichnen. In Gedanken verpasste ich ihr noch größere Glupschaugen, wulstige Schmolllippen und aufgeblasene Brüste.

Ich hatte Julian ganz anders eingeschätzt. Was fand er nur an ihr?

Dann schüttelte ich den Kopf. Ich war doch nicht etwa eifersüchtig auf Barbie?

Julian, der bis zu diesem Moment mit ernstem Gesicht gesprochen hatte, sah kurz zu David und mir herüber. Es waren nur Sekunden, aber irgendwie hatte ich den Eindruck, es sei ihm nicht recht, dass er uns beide zusammen sah.

Ich winkte ihm dezent zu und er grüßte mit einem knappen Nicken zurück. Dann widmete er sich wieder dem Barbie-Mädchen, und die beiden sahen so ernst dabei aus, dass mir klar schien, worüber sie sprachen.

Sofort ertappte ich mich bei einem schlechten Gewissen. Wenn er sich mit der Blondine gut verstand und mit ihr über seine Mutter reden wollte, wäre ich die Letzte, die das etwas anging.

»Du kennst Julian?«, fragte David, der uns beobachtet hatte.

»Ja. Ist das seine Freundin?«

Er nickte. »Sie heißt Sandra. Echt scharf, was?«

»Kann man wohl sagen.«

Etwas schien in Davids zweifarbigen Augen vorzugehen, das sich nicht recht deuten ließ. »Wenn man die so sieht«, sagte er, »sollte man nicht glauben, dass sie letztes Jahr unseren Schachwettbewerb gewonnen hat.«

Er zeigte zu einer abgeschiedenen Ecke neben der Cafeteria, wo zwei ältere Männer mit hochkonzentrierten Mienen vor riesigen Schachfiguren standen. »Sandy hat sogar die beiden Profis da drüben nass gemacht. Hat denen gar nicht gefallen.«

Ich glaubte, mich verhört zu haben. »Du verscheißerst mich jetzt, oder?«

»Nö. Ist mein voller Ernst. Spielst du auch Schach?«

Ich schüttelte den Kopf und kam mir mal wieder so klein vor, dass ich unter einem Türspalt hätte durchlaufen können.

Julian stand also auf eine Schachblondine. Da hätte ein Freak wie ich nie eine Chance.

Okay, Haken drunter, dachte ich, sah noch einmal zu Julian, der mich jedoch nicht mehr wahrzunehmen schien, und schob mich dann zusammen mit David an lärmenden Kindern vorbei ins Innere der Cafeteria.

»Das da drüben ist meine Mutter«, sagte er und zeigte zu der dicksten Frau, die ich je gesehen hatte. Sie stand schwitzend hinter der Verkaufstheke und reichte gerade einem ungeduldigen Jungen eine Riesenportion Currywurst entgegen.

Im Gegensatz zu Bernd Schiller hatte sie keinerlei Ähnlichkeit mit ihrem Sohn. Abgesehen von ihrer enormen Körperfülle, war sie ein dunkler Typ, braun gebrannt von der Arbeit im Freien und mit grauen Strähnen im ansonsten schwarzen Haar. Doch auch sie war sehr groß und hätte durch ihr massiges und burschikoses Erscheinen bedrohlich wirken können. Aber dann sah ich ihren mütterlich warmen Blick, mit dem sie den Currywurstjungen bedachte, und sofort war sie mir sympathisch.

»Hier machen wir das meiste Geschäft, wie du siehst«, sagte David und zeigte um sich durch den Raum, der ebenfalls bestuhlt war – für den Fall eines Regenschauers, wie er mir erklärte.

David sagte noch etwas, doch in diesem Moment erschrak ich viel zu sehr, als dass ich irgendetwas anderes hätte wahrnehmen können.

Wie versteinert stand ich da.

»Das ist er!«

22

»He, was ist los?«

Davids Stimme drang wie aus weiter Ferne zu mir. Als würde er irgendwo am Ende eines langen Korridors rufen. Es war, als hätte sich der Raum plötzlich verdunkelt und alle Menschen um mich herum wären verschwunden.

Da war nur noch dieses Poster an der Wand und ich ging darauf zu.

Das große Plakat mit dem Schwarzweißdruck zog mich wie ein Magnet an. Es zeigte eine Band, THE BARLOWS – fünf Jungs, die breitbeinig vor einer Steinmauer standen.

Ich erkannte Julian, der zwei Schlagzeugstöcke wie ein Kreuz vor sich hielt, und David mit einer E-Gitarre. Zwei weitere Jungs hatte ich noch nie gesehen, aber den Jungen rechts neben David sehr wohl.

Mein Herz schlug schneller. Durch die Schwarzweißfotografie sah der schmale Junge so blass aus wie vergangene Nacht in der Laube. Nur waren seine schwarzen Haare auf dem Foto länger und zerstruwwelt – die typische Waver-Frisur aus den Achtzigern, wie Robert Smith von The Cure sie gehabt hatte.

Der Junge trug ein schwarzes *No-more-hope*-T-Shirt und eine enge schwarze Lederhose, die in klobigen Stiefeln steckte. Die dunkel geschminkten Augen hatte er weit aufgerissen, aber hier auf dem Bild wirkte es eher spaßig und keinesfalls so angstverzerrt wie letzte Nacht.

Mir fiel ein, dass ich das Bild schon einmal gesehen hatte.

Nur war es auf dem Plakat am Ortseingang sehr viel kleiner gewesen, da es mehr Text hatte Platz machen müssen.

»Erde an Doro«, hörte ich David wieder. »Jemand zu Hause?«

»Wie?«

Ich musste mich zusammennehmen, denn abgesehen von dem Jungen selbst war da noch etwas, das mich an der Posterwand irrsinnig erschreckt hatte. Mir war nur noch nicht klar, was es war.

»Unsere Band«, sagte David und nickte in Richtung des Plakats. »Das war letztes Jahr, als wir hier im Bad einen Gig hatten. Stehst du auf Grunge?«

»Wer ist der Junge neben dir?«

Schlagartig wich Davids Grinsen aus seinem Gesicht, als sei es ihm abgefallen, und zum ersten Mal sah er sehr ernst aus.

»Du meinst Kevin?« Er zuckte mit den Schultern. »Schlimme Geschichte, was?«

Irritiert sah ich ihn an. »Warum? Was ist mit ihm?«

»Ach, dann weißt du es gar nicht?«

»Was denn?«

»Na ja, ich dachte, weil du gerade so bleich geworden bist, dass du davon gehört hast.«

Mein Puls beschleunigte sich noch weiter. »David, wovon redest du? Was ist mit diesem Kevin?«

Aber noch während ich fragte, wurde mir plötzlich der Grund für meinen Schrecken bewusst. Unterhalb des Posters hingen mehrere Fotorahmen, die einen Auftritt der Band zeigten. Um eines der Bilder, einer Nahaufnahme von Kevin, war eine schwarze Schleife gebunden.

»Er hat sich umgebracht«, sagte David so leise, dass es im Stimmengewirr um uns fast untergegangen wäre. »Hat sich zugedröhnt und sich in seinem scheiß VW-Bus verbrannt. Vorgestern. Unten am See.«

Schlagartig überfiel mich die Erinnerung.

Bilder von Mum und mir im Auto.

Der Stau.

Das brennende Wrack eines Kleinbusses neben dem Seeufer.

Die Polizisten.

Die Feuerwehr.

Die schwarze Rauchwolke.

Und der Leichenwagen, den ich durch die Rückscheibe gesehen hatte.

»Das ... kann nicht sein«, hörte ich mich selbst stammeln.

David stellte sich direkt vor mich. Er sah besorgt aus. »Alles gut bei dir?«

Ich nickte und biss mir auf die Unterlippe, während ich mich fragte, wie das hatte passieren können? Hatte ich wirklich einen Toten gesehen?

Hilf ... mir, hörte ich Kevins Worte in meiner Erinnerung, und meine Hand, mit der ich ihn berührt hatte, fühlte sich auf einmal eiskalt an. Als hätte ich sie in eine Gefriertruhe gesteckt.

Oder als hättest du eine Leiche damit berührt, flüsterte mir eine Stimme in meinem Kopf zu.

»He, ihr beiden!«, donnerte Bernd Schillers Bassstimme durch die Cafeteria, und plötzlich waren das Leben, das Lachen und die Stimmen um mich herum wieder da.

»David! Doro! Die neuen Liegestühle sind angekommen. Helft mir beim Abladen!«

David winkte ihm zu und sah mich noch einmal prüfend an.

»Doro, ist mit dir wirklich alles okay? Du siehst ja aus, als wäre dir ein Geist erschienen.«

»Nein, alles gut«, log ich, und wir folgten seinem Vater zu dem Lieferwagen am Eingang.

Obwohl es drückend heiß war, zitterte ich. Denn vielleicht hatte David mit seiner abgedroschenen Floskel vom Geistersehen recht gehabt. Oder es stimmte, was Mum, Nord und alle anderen von mir dachten, und ich war wirklich verrückt.

Eine andere Alternative sah ich nicht.

23

Gleich nachdem ich wieder zu Hause war, lief ich auf mein Zimmer und fuhr meinen Laptop hoch. Ich war völlig verschwitzt, roch übel nach chemischen Putzmitteln und Schweiß und brauchte dringend eine Dusche – aber noch viel mehr brauchte ich jetzt Informationen.

David hatte ich nicht weiter nach Kevin fragen wollen und erst recht nicht seinen Vater. In meiner Aufregung hätte ich sonst vielleicht etwas Falsches gesagt, das die beiden ebenfalls an meinem Geisteszustand hätte zweifeln lassen können. Nein danke, das konnte ich jetzt am allerwenigsten gebrauchen.

Auch mit Aydin hatte ich nicht darüber sprechen wollen. Ich wusste noch nicht einmal, ob sie Kevin gekannt hatte, und auch sonst wäre es gar nicht möglich gewesen. Die junge Türkin, die gleich nach dem Abladen der Liegestühle aufgetaucht war und mir kurz und knapp ihre Putzroutine erklärt hatte, war nicht sonderlich gesprächig gewesen. Offenbar befürchtete sie, ich könnte ihr ihre Stelle streitig machen, weil sie mehrmals erwähnte, sie habe zwei kleine Kinder und ihr Mann sei seit einem halben Jahr arbeitslos.

Also hatte ich mich auf meinen neuen Job konzentriert, mein Bestes gegeben und versucht, nicht weiter über Kevin nachzudenken, ehe ich nicht wieder zu Hause war – allerdings nur mit geringem Erfolg.

Ständig hatte ich geglaubt, seine krächzende Bitte um Hilfe

aus der Tiefe meiner Erinnerungen zu hören und seine kalten Finger an meiner Hand zu spüren.

Ich habe ihn berührt, dachte ich immer wieder. *Richtig berührt. So wie neulich den Umzugskarton.*

Nein, Kevin konnte nicht tot sein. Das war einfach unmöglich. Es musste ein riesiger Irrtum sein.

Doch als ich schließlich den Onlineartikel auf der Webseite der hiesigen Tageszeitung fand, begann ich erneut zu frösteln.

TOTER BEI AUTOBRAND

Polizei geht von Selbstmord aus

(ul/al) Ein spektakulärer Autobrand am Ulfinger See sorgte am Sonntagvormittag für einen Großeinsatz von Polizei und Feuerwehr. Wie die Polizei berichtet, war mehreren vorbeifahrenden Fahrzeugen auf der Ulfinger Zubringerstraße ein brennender Kleinbus nahe des Seeufers aufgefallen, woraufhin umgehend die Feuerwehr verständigt wurde. Laut Polizeibericht seien Brandbeschleuniger im Spiel gewesen. Aus dem gänzlich ausgebrannten Wrack des 1995er VW-Transporters habe man zwei Reservekanister und etliche Schnapsflaschen geborgen.

»Gegenwärtig können wir einen technischen Defekt nicht völlig ausschließen, der an dem alten Fahrzeug durch die Sommerhitze ausgelöst worden sein könnte. Aber vieles deutet für uns eher auf einen ungewöhnlichen Fall von Selbsttötung hin«, erklärte der ermittelnde Polizeibeamte.

Der 19-jährige Fahrer des Kleinbusses hatte nur noch tot geborgen werden können. Seine Überreste werden derzeit gerichtsmedizinisch untersucht, was durch den Zustand der Leiche jedoch stark erschwert werde, teilte die Polizei mit.

Der junge Mann habe schon häufiger mit Selbstmord gedroht, so auch am Tag vor dem Brand. Außerdem war er innerhalb des vergange-

nen Jahres schon zweimal bei missglückten Suizidversuchen in letzter Sekunde gerettet worden. Wie aus seiner Familie bekannt wurde, sei er schon mehrmals wegen Depressionen in psychiatrischer Behandlung gewesen.

Weiter hieß es in dem Artikel, es sei großes Glück gewesen, dass der Brand rechtzeitig entdeckt worden war, bevor das Feuer auf das trockene Schilf und die umliegenden Getreidefelder hatte übergreifen können.

Kopfschüttelnd lehnte ich mich zurück. Das musste ein Albtraum sein. Es war doch nicht möglich, dass ich Kevins Geist gesehen hatte.

Trotzdem hatte ich hier den Beweis, dass er bereits einen Tag, bevor ich ihn in der Laube gefunden hatte, umgekommen war. Das hätte auch erklärt, weshalb er so plötzlich und ohne eine Spur verschwunden war. Geister konnten das.

In der Klinik war ich etlichen Leuten begegnet, die behaupteten, sie könnten Geister sehen. Und auch das Internet war voll davon. Warum also nicht auch ich?

Darf ich vorstellen: Ich bin Doro, die Übersinnliche. Doro, die Geisterseherin, die nicht nur von ihrem toten Bruder verfolgt wird, sondern auch mit wildfremden toten Jungs reden kann.

Ich kämpfte gegen ein hysterisches Lachen an und zwickte mich so fest es ging in den Unterarm. Ein realistisches Gefühl gegen ein unwirkliches.

Es half.

Dann dachte ich an Nord und an das, was er mir über diese nächtliche Begegnung gesagt hatte. Dass der Junge in der Gartenlaube nur ein Symbol aus einer verschütteten Erinnerung gewesen sei.

Aber warum, zum Teufel, ausgerechnet dieser Kevin? Ich hatte ihn doch gar nicht gekannt.

Wie ich es auch drehte und wendete, es ergab keinen Sinn für mich.

In diesem Moment klopfte es an meine Tür und gleich darauf sah Mum zu mir herein. Ich hatte sie gar nicht heimkommen gehört.

»Ciao cara«, sagte sie und winkte mir mit einer Limonadenflasche zu. »Sind wir wieder Freundinnen?«

»Na klar.«

Es tat gut, sie jetzt zu sehen. Ihre Gegenwart vertrieb dieses Gefühl hilfloser innerer Einsamkeit, das Freaks wie mich häufiger befällt und dem man nichts entgegenzusetzen hat außer dem krampfhaften Wunsch, nicht verrückt zu sein.

»Wie war dein Tag?«, fragte ich, als sie sich zu mir setzte.

Mum sah müde und abgespannt aus, und ich hatte den Eindruck, dass es nicht nur an der Flasche Wein und den Ereignissen von gestern Nacht lag.

»Nicht so toll.«

»Ärger im Geschäft?«

Sie winkte ab. »Reden wir über etwas anderes, ja? Was hast du denn heute so gemacht? Warst du bei Herrn Nord?«

Ich erzählte ihr, dass ich bei ihm gewesen war und dass er meine Medikamentendosis erhöht hatte.

Mum nickte und lächelte beruhigt.

»Das ist gut für dich, cara. Wirst sehen. Wir wollen doch alle nur dein Bestes.«

»Das hat er auch gesagt«, sagte ich und seufzte. »Kann ich dich etwas fragen?«

Sie goss uns zwei Gläser Limonade ein und reichte mir eines

davon. »Aber sicher. Worum geht es denn? Um diesen Julian?«

»Nein, der ist vergeben.«

»Oh, das tut mir leid. Also, was liegt dir auf dem Herzen?«

Ich musste schlucken, bevor ich meine Frage stellte. »Sag mal, Mum, glaubst du eigentlich an Geister?«

Sie sah mich mit großen Augen an. »An Geister? Hattest du etwa schon wieder Halluzinationen?«

»Nein.« Ich winkte ab und trank einen Schluck. »Ich meine eher so ganz allgemein.«

Schlagartig wirkte Mum erleichtert. Sie nippte an ihrem Glas und dachte einen Moment darüber nach. Dann zuckte sie mit den Schultern.

»Ich weiß nicht. Ich denke eher nicht. Warum fragst du?«

»Kannst du dich noch an Stefano erinnern, den Jungen, der mit mir in der Klinik war?«

»Den kleinen Chefkoch?«

Ich schmunzelte und musste kurz an das Lasagnerezept denken. »Ja, genau.«

»Was ist mit ihm?«

»Seine Eltern waren doch bei einem Autounfall ums Leben gekommen.«

»Ja, stimmt. Ich erinnere mich wieder.« Mum nickte traurig. »Der arme Kleine.«

»Danach glaubte er, die Stimmen seiner Eltern zu hören«, fuhr ich fort. »Sie baten ihn, den anderen Fahrer zu finden, der den Unfall verursacht hatte. Er war einfach abgehauen, ohne nach den beiden zu sehen oder Hilfe zu rufen. Angeblich haben Stefanos Eltern ihm sogar beschreiben können, welches Auto dieser Mann gefahren hat und dass es eben ein Mann gewesen ist. Ein Mann mit kurzen Haaren und einer Brille. Aber niemand hat Stefano geglaubt. Bestimmt glauben sie ihm immer noch nicht. Unser Arzt meinte, Stefano bilde sich diese Stimmen nur ein. Sie seien sein Weg, mit dem Tod seiner Eltern klarzukommen. Eine Bewältigungsstrategie.«

»Das denke ich auch, Doro.« Mum stellte ihr Glas auf meinem Schreibtisch ab. »Ebenso wie es bei dir Kai gewesen ist, den du immer wieder gesehen hast.«

»Aber hätte es dann nicht vielleicht doch sein Geist sein können, den ich gesehen habe? Vielleicht wollte er mir ja irgendetwas mitteilen? Etwas von dem, an das ich mich nicht mehr erinnern kann.«

So wie mir Kevin vielleicht etwas mitteilen wollte, fügte ich in Gedanken hinzu.

»Nein, Doro«, widersprach mir Mum. »Vielleicht liegt es an meiner katholischen Erziehung, aber an diese Art von Geister glaube ich nicht. Ich glaube, dass die Geister unserer Verstorbenen in unserer Erinnerung leben und in unserem Herzen. Wann immer ich an unseren kleinen Kai denke, ist auch sein Geist bei mir. Aber er spukt nicht durch unser Haus oder verfolgt mich. Glaub mir, cara, was du in den letzten Monaten gesehen und gehört hast, waren die Folgen deines Schocks. Also nimm weiter deine Tabletten und vertrau auf dich selbst und auf Gott. Er wird dir helfen, mein Schatz.«

Mit jedem Wort war ihre Stimme zittriger geworden, als spräche sie nicht nur mit mir, sondern auch zu sich selbst. Als sie gleich darauf aufstand und zur Tür ging, konnte ich Tränen in ihren Augen schimmern sehen.

»Ich mache uns etwas zu essen, cara«, sagte sie und vermied es, mich dabei anzusehen. »Warum kommst du nicht mit mir nach unten? Ist doch besser, als hier allein herumzusitzen und über Geister nachzudenken.«

»Ich komme gleich nach«, sagte ich, und als sie aus dem Raum war, nahm ich mein Medaillon ab und klappte es auf.

Eine Weile betrachtete ich die Holzsplitter, die auf Omas Marienbild lagen. Dann schüttelte ich den Kopf.

Nein, ich glaubte auch nicht an Geister. Und ich war auch nicht verrückt.

Zumindest nicht so, dass ich fremde Gesichter halluzinieren würde.

24

Wieder eine Erinnerung, ganz plötzlich und überraschend. Sie fiel mich an wie ein schwarzes Tier, das mir in einer dunklen Ecke aufgelauert hat.

Ich sitze in Kais Zimmer auf dem Plastikhocker, der die Form eines braunen Dackels mit Wanderschuhen hat. Die Sitzfläche ist ein grüner Kissenbezug, der wie eine Weste aussehen soll.

Warum werden Kinder immer für dumm verkauft?, *denke ich.* Als ob Dackel Westen und Schuhe tragen würden.

Es ist bereits dunkel, und eigentlich sollte Kai schlafen, aber er will nicht. Er will zu »Mama« und dieses Wort brüllt er unaufhaltsam, wieder und wieder und wieder. Und mit jedem Mal zieht er es noch mehr in die Länge, laut und schrill.

»Mamaa!«

Neben mir dreht sich seine Schlaflampe und wirft bunte Disneyfiguren an Decke und Wände. Micky, Goofy, Donald, Tick, Trick und Track tanzen um uns herum, begleitet von der Melodie der Spieluhr.

»Schlaf, Kindlein, schlaf.«

Von wegen, er will nicht schlafen. Er will seine »Mamaaa!«

Ich lese ihm weiter aus seinem Lieblingsbuch vor. Die Geschichte von Titus, dem Tiger, der gerade überlegt, ob er sein Haus hellgelb, quittengelb, zitronengelb oder orangengelb streichen soll, und sich dann für sonnenblumengelb entscheidet.

Dabei fühle ich jedoch keinen gelben Farbton, sondern einen knallroten. Rot wie meine Wut, die sich mit jedem weiteren »Mamaaaa!« steigert.

Von Zinnoberrot nach Signalrot, bis hin zu Dunkelrot.

Trotzdem lese ich weiter und hoffe, dass Kai endlich Ruhe geben und sich für seinen Lieblingstiger interessieren wird. Das tut er bei Mum doch auch.

Und während ich weiterlese und ihm immer wieder die bunten Bilder entgegenhalte – »Sieh mal, Schreihals, da ist der Tiger« –, bin ich in Gedanken bei Ben, auf seiner Geburtstagsparty.

Bestimmt fragt er sich, warum ich nicht vorbeikomme.

Ich habe lange überlegt, ob ich ihn anrufen und ihm erklären soll, warum ich keine Zeit habe. Aber ich will ihn nicht anlügen, weil er das falsch verstehen könnte. Er könnte denken, ich habe kein Interesse an ihm, und das wäre fatal. Schließlich ist ja genau das Gegenteil der Fall.

Aber wenn ich ihm andererseits die Wahrheit sagen würde, käme ich mir erst recht dumm vor.

»Tut mir leid, ich kann nicht, weil meine Eltern Hochzeitstag feiern und ich auf meinen kleinen Bruder aufpassen muss.«

Nein, das würde sich voll nach Kindergarten anhören. Keinesfalls soll er die Fünfzehnjährige in mir sehen. Er ist heute immerhin schon siebzehn geworden.

Inzwischen habe ich mich entschieden, nicht anzurufen, sondern gleich morgen bei ihm vorbeizuschauen und ihm einfach sein Porträt zu geben – gerahmt und fantasievoll verpackt in Geschenkpapier, das richtig teuer gewesen ist, ebenso wie der Rahmen.

An seiner Reaktion würde ich dann schon merken, wie ich mich für heute Abend bei ihm entschuldigen muss. Aber vielleicht wird es ihn auch gar nicht mehr interessieren, warum ich verhindert war, wenn er erst einmal sein Bild gesehen hat.

Bestimmt wird er sich darüber freuen, und ich versuche, mir auszumalen, wie er sich dafür bei mir bedanken wird. Vielleicht mit einer

Einladung, mal gemeinsam auszugehen? Ins Kino oder in die Disco oder vielleicht auch irgendwohin, wo wir beide allein …

Das Telefon klingelt im Erdgeschoss und entreißt mir Bens Gesicht aus meinen Träumereien. Und neben mir schreit Kai noch immer Zeter und Mordio.

»Mamaaaaa!«

Ich knalle ihm das Buch vor sein Bettstättchen, brülle ihn genervt an, er soll sich seine Scheißgeschichte selbst vorlesen – woraufhin er noch viel lauter schreit.

Dann bin ich nur noch froh, aus dem Zimmer gehen zu können. Denn dort hat das Rot in meinem Kopf bereits zu glühen begonnen, wie Lava kurz vor einem Vulkanausbruch.

Das Schreien des kleinen Monsters verfolgt mich die Treppe hinunter, bis hin zum Telefonschränkchen.

»Halt doch endlich die Klappe«, flüstere ich vor mich hin. »Sei gottverdammt noch mal endlich ruhig.«

Ich greife nach dem Telefon und sehe dabei auf die Zeitanzeige im Display.

Sie zeigt 23:19 Uhr.

Dann nehme ich den Anruf entgegen und …

25

... schreckte aus dem Schlaf hoch. Für einen Moment glaubte ich, etwas in meinem Zimmer sei explodiert, aber dann krachte lauter Donner, und ich wurde wach genug, um zu begreifen, dass es nur ein Gewitter war. Schon wieder. Dieser Sommer schien es in sich zu haben.

Ich setzte mich auf und sah zum Fenster. Die Nacht war vor Wolken kohlrabenschwarz. Nur hin und wieder funkelte ein Stern auf, wenn eine heiße Böe Sommerwind die Wolkenschicht teilte.

In meinem Zimmer war es unerträglich drückend. Ich schwitzte wie in einer Sauna. Schweißperlen rannen über meinen ganzen Körper.

Meine dünne Sommerdecke hatte ich längst im Schlaf aus dem Bett gestrampelt, und dennoch fühlte es sich an, als sei ich unter tausend dicken Wolldecken begraben.

Als ein weiteres Wetterleuchten über den Himmel flackerte und Licht in mein Zimmer warf, blieb mir vor Schreck fast das Herz stehen. Für einen Sekundenbruchteil sah ich die Gestalt, die neben meinem Schreibtisch stand.

Es ging viel zu schnell, als dass ich sie genauer hätte erkennen können. Nur so viel war mir sofort klar: Es war nicht Mum. Dafür war die dunkle Gestalt zu klein.

Ich wollte schreien, aber ich konnte nicht. Meine Kehle war wie zugeschnürt und ich bekam kaum Luft. Auch konnte ich mich vor Schreck nicht rühren.

Am ganzen Leib zitternd, starrte ich zu der Stelle, wo die Gestalt stand. Meine Augen waren durch das Wetterleuchten geblendet und hatten sich noch nicht wieder an die Dunkelheit gewöhnt. Aber ich konnte die fremde Gegenwart weiterhin spüren.

Das Wesen – wie es dastand und mich aufmerksam beobachtete.

Wie war es nur hier hereingekommen? War es an der Dachrinne hochgeklettert und dann durch mein offenes Fenster hereingesprungen? Die Haustür war doch verschlossen.

Mein Herz raste und ich rang verzweifelt nach Luft. Dann blitzte es wieder, und diesmal sah ich, *wer* dort stand. Wieder nur ganz kurz, aber es genügte vollkommen, um mir vor Entsetzen fast den Verstand zu rauben.

Da war ein Mädchen, zierlich, ja, fast ausgemergelt, mit kurzen dunklen Haaren. Seine Haut war gelblich und voller Pusteln, aber das Schrecklichste an ihm waren seine riesigen Augen. Sie waren wie die eines Insekts, einer gigantischen Fliege, Spinne oder Heuschrecke. Sie waren so abgrundtief schwarz, als könnten sie alles Licht schlucken. Als würde ein einziger Blick zum Himmel genügen, um Mond und Sterne für immer auszulöschen.

Und dann noch dieses Grinsen. Noch nie zuvor hatte ich ein solches Grinsen gesehen.

Gott im Himmel, es war einfach grauenvoll!

An diesem Grinsen war nichts Menschliches. Stattdessen war es das Zerrbild blanken Wahnsinns und es war zutiefst boshaft.

Wenn das Böse ein Gesicht hat, schoss es mir durch den Kopf, *dann ist es genau dieses.*

Dann saß ich schlagartig wieder im Dunkeln und wurde von

Angst geschüttelt. Meine Panik bei dem Gedanken, allein mit diesem *Ding* in einem dunklen Raum zu sein, war unbeschreiblich. Ich wusste nicht, was es tun würde. Ich wusste nicht mal, ob es noch an derselben Stelle stand. Doch es war genau diese Angst, die mir schließlich half, mich aus meiner Starre loszureißen.

Meine Hand schnellte zur Seite, um den Lichtschalter zu packen, nur um gleich darauf gegen die Wand zu prallen.

»Andere Seite, Doro«, knurrte das Ding mir aus dem Dunkeln zu. »Du bist nicht mehr zu Hause.«

Ich fuhr herum, fand endlich den Schalter auf meinem Nachtschränkchen, knipste das Licht an, sah zu dem Ding und – es war weg.

Dort wo das Mädchen mit dem grauenhaften Insektengesicht gestanden hatte, war nur mein Stuhl, auf dessen Lehne sich meine Klamotten türmten.

»Scheiße!«, stieß ich erleichtert aus und ließ mich zurück aufs Kissen fallen. Ich war klatschnass geschwitzt und sah keuchend zur Decke.

»Das war nur die Hitze«, murmelte ich und konnte meine eigene Stimme kaum hören, weil mir immer noch mein Puls in den Ohren dröhnte.

»Nur die verfluchte Hitze«, wiederholte ich.

Dann stand ich auf und ging nach unten in die Küche.

Als meine nackten Füße die Bodenfliesen berührten, durchströmte mich angenehme Kühle, und sofort fiel mir das Atmen wieder leichter.

In der Klinik hatte ich gelernt, dass ein Glas Milch mit Honig tatsächlich die beste Medizin nach Albträumen ist. Es sei »das

Zusammenspiel aus Flüssigkeit, Eiweiß und viel Kohlehydraten, das eine Regeneration des Körpers erleichtert«, hatte mir Dr. Forstner erklärt.

Also nahm ich ein großes Glas, füllte es mit kalter Milch und rührte mehrere Löffel Honig hinein. Dann stürzte ich gierig die klebrig süße Milch herunter und sah dabei aus dem Fenster.

Immer wieder war Donnergrollen zu hören, aber der abkühlende Regen blieb aus. Stattdessen war die Luft wie aufgeladen mit Elektrizität.

Für eine Weile stand ich einfach nur da und beobachtete das Flackern am Himmel, während ich allmählich wieder zur Ruhe fand und im Geiste Dr. Forstner für seinen Tipp mit der Milch dankte.

Dann plötzlich sah ich ein winziges rotes Glühen neben einem der Büsche in Nords Garten und musste lächeln, als gleich darauf eine kleine Rauchwolke senkrecht emporstieg.

Ich stellte mein leeres Glas ab und eilte zurück in mein Zimmer, um mir etwas anzuziehen. Dann schlüpfte ich in ein Paar Sandalen und ging nach draußen.

26

In meiner ehemaligen Schule hatte es einen Glasgang gegeben, der das Hauptgebäude mit einem Neubau verband. Wenn man an sonnigen Tagen diesen Gang betrat, stutzte man automatisch, da sich die Luft darin wie in einem Treibhaus aufgeheizt hatte.

Und genauso fühlte sich diese Nacht an, als ich ins Freie hinausging. Als läge der ganze Ort unter einer dunklen Glaskuppel, in der es immer heißer und heißer wurde. Selbst in meinen Jeans-Shorts und dem T-Shirt war es mir hier draußen viel zu warm.

Es war mucksmäuschenstill, und nur vereinzelt war das Zirpen einer Grille zu hören, die sich zu einer Nachtschicht entschlossen zu haben schien.

Einer der Nachbarn hatte den Rasen gemäht und nun erfüllte süßlicher Heuduft die stickige Luft. Eigentlich mochte ich diesen weichen grünen Geruch, aber in der Nachtschwüle war er penetrant und aufdringlich, wie bei jemandem, der zu viel von einem guten Parfüm aufgelegt hat.

Julian stand in seinem Garten neben einem Busch und rauchte – sicher verborgen vor den Blicken seines Vaters, falls dieser zufällig aus dem Fenster sehen sollte.

»Kannst wohl auch nicht schlafen?«, fragte ich, als ich bei ihm angekommen war. Der Himmel über uns flackerte noch immer unruhig.

»Nein, ist viel zu heiß.«

Er ließ die Kippe auf den Boden fallen und drückte sie mit der Schuhspitze in die Erde eines Rosenbeets, bis sie darin verschwunden war. Dann sah er zu mir auf und seine Augen waren ganz dunkel und weich. Verzweiflung stand darin. Ich musste wieder an das denken, was sein Vater mir erzählt hatte. Über die schwere Zeit, die Julian durchmachte.

Bei unseren letzten Begegnungen hatte er es sich nicht anmerken lassen wollen, aber nun schien er zu erschöpft, um seine Gefühle zu verbergen. Seine dunkelbraune Mauer, die ich am Morgen im Pavillon gespürt hatte, war jetzt sehr viel schmaler.

»Dein Vater hat mir von deiner Mutter erzählt«, sagte ich. »Wenn dir danach ist, kannst du jederzeit mit mir darüber sprechen, okay?«

Er nickte. »Okay. Danke für das Angebot.«

»Na ja, nach gestern Nacht und nachdem du dir heute meine ganzen Spinnereien angehört hast, ist das ja wohl das Mindeste, was ich dir im Gegenzug anbieten kann.«

Er lächelte schwach, sah kurz zum Himmel empor und dann wieder zu mir. »Bist du schwindelfrei?«

»Ja, denke schon. Warum?«

»Lust auf einen kleinen Ausflug?«

Wieder blitzte es, und gleich darauf krachte der Donner, begleitet von einer Windböe, die nach baldigem Regen roch. Endlich!

»Es wird ein ziemliches Gewitter geben«, erwiderte ich, doch Julian zuckte nur mit den Schultern.

»Na und? Das hat dich gestern Nacht doch auch nicht abgeschreckt.«

Ich musste lachen. »Ja, stimmt.«

»Na, dann komm.« Er winkte mich zu sich herüber. »Ich hol dir einen Helm. Ist auch nicht weit weg, aber das musst du gesehen haben. Vor allem jetzt, kurz vor dem Gewitter.«

27

Zum zweiten Mal fuhren wir nun gemeinsam durch die Nacht und diesmal war ich mir sicher: Es war wie ein *schöner* Traum.

Ja, es war so schön, mich fest an Julians Rücken zu schmiegen und den warmen Fahrtwind um uns flattern zu fühlen. Vielleicht war es dumm von mir und auch nicht richtig, und nach all dem Stress sollte es eigentlich unmöglich sein – aber hey, in diesem Moment war ich einfach nur glücklich!

Es war mir gleichgültig, dass es irgendwo eine schachspielende Sandra gab. Sie verschwand wie all meine anderen Sorgen in der Dunkelheit, die uns umgab. Es war, als fuhren wir vor allem davon, und ich genoss es unendlich. Einen solchen Moment völliger Unbeschwertheit hatte ich so sehr vermisst.

Hier bei Julian gab es keine Monster. Keine toten Kais und Kevins, keine insektengesichtigen Mädchen und auch sonst nichts, was mir Angst machen konnte.

Stattdessen war da ein Gefühl von Freiheit, das zunahm, je weiter wir die schmale Straße hochfuhren, die von der Siedlung auf einen der Hänge emporführte. Es war, als ob wir aus der Welt meiner Albträume an die Oberfläche auftauchten.

Oben angekommen bog Julian in eine Parkbucht ein. Er hielt neben einer überdachten Aufstellwand mit einer Wanderkarte für Touristen und stellte den Motor ab.

»Wir sind da«, verkündete er und zeigte zu einer Plattform, auf die ein grünes Hinweisschild AUSSICHTSPUNKT mit einem Kamerasymbol darunter hinwies.

Wir stiegen von der Vespa und gingen zu der steinernen Mauer, die den Aussichtspunkt säumte.

»Na?« Julian zwinkerte mir zu. »Was sagst du dazu?«

»Wow!«, war das Einzige, was ich hervorbrachte.

Allein schon die Luft hier oben war überwältigend. Sie roch nach Felsen und Wäldern und nach den Wiesen und Feldern unten im Tal. Und der Ausblick verschlug mir die Sprache.

Von der Plattform überblickte man das gesamte Tal, auch wenn man nun in der nächtlichen Gewitterdunkelheit vieles nur erahnen konnte.

Auf halber Höhe im Westen erkannte ich mehrere Lichter, bei denen es sich um die Nachtbeleuchtung des Freibads handeln musste.

Geradeaus unterhalb von uns kroch ein Lichtpunkt dahin – ein einsames Auto, das die Zubringerstraße entlangfuhr und aus unserer Perspektive wie ein Glühwürmchen aussah. Daneben spiegelte sich die schwarze Oberfläche des Ulfinger Sees im Licht der Blitze, und weit dahinter sah ich weitere Lichter, die vielleicht zu einem Aussiedlerhof oder einem kleinen Dorf gehörten.

Am atemberaubendsten waren jedoch die Wolken über dem Tal, die vom Flackern des Wetterleuchtens erfüllt waren wie schwarze Wattebäusche, in die man Blitzlichter gepackt hatte. Fast konnte man meinen, auf einer Höhe mit diesen Wolken zu sein.

»Und? Traust du dich?«, fragte Julian und sprang leichtfüßig auf die Mauer.

Er balancierte kurz wie ein Seiltänzer mit ausgebreiteten Armen, dann stand er ruhig.

»Klar, was denkst du denn?«, gab ich zurück und tat es ihm nach.

Bei mir dauerte es länger, bis ich die Balance fand. Zwar war ich weitgehend schwindelfrei, aber dennoch krampfte sich mein Magen ein wenig zusammen, als ich den Abgrund unter der Plattform sah.

Soweit es sich in der Finsternis abschätzen ließ, ging es dort mindestens fünfzig, wenn nicht gar hundert Meter steil in die Tiefe – vielleicht sogar noch weiter, wenn das da unten im Dunkeln tatsächlich die Spitzen von Tannenbäumen waren.

»Du darfst nicht nach unten schauen«, sagte Julian und ergriff meine Hand. »Das ist der Trick, verstehst du? *Das* ist der Trick. Nie nach unten schauen.«

Ich verstand nicht sofort, warum er dies so betonte, aber dann sprach er weiter und zeigte dabei auf die Lichter, die ich für ein Dorf oder einen Aussiedlerhof gehalten hatte.

»Siehst du die Lichter dort? Das ist das Mariannen-Hospital. Das Zimmer meiner Mutter ist im zweiten Stock. Die Ärzte haben uns heute gesagt, dass sie es nicht schaffen wird. Dabei sah es für eine Weile wirklich gut aus. Endlich stand sie oben auf der Warteliste und angeblich gab es auch schon ein Spenderherz für sie.« Ein geistesabwesendes Lächeln huschte über sein Gesicht, nur um sofort zu ersterben. »Alles wäre wieder gut geworden, aber dann fing sie sich diesen verdammten Virus ein. MRSA. Kommt häufiger in Krankenhäusern vor, meint mein Vater. Sie mussten die OP absagen und sie isolieren. Jetzt sei es nur noch eine Sache von Tagen, weil sie viel zu sehr geschwächt ist. Wir dürfen nicht zu ihr und können sie nur durch eine Glasscheibe sehen. Als ob sie bereits tot wäre.«

»Das tut mir so leid, Julian«, sagte ich leise und hielt seine Hand noch fester.

Er nickte, ohne mich anzusehen. Sein Blick war auf die

schwarzen Wattewolken gerichtet, in denen es geheimnisvoll leuchtete und flackerte, begleitet vom Grollen des Donners.

»Immer wenn mir die ganze Welt zu viel wird, wenn ... mich alles fertigmacht, komme ich hierher«, sagte er und streckte seinen freien Arm von sich. »Ich steige auf die Mauer und breite die Arme aus, so wie jetzt. Dann stelle ich mir vor, ich bin ein Vogel. Vielleicht ein Adler oder ein Bussard, ganz egal. Hauptsache, ich bin frei von allem und kann fliegen. Weg von hier, hinauf zu den Wolken. Immer höher und höher, bis ich auf die ganze Welt herabsehen kann. Und dann ist alles so klein, dass es nicht mehr wehtun kann. Dann spielt es keine Rolle mehr, was unter dir ist. Denn dann bist du frei.«

Seine Hand zitterte, und ein Schauder durchlief ihn, doch es lag nicht am Nachtwind. »Das Leben ist manchmal wie ein dunkler Käfig, aus dem man nicht mehr herauskommt«, flüsterte er. »Dann hilft dir nur noch zu kämpfen und alles zu tun, um wieder frei zu sein. Ich könnte nie in einem Käfig leben, weißt du? Und immer dann, wenn dieses Gefühl richtig schlimm wird, finde ich hier die Freiheit.«

Ich sagte nichts und hielt nur seine zitternde Hand. Dies war einer jener Momente, in denen jedes Wort die Stimmung zerstören würde – ganz gleich welches Wort es auch war.

»Sie ist nicht meine Mutter«, fuhr Julian leise fort, und der Wind strubbelte durch unsere Haare. »Meine wirklichen Eltern habe ich nie kennengelernt. Keine Ahnung, wer sie gewesen sind, ob sie noch leben oder nicht. Ich war noch ein Baby, als sie mich in einer alten Sporttasche vor dem Hintereingang eines Schwesternwohnheims abgestellt haben. Wie einen lästigen Gegenstand, den man zum Sperrmüll gibt. Die Tasche habe ich immer noch, auch meinen Strampelanzug und den flüchtig hingekritzelten Zettel, auf dem stand, dass ich Julian heißen soll.«

Er stieß ein kurzes verbittertes Lachen aus. »Fünf Jahre war ich im Heim, dann kamen Frank und Maria und nahmen mich mit zu sich. Ich habe sie vom ersten Tag an Vater und Mutter genannt und das waren sie mir auch stets. Sie können keine eigenen Kinder haben, aber ich habe mich immer wie ihr leibliches Kind gefühlt. Klingt schwülstig, nicht wahr?«

»Nein«, sagte ich und schüttelte den Kopf, damit er die Tränen in meinen Augen nicht sah. »Es klingt überhaupt nicht schwülstig.«

»Davor habe ich am meisten Angst, Doro«, sagte er und sah mich an, sodass ich nichts mehr verbergen konnte. »Ich werde jetzt wieder einen Menschen verlieren, zu dem ich gehöre. Und diesmal ist es noch tausendmal schlimmer als damals im Heim. Dort konnte ich mir in meiner Fantasie ausmalen, wer meine Eltern sein könnten. Aber diesmal kenne ich meine Mutter. Und ich liebe sie so sehr, für alles, was sie für mich getan hat.«

Ich verstand nur zu gut, was er meinte. Etwas zu vermissen, das du dir nur vorstellen kannst, ist schlimm - aber unendlich schlimmer ist es, wenn du etwas vermissen musst, das du zuvor gekannt hast.

»Halte sie im Herzen fest«, entgegnete ich. »Dann wird sie immer bei dir sein, auch wenn sie nicht mehr hier ist.«

Er biss sich auf die Unterlippe und nickte. Noch immer hielten wir uns an den Händen und nun sah Julian wieder über die Weite des Tals und hob erneut den zweiten Arm. Ich tat es ihm gleich, und so standen wir da oben wie zwei Adler, deren Flügelspitzen sich berührten. Nur der Wind war um uns, spielte mit unserem Haar und zerrte an unseren Kleidern.

Dann fuhr ein mächtiger Blitz über den Himmel und gleich darauf krachte ein Donnerschlag. Für einen Sekundenbruchteil glaubte ich, der Blitz hätte mich getroffen, so stark hatte ich seine Spannung gespürt.

Ich schrie auf und sprang rückwärts von der Mauer. Julian ebenfalls.

»Wow!«, stieß er aus. »Das war knapp!«

Im selben Moment begann es zu regnen, als hätte jemand eine Schleuse geöffnet. Wir sprangen auf, liefen zu der überdachten Wanderkarte und pressten uns gegen die Bretterwand.

»Bei unserem nächsten Ausflug nehme ich Duschgel mit«, sagte Julian. Er reckte den Kopf unter dem Dach hervor und ließ sich den Regen ins Gesicht prasseln. »So allmählich würde es sich lohnen.«

Fast gleichzeitig begannen wir zu lachen. Es tat gut, jetzt zu lachen. Es befreite mich von dem Druck auf der Brust, den Julians Geschichte bei mir ausgelöst hatte. Und ihm schien es ähnlich zu ergehen.

Dann sahen wir für eine Weile dem Regen zu, der wie wild auf dem Asphalt und auf Julians Vespa tanzte.

»Danke, dass du mir zugehört hast«, sagte Julian schließlich. »Ist mir einfach gerade alles zu viel. Erst recht, nachdem ich dann auch noch von der Sache mit Kevin erfahren hatte.«

Bei der Erwähnung dieses Namens fuhr ich unwillkürlich zusammen.

»He, ist alles okay mit dir?«

Ich konnte nur nicken, denn auf einmal war da wieder dieses Gesicht vor meinem geistigen Auge, und ich hörte die krächzende Stimme.

Hilf ... mir.

»Was ist denn?«, fragte Julian nach. »Du wirst ja ganz bleich.«

»Ich kann es dir nicht sagen«, entgegnete ich und wich seinem Blick aus. »Du würdest mich nur wieder für verrückt halten.«

»Nein, ich halte dich nicht für verrückt.« Er griff nach meiner Hand. »Wirklich nicht. Also, sag schon, was ist los?«

»Nein, das geht nicht.« Hilflos sah ich zu den schwarzen Regenwolken hinauf, die sich nun mit aller Macht von ihrer Last entluden. »Es verwirrt mich selbst viel zu sehr.«

»He, ich dachte, wir sind Freunde?«, hörte ich Julian neben mir. »Vertraust du mir denn nicht?«

»Doch, schon. Aber ...«

»Dann schieß los. Was ist mit dir?«

Ich wandte mich wieder zu ihm und sah seine aufrichtige Besorgnis.

»Also gut«, sagte ich und nahm all meinen Mut zusammen. »Der Junge, den ich in der Laube gesehen habe ... Nun ja, ich bin mir sicher, dass es Kevin gewesen ist.«

Seine Augen weiteten sich. »Kevin?«

Er schien echt bestürzt. Klar, jetzt hielt er mich wirklich für einen Freak. »Ich habe dir ja gesagt, dass du mich für verrückt halten wirst.«

Er schüttelte sofort den Kopf. »Nein, so meinte ich das nicht. Aber es kann nicht sein, dass er es gewesen ist. Die Polizei sagte ...«

»Was ist, wenn die Polizei sich irrt?«, unterbrach ich ihn. »Was ist, wenn alle sich irren und Kevin noch lebt? Wenn er sich irgendwo versteckt hält, weil jemand hinter ihm her ist?«

Er überlegte kurz, dann ließ er meine Hand wieder los und strich sich die nassen Haare aus dem Gesicht.

»Doro, ich habe Kevin gekannt. Er hat schon häufiger versucht, sich das Leben zu nehmen. Und ich kann mir wirklich nicht vorstellen, dass jemand hinter ihm her gewesen sein sollte. Warum auch?«

»Ich weiß, wie sich das alles für dich anhören muss«, sagte ich und seufzte. »Ich weiß ja selbst nicht, was ich davon halten soll. Aber bitte versuch wenigstens, mich zu verstehen. Ich habe ihn in der Gartenlaube gesehen, auch wenn es vielleicht nicht sein kann. Deshalb muss ich herausfinden, was mit Kevin los gewesen ist. Denn entweder bin ich wirklich verrückt, oder da läuft irgendetwas, von dem wir keine Ahnung haben. Und wenn Kevin in Schwierigkeiten steckt, bin ich vielleicht die Einzige, die ihm helfen kann. Ich *muss* es herausfinden, verstehst du, Julian? Nur dann werde ich wissen, was real ist und was nicht. Es ist wie mit meinen zwanzig Euro, die plötzlich verschwunden waren. Jemand kann sie eingesteckt haben, als sie im Supermarkt am Boden lagen, oder es hat sie nie gegeben. Und das nicht zu wissen, ist einfach nur schlimm. Weil ich mir dann selbst nicht mehr trauen kann.«

»Ja«, sagte er nachdenklich. »Das verstehe ich.«

Er kramte in seiner Hosentasche und zog ein Päckchen Zigaretten hervor. Es war vom Regen aufgeweicht und Julian warf es mit einem Schulterzucken in den Papierkorb neben dem Wegweiser.

Er stöhnte. »Ich sollte sowieso mit dem Scheiß aufhören«, sagte er, dann sah er zum Himmel hoch. Der Regen hatte inzwischen ein wenig nachgelassen. »Komm, lass uns zurückfahren, bevor wir uns hier 'ne dicke Erkältung einfangen.«

Wir machten uns auf den Rückweg, und während ich mich wieder an Julian festhielt, fragte ich mich, was gerade in ihm vorgehen mochte.

Glaubte er mir oder war ich für ihn jetzt endgültig die Spinnerin, die Geister sah?

Vielleicht dachte er aber auch gar nicht darüber nach. Schließlich hatte er ganz andere Sorgen, als sich über den Freak von nebenan den Kopf zu zerbrechen.

Als wir zu Hause angekommen waren und ich ihm seinen Zweithelm zurückgab, sah er mich eindringlich an.

»Danke, dass du mitgekommen bist«, sagte er. Er schürzte kurz die Lippen und fügte hinzu: »Und wenn ich dir irgendwie bei deiner Suche nach der Wahrheit helfen kann, dann sag es mir, ja?«

»Ja, versprochen. Und *ich* bin es, die sich bei *dir* bedanken muss. Es war toll da oben.«

»Ja, wir waren wie zwei Vögel. Wie zwei Adler.«

Er lächelte und in diesem Moment explodierte etwas in meiner Brust. Es war, als wollten Hunderttausende von Schmetterlingen aus mir heraus ins Freie brechen. Ich tauchte in ein wundervolles gelbes Licht ein, wie in ein Meer aus unzähligen Sonnenblumen.

So etwas hatte ich noch nie erlebt. Es war wie ein Rausch, der mich schweben und alles vergessen ließ.

Und dann küsste ich Julian. Ich konnte einfach nicht anders.

Für einen kurzen Augenblick erwiderte er den Kuss, überrascht, mit weichen Lippen, aber dann zog er sich zurück.

»Nein«, flüsterte er. »Bitte nicht.«

Er wandte sich um und lief zu seinem Haus. Gleich darauf verschwand er hinter der Tür, ohne sich noch einmal nach mir umzusehen.

»Ich Idiotin!«, stöhnte ich und rieb mir die Stirn. »Was habe ich nur getan? Ich bin so eine Idiotin!«

28

Der Regen hatte die schwüle Hitze der Sommernacht gebrochen. Nun fielen nur noch vereinzelte Tropfen und ein sanfter erfrischender Wind wehte. Die Gewitterwolken zogen weiter, noch immer von Blitzen flackernd, als wollten sie zu mir zurückwinken und sagen: »Wir kommen wieder, wart's nur ab.«

Auch in unserem kleinen Hexenhaus war es nun deutlich kühler geworden. Bestimmt würde ich jetzt schlafen können.

Ich stieg im Dunkeln die Treppe hoch und gab mir Mühe, keine Geräusche zu machen. Im Haus war es totenstill. Mum schien noch immer tief und fest zu schlafen. Sie musste weder etwas von meinem nächtlichen Ausflug noch vom Gewitter mitbekommen haben.

Oben angekommen sah ich zu dem leeren Zimmer am Ende des Ganges. Das Fenster dort war gekippt und der Windzug hatte die Tür ein Stück weiter aufgeweht. Nun spielte er mit dem Vorhang und ließ ihn flattern. Darunter erkannte ich im Flackern der letzten Wetterleuchten die Silhouette des Hasen. Mum hatte ihn wieder zurück auf den Karton gesetzt.

Obwohl es dunkel war, glaubte ich, den Hasen grinsen zu sehen. Hämisch und bösartig, wie das Insektenmädchen aus meinem Albtraum.

War es überhaupt ein Albtraum?, fragte eine skeptische Stimme in mir. *Du bist doch wach gewesen, als du sie gesehen hast. Korrigiere mich, wenn ich falschliegen sollte.*

Ich rieb mir die Schläfen und versuchte, mir klarzumachen, dass es am mangelnden Schlaf liegen musste.

Da ist keine Stimme, sagte ich mir. *Und der Hase grinst immer, weil man ihm dieses Grinsen unter seine großen Augen genäht hat. Er ist ein Kinderspielzeug und soll lustig aussehen – auch wenn ich dieses Grinsen nicht ertragen kann. Aber das liegt an mir selbst, nicht an dem Hasen.*

Warum kannst du es denn nicht ertragen?, bohrte die Stimme weiter. *Was hat dir der arme Hase denn getan, Doro?*

Nichts, er hatte mir natürlich nichts getan, weil er nur ein Stoffhase war. Ein Stück Plüsch mit einer Wattefüllung, vollgesogen mit dem Speichel eines kleinen Jungen, der ihn ständig geknuddelt hat.

»Nimm dich zusammen«, flüsterte ich mir zu, aber es wollte mir nicht gelingen.

Ich fühlte mich auf einmal nicht mehr sicher, obwohl ich hier doch jetzt zu Hause war. Dies war unser Hexenhäuschen. Mum war da, sie schlief gleich nebenan.

Mir kam in den Sinn, was Nord zu mir gesagt hatte. Dass meine Symptome wieder auftreten könnten, da die neue Situation von mir als Stress empfunden werden könnte.

Stress, den man nicht gleich als solchen erkennt. So hatte er gesagt.

Dann hörte ich das Keuchen wieder. Es kam aus meinem Zimmer und klang wie jemand, der panisch um Atem ringt.

Symptome. Das sind nur Symptome. Es ist nicht real!

Ich zitterte und das lag nicht nur an meinen regennassen Klamotten. Am liebsten wäre ich aus dem Haus gerannt, aber dennoch wusste ich, dass es nur eine Möglichkeit gab, diesem hässlichen Röcheln Einhalt zu gebieten.

Also nahm ich meinen letzten Mut zusammen und ging auf meine Tür zu.

Das Keuchen wurde immer lauter, aber das bildete ich mir sicher nur ein.

Es. Gibt. Kein. Keuchen. Das ist nur meine Fantasie.

Ich berührte die Klinke. Sie fühlte sich eiskalt und schmierig an. Wie ein glibberiges Stück Seife, das man aus einer Tiefkühltruhe herauszuholen versuchte. Doch das lag nicht an der Klinke, sondern an meiner schweißnassen Hand. Auch das *wusste* ich.

Also zog ich meine Hand zurück, rieb sie am durchnässten Jeansstoff meiner Shorts und griff erneut nach der Klinke. Dann drückte ich sie herab und riss, ohne weiter zu zögern, die Tür auf. Gleichzeitig schaltete ich mit der anderen Hand das Licht ein.

Da war niemand in meinem Zimmer.

»Natürlich ist da niemand«, sagte ich leise und atmete mehrmals tief durch. »Da kann auch niemand sein.«

Ein schwaches Triumphgefühl flackerte in mir auf. Ich hatte die Kontrolle über die Situation behalten. Das war ein gutes Zeichen. Ich war stark geblieben und hatte mich nicht unterkriegen ...

Ich stutzte mitten im Gedanken, als ich die Ziffern auf meinem Wecker sah.

23:19

Das konnte nicht sein. Entweder das verdammte Ding war kaputt oder ...

Nein, dachte ich panisch, *da steht doch wirklich 23:19, oder etwa nicht?*

Ich blinzelte, rieb mir die Augen und sah wieder hin. Nun war es siebzehn Minuten nach drei.

Na also. Puh! Das passt schon eher.

Aber warum hatte ich wieder zuerst 23:19 Uhr gesehen?

Es war dieselbe Zeit, die ich auch in der Nacht gesehen hatte, in der ich Kevin begegnet war. Auch da hatte ich mich getäuscht und es war bereits sehr viel später gewesen. So wie auch jetzt.

Klar konnte man mal die falschen Zahlen ablesen – erst recht, wenn man übermüdet oder, so wie neulich, schlaftrunken war. Aber dass ich mich dann ausgerechnet in denselben Zahlen täuschte, schien mir mehr als nur merkwürdig.

Hatte es etwas mit damals zu tun?

Mir fiel wieder ein, woran ich mich gestern vor dem Einschlafen erinnert hatte. Dass ich auf das Display des Telefons gesehen hatte – damals, in jener Nacht, als ich auf Kai aufgepasst hatte. Auch da hatte ich diese Zahlenfolge gesehen.

Ich hatte 23:19 Uhr abgelesen und dann ...

Plötzlich sah ich wieder Bilder.

Neue Erinnerungsstücke.

Als hätte ich gerade eben auf eine Fernbedienung gedrückt, um einen Film fortzusetzen.

Ich sah mich im Flur neben dem Telefonschränkchen stehen. Es war neunzehn Minuten nach elf und ich ...

29

... nehme den Anruf entgegen. Ich melde mich mit meinem Namen, nur um gleich darauf vor Schreck zusammenzufahren.

Der Lärm aus dem Hörer klingt beinahe wie ein Autounfall. Da sind ein Krachen, Schreie und laute Musik.

Musik?

Ich halte den Hörer wieder ans Ohr.

»Doro?«, ruft eine vertraute Stimme durch den Lärm. »Doro, bist du noch da?«

»Bea?«

»He, Doro, wo steckst du denn? Ich dachte, du wolltest spätestens um neun hier sein und jetzt ist fast halb zwölf.«

Obwohl es am anderen Ende der Leitung entsetzlich laut zugeht und hier über mir sich mein kleiner Bruder die Seele aus dem Leib brüllt, kann ich hören, dass meine beste Freundin zu viel getrunken hat. Sie lallt ein wenig.

Bestimmt Caipirinha, *denke ich. Caipis sind Beas große Schwäche auf Partys. Und auf Bens Party gibt es die bestimmt in Hülle und Fülle.*

»Ich kann nicht«, antworte ich. »Meine Eltern haben mich zum Babysitten verdonnert.«

»Nee jetzt, wirklich?«

»Ja, ich bin stinksauer. Aber ich kann hier nicht einfach weg. Wie läuft's denn so? Ist viel los bei euch?«

»Hörst du den Song?«, lallt Bea.

Sie hört mir nicht wirklich zu, dafür waren es wohl doch schon ein paar Caipis zu viel. Im Hintergrund läuft ein kitschiger Oldie. Hotel

California. *Nicht wirklich meins, aber Bea hat einen ganz eigenen Musikgeschmack, der sich von meinem deutlich unterscheidet.*

»Ich liebe diesen Song«, sagt sie. »Er passt so zu meiner Stimmung. Du, echt, ich glaub, mich hat's voll erwischt. Der Typ ist ja so was von süß. Ich hab total weiche Knie.«

Oh Gott, auch das noch, *seufze ich in mich hinein. Sie hat mal wieder einen neuen Typen an Land gezogen.*

Wer es wohl diesmal sein mag, dem sie in ein oder zwei Wochen nachjammern wird? Länger halten ihre Beziehungen nie.

Bea ist eine tolle Freundin, mit der man Pferde stehlen und jede Menge erleben kann, aber für das andere Geschlecht hat sie noch weniger Gespür als für gute Musik. Ständig kommt sie mit einem Neuen an, und jedes Mal ist es nur ein weiterer Macho, der die tolle Blondine ins Bett kriegen will.

»Mamaaa«, krakeelt Kai von oben. »Will Mamaaaa!«

Meine Nerven liegen blank, und ich habe auch keine Lust, mir jetzt Beas lallendes Schwärmen über irgendeinen Typen anzuhören, der in naher Zukunft Geschichte für sie sein wird.

»Warum schwenkst du nicht mal auf Cola oder 'nen Kaffee um?«, schlage ich ihr vor. »Würde dir ganz guttun, so wie du dich anhörst.«

»Du, wir haben vorhin geknutscht«, sagt sie, ohne auf meinen mütterlichen Vorschlag einzugehen. »Das war so was von …« Sie kichert ausgelassen. »Und soll ich dir was verraten?«

»Was denn?« Ich seufze.

»Er hat mir unter den Pulli gefasst. Aber ganz vorsichtig. Der ist ja so schüchtern.«

»Hör mal, Bea, ich bin müde und genervt. Du kannst mir doch morgen noch von ihm erzählen.«

»Sorry, wenn ich dich nerve, Doro, mein Schatz, aber ich bin halt so glücklich. Er ist so wunderbar und verständnisvoll. Das hätte ich nie von ihm gedacht.«

»Prima, das ist doch schön«, gebe ich zurück und sehe die Treppe hoch.

Wenn dieser kleine schreiende Teufel doch bloß endlich still wäre!

»Nein, Doro, es ist nicht so wie sonst«, macht Bea weiter. »Ben ist ganz anders als all die anderen Typen.«

»Ben?« Ich zucke, als hätte sie mir durchs Telefon einen Stromstoß versetzt. »Hast du gerade Ben *gesagt?«*

Wieder ihr betrunkenes Kichern. »Ben und Bea, das klingt lustig, oder?«

Nun zittere ich am ganzen Leib. Ich kann es nicht fassen. Meine beste Freundin – oder zumindest das Mädchen, das ich bisher immer dafür gehalten habe – hat mir gerade eben den Jungen ausgespannt, in den ich verliebt bin.

»Sag, dass das nicht wahr ist«, schreie ich. »Du verarschst mich doch gerade?«

»Was ist denn los mit dir?«

Sie meint es wirklich ernst, wird mir klar. Sie hat tatsächlich mit Ben rumgemacht, und jetzt tut sie so, als sei das in Ordnung.

Sicher, es gehören immer zwei dazu, aber das ist jetzt Nebensache. Entscheidend ist, dass sie weiß, wie viel er mir bedeutet. So betrunken kann sie gar nicht sein, um das vergessen zu haben.

Wir haben uns lange und oft über Ben unterhalten. Ich habe ihr alles erzählt. Selbst meine intimsten Geheimnisse hatte ich ihr anvertraut. Weil sie meine beste Freundin war. Aber nun ist sie nichts anderes als ...

»Du spinnst wohl!«, schreie ich in den Hörer und bin dabei noch lauter als Kai im ersten Stock. »Was fällt dir eigentlich ein, du ... du Schlampe?«

»He, jetzt mal langsam ...«, lallt sie zurück. »Was kann denn ich dafür, wenn du nicht kommst?«

»Du Drecksstück«, brülle ich. »Du Verräterin! Miese Nutte! Ruf ja nie wieder an!«

Dann unterbreche ich die Verbindung, knalle das Telefon auf das Schränkchen und schreie wie von Sinnen. Und über mir höre ich immer noch Kai.

»Mama, Mama, Mamaaaa!«

Ich sehe die Treppe hoch und alles um mich herum ist wie in rotes Licht getaucht.

Ich ... ich ...

Dann hörte ich eine Stimme, tief und bedrohlich. Aber sie war nicht Teil dieser Erinnerung, denn ich hatte sie zum ersten Mal am Morgen danach gehört. Nun hatte sie mich bis in die Gegenwart verfolgt und erfüllte mich mit Entsetzen.

»Was hast du getan, Doro? Was hast du nur getan?«

Teil 3

666

30

Trotz der eiskalten Dusche am nächsten Vormittag fühlte ich mich müde und ausgelaugt, als wäre ich in dieser Nacht einen Marathon gelaufen.

Zwar hatte ich fast bis zehn geschlafen, aber dann war ich von der Hitze in meinem Zimmer wach geworden und hatte mich übel gefühlt. Mein Schädel hatte gepocht und mein Gesicht war verschwollen gewesen. Zumindest dagegen hatte die Dusche geholfen, denn als ich nun in den Spiegel sah, ähnelte ich nicht mehr ganz so sehr einem Zombie, und auch die Kopfschmerzen hatten nachgelassen.

Mir fehlten Schlaf und Erholung von den Ereignissen der letzten Tage. Aber es waren vor allem meine Albträume und Erinnerungen, die mir so zusetzten.

Und deine Wahnvorstellungen, ergänzte meine innere Stimme, die sich heute ein wenig wie Frank Nord anhörte.

Ich ignorierte sie, zog mir etwas an und ging in die Küche. Meine Kehle war wie ausgedörrt. Das musste an dem Nepharol liegen – Psychopharmaka führen häufig zu Mundtrockenheit – und natürlich auch an der Hitze, die sämtliche kühle Luft des gestrigen Gewitters wieder verdrängt hatte.

Gierig kübelte ich Orangensaft in mich hinein, als es an der Tür läutete. Ich rechnete mit dem Postboten und warf an der Flurgarderobe noch einmal einen prüfenden Blick in den Spiegel. Gestylt genug, um einen Brief oder ein Päckchen entgegenzunehmen, entschied ich.

Zu meiner Überraschung war es David.

»Hi.« Er begrüßte mich mit einer schlaksigen Geste, die wie immer cool und lässig wirken sollte.

»Hi«, gab ich zurück. »Woher weißt du, wo ich wohne?«

Er grinste breit. »Na ja, Ulfingen ist schließlich keine Großstadt, oder? Kann ich reinkommen oder störe ich gerade?«

»Nein, komm rein.«

Ich hatte kaum ausgesprochen, als er sich bereits an mir vorbei in den Flur schob. Er roch heute nach einem moosigen Aftershave, das überhaupt nicht zu seiner blassrosa Farbe passte. Dafür war es viel zu männlich. Sicherlich gehörte es seinem Vater, und ich wäre eine Wette darauf eingegangen, dass es eine dunkelgrüne Flasche hatte. Zumindest roch es so.

»Ich habe mir gedacht, dass du vielleicht Lust hast, irgendetwas mit mir zu unternehmen«, sagte er, während er sich neugierig umsah.

Du willst wissen, wie ich wohne, dachte ich und fragte mich, ob mir das recht war.

»Musst du denn nicht deinen Eltern helfen? Bei der Hitze ist doch heute bestimmt wieder die Hölle los.«

Er zuckte mit den Schultern. »Das Leben besteht nicht nur aus Arbeit. Man muss es auch mal genießen können. Also, was ist? Hast du Lust?«

Wie er so dastand und mich erwartungsvoll aus seinen zweifarbigen Augen ansah, konnte ich nicht Nein sagen. Was ich mir für heute vorgenommen hatte, konnte ich ebenso gut mit ihm gemeinsam unternehmen.

Und wenn ich genauer darüber nachdachte, war es sogar gut, dass er hier war. David konnte mir helfen, immerhin hatte er Kevin gekannt.

»Okay«, sagte ich. »Warte kurz, ich will mir nur schnell etwas anderes anziehen.«

»Nur zu.«

Ich lief auf mein Zimmer, kramte eines meiner ältesten T-Shirts aus dem Schrank – ein ausgewaschenes gelbes Teil ohne Ausschnitt, garantiert unsexy –, zog mich um, und als ich wieder herunterkam, stand David im Wohnzimmer. Er hielt das gerahmte Foto von Mum und mir in der Hand, das auf dem kleinen Sideboard stand.

»Ist das deine Mutter?«

»Ja, sieht man doch.«

Ich nahm es ihm aus der Hand und stellte es an seinen Platz zurück.

»Tolle Frau. So wie du.«

»Was wird das jetzt? Willst du mich angraben?«

»Nö«, entgegnete er, dann legte er den Kopf schief. »Oder vielleicht doch. Ach, sieh's locker, ich weiß schon, dass ich nicht der Typ deiner Träume bin.«

»Dann ist's ja gut«, sagte ich und war erleichtert. »Wir können es doch bei guten Freunden belassen, oder?«

»Geht klar.« Er nickte. »Aber weil wir gerade beim Thema sind, gebe ich dir einfach mal einen freundschaftlichen Rat.«

»Und welchen?«

»Na ja, ich weiß nicht, ob das so eine gute Idee von dir ist, dich an Julian ranzumachen.«

»Wie kommst du denn darauf?«, fragte ich und merkte, dass mich dieses Thema aus dem Gleichgewicht brachte. »Ich mache mich nicht an ihn ran!«

»Na hör mal, wie ihr zwei euch gestern angesehen habt im Bad. Das hätte doch sogar ein Blinder mitbekommen. Aber vor allem hat es Sandra geschnallt und die ist nicht gerade besonders glücklich darüber. Vor allem nicht, nachdem Julian gestern mit ihr Schluss gemacht hat.«

»Was? Davon hat er mir gar nichts ...«

»Ha!«, machte David und zeigte mit dem Finger auf mich. »Also doch. Ja, sie ist stinksauer deswegen.«

»Aber da ist nichts mit mir und Julian«, protestierte ich und dachte dabei an meine Idiotie, Julian geküsst zu haben. *Er* hatte es nicht gewollt, das war ganz allein auf meinem Mist gewachsen. Nein, Julian hatte sicher nicht wegen mir mit seiner Barbie-Freundin Schluss gemacht.

»Kann schon sein«, entgegnete David, »aber Sandy sieht das anders. Ich würde an deiner Stelle einen Bogen um sie machen.«

»Oh shit«, stöhnte ich und verdrehte die Augen. So einen Kindergarten-Eifersuchts-Quatsch konnte ich jetzt am allerwenigsten gebrauchen.

»Ey, komm«, sagte David und zeigte mir wieder sein typisches Grinsen, »mir kannst du's doch sagen. Läuft da was mit euch beiden?«

»Ich wüsste nicht, was dich das angehen würde.«

»Na schön, Julian wird es mir schon erzählen.«

»Ich wüsste auch nichts, was dir Julian erzählen könnte«, fügte ich trotzig hinzu. »Und jetzt lassen wir das, einverstanden?«

»Einverstanden. Ist sowieso eure Sache. Also, was hältst du von einem großen Eisbecher?«

»Ich dachte da eher an einen Ausflug. Bist du mit dem Auto da?«

»Logisch. Wohin willst du denn?«

»Zum See.«

»Zum See?« Er sah mich verwundert an. »He, wenn du schwimmen willst, können wir doch auch zu uns ins Bad gehen. Da ist das Wasser sauberer und die Liegewiese nicht voller Entenkacke.«

»Ich will nicht baden«, sagte ich. »Ich will mir dort etwas ansehen. Und du könntest mir etwas erzählen.«

31

Der Ulfinger See empfing uns wie ein friedliches Sommeridyll. Es fiel mir schwer zu glauben, dass hier drei Tage zuvor ein Junge gestorben war – qualvoll verbrannt in seinem alten VW –, und das lag nicht nur an dem Postkartenbild, das der See bot.

Die Wasseroberfläche war so tiefblau wie der wolkenlose Himmel. Kleine Wellen kräuselten sich in der leichten Brise, die jedoch keine Abkühlung war, und das Schilf am Ufer rauschte leise.

Grillen zirpten in der Hitze und das Gras hatte sich bereits braun verfärbt.

Ich sah hinüber zum Hügel nahe unserer Wohnsiedlung und versuchte, den Aussichtspunkt auszumachen, auf dem Julian und ich in der vergangenen Nacht gestanden hatten. Als ich die Steinmauer schließlich erkannte, war da wieder dieses Schmetterlingsgefühl. Doch heute war es deutlich schwächer und es hatte seine Farbe verloren. Auch fühlte es sich nicht mehr so gut an wie gestern, im Gegenteil. Meine Dummheit, mich Julian aufzudrängen, hatte vieles davon zunichtegemacht. Nun empfand ich in erster Linie Scham.

Schnell verdrängte ich meine Gedanken daran, und es fiel mir gar nicht so schwer, wie ich befürchtete, denn etwas anderes beschäftigte mich noch mehr.

Was war hier am See geschehen? Warum hatte Kevin sich auf so grausame Weise das Leben genommen? Und was erhoffte ich mir, hier zu finden?

David kam missmutig hinter mir hergestapft. Hier gab es keinen Schatten, und er schwitzte, sodass sein moosig grünes Aftershave noch stärker roch und mir unangenehm in der Nase biss. Sicherlich hatte er sich unseren Ausflug anders vorgestellt.

»Nun verrat mir endlich, warum du hierher wolltest«, sagte er und wischte sich mit der Hand den Schweiß von der geröteten Stirn. Wie die meisten rothaarigen Menschen neigte er leicht zu Sonnenbrand, und ich beschloss, ihm die pralle Sonne nicht länger als nötig zuzumuten.

»Es geht um Kevin«, erklärte ich und ging zu der verkohlten Stelle, an der der VW-Bus gebrannt hatte. Das Autowrack hatte man inzwischen entfernt.

»Um Kevin?« Wieder sah mich David erstaunt an. »Hast du ihn etwa gekannt? Ich dachte, du bist neu hier?«

»Was weißt du über ihn?«, sagte ich, ohne auf seine Fragen einzugehen. »Glaubst du, er hat sich wirklich umgebracht?«

»Ja, für mich gibt es daran keinen Zweifel.«

»Und warum nicht?«

David runzelte betrübt die Stirn und seufzte. »Ist echt Scheiße, aber auch typisch Kevin, dass er sich so einen spektakulären Abgang ausgedacht hat. Immer die ganz große Show, das passte zu ihm. Ich wette, er war zugekifft und hat sich volllaufen lassen, ehe er es getan hat.«

Mir fiel der Zeitungsartikel wieder ein. Darin war von Brandbeschleunigern die Rede gewesen. Von Reservekanistern und Schnapsflaschen.

»Aber warum? Warum wollte er nicht mehr leben?«

»Na ja«, sagte David und schob die Hände in die Hosentaschen, »die Kurzform wäre, dass er Depressionen hatte. Er war deswegen auch schon öfter in der Klapse gewesen. Aber die

Erklärung wäre zu einfach und nicht fair ihm gegenüber. Kevin hatte es nie wirklich leicht, verstehst du?«

Ich nickte. Also war auch er ein Freak gewesen, genau wie ich.

»Wir waren keine Freunde«, fuhr David fort und starrte auf die Brandstelle. »Kevin war ein genialer Bassist, ein richtiges Talent. Er hätte es weit bringen können. Aber …« Er sprach nicht zu Ende, sondern stocherte nur mit der Fußspitze in der Asche.

»Aber was?«

David sah mich ein wenig hilflos an, aber mein fragender Blick ermutigte ihn, es auszusprechen.

»Ich will nicht schlecht über Tote reden, aber … Na ja, Kevin konnte auch ein ziemliches Arschloch sein. Er dachte immer nur an sich. So etwas wie Freundschaft und Zusammenhalt kannte er nicht. Wir kamen schon klar, wenn wir probten oder auf der Bühne standen, aber sonst war es echt schwierig mit ihm. Irgendwie konnte ich das aber auch verstehen. Soweit ich weiß, war sein Vater abgehauen, noch bevor Kevin überhaupt geboren war. Hat seine schwangere Frau einfach sitzen lassen. Wahrscheinlich weil sie schon damals Alkoholikerin gewesen ist. Ich hab Kevins Mutter noch nie nüchtern gesehen, und ich denke, das wird für ihn ziemlich heftig gewesen sein.«

Natürlich wird es schlimm für ihn gewesen sein, dachte ich. Ich hatte schon genügend Kinder mit alkoholkranken Eltern in der Klinik kennengelernt. Und davon, wie es ist, wenn man stinksauer auf seinen Vater ist, weil er einen im Stich gelassen hat, konnte ich ebenfalls ein Lied singen.

»Solange ich denken kann, war Kevin immer der Außenseiter«, sagte David. »Bestimmt kennst du ja diesen blöden Spruch, dass *Kevin* kein Name, sondern eine Diagnose sei. Bei ihm traf das irgendwie ja auch zu. Wenn er nicht so gut Bass gespielt hätte, hätten auch wir ihn wahrscheinlich gemieden.«

»Er hatte also niemanden«, stellte ich fest und fragte mich, ob man auch von ihm eine *Unbedenklichkeitsbescheinigung* gefordert hätte. Zum Schutz der anderen Schüler, »aber natürlich auch zu seinem eigenen Wohl« – so hatte es Rektor Überkorrekt damals bei mir ausgedrückt.

»Nein, er hatte niemanden«, sagte David. »Erst als Ronja zu uns in die Schule kam, änderte sich das. Sie war wie er, ein richtiges Gegenstück sozusagen. Sie trug auch nur schwarze Klamotten, hatte die Haare zu 'ner Gothfrisur gestylt und fuhr auf dieses ganze Horrorzeug ab. Genau wie Kevin. Ihm haben wir ja auch den Namen unserer Band zu verdanken. Die Barlows. Wie der Obervampir in diesem Stephen-King-Roman.«

»Waren die beiden zusammen, Ronja und er?«

Er zuckte mit den Schultern. »Ja und nein. Ehrlich gesagt weiß ich nicht, was genau zwischen den beiden gelaufen ist. Einerseits war das so ein typischer Fall von *gesucht und gefunden*, aber dann auch wieder nicht. Die beiden hätten optisch eine gute Addams-Family abgegeben, aber Ronja war auch so eine Miss Rührmichnichtan, verstehst du? Sie wäre total hübsch gewesen, wenn man sich das ganze schwarze Make-up mal weggedacht hätte, aber das war wie eine Schutzschicht. Die ließ keinen an sich ran. Deshalb glaube ich auch nicht, dass da wirklich was zwischen den beiden gelaufen ist. Sie haben ständig zusammen abgehangen, und ich bin mir sicher, dass Kevin mehr wollte, aber sie wohl nicht. Irgendetwas stimmte mit dieser Ronja nicht.«

Ich versuchte, mir ein Bild von ihr vorzustellen, und empfand dabei dieselbe Farbe wie bei Davids Schilderung von Kevin. Es war ein trauriges Grau, wie der Himmel an einem trüben Regentag.

»Hast du eine Vorstellung, was mit ihr nicht gestimmt haben könnte?«

David machte eine vage Geste. »Möglich, dass es mit ihrem Vater zu tun hatte, bei dem sie gewohnt hat. Julian hat mal so etwas durchsickern lassen.«

»Julian? Woher hätte er das wissen sollen?«

»Tja, also, sie war bei seinem Vater in Behandlung.«

»Was? Und dann hat er Julian einfach so von seiner Patientin erzählt?«

Der Gedanke machte mich wütend. Allein die Vorstellung, Frank Nord könnte Julian auch von mir erzählt haben, von seiner Meinung über mich ...

»Nein, natürlich nicht.« David winkte ab. »Darf er ja auch gar nicht. Aber Julian hat mal heimlich in seine Aufzeichnungen über sie gesehen. Da stand irgendetwas von wegen Vaterkonflikt und so. Ist aber ohnehin nicht wichtig, denn wenn du mich fragst, waren es die Drogen. Wie ich so mitbekommen habe, hat sich Ronja alles Mögliche reingepfiffen. Und das hat ihr schließlich den Rest gegeben.«

»Den Rest? Ist sie tot?«

Zwar hatte ich so etwas bei Kevins Geschichte fast schon vermutet, so wie David damit begonnen hatte, aber bis hierhin hatte ich gehofft, dass ich mich täuschte.

»Ronja war eines Tages verschwunden, einfach weg«, sagte David. »Kevin ist deshalb fast durchgedreht. Niemand wusste, wo sie steckte, und es gab eine lange Suche, aber ohne Erfolg. Kevin war deswegen fix und fertig. Einige Zeit später erfuhren wir dann, dass sie nach Berlin abgehauen war. Sie hatte dort mit ein paar Junkies in einer WG gehaust. Dort hatte man sie dann auch gefunden. Überdosis.«

Ich wehrte eine Wespe ab, die neugierig um mich herumschwirrte, und David sah zum See, aber sein Blick ging irgendwo ins Leere.

»Danach ging es erst recht steil bergab mit ihm«, sagte er abwesend. »Immer wieder kam er zu spät zu den Proben oder gar nicht. Und wenn er auftauchte, war er entweder betrunken oder zugedröhnt oder beides. Er war vollkommen in ein schwarzes Loch gerutscht und landete schließlich in der Klapse, nachdem er sich die Pulsadern aufgeschnitten hatte. So ging es dann ständig weiter. Zwischendrin schien es ihm besser zu gehen, aber dann schluckte er wieder Tabletten oder nahm irgendetwas anderes, um sich wegzubeamen, und landete wieder im Krankenhaus. Und immer wieder redete er von Selbstmord und wie man es wohl am besten anstellen könnte.«

Wieder fuhr sich David mit der Hand übers Gesicht, aber es schien nicht nur wegen des Schwitzens zu sein.

»Alle von den Barlows haben sich echt bemüht, ihn aufzubauen, aber es funktionierte nicht«, sagte er, und seine Stimme zitterte. »Kevin war wirklich voll am Ende. Einmal hat ihm Julian sogar in letzter Minute das Leben gerettet. Er schaute zufällig bei ihm vorbei, weil er Noten bei ihm abholen wollte, und kam gerade noch rechtzeitig dazu, als Kevin sich an seiner Zimmerlampe aufzuhängen versuchte. Ist noch gar nicht so lange her. Als dann der Notarzt kam, hat Julian gehört, wie er zu Kevin sagte: ›Du schon wieder.‹ Und ich glaube, bei den Bullen gab's bestimmt auch schon eine Kevin-hat-es-mal-wieder-getan-Liste. Aber jetzt konnten sie ja einen Strich drunter ziehen.«

Ich stieß die Luft aus, legte den Kopf in den Nacken und sah zum Himmel hinauf. Die Sonne stach unbarmherzig auf uns herab.

Irgendwie passte das alles nicht zu dem Bild des Jungen in der Gartenlaube. Er hatte Todesangst gehabt und mich um Hilfe gebeten.

Eine Weile schwiegen wir, während um uns herum durchdringendes Grillenzirpen das Säuseln der Schilfhalme übertönte.

»Kannst du dir vorstellen, dass jemand hinter Kevin her gewesen sein könnte?«, fragte ich schließlich.

David, der weiter auf den See hinausgeschaut hatte, sah mich nun überrascht an. »Hinter ihm her?«

»Ja. Vielleicht jemand, der ihn bedroht hat?«

»Wer sollte Kevin denn bedroht haben?«

»Ich weiß nicht, aber es wäre doch möglich, dass ...«

Ich stutzte mitten im Satz, als mir auffiel, wie sich das Schilf bewegte. Es konnte nicht am Wind liegen, denn die Halme bogen sich in die entgegengesetzte Richtung.

»Da!« Ich zeigte zu der Stelle. »Hast du das gesehen?«

Davids Blick folgte meinem Fingerzeig. »Nein, was denn?«

»Da drüben im Schilf«, flüsterte ich. »Da ist jemand.«

»Ich sehe nichts«, sagte David, der sich nun die Augen mit der Hand beschirmte. »Wer soll da ...«

»Ruhig!«, unterbrach ich ihn, denn nun wurde das Rascheln der Halme vom einem Keuchen begleitet. »Hörst du das?«

Für einen Augenblick befürchtete ich, er werde Nein sagen. Denn dieses Keuchen klang beinahe wie das, das mich immer wieder verfolgte. Aber eben nur *beinahe* ...

»Scheiße, ja.« David nickte und musste schlucken. »Was zum ...«

»Da liegt doch jemand im Schilf, oder?«

»Das werden wir gleich wissen«, flüsterte David zurück. »Den Kerl knüpf ich mir vor.«

»David, lass das«, sagte ich und hielt ihn am Ärmel seines T-Shirts fest. »Komm, wir gehen lieber!«

Doch David schüttelte mich ab.

»Nein, wir gehen nicht«, sagte er, diesmal so laut, dass ich zusammenfuhr. »Ich habe was gegen Spanner! Eine ganze Faust voll.«

Davids Mut in allen Ehren, aber der spindeldürre Junge war sicherlich keine Bedrohung für einen anderen Kerl. Und wer immer da im Schilf lag, seine Größe ließ sich aus unserer Perspektive nicht ausmachen. Was, wenn er viel größer als David war?

»David, warte!«, rief ich ihm nach, doch er winkte lässig ab.

»Keine Sorge, bleib du einfach hier, okay!«

»Verdammt, David, was soll das jetzt werden?«, schrie ich und war mir nicht sicher, welches Gefühl bei mir in diesem Moment überwog: Besorgnis oder die Wut über seine Dummheit. »Du musst hier nicht den starken Mann vor mir markieren!«

»Mach ich ja auch nicht«, sagte David und war schon fast bei der Stelle im Schilf angekommen, wo sich etwas Dunkles am Boden wand. »Aber falls da doch nichts ist, muss ich mal pinkeln.«

»Das finde ich nicht lustig, hörst du?«

Ich begann zu zittern, denn was das auch war, es schien wirklich groß zu sein. Und plötzlich glaubte ich nicht mehr, dass es ein Mensch war.

»David, geh da weg!«

Nun war David angekommen und baute sich breitbeinig vor dem dunklen Ding am Boden auf. Ich konnte es bis zu mir keuchen hören.

»Na, Spanner?« David streckte den Arm nach den Halmen aus und knickte sie beiseite. »Hat dir gefallen, was du ...«

Dann sprang er zurück und stieß einen spitzen Schrei aus.

32

»Ach du heilige Scheiße!«

David war mitten in der Rückwärtsbewegung stehen geblieben und sah nun aus wie ein Diskuswerfer kurz vor dem Wurf. Dann schüttelte er sich.

»Was ist los?«, rief ich ihm zu.

Ich wollte zu ihm gehen, aber irgendetwas in mir hielt das für keine gute Idee.

»Was ist denn da?«

»Sieh dir das lieber nicht an«, sagte David und ging nun wieder einen Schritt auf das dunkle Etwas im Schilf zu. »Mann, das ist ja voll eklig.«

Gleich darauf hörte ich ein tiefes Knurren.

Dann überwand ich mich doch und kam zu ihm, nur um gleich darauf selbst zurückzuschrecken.

»Oh nein!«, rief ich, als nun auch ich den Hund sah.

Er war nicht ganz so groß, wie es zunächst aus der Ferne den Anschein erweckt hatte, aber sein Anblick war entsetzlich.

Das Tier war schwer verletzt. Zwar konnte ich kein Blut erkennen, aber auf dem schwarzen Fell, das vor Dreck und Schlamm nur so starrte, schwirrten überall fette Schmeißfliegen herum. Als witterten sie seinen nahen Tod.

Einer der Hinterläufe stand unnatürlich zur Seite ab, und wie es aussah, konnte der Hund seinen Unterleib nicht bewegen. Er musste sich mit den Vorderläufen bis zu dieser Stelle ins Schilf geschleppt haben, um der Hitze zu entkommen. Das musste schon eine Weile her sein, so ausgemergelt, wie er war. Sein Gestank nach Kot und Dreck war kaum auszuhalten.

Aber am schlimmsten war sein Gesicht zugerichtet. Der Unterkiefer war ausgerenkt und hing quer, während die Zunge immer wieder nach den Fliegen leckte, die ihm ins Maul drangen.

Mir war speiübel, und am liebsten hätte ich mich abgewandt und wäre weggelaufen, aber dann sah mich der Hund aus weit aufgerissenen Augen an und stieß ein herzerweichendes Winseln aus. Er flehte um Hilfe.

Wie Kevin.

Aber diesmal sah ich ihn nicht allein.

Er ist auf jeden Fall real, durchfuhr es mich.

»Oh Kacke, oh Kacke, oh Kacke«, wimmerte David. »Was machen wir jetzt nur? Der ist bestimmt angefahren worden.«

»Wir müssen ihn zu einem Tierarzt bringen.«

David sah mich entsetzt an. »Bist du wahnsinnig? Ich fass den Köter bestimmt nicht an.«

»Willst du ihn hier etwa in der Hitze verrecken lassen?«

»Und wenn er nach uns schnappt? Der macht es doch sowieso nicht mehr lange.«

»Der arme Kerl schnappt bestimmt nach niemandem.« Seine Feigheit machte mich zornig. »Wie würdest du dich an seiner Stelle fühlen, wenn dir keiner helfen will?«

»Aber das ist doch nur ein ...«

»Hast du eine Decke im Jeep?«, unterbrach ich ihn barsch.

»Decke?« Er sah mich verdattert an. »Ja, hab ich.«

»Dann hol sie! Wir legen ihn drauf und tragen ihn zum Auto.«

David wurde nun erst recht kreidebleich, nahm sich aber zusammen und ging zurück zu seinem Geländewagen.

»Nun mach schon!«, rief ich ihm nach. »Sonst ist es zu spät!«

33

»Hier.«

David reichte mir einen Pappbecher, den er am Trinkwasserautomaten aufgefüllt hatte. Dann setzte er sich neben mich auf einen der harten Plastikstühle in Dr. Lenneks Wartezimmer und starrte auf die Wand, die mit Plakaten diverser Tierschutzvereine zugehängt war.

Wir hatten großes Glück gehabt, denn die Tierarztpraxis hatte heute keine Sprechstunde. Aber Otto Lennek wohnte im selben Haus und hatte gerade damit begonnen gehabt, seinen mannshohen Gartenzaun zu streichen, als wir bei ihm eingetroffen waren.

»Tut mir leid wegen vorhin«, brach David nach einer Weile das Schweigen, das zwischen uns entstanden war. »Ich hab mich wie ein Idiot benommen.«

»Schon okay. Das war echt schwer.«

Ich trank einen Schluck und das gekühlte Wasser tat mir gut. Noch immer hing mir der entsetzliche Gestank des schwer verletzten Hundes in der Nase und verursachte mir Übelkeit.

»Nein«, sagte David kleinlaut, »es ist nicht okay. Wenn du nicht dabei gewesen wärst, wäre ich weggelaufen, weil ich ein gottverdammter Feigling bin. Ich tue nur immer so cool, aber das hast du ja bestimmt schon längst gemerkt. Und vorhin hast du dann gesehen, wie ich wirklich drauf bin.«

»David, vergiss es einfach. Jetzt sind wir ja hier, und Dr. Lennek gibt sein Bestes, um den Hund zu retten.«

»Der Hund hatte mich angeknurrt, aber dich nicht«, fuhr David fort. »Ich hatte Angst. Ich dachte, er hätte vielleicht Tollwut oder so was.«

»Er hatte einfach Angst, so wie du«, entgegnete ich, und dann lächelte ich ihn an. »Aber dass du meinetwegen einen Spanner verjagen wolltest, fand ich cool.«

»Wirklich?«

»Wirklich.«

Er sah mich skeptisch an. »Aber eben nur cool, oder?«

Fast hätte ich lachen müssen, aber im Moment war mir einfach nicht danach zumute.

»Ja, David, nur cool. Kannst du damit leben?«

»Muss ich ja wohl.«

Er stieß einen Seufzer aus, nahm eine Zeitschrift vom Stuhl neben sich und begann, wahllos darin zu blättern. Dann legte er sie wieder zur Seite und sah mich an.

»Kann ich dich was fragen?«

»Sicher.«

»Du hast mich nach Kevin gefragt, weil du glaubst, dass du ihn gesehen hast, nicht wahr?«

Ich fuhr zusammen. »Woher weißt du das?«

Schlagartig färbte sich Davids schmales Gesicht puterrot. »Ach, das ...« Er räusperte sich. »Das ist doch nicht so wichtig.«

»Oh doch, das ist wichtig für mich. Nun sag schon, woher weißt du, dass ich ihn gesehen habe?«

Wieder räusperte er sich. »Also gut, ich weiß es von Sandra.«

»Von dieser Barbie?«

Ich glaubte, mich verhört zu haben.

»Ihr Vater ist Polizist«, erklärte David, dem es offensichtlich peinlich war, sich mit diesem Thema die Zunge verbrannt zu haben. »Er war bei euch in der Nacht, als du den Jungen in eurer Gartenlaube gemeldet hast.«

»Oh nein«, stöhnte ich. »Hier ist wohl wirklich jeder mit jedem verwandt.«

»Bist du dir wirklich sicher, dass es Kevin gewesen ist?«, fragte David, ohne auf meinen Kommentar einzugehen. »Warst du deswegen so aus dem Häuschen, als du das Plakat in der Cafeteria gesehen hast?«

»Ja, war ich. Und jetzt hältst du mich wohl auch für durchgeknallt, oder?«

Er hielt meinem Blick stand. »Wäre ich dann mit dir zum See rausgefahren?«

Ich nickte. »Okay, du hast recht. Tut mir leid, aber ich bin da eben ziemlich empfindlich.«

»Kann ich verstehen.« Allmählich wich wieder die Farbe aus seinem Gesicht.

»Dann sag mir, wie du darüber denkst. Glaubst du mir, dass es Kevin gewesen ist?«

Er machte eine ratlose Geste. »Weiß nicht. Ich war dort, als sie die Leiche aus dem Wagen geborgen haben. Freiwillige Feuerwehr.«

»Und?«

»Doro, da war nicht mehr viel übrig von ihm.«

Bei dieser Vorstellung musste ich schlucken und an den Leichenwagen denken, den ich gesehen hatte. An die Staubwolke, die er hinter sich hergezogen hatte, als er sich dem See näherte.

»Aber dann wäre es doch auch möglich, dass es gar nicht Kevin gewesen ist?«, sagte ich und überwand die Übelkeit, die wieder in mir aufstieg.

»Theoretisch schon, aber wer hätte es sonst sein sollen? Und wo wäre Kevin dann jetzt?«

In diesem Moment ging die Tür des Wartezimmers auf und Dr. Lennek kam zu uns herein. Er war ein großer kräftiger Mann mit dunklen Haaren und Vollbart. Sein grünes T-Shirt klebte ihm am Leib und war voller dunkler Schweißflecken.

»So, ihr beiden«, sagte er, während er sich mit einem Papiertuch die Stirn abtupfte. »Ich habe getan, was ich konnte.«

David und ich waren gleichzeitig von unseren Stühlen aufgesprungen.

»Wird er durchkommen?«, fragte ich aufgeregt.

»Das wird sich in den nächsten Stunden zeigen«, sagte Otto Lennek und nahm einen Becher aus der Halterung neben dem Wasserspender. »Er hatte einen gewaltigen Bluterguss, der auf die Lendenwirbelsäule drückte. Deswegen waren seine Hinterläufe gelähmt. Aber das konnte ich beheben.«

»Das heißt, er wird wieder laufen können?«

»Wenn er die OP überstanden hat, ja.« Lennek nickte und ließ Wasser in den Becher ein. »Der eine Hinterlauf war nur ausgerenkt, ebenso der Kiefer. Es war nicht ganz so schlimm, wie es ausgesehen hat.«

»Puh«, machte David. »Dann hat der Hund noch mal Glück gehabt.«

»Na ja, mal sehen.« Lennek trank den Becher in einem Zug leer und warf ihn in den Papierkorb. »Bis auf den Bluterguss hat der alte Junge keine inneren Verletzungen. Das wäre an sich ein gutes Zeichen.«

»Aber?«, fragte ich.

»Der Hund muss sich dort schon tagelang im Schilf verkrochen haben«, sagte Lennek. »Er ist völlig geschwächt und war stark dehydriert von der Hitze. Es grenzt überhaupt an ein Wunder, dass er das überlebt hat. Scheint ein zäher Bursche zu sein. Andernfalls hätte ich ihn auch nicht mehr operiert. Aber ich kann euch trotzdem nichts versprechen.« Er machte eine bedauernde Geste und wischte sich erneut den Schweiß ab. »Wisst ihr denn, wem der Hund gehören könnte? Er trug keine Hundemarke und wegen der geschwollenen Prellung konnte ich nicht feststellen, ob er einen Erkennungschip implantiert hat.«

Ich schüttelte den Kopf und David konnte nur mit den Schultern zucken.

»Ist die Operation denn sehr teuer?«, fragte ich und hoffte, dass mir Lennek einen Zahlungsaufschub gewähren würde, bis ich das Geld zusammenhatte.

Immerhin musste ich ja auch noch die dreihundert Euro für Mum verdienen. Mein neues Leben war ebenso kompliziert wie teuer!

Lennek sah mich verständnisvoll an. »Wegen dem Geld mach dir mal keine Sorgen. Wenn ich ihn selbst gefunden hätte, hätte ich auch nichts daran verdient.«

Ich sah ihn ungläubig an. »Ist das Ihr Ernst? Sie verlangen nichts?«

Lennek lächelte und deutete auf die Plakatwand. »Ich bin Mitglied im Tierschutzbund, und das aus Überzeugung. Aber du kannst trotzdem etwas für ihn tun. Hör dich mal herum, ob irgendjemand im Ort seinen Hund vermisst. Und falls er ein Streuner ist, kannst du mir helfen, ein Zuhause für ihn zu finden. Unser Tierheim platzt ohnehin schon aus allen Nähten.«

»Danke«, sagte ich. »Das werde ich.«

»Ich wüsste nur zu gern, wer einen Hund anfährt und dann abhaut«, sagte David. »Das muss man doch merken.«

»Nein, Junge.« Lennek schüttelte den Kopf. »Dieser Hund ist nicht angefahren worden.«

»Nicht?«

»Ich habe hier schon eine ganze Menge Unfallopfer zusammengeflickt«, sagte der Tierarzt, »und glaub mir, ich sehe, ob ein Hund angefahren oder zusammengeschlagen worden ist.«

»Wie bitte?«, stieß ich entsetzt hervor. »Zusammengeschlagen?«

»Die Blutergüsse«, sagte Lennek und nickte. »Die stammen von Tritten. Jemand hat das arme Tier tot treten wollen, darauf gehe ich jede Wette ein.«

»Aber ...« Ich konnte vor Fassungslosigkeit kaum sprechen. »Aber ... wer, um Gottes willen?«

»Das wüsste ich auch gerne«, sagte Lennek finster. »Diesem Teufel würde ich eine Anzeige wegen Tierquälerei aufs Auge drücken, die sich gewaschen hat.«

Mein Herz raste wie wild. Vor allem wegen dem Begriff, den Otto Lennek für den Tierquäler gebraucht hatte.

Teufel.

Genau wie Kevin!

34

Gegen Nachmittag kletterte das Thermometer auf fünfunddreißig Grad, die sich jedoch wie weit über vierzig anfühlten. Es war, als säße man in einem stickigen Gewächshaus, in dem sich kein Lüftchen regte.

Ganz Ulfingen war wie ausgestorben. Wer konnte, zog sich in den kühlen Schatten der Häuser zurück oder suchte Erfrischung in Pinos Eisdiele.

Die meisten Ulfinger tummelten sich jedoch im Atlantis und auch ich hatte mich auf Miss Piggys Sattel geschwungen und war, mit Badeanzug und Strandmatte gerüstet, ins Bad gefahren.

Die Liegewiese war bis auf den letzten Flecken Gras belegt, und fast hatte es den Anschein, als hätte sich sämtlicher Nachwuchs der Region im Kinderbecken versammelt. Bis auf den kleinen Bereich vor der Wasserrutsche war kein freier Platz mehr zu erkennen und auch im Schwimmerbecken drängten sich die Menschen wie Sardinen in der Dose.

Ich hatte eine freie Ecke unter dem Schild SEITLICHES EINSPRINGEN VERBOTEN ergattert und hing bis zur Brust im Wasser. Trotz der vielen Menschen war es im Becken noch kühl und die Erfrischung half wenigstens ein bisschen.

So beobachtete ich für eine Weile die Badegäste, die lachend und unbeschwert umherplanschten, während die Sonne mit aller Kraft vom Himmel brannte.

Noch immer war mir unwohl und in meinem Kopf jagte ein Gedanke den nächsten.

Ich dachte an Davids Erzählung über Kevin und Ronja.

An den See, an dem man die unkenntliche Leiche aus dem verkohlten Autowrack geborgen hatte – die vielleicht gar nicht Kevin gewesen war.

An den Jungen in der Gartenlaube – der vielleicht eine Halluzination oder doch Kevin gewesen war.

An den misshandelten Hund, um dessen Leben ich bangte.

Und nicht zuletzt dachte ich an den Teufel, der das arme Tier fast zu Tode geprügelt hatte – und an den Teufel, vor dem Kevin geflohen war.

Das alles war so verwirrend. Es schien irgendwie zusammenzupassen und doch auch wieder nicht.

Hinzu kamen Fragen wie zum Beispiel die, ob es den Zwanzig-Euro-Schein neulich im Supermarkt wirklich gegeben hatte oder wer das Insektenmädchen war, das mich in meinen Träumen oder Halluzinationen heimsuchte?

Oder was damals in jener Nacht geschehen war, nachdem mich Bea angerufen hatte, um mir von Ben vorzuschwärmen?

Fragen, die mir im Kopf schmerzten, angefacht von der unerträglichen Hitze des Hochsommertages.

Und als sei dies alles nicht genug, musste ich auch noch ständig an Julian denken, der sich von Barbie-Sandra getrennt hatte. Daran, wie wir oben auf der Mauer gestanden hatten. An das Adler-Gefühl von Freiheit.

Als Julian mich letzte Nacht gefragt hatte, ob ich ihn zum Aussichtspunkt begleiten möchte, hatte ich jeden Gedanken an Sandra verdrängt. Nur seine Nähe war mir wichtig gewesen. Und auch jetzt hätte ich ihn gerne hier bei mir gehabt. Dann hätte ich mich vielleicht für den Kuss entschuldigen können … Und das irgendwie ausräumen können. Aber als ich mich vorhin bei meiner Ankunft im Bad nach ihm umgesehen hatte, war er nirgendwo zu sehen gewesen.

Sicherlich ist er gerade bei seiner Mutter, dachte ich und sah ihn vor meinem geistigen Auge, wie er sie durch die Glasscheibe des isolierten Krankenzimmers betrachtete und sich darauf vorbereitete, für immer Abschied von ihr zu nehmen.

Es war ein kaltes, trostlos graues Bild, und es tat mir fast noch mehr weh als alle anderen Gedanken, die in meinem Kopf dröhnten. Und wenn es mir schon so erging, wie mochte es dann erst für Julian selbst sein?

Deshalb war es besser, ihn in Ruhe zu lassen, beschloss ich. Ich würde mich ihm nicht mehr aufdrängen. Vor allem nicht nach meinem großen Fehler in der vergangenen Nacht. Auch wenn sich mein Kuss zunächst nicht wie ein Fehler angefühlt hatte.

Meine Kopfschmerzen wurden immer stärker, und der Lärm um mich wurde allmählich zu einem tiefroten Ton, der mich gänzlich ausfüllte.

Es ist die Hitze, redete ich mir ein. *Die Sonne, die mir auf den Kopf brennt.*

Also holte ich tief Luft und tauchte vollends in das Becken ein. Sofort verwandelte sich das rote Gefühl in ein angenehm kühles und friedliches Schwimmbadblau. Mit jedem Zentimeter, den ich mich dem Boden des Schwimmbeckens näherte, wurden meine Kopfschmerzen weniger und weniger. Als meine Füße den Grund berührten, waren die Schmerzen gänzlich verschwunden, und ich fühlte mich wieder klar.

Über mir paddelte ein Heer von Körpern, Armen und Beinen, aber es war kaum ein Laut zu hören. Hier unten waren Friede und Stille.

Wie herrlich befreiend sich das doch anfühlt, dachte ich. *So könnte es ewig bleiben.*

Als mir dann die Luft knapp wurde, ließ ich mich zur Oberfläche zurücktreiben, atmete ein paar Mal tief durch und tauchte wieder ab, diesmal mit dem Gesicht zur Beckenwand. Ich glitt an den blauen Kacheln entlang, und als ich wieder auf dem Boden des Beckens stand, sah ich vor mir ein Fenster, hinter dem sich einer der Scheinwerfer für die Abendbeleuchtung befand.

Obwohl mir bereits die Augen vom Chlorwasser brannten, erkannte ich die Wasserperlen, die an der Innenseite des Scheinwerfers wie Tränen herabrannen. Und ich sah noch etwas. Etwas, das es unmöglich geben konnte. Nicht hier unten und erst recht nicht innerhalb des Scheinwerfers.

Dennoch war es da.

Eine Schrift.

Drei Worte, die jemand mit dem Finger untereinander in die Wasserperlen geschrieben hatte wie an eine beschlagene Fensterscheibe.

stand da.

Jeder einzelne Buchstabe war deutlich zu erkennen.

Nein, das siehst du nicht, durchfuhr es mich. *Du bildest es dir ein. Niemand hinterlässt hier unten Nachrichten. Erst recht nicht Worte wie diese.*

Ich wandte mich ab, um mich dann noch einmal umzusehen und festzustellen, dass die Worte verschwunden waren – so wie meine Halluzinationen immer verschwanden, wenn ich mich abwandte und wieder hinsah. Aber so weit kam ich nicht. Denn kaum hatte ich mich umgedreht, blieb mir vor Entsetzen fast das Herz stehen.

Vor mir schwamm Kais bleicher Körper. Nein, er schwamm nicht, er schwebte im Wasser. Wie ein Geist. Sein hellblondes Haar trieb wie weiße Schlangen um seinen Kopf, der unter Wasser verschwommen und unförmig wirkte. Sein Gesicht war aufgequollen und von einer bläulich-violetten Farbe, die an überreife Pflaumen erinnerte.

Seine Augen waren weit aufgerissen, riesig und schwarz, fast wie die des Insektenmädchens, und aus seinem offenen Mund drang der endlose stumme Schrei eines toten Kindes.

Kai streckte seine pummeligen kleinen Hände nach mir aus, wollte mich greifen und …

Ich schrie, und hier unter Wasser klang es wie ein grauenvolles Gurgeln, während ich panisch zurück zur Oberfläche paddelte und aus dem Wasser schoss. Ein kahlköpfiger Mann mit sonnenverbranntem Gesicht wich erschrocken zur Seite, während ich hektisch aus dem Becken flüchtete und meine Beine aus dem Wasser zog.

Gleich darauf tauchte auch Kai auf, lachte und sah mich an. Doch es war nicht Kai. Es war nur ein kleiner blonder Junge, dem es Spaß gemacht hatte, mich dort unten zu erschrecken.

»Nicht so tief runter, Finn«, ermahnte ihn der Kahlköpfige und zog seinen Sohn zum Beckenrand, wo ich noch immer mit angezogenen Beinen saß und zitterte.

»Noch mal?«, rief mir der Junge zu, und ich schüttelte den Kopf.

Nein, Kai, dachte ich. *Nie wieder, hörst du? Bitte nie wieder.*

»Och, schade!« Der Junge zog einen Schmollmund und alberte gleich darauf wieder mit seinem Vater herum.

Jemand fasste mir von hinten an die Schulter und ich fuhr mit einem spitzen Schrei herum.

»Hi!« Es war David. »Sorry, ich wollte dich nicht erschrecken. Alles gut bei dir?«

»Puh«, stieß ich aus. »Lass das in Zukunft bleiben, okay?«

»Okay. Tut mir leid, ich wollte dich echt nicht ...«

»Schon gut. Ich bin heute etwas schreckhaft. Das mit dem Hund war mir wohl einfach zu viel.«

David nickte und setzte sich neben mich an den Beckenrand. Er streckte seine dürren Beine ins Wasser, die beinahe ebenso weiß waren wie seine Bermudas.

»Dann habe ich eine gute Nachricht für dich«, sagte er. »Wenn du willst, kannst du noch länger schwimmen. Ich werde heute das Aufräumen der Liegewiese und die Toiletten übernehmen. Dafür kannst du dich um die Umkleidekabinen kümmern, sobald alle weg sind. Da drin ist es deutlich kühler als hier draußen.«

»Ach ja? Und was ist mit Aydin?«

»Aydin hat sich krankgemeldet. Kreislaufbeschwerden. Kein Wunder bei der Affenhitze.« Er zog die Beine wieder aus dem Wasser. »So, ich muss wieder los. Hab noch was zu erledigen. Genieß das Wasser.«

»Danke.«

Er winkte mir zu und verschwand in der Menschenmenge, woraufhin ich mich wieder ins Becken gleiten ließ.

Doch weiter als bis zu den Schultern tauchte ich nicht mehr ein.

35

Etwa eine Stunde später begann sich der Himmel zu verfinstern. Wind kam auf, wehte Eisverpackungen und Schokoladenpapierchen über die Liegewiese und wurde von Mal zu Mal kräftiger, bis die ersten Sonnenschirme bedenklich zu schwanken begannen. Ein weiteres Wärmegewitter war im Anzug – der Wetterdienst hatte es angekündigt.

Die Badegäste begannen eilig, ihre Dinge zusammenzupacken – Decken, Liegen und Kühltaschen –, und strömten zum Ausgang, um noch rechtzeitig nach Hause zu kommen, bevor der Regen einsetzte. Es dauerte nicht lange und alle waren gegangen.

Ich nutzte das nun freie Schwimmerbecken und zog noch zwei Bahnen, ehe ich zu den Umkleidekabinen ging. Dort nahm ich meine Sachen aus dem Spind, legte sie in eine freie Kabine, die den Duschen am nächsten war, und wusch mir das Chlorwasser ab.

Von draußen war das Grollen des herannahenden Gewitters zu hören, während ich allein unter der Dusche stand.

Bei der Vorstellung, dass ich jetzt ein ganzes Schwimmbad nur für mich hatte, musste ich kichern. Das hatte ich mir als Kind oft gewünscht. Nun war der Wunsch wahr geworden.

Fehlt nur noch die Kühltruhe, aus der ich mir so viel Eiscreme nehmen darf, bis ich Bauchweh davon bekomme.

Ich stellte die Dusche ab, wischte mir den letzten Rest Shampoo aus den Augen und griff mit der anderen Hand nach meinem Handtuch.

Doch ich griff ins Leere. Das Handtuch war nicht mehr da.

Ich sah auf den Boden, ob es vom Halter geglitten war, aber auch da lag nichts.

Verwundert sah ich mich um. Weit und breit war kein Handtuch zu sehen, und auch mein Badeanzug, den ich gleich daneben an den Halter gehängt hatte, war verschwunden.

»Das gibt's doch gar nicht!«

Da musste sich jemand einen Scherz mit mir erlauben.

»Hallo? Ist da jemand?«, rief ich in Richtung der Umkleidekabinen.

Doch ich bekam keine Antwort.

»He, ich finde das nicht witzig«, sagte ich zu den Türen, denn hinter einer davon musste sich der Spaßvogel verbergen. Ein anderes Versteck gab es hier nicht.

»Hör zu, ich hatte heute keinen guten Tag. Und ich habe jetzt auch keinen Nerv für solche Späßchen, verstehst du? Also gib mir bitte mein Handtuch zurück.«

Doch hinter den Türen rührte sich nichts. Nur das Donnern von draußen war zu hören. Fast hätte ich glauben können, ich sei hier allein.

»Ha ha«, machte ich ärgerlich. »Du hältst dich wohl für wahnsinnig komisch, was?«

Wieder bekam ich darauf keine Reaktion.

Na gut, dann würde ich mich eben nicht abtrocknen und nass in meine Klamotten schlüpfen. Auch wenn es hier drin kühler war als draußen, war es dennoch warm genug, und ich wäre auch so im Handumdrehen trocken.

Ich huschte nackt in die Umkleidekabine – und stutzte.

Die Sitzbank war leer. Auch von meinen Klamotten fehlte jede Spur.

»Verdammt noch mal, was soll das?«

Da stand ich nun, splitterfasernackt, und hatte weder ein Handtuch noch meinen Badeanzug noch etwas zum Anziehen.

»Na schön, wer immer du auch bist, jetzt hast du deinen Spaß gehabt. Gib mir endlich meine Sachen zurück!«

Ich spähte an der Tür vorbei zu den anderen Kabinen.

Nichts.

Wütend biss ich die Zähne aufeinander und verdrehte die Augen. Dieser Idiot – oder diese Idiotin – wollte mich wohl nackt von Kabine zu Kabine laufen und wie eine Bescheuerte nach meinen Sachen suchen sehen.

Wirklich komisch, ha ha!

Aber genau das würde ich jetzt tun müssen, denn in den Kabinen regte sich noch immer nichts.

Die Alternative wäre, dass ich hier drin bliebe und wartete, bis es sich der Scherzkeks anders überlegte. Oder ich rief um Hilfe, bis sich jemand anders erbarmte, mir meine Klamotten zu bringen.

Ganz gleich, wie ich mich entschied, allzu viel Zeit konnte ich mir nicht damit lassen, weil ich hier noch putzen sollte.

Also, was tue ich? Rufen oder suchen?

Würde ich um Hilfe rufen, käme entweder David oder sein Vater herein. Die beiden waren die Einzigen in meiner Nähe, denn Davids Mutter kümmerte sich um die Cafeteria und Aydin würde heute ja nicht kommen.

Keine besonders tolle Vorstellung.

Verdammt, ist das peinlich!

»Wenn du dich da irgendwo versteckst, dann mach dich jetzt auf was gefasst!«

Immer noch war es still. Da war kein Atmen, kein unterdrücktes Kichern oder Lachen, nichts. Ich hörte nur das Rumoren des Gewitters, das immer näher kam.

Die Stille hatte etwas Bedrohliches. Ich kam mir vor wie bei einem Versteckspiel, bei dem jeden Augenblick jemand hinter einer der Türen hervorspringen würde, um mich zu erschrecken. Jemand, der mir Angst machen wollte – und er war auf dem besten Weg, es auch zu schaffen.

Nein, dachte ich. *Nein, das schaffst du* nicht*! Ich habe für heute schon genug Angst gehabt. Wer immer du auch bist, du machst mich höchstens zornig.*

Ich bedeckte Brüste und Scham mit den Händen und trat entschlossen aus der Kabine. Durch die offene Tür zur Liegewiese wehte kühler Gewitterwind herein. Die zweite Tür am anderen Ende des Ganges war geschlossen.

Ich spähte um die Ecke und konnte David in einiger Entfernung sehen. Er leerte einen Mülleimer und musste sich dabei gegen Wespen wehren. Die Biester waren dieses Jahr eine echte Plage.

Ein schabendes Geräusch neben mir ließ mich erschrocken zusammenfahren, doch es war nur ein trockenes Blatt, das der Wind über den Fliesenboden schob.

Der Schreck über dieses Blatt machte mich erst recht wütend. Jemand wollte mich hier zum Deppen machen, aber er würde sein blaues Wunder erleben, sobald ich wieder angezogen war.

Aber zuerst einmal brauchte ich meine Sachen, ehe mich hier jemand so sah, der nichts von dem ach so komischen Scherz wusste.

Ich schnaubte zornig, wie um mich selbst zu beruhigen, dann ging ich Kabine für Kabine ab und stieß jede mit dem Fuß auf.

Falls mich dahinter irgendein Spanner erwartete, wollte ich ihm nicht mehr als nötig zu gaffen geben. Und ich trat kräftig zu, damit die auffliegende Tür auch so richtig wehtat.

Insgesamt waren es zwölf Kabinen, sechs Türen auf jeder Seite. Aus der ersten waren meine Sachen verschwunden und auch die übrigen elf waren leer. Nur in einer hatte ich eine rote Haarspange am Boden gesehen, die ein Kind verloren haben musste.

»So eine Scheiße!«

Ich biss mir auf die Unterlippe und blinzelte gegen meine feuchten Augen an.

Ich muss mich zusammenreißen. Keine Ahnung, wer mir das antut, aber heulen wird er mich nicht sehen!

Jetzt blieben mir nur noch die Spinde, in denen ich nachsehen konnte. Eine ganze Wand mit insgesamt sechzig Metalltürchen.

Eilig huschte ich an der Tür zur Liegewiese vorbei und hoffte inständig, dass mich Davids Vater nicht sah, der gerade nur wenige Meter von mir entfernt die neuen Liegestühle unter einer Überdachung stapelte.

Dann durchsuchte ich die Spinde.

Nichts, nichts, nichts ... sechzig Mal nichts.

Ich zitterte, und so sehr ich mich bisher auch dagegen gewehrt hatte, war ich nun den Tränen nahe – teils vor Zorn, teils vor Scham, aber vor allem vor Verzweiflung. Es war so schrecklich peinlich!

Ich würde doch um Hilfe rufen müssen, eine andere Möglichkeit sah ich nicht mehr.

Zur Hölle mit der Person, die mir das antat! Sie hatte alle meine Sachen mitgenommen. Vielleicht lagen sie jetzt irgendwo in der Herrentoilette oder auf der Liegewiese verstreut.

Ich eilte zurück in die erste Kabine und schloss die Tür. Am ganzen Leib zitternd, ließ ich mich auf die Sitzfläche nieder und kämpfte erneut mit mir, nicht loszuheulen.

»Was mache ich jetzt nur?«

Allein bei dem Gedanken, wie Bernd Schiller reagieren würde, wenn seine neue Mitarbeiterin nackt in der Umkleidekabine stand und um Hilfe rief, wünschte ich mir nichts sehnlicher, als dass sich der Boden unter meinen Füßen auftun würde, damit ich vor Scham darin versinken konnte. Ich brauchte diesen Job unbedingt – *und jetzt das*!

Nun kehrten auch meine Übelkeit und die Kopfschmerzen wieder zurück und mein Puls pochte mir heftig in den Schläfen. Doch gerade als ich mich überwunden hatte und rufend gegen die Tür der Kabine klopfen wollte, hörte ich Schritte.

Jemand war durch die zweite Tür hereingekommen, die zum hinteren Teil der Liegewiese führte.

Vielleicht war es der Scherzkeks, der mir das hier antat, vielleicht auch David oder sein Vater, das ließ sich an den Schritten nicht erkennen.

Aber vielleicht war es ja auch eine Frau – immerhin war dies doch die Damenumkleide.

»Hallo?«, sagte ich schüchtern. »Hallo, würden Sie mir bitte helfen? Jemand hat meine Sachen gestohlen.«

Die Schritte näherten sich weiterhin, aber ich bekam keine Antwort.

»Hallo, hören Sie mich?«

Dann fuhr ich entsetzt zusammen, denn nun begann diese Person zu keuchen. Ein Keuchen, das ich nur zu gut kannte. Fast glaubte ich, Kais Gesicht wiederzusehen, so wie vorhin unter Wasser.

Bläulich verfärbt und aufgequollen, die Augen weit aufgerissen ...

Nein, nein, nein!, schrie etwas in mir. *Das hörst du nicht, weil es dieses Geräusch nicht geben kann.*

Doch es gab dieses Keuchen sehr wohl, ebenso die Schritte, die immer näher und näher kamen.

»Hallo? Wer ist denn da?«

Meine Stimme klang zitternd und weinerlich, wofür ich mich ebenso schämte wie für meine Nacktheit. Aber ich konnte nicht anders.

»Sag doch was!«

Nun war dieser Jemand direkt vor meiner Tür angekommen und schlug mit der Faust dagegen.

Entsetzt schrie ich auf und warf mich in einer einzigen Bewegung von innen gegen die Tür. Sie hatte nur einen kleinen Riegel und war auch nicht besonders stabil.

Wenn Kai zu mir hereinkam, würde er mich ...

Nein! Es ist nicht Kai, protestierte mein Verstand.

Aber als gleich darauf Fingernägel von außen über die Holztür kratzten, schaltete irgendetwas in mir ab.

Ich verlor die Selbstkontrolle, schrie, heulte, brüllte.

Denn vor der Tür, da war ich mir nun sicher, stand ein Mädchen in meinem Alter. Es hatte riesige Insektenaugen und eine Stimme, so tief wie die Abgründe der Hölle.

»Hallo Doro!«

36

»Also, Mädchen, was genau ist passiert?«

Bernd Schiller hatte die Arme vor seinem Bademeister-T-Shirt verschränkt und sah mit unbeweglicher Miene auf mich herab.

In dieser Haltung wirkte er wie ein Hüne auf mich, was sicherlich auch daran lag, dass ich mir noch nie zuvor in meinem Leben so winzig vorgekommen war. Nicht einmal der Polizeieinsatz wegen des verschwundenen Jungen war mir derart peinlich gewesen. Nackt und wie am Spieß schreiend in einer Umkleidekabine vorgefunden zu werden, war deutlich peinlicher, hatte ich feststellen müssen.

Da stand ich nun, zitternd und in ein riesiges Strandtuch aus der Fundsachenkiste eingewickelt, das mir Davids Vater über die Kabinentür hinweg zugeworfen hatte. Und wieder einmal war ich in den Augen meines Gegenübers der Freak.

Ich versuchte, Bernd Schiller zu erklären, was geschehen war, und endete damit, dass ich keine Ahnung hätte, wer mir das angetan hatte.

»Aha«, sagte er, als ich fertig war. Dann wechselte er einen kurzen Blick mit David, der hinter ihm stand und mich ebenso skeptisch wie sein Vater musterte.

»Und deswegen hast du auch so panisch geschrien?«

»Ja, das heißt, nein«, stammelte ich. »Da war plötzlich jemand vor meiner Kabine, aber er hat nichts gesagt. Er stand einfach nur vor meiner Tür und hat ... nun ja, dagegen gehämmert und gekeucht und gestöhnt.«

Nach dem ersten Schock war mir inzwischen klar, dass ich mir das Insektenmädchen nur wieder eingebildet hatte. Aber das Kratzen und Keuchen an der Tür waren *Wirklichkeit* gewesen. Die Schläge gegen die Tür hatte ich durch das dünne Holz *gespürt.*

»Gekeucht und gestöhnt«, wiederholte Bernd Schiller.

Ich nickte nur und wich seinem ungläubigen Blick aus.

»Ich kann doch nichts dafür«, sagte ich und hasste mich selbst für meinen jammernden Tonfall. Die ganze Sache war so demütigend. »Es sollte bestimmt nur ein dummer Scherz sein, aber ich ...«

»Apropos dumme Scherze«, unterbrach mich Davids Vater. Er wandte sich um und stieß die Tür der gegenüberliegenden Kabine auf. »Sind das deine Sachen?«

Fassungslos sah ich in die Kabine. Ja, dort waren meine Sachen. Meine Klamotten lagen säuberlich zusammengelegt auf der Sitzbank – genau so, wie ich sie aus dem Spind geholt hatte. Daneben lag mein zerknülltes Handtuch und an dem Wandhalter tropfte mein Badeanzug.

Nun schossen mir die Tränen in die Augen, ohne dass ich es hätte verhindern können.

»Das habe ich dort nicht hineingelegt. Ich weiß nicht, wer das getan hat, aber ich war das nicht. Als ich vorhin alles abgesucht habe, war die Kabine ...«

»Genug jetzt«, unterbrach mich Davids Vater wieder. »Zieh dich an und dann geh nach Hause.«

Damit ging er an David vorbei zur Tür, wo nun der Regen wie aus Sturzbächen auf die Liegewiese niederging.

Verzweifelt sah ich David an, doch er machte nur eine hilflose Geste.

»Sie wollen mich wirklich feuern?«, rief ich Bernd Schiller nach. »Auch wenn ich doch gar nichts dafür kann?«

Er blieb in der Tür stehen, drehte sich seufzend zu mir um und sah mich ernst an.

»Ich mag hier keinen Ärger, Mädchen. Das ist schlecht fürs Geschäft. Die Saison ist nur kurz und sie läuft gut. Ich möchte, dass das so bleibt.«

»Bitte, Herr Schiller«, flehte ich. »Geben Sie mir noch eine Chance. Ich brauche diesen Job, um meine Mum zu unterstützen. Bisher sind Sie doch mit mir zufrieden gewesen, oder nicht?«

»Komm schon, Paps«, sagte nun auch David. »Sie hat recht. Im Moment können wir über jede helfende Hand froh sein.«

Es schien eine kleine Ewigkeit zu dauern, während Davids Vater überlegte und uns beide prüfend ansah.

»Na schön«, brummte er schließlich. »Kannst du mit einer Friteuse umgehen?«

»Ich kann es lernen«, versicherte ich schnell.

Bernd Schiller sah mich an wie jemand, der sich nicht aus Überzeugung entschied, sondern weil man ihn dazu überredet hatte. »Dann melde dich morgen bei meiner Frau in der Cafeteria. Da kann dir keiner Streiche spielen.«

»Okay, mach ich.«

»Aber eines sage ich dir gleich«, fügte Davids Vater mit ernstem Blick hinzu, »noch irgendein Vorfall dieser Art und du gehst. Und dann ist mir auch egal, wer daran Schuld hat. Ich will hier keinen Ärger. Merk dir das.«

Ich nickte, woraufhin mich Davids Vater nicht mehr ganz so streng ansah. Stattdessen flackerte etwas in diesen braun-grünen Augen auf, das ich als Mitleid deutete und das mich um weitere Zentimeter zusammenschrumpfen ließ.

»Ich weiß, dass du in Schwierigkeiten steckst, Mädchen«, sagte er, und seine Stimme nahm wieder einen sanfteren Ton an. »Deswegen helfe ich dir auch noch einmal. Aber das ist wirklich deine letzte Chance.«

Damit ging er, und auch David ließ mich allein, damit ich mich anziehen konnte. Als ich dann für mich war, konnte ich endlich richtig weinen.

Ich verfluchte die Person, die mir das angetan hatte. Sie hatte meine Klamotten nicht einfach nur zum Spaß versteckt, das stand für mich fest. Wenn man so etwas aus Spaß tat, wollte man in der Nähe sein, damit man auch seinen Spaß *haben* konnte.

Nein, derjenige, der *das* gewesen war, hatte mich in Ulfingen endgültig für alle zum Freak machen wollen.

Aber warum?

Warum nur?

37

So oft wie in den letzten Tagen war ich noch nie nass geworden. Aber nun passte es bestens zu meiner Stimmung.

Das Gewitter hatte zwar nur ein kurzes Gastspiel gegeben, aber der Regen hielt weiterhin an, während ich zurück in den Ort radelte. Der von der Sonne aufgeheizte Asphaltweg roch grau und war übersät mit Nacktschnecken, die ich in Slalomlinien umkurvte.

Ich war noch nicht weit gekommen, als mich plötzlich Davids rostiger Geländewagen überholte. Er fuhr auf den Radweg und schnitt mir den Weg ab.

Kaum hatte ich angehalten, war David bereits aus dem Wagen gesprungen.

»Doro, warte! Es tut mir leid wegen vorhin.«

»Du hast es ihm erzählt, stimmt's? Du hast deinem Vater erzählt, dass ich ...«

»Ja«, unterbrach er mich. »Ja, ich habe ihm von dir erzählt. Weil es mir wichtig war, dass er es zuerst von mir hört und nicht das Geschwätz von anderen aufschnappt.«

»Geschwätz«, sagte ich und stieß ein zynisches Lachen aus. »Du meinst doch das, was diese eifersüchtige Barbie über mich in die Welt setzt.«

Er nickte und senkte den Kopf. Regen tropfte aus seinen roten Haaren.

»Ja«, sagte er kleinlaut, »aber es ist nicht nur sie. Bei dem Polizeieinsatz vor eurem Haus gab es jede Menge Gaffer und ...

Na ja, wir sind hier nun mal auf dem Land. Da wird einfach viel geredet.«

»Na prima!«

Ich trat nach einem Kiesel, der vor mir auf dem Radweg lag. Genau *das* war einer der Gründe, warum ich es nicht mehr abwarten konnte, endlich in eine Großstadt zu ziehen.

»Und deswegen hält mich dein Vater jetzt für durchgeknallt, obwohl ich vorhin in der Umkleide nichts dafür konnte.«

»Bitte sei nicht sauer auf ihn«, sagte David. »Mein Vater ist echt in Ordnung. Er hat das nicht so gemeint.«

»Nicht so gemeint? Er hätte mich fast gefeuert. Hast du überhaupt eine Ahnung, wie scheiße es sich für mich angefühlt hat, um diesen Job zu betteln? Am liebsten hätte ich ihm gesagt, er könne ihn sich weiß Gott wohin schieben.«

»Es tut mir wirklich leid, Doro. Ich weiß, wie sich das für dich angehört haben muss, aber das vorhin hatte nicht nur mit dir zu tun.«

»Ach ja. Und mit wem noch?«

»Na ja, vor zwei Jahren gab es bei uns im Bad mal richtig Stress. So ein Spanner hatte eine Kamera in den Damenumkleiden versteckt und ein Mädchen hatte sie dann entdeckt. Die Polizei fand schließlich raus, wer es gewesen war, aber es hat eine ganze Weile gedauert, bis wir unseren guten Ruf wiederherstellen konnten. Viele Gäste kamen nicht mehr, und mein Vater hatte schon befürchtet, dass er das Atlantis schließen muss.«

»Und jetzt hat dein Vater Angst, dass so eine zugezogene Verrückte behaupten könnte, der Spanner sei wieder da, oder was? Wer sagt eigentlich, dass es nicht wieder dieser Typ gewesen ist?«

»Er kann es nicht gewesen sein. Sein Vater war damals noch Bürgermeister. Er bekam deswegen ziemlichen Ärger, wurde abgewählt und ist weggezogen. Seinen Sohn hat er in ein Internat gesteckt, soweit ich weiß.«

»Okay, David.« Ich seufzte verärgert. »Ist ja eine ganz nette Geschichte, aber kannst du dir vorstellen, wie es ist, wenn dich jeder für verrückt hält? Ihr beiden habt mir doch keinen Moment geglaubt, dass mir jemand meine Sachen geklaut hat.«

»Nein«, sagte David und sah mich trotzig an. »Das stimmt nicht. Ich habe vorhin nachgesehen und eine Lücke im Zaun an der hinteren Liegewiese entdeckt. Sie muss schon älter sein und stammt bestimmt von irgendwelchen Kids, die sich den Eintritt sparen wollen, aber ebenso gut kann sich auch der Spanner dort reingeschlichen haben.«

Nun war ich doch etwas verwundert. »Soll das heißen, du glaubst mir?«

»Klar. Wir sind doch Freunde, oder nicht?«

Dann wandte er sich um und öffnete den hinteren Teil seines Verdecks. »Komm schon, packen wir dein Rad da rein und dann steig ein. Wir holen uns hier im Regen noch den Tod.«

Also luden wir Miss Piggy in den Jeep und setzten uns ins Trockene, wo mir David ein Handtuch von der Rückbank reichte.

»Du scheinst dir wohl sehr sicher gewesen zu sein, dass du mich überzeugen kannst?« Ich nahm das Handtuch. Es roch violett, nach einem Weichspüler mit Fliederaroma.

»Nein, ich war mir nicht sicher, aber ich hatte es gehofft«, antwortete David und wurde rot. »Wäre doch schade gewesen.«

»Es war kein Spanner, David«, sagte ich, nachdem ich mich abgetrocknet hatte. »Wer immer das da drin auch gewesen ist, er wollte mir Angst machen. Damit es für euch so aussieht, als hätte die Verrückte mal wieder einen Panikanfall. Vielleicht hat er sogar gehofft, dass mich dein Vater dann rausschmeißen würde.«

»Aber warum sollte jemand das tun?«, fragte David, der sich nun ebenfalls das Gesicht mit dem Handtuch trocken rieb.

»Weil diese Person will, dass mich alle für durchgeknallt halten. Okay, mir geht es zurzeit wirklich nicht besonders, aber ich bin nicht verrückt und auch nicht paranoid. Aber genau so soll ich auf alle wirken. Und ich bin mir sicher, dass das etwas mit neulich Nacht zu tun hat.«

»Hm.« David warf das Handtuch achtlos auf die Rückbank. »Weil du Kevin gesehen hast?«

Ich griff nach meinem Medaillon und hielt es fest. »Ich habe ihn wirklich gesehen, und ich denke, wenn mich jetzt jemand vor allen als verrückt hinstellen will, dann ist das der beste Beweis, dass ich ihn mir nicht nur eingebildet habe. Kevin war vor jemandem auf der Flucht, David. Er hatte panische Angst und sagte irgendetwas von Mörder und dem Teufel. Ich muss herausfinden, was es damit auf sich hat.«

»Puh«, machte David und sah aus dem Fenster. »Dann könnte Kevin also noch leben und jemand anders war in seinem Wagen.«

»Wäre gut möglich.«

»Aber wie willst du das beweisen? Die Bullen werden uns kein Wort glauben. Zumindest nicht, bis sie die Leiche aus dem Bus untersucht haben.«

»Nein«, sagte ich und konnte mir ein gehässiges Grinsen nicht verkneifen. »Barbies Vater wäre wohl wirklich nicht der richtige Gesprächspartner.«

»Aber was sollen wir dann tun?«

»Du weißt doch, wo Kevin gewohnt hat«, erwiderte ich. »Also lass uns bei ihm vorbeischauen und sehen, ob wir etwas herausfinden.«

38

Wir hatten eine Weile überlegt, wie wir Kevins Mutter unseren unerwarteten Besuch erklären sollten, und uns dann zu einer spontanen Ausrede entschieden – je nachdem, wie sie auf uns reagieren würde.

Als Marlene Schmidt dann die Tür zu ihrer Wohnung öffnete und David sah, fiel sie ihm sofort um den Hals. Für einen Augenblick sah es so aus, als würde die dicke schwammige Frau den hageren Jungen erdrücken, aber dann wand sich David sanft, aber bestimmt aus ihren teigigen Armen.

Mich schien sie kaum wahrzunehmen, was mir in diesem Fall jedoch ganz recht war.

»Tut gut, dich zu sehen, David«, sagte sie, und obwohl sie sich Mühe gab, es zu verbergen, erkannten wir sofort, dass sie betrunken war.

»Ich bin jetzt so einsam«, sagte sie mit schwerer Zunge. »Zu wem kann ich schon gehen? Die denken doch alle, ich sei schuld, dass mein Kevin das getan hat. Aber kommt erst mal rein.«

Sie führte uns wankend in ein winziges Wohnzimmer, wo gerade eine dieser Promi-Kochshows im Fernsehen lief.

Der Raum lag im Halbdunkel, da der Rollladen fast ganz herabgelassen war, aber die chaotische Unordnung war dennoch nicht zu übersehen. Überall standen leere Wodka- und Colaflaschen herum. Zeitschriften, Werbeprospekte und Briefe lagen über den ausgetretenen Teppichboden verstreut und die vernachlässigten Topfpflanzen am Fenster waren am Verdörren.

Es war unangenehm warm und stickig und aus dem Durchgang zur Küche drang der süßlich grüne Geruch nach verdorbenen Lebensmitteln herein. Er mischte sich in die abgestandene Schnapswolke, die beinahe greifbar in der Luft hing. In dieser Wohnung war sicherlich schon seit Tagen, wenn nicht gar Wochen kein Fenster mehr geöffnet worden.

David und ich setzten uns auf eine abgewetzte Zweiercouch, die wir zuerst von mehreren leeren Pralinenschachteln, von etwas Unterwäsche und einem Stapel alter Fernsehzeitschriften befreien mussten.

Ich hatte schon häufiger Berichte über Messis im Fernsehen gesehen und einmal auch eine Frau in der Klinik getroffen, deren Wohnung man wegen Rattenbefall hatte räumen müssen, aber als ich nun in diesem Wohnzimmer saß, kam ich mir dennoch wie in einem wahr gewordenen Klischee vor.

»Macht's euch bequem und seht euch am besten nicht um«, sagte Marlene Schmidt und ließ sich uns gegenüber auf die Couch plumpsen. »Ich hab einfach zu viel um die Ohren und komme zu gar nichts. Wollt ihr auch was trinken?«

Wir schüttelten gleichzeitig den Kopf, woraufhin Kevins Mutter nur nickte und dann auf den Fernseher starrte. Dort erklärte gerade irgendeine Gemüse schneidende Jenny, dass sie sich aus Überzeugung vegan ernährte.

Es war ein trauriger Anblick, Marlene Schmidt so vor uns sitzen zu sehen. Sie war einer der wenigen Menschen, für die ich keine Farbe fand. Aber anders als bei Julian lag es daran, dass jede Farbe bei ihr sofort verblasste.

Ich schätzte sie auf Ende vierzig, auch wenn sie älter wirkte.

Sie musste in jungen Jahren eine hübsche Frau gewesen sein, aber nun hatte ihr Gesicht eine ungesunde Farbe bekommen und war vom Alkohol gerötet und aufgeschwemmt.

Wie oft musste Kevin seine Mutter in dieser Haltung gesehen haben, in der einen Hand ein Glas Wodka mit Cola, in der anderen die Fernbedienung und im Geiste bei irgendwelchen veganen Jennys, die Gemüse schnitten?

David eröffnete das Gespräch und ich überließ ihm das Reden. Er drückte ihr sein Mitgefühl aus, woraufhin Marlene Schmidt darüber schimpfte, dass die Polizei Kevins Leiche noch immer nicht zur Beerdigung freigegeben hatte.

»Was soll es da noch zu identifizieren geben? Die haben doch keine Ahnung, wie eine Mutter sich fühlt, wenn ihr einziges Kind sich das Leben nimmt«, sagte sie, während ihr Blick immer wieder zum Fernseher wanderte.

Dann fragte David nach Kevin, ob es Anzeichen gegeben hätte, dass er sich umbringen wollte.

»Die gab es schon so oft, dass ich gar nicht mehr darauf geachtet habe.« Seine Mutter winkte ab und füllte ihr Glas nach. »Der hat doch keinen Moment darüber nachgedacht, wie es mir dabei geht. Immer nur jammern, dass das Leben so beschissen ist.« Sie schnaubte. »Musst ja nur mal was draus machen, hab ich ihm immer gesagt. Aber der? Nee, dem war's lieber, wenn er die Schuld auf mich abwälzen konnte. Dabei hab ich's doch auch nicht leicht.«

Dann erzählte sie uns, dass Kevin einen Tag vor seinem Tod angekündigt hatte, er wäre bald für immer weg. Sie hatten sich gestritten, aber weshalb, erfuhren wir nicht, weil Marlene Schmidt zur Fernbedienung griff und zu einem anderen Sender zappte. »Scheiß Werbung!«

Ich fragte sie, ob ich kurz die Toilette benutzen durfte, und sie zeigte zum Flur.

»Nur zu, ist hinten im Bad.«

Ich nickte David zu, dass er sich weiter um Kevins Mutter kümmern sollte, damit mir Zeit blieb, mich ein wenig umzusehen. David verstand sofort und nickte zurück.

Marlene Schmidt schien davon nichts mitzubekommen.

Kevins Zimmer war leicht zu finden. Es befand sich gleich neben dem Badezimmer, und Kevin hatte ein Schild an die Tür geklebt, das er wahrscheinlich auf einer Baustelle hatte mitgehen lassen.

ZUTRITT FÜR UNBEFUGTE VERBOTEN!
ELTERN HAFTEN FÜR IHRE KINDER

Ich fragte mich, ob er den zweiten Satz auf seine Mutter bezogen hatte? Vielleicht hatte er ihr ja damit zeigen wollen, dass er ihr die Schuld an dem verkorksten Familienleben gab, aus dem er nur noch herauswollte?

Ich zögerte einen Moment, immerhin war auch ich eine Unbefugte, die nun in seine Privatsphäre eindringen würde. Doch der Zweck heiligte die Mittel, wie Oma jetzt gesagt hätte. Also öffnete ich leise die Tür und betrat Kevins Reich.

Ein schwerer violetter Geruch nach Patschuli schlug mir entgegen. Die schwarzen Vorhänge waren zugezogen und es war hier so dunkel wie im Wohnzimmer.

Doch im Gegensatz zur übrigen Wohnung herrschte in Kevins Zimmer penible Ordnung. Als ob er sich dadurch vom Rest seines Zuhauses hatte abheben wollen.

Kevin hatte offensichtlich einen sehr düsteren Geschmack, nicht nur wegen der schwarz lackierten Regale und den Plastiktotenköpfen darin, sondern auch was Filme und Musik betraf. Die Wände waren vollgehängt mit Postern von Horrorfilmen wie *Hellraiser*, *Halloween*, *High Tension* und *Silent Hill* und Bands wie Lordi, Marilyn Manson, den Sisters of Mercy und natürlich den Barlows.

Über seinem Schreibtisch hatte er etliche Schwarzweißfotos und die Zeichnung eines Mädchengesichts an die Wand geheftet. Sicherlich sollte das Bild Ronja darstellen und es war wirklich gut. Ihre Augen wirkten lebendig, fast wie auf einem Foto – dabei finde ich Augen immer besonders schwierig zu zeichnen.

Unter dem Porträt hing ein Zettel mit einem Textauszug, der aus einem Lied stammen musste.

Und ich finde es irgendwie komisch,
ich finde es irgendwie traurig,
dass die Träume, in denen ich sterbe,
die besten sind, die ich je hatte.

Ich glaubte, das Lied zu erkennen. »Mad World« von den Tears for Fears.

Wie viel Traurigkeit und Verzweiflung doch in diesen Zeilen lag. Genug, um jedem, der ins Zimmer kam, auszudrücken, dass man sich in seinem Leben nicht zurechtfand.

Ich sah zur Deckenlampe hoch und erkannte den ausgebrochenen Putz um die Lampenaufhängung. David hatte mir erzählt, dass Julian gerade noch rechtzeitig vorbeigekommen war, um Kevin zu retten.

Aber der Kevin, den ich in der Gartenlaube getroffen hatte,

war nicht mehr lebensmüde gewesen. Im Gegenteil, er hatte Todesangst gehabt und mich angefleht, ihm zu helfen.

Vielleicht weil es doch ein Unterschied ist, ob du dir nur wünschst, tot zu sein, oder ob du wirklich dem Tod ins Auge siehst, dachte ich.

Auf meiner Station hatte es mehrere Mädchen und Jungen gegeben, die versucht hatten, sich umzubringen. Aber die meisten von ihnen hatten es nicht wirklich ernst damit gemeint. Es waren verzweifelte Hilferufe gewesen, damit sie endlich jemand wahrnahm.

Zum Beispiel Mütter, die betrunken vor dem Fernseher sitzen und nur mit sich selbst beschäftigt sind. Nicht wahr, Kevin? Vielleicht hast du damals sogar abgewartet, bis Julian bei dir vorbeikam, damit er dich rechtzeitig retten konnte.

Dann besah ich mir die Fotos über dem Schreibtisch genauer. Einige davon zeigten verwitterte Grabsteine auf verschiedenen Friedhöfen, aber die meisten waren in einer alten Fabrik aufgenommen worden.

Ich sah große Stahlkessel, verrostete Leitungen und zerbrochene Fenster, durch die das Sonnenlicht hereinfiel.

Kevin hatte ein gutes Gespür für Licht und Schatten und diese Fabrik schien ihm besonders gut für seine Schwarzweißaufnahmen gefallen zu haben. Er war häufiger dort gewesen, denn auf manchen Bildern lag Schnee, während andere Fotos blühende Äste vor der Backsteinfassade zeigten oder Beerensträucher, die in das alte Gebäude eingedrungen waren.

Auf Kevins Laptop lag ein aufgeschlagener USA-Prospekt und daneben ein Kugelschreiber. Die Schreibunterlage war komplett vollgekritzelt, wobei das meiste davon die Zahl 666 war.

Kevin hatte sie in allen Größen geschrieben, wieder und wieder. Er hatte sie nachgezeichnet und manche der Sechsen ausgemalt, wie man es gelegentlich macht, wenn man über etwas nachdenkt.

Plötzlich ließ mich ein Geräusch hinter mir herumfahren. David stand in der Tür und hielt sich den Zeigefinger vor den Mund.

»Pst! Wir sollten jetzt besser gehen«, flüsterte er mir zu. »Sie schläft und ist mal wieder stockbesoffen. Wenn sie danach wach wird, ist sie meistens total aggressiv. Wäre dumm, wenn sie uns dann hier drin erwischt. Hast du etwas entdeckt?«

»Vielleicht«, flüsterte ich zurück und nahm eines der Fotos von der Wand ab. »Verschwinden wir.«

39

Mum war noch bei der Arbeit, als David vor unserem Haus hielt. Inzwischen hatte es aufgehört zu regnen und die Sonne schien wieder. Nun kehrte die sommerliche Schwüle zurück und legte sich über den Ort wie ein heißes, feuchtes Tuch.

»Puh, ist das drückend.« David seufzte, als er mir half, Miss Piggy aus dem Heck seines Jeeps zu wuchten. »Aber alles besser als die Luft in dieser dunklen Wohnung.«

»Dann kannst du dir vorstellen, wie sich Kevin dort jeden Tag gefühlt haben muss«, sagte ich, während ich mein Fahrrad in die Garage zurückstellte.

David folgte mir und in seinen zweifarbigen Augen funkelte ungeduldige Neugier.

»Okay«, sagte er. »Vorhin im Auto wolltest du in Ruhe nachdenken, aber jetzt will ich's auch wissen. Sag schon, was hast du in Kevins Zimmer gefunden?«

Ich zog das Foto aus meiner Hosentasche und zeigte es ihm. »Hast du eine Ahnung, wo das aufgenommen worden ist?«

Er warf einen flüchtigen Blick auf das Bild und nickte sofort. »Klar, das ist die alte Eisengießerei.«

»Ist sie weit von hier?«

»Nein, überhaupt nicht.« David zeigte an unserem Haus vorbei zum Garten. »Die liegt dahinten, gar nicht weit von eurer Siedlung entfernt. Die Gießerei ist schon vor zehn oder mehr Jahren stillgelegt worden. Angeblich soll da mal Bauland entstehen, aber der Besitzer hat das Gebäude noch nicht abgerissen.

Wahrscheinlich wegen der Kosten für die Entsorgung. Sagt zumindest mein Vater.«

Ich sah in die Richtung, in die er gezeigt hatte – quer durch unseren Garten, hinaus auf die Felder –, und fühlte mich in meinem Verdacht bestätigt.

»Ich glaube, das ist wirklich eine Spur.«

»Denkst du, Kevin versteckt sich dort?«

»Ja, das wäre doch möglich. Wenn ich ihn wirklich gesehen habe – und ich bin mir absolut sicher, dass *er* es gewesen ist –, dann muss er irgendwo sein. Kevin war auf der Flucht, er hatte Angst. Was, wenn er in dieser Nacht zu dem alten Werk gelaufen ist, während ich Hilfe holte? Julian und ich hatten zwar den ganzen Ort nach ihm abgesucht, aber in diese Richtung sind wir nicht gefahren. Und auch die Polizei war nicht dort.«

Mit gerunzelter Stirn sah David zwischen dem Foto und unserem Garten hin und her.

»Ich weiß nicht so recht«, sagte er schließlich. »Irgendwie ergibt das alles noch keinen rechten Sinn für mich. Warum hat er nicht auf dich gewartet? Und warum sollte er sich dort verstecken, ohne Hilfe zu rufen? Ich meine, heutzutage hat doch jeder ein Handy.«

»Ich nicht«, gab ich zurück und erntete dafür einen erstaunten Blick.

»Echt nicht?«

»Nein.«

»Und warum?«

»Ist eine lange Geschichte.« Ich hatte keine Lust, ihm von meiner Telefonphobie zu erzählen. Erst recht nicht, weil mir selbst immer noch schleierhaft war, woher sie kam – auch wenn sich allmählich eine Ahnung einschlich, dass es mit Beas Anruf zu tun haben musste. »Ich mag einfach keine Telefone.«

»Na schön«, sagte David, der gemerkt zu haben schien, dass ich ihm auswich, »du vielleicht nicht, aber Kevin hatte eins. Das weiß ich sicher.«

»Was weiß ich?«, sagte ich schulterzuckend. »Vielleicht ist sein Akku leer oder er hat es auf der Flucht verloren? Aber das spielt doch jetzt auch keine Rolle. Wichtiger ist, dass er sich vielleicht in der Eisengießerei versteckt haben könnte.«

Nun blies David die Backen auf und stieß dann die Luft aus. »Du weißt schon, was das bedeutet? Wenn es nicht Kevin war, der in seinem Bus verbrannt ist, muss es ein anderer gewesen sein. Und wenn wirklich jemand hinter Kevin her ist und dieser Jemand es inzwischen auch auf dich abgesehen hat, kann das ab jetzt ziemlich gefährlich werden.«

Ich nickte nur, woraufhin David einen tiefen Seufzer ausstieß. »Oh Mist! Wo bin ich da nur reingeraten?«

»Du musst nicht mitmachen, David. Wenn es dir zu gefährlich wird, dann verstehe ich auch, wenn du ...«

»Quatsch! Natürlich helfe ich dir. Außerdem bleibt mir ja wohl keine andere Wahl. Ich stecke selbst schon mittendrin, oder?«

Ohne eine Antwort darauf abzuwarten, ging er zurück zu seinem Jeep und öffnete die knarrende Fahrertür.

»Nein, David, warte! Lass uns zu Fuß gehen. Denselben Weg, den Kevin in der Nacht gelaufen sein muss.«

»Na schön.« David öffnete das Handschuhfach und wühlte darin herum, bis er schließlich eine Taschenlampe zum Vorschein brachte. Er winkte mir damit zu. »Die werden wir vielleicht noch brauchen.«

Beim Anblick der großen Stablampe nickte ich. Sie würde uns nicht nur hilfreich sein, falls es in dem Fabrikgebäude zu dunkel war.

Im Notfall würden wir uns auch damit wehren können.

40

Es gab keinen Zaun an der Rückseite unseres Gartens. Stattdessen hatte der Vorbesitzer eine Hecke aus Thujensträuchern angepflanzt, die jedoch noch nicht dicht genug waren. Selbst in der Dunkelheit musste Kevin gesehen haben, dass die niedrigen Sträucher kein Hindernis für ihn darstellten.

Dahinter lag ein freies Baugrundstück und etwas weiter weg entdeckten wir einen schmalen Trampelpfad, der den Hügel hinauf und auf der anderen Seite zu einem gekiesten Feldweg hinunterführte.

Wenn Kevin tatsächlich diesen Weg genommen hatte, war er schon nach kurzer Zeit außer Sichtweite gewesen. Denn selbst wenn die Polizisten nach ihm Ausschau gehalten hätten, hätte ihn der Hügel verborgen.

Wir gingen weiter und nun konnte ich bereits die Eisengießerei inmitten freier Felder sehen. Die rostroten Backsteine des alten Gebäudes mit dem pechschwarzen Dach leuchteten in der Abendsonne.

Der Weg dorthin war abschüssig, aber gut zu gehen. Da waren keine Stolperstellen und dergleichen. Kevin war zwar in keiner guten Verfassung gewesen, als ich ihn gesehen hatte, aber diesen Weg würde er sicherlich ohne größere Probleme geschafft haben, sobald er erst mal den Hügel hinter sich gelassen hatte.

David war mir wortlos gefolgt. Nun blieb er plötzlich stehen und sah sich um.

»Was ist los?«

»Nichts.« Er winkte ab. »Nur so ein Gefühl.«

»Und was für eins?«

»Als ob uns jemand beobachten würde.«

Wir sahen uns beide um und suchten mit den Augen das Gelände ab.

»David, da ist niemand. Dein Gefühl hat dich bestimmt getäuscht.«

»Tut es aber nicht immer«, sagte er und vermied es dabei, mich anzusehen. »Kann ich dich was fragen?«

»Tust du doch schon. Was ist denn?«

»Na ja, also ... Ich weiß, es geht mich nichts an, aber ...«

»Aber?«

»Du und Julian ...« Er zupfte sich verlegen am Ohrläppchen. »Bist du ... Na ja, bist du in ihn verliebt?«

Ich musste schmunzeln. »Oh David, du kannst es wohl nicht lassen, was?«

Er lächelte unsicher und zuckte mit den Schultern. »Es interessiert mich eben.«

»Also gut, Julian und ich sind nur gute Freunde. So wie wir beide.«

Das entsprach zwar nicht ganz der Wahrheit, aber meine Antwort schien ihm zu gefallen, denn nun kehrte sein selbstsicheres David-Grinsen zurück. »Cool, dann habe ich ja vielleicht doch noch Chancen.«

Ich schüttelte lachend den Kopf. »Glaub mir, im Moment steht mir wirklich nicht der Sinn nach mehr. Mein Leben ist ohnehin schon kompliziert genug. Und jetzt komm, wir sollten nicht rumtrödeln, sonst wird es dunkel.«

»Keine Sorge, holde Maid«, rief David, hob die große Taschenlampe wie ein Schwert vor sich und marschierte mir voraus. »Der kühne weiße Ritter wird Euch vor dem bösen Drachen beschützen.«

Wieder musste ich lachen und folgte ihm. Doch je näher wir der alten Eisengießerei kamen, desto mehr verflog meine gute Laune.

Ein nagendes Gefühl machte sich wie eine düstere Vorahnung in meiner Magengegend breit. Inzwischen stand die Sonne schon tief und das Gebäude warf lange dunkle Schatten auf die Felder. Hier wirkte das Zirpen der Grillen irgendwie bedrohlich, aber das bildete ich mir sicher nur ein.

Als wir an dem verfallenen Gittertor ankamen, sah ich mich noch einmal um. Nun hatte auch ich den Eindruck, als würden wir beobachtet.

Aber es war weit und breit niemand zu sehen.

Ich fragte mich, ob es vielleicht Kevin war, der uns aus einem der zerbrochenen Fenster zusah.

41

Rostrot. Das war die Farbe, die ich sofort mit dem alten Gebäude verband. Ebenso wie den Geruch nach Patina und Verwitterung, der mir schon in den Sinn gekommen war, noch ehe wir vor dem Tor standen.

Dem Schriftzug über dem Torbogen zufolge stammte das ULFINGER EISENWERK noch von 1876 und so sah es größtenteils auch aus. Offenbar war nur wenig an dem Gebäude modernisiert worden.

Das Dach des kleinen Pförtnerhäuschens war inzwischen eingefallen, die Fensterscheiben waren geborsten, und im Inneren hatten sich Brennnesseln und allerlei Sträucher ausgebreitet.

Auch das Tor mit dem BETRETEN VERBOTEN!-Schild, das mich sofort an das Schild an Kevins Zimmertür erinnerte, war in einem erbärmlichen Zustand. Es hing schief in den Angeln und hatte sich mit der Unterseite in den Boden gegraben, aber es stand weit genug offen, dass wir ungehindert auf das Werksgelände gelangen konnten.

Dort mussten seit der Schließung schon so einige Partys stattgefunden haben. Ich sah zwei Feuerstellen, neben denen verrostete Pepsi-Dosen, unzählige Zigarettenkippen, Pizzapackungen und sonstiger Müll herumlagen.

Das Gelände erschien mir riesig und am imposantesten war die große Werkshalle aus rotem Backstein. Die mehr als hundertfünfunddreißig Jahre hatten dem Mauerwerk selbst nur wenig anhaben können. Die Steine sahen noch so aus wie einst, als man sie hochgemauert hatte – zumindest wenn man die zahllosen Graffitisprühereien nicht beachtete.

Dafür gab es keine einzige heile Scheibe mehr in den riesigen Fenstern, und die schwarze Dachrinne glich nur noch einem rostigen Netzgeflecht, das das Gebäude umgab.

»Wo fangen wir an?«, fragte David und zeigte zu den beiden Lagerhütten und dem flachen Bürobau, die sich neben dem Hauptwerk befanden.

»Vielleicht erst einmal damit«, entgegnete ich und rief so laut ich konnte Kevins Namen.

Zuerst zuckte David erschrocken neben mir zusammen, aber dann rief auch er.

»Kevin! He, wo steckst du? Komm raus! Hier ist David!«

Wir riefen mehrere Male und warteten dann auf eine Antwort. Doch es blieb still. Kevin ließ sich nirgendwo sehen.

Nur das Zirpen der Grillen war überall um uns zu hören und gelegentlich zwitscherte ein Vogel.

»Was meinst du«, fragte David leise, »ob er inzwischen tot ist? Du hattest doch gesagt, dass er krank ausgesehen hat.«

Auch mich hatte dieser Gedanke gerade wie mit eiskalten Händen gepackt. »Ich hoffe nicht«, sagte ich leise.

»Ich auch nicht.« David zitterte leicht. »Ich habe erst neulich die verkohlte Leiche am See gesehen. Das reicht mir völlig für die nächsten hundert Jahre.«

»Er lebt bestimmt noch«, sagte ich, diesmal laut und deutlich, damit es überzeugend klang – auch wenn ich mir in diesem Moment alles andere als sicher war. »Komm, sehen wir uns um.«

David zögerte noch ein wenig und war noch bleicher geworden, als er sonst schon war. Doch dann ließ er mit gerunzelter Stirn den Blick durch den Innenhof wandern.

»Ziemlich großes Gelände. Was meinst du, sollen wir uns aufteilen?«

»Untersteh dich, großer weißer Ritter! Dafür ist es mir hier doch zu unheimlich.«

Er grinste, aber es wirkte gezwungen. »Mir ehrlich gesagt auch. Komm, gehen wir der Reihe nach vor. Von klein nach groß. Zuerst das Bürogebäude.«

Erleichtert folgte ich ihm und wir kletterten durch eines der kaputten Fenster in den Flachbau. Hier gab es kein geeignetes Versteck, und außer einer zerrissenen Lederjacke und einer längst erloschenen Feuerstelle deutete nichts darauf hin, dass jemand in den letzten Jahren hier gewesen wäre.

»Gehört definitiv nicht Kevin«, meinte David und hob die Lederjacke mit der Schuhspitze an, damit ich den Aufdruck auf dem Rücken erkennen konnte: BON JOVI FOREVER.

»Kevin hätte sich eher die Ohren abschneiden lassen, als Bon Jovi hören zu müssen.«

»Na ja«, meinte ich schulterzuckend, »*so* übel finde ich die nun auch wieder nicht.«

»Kein Kommentar.«

Wir kletterten wieder aus dem Fenster und nahmen uns als Nächstes die beiden Lagerhallen vor. Dort hatte man einen schnellen Überblick, denn in jeder standen nur vier riesige Metallgerüste, von denen weißer Lack abblätterte. Sie erinnerten mich an überproportionale Fischgräten. Wahrscheinlich hatte man früher Stangen und Rohre darin gelagert.

Beide Hallendächer waren voller Löcher, durch die rötliches Abendlicht hereinschien und der Szenerie etwas Unwirkliches verlieh. Dieser Eindruck verstärkte sich durch den warmen Wind, der über die Blechwände strich und sich wie ein leises Flüstern anhörte.

Es klang wie *Geh weg, Doro. Geh weg von hier.*

Ich unterdrückte das Bedürfnis, mir die Hände auf die Ohren zu pressen. Es hätte auch nichts gebracht. Stattdessen konzentrierte ich mich weiter auf unsere Suche.

In der zweiten Lagerhalle war der sandige Boden mit Spuren übersät. Die meisten davon mussten von Hunden oder Füchsen stammen, aber selbst als wir die Taschenlampe zu Hilfe nahmen, konnten wir keine menschlichen Fußabdrücke erkennen, außer den unseren.

»Gut, hier war er also auch nicht«, sagte David. »Dann eben doch die Werkshalle. Ich hatte gehofft, wir müssen da nicht rein, aber eigentlich hatte ich damit schon gerechnet.«

So erging es mir ebenfalls, denn wenn ich ehrlich war, sah die große Halle einfach nur gespenstisch aus. Wie eine dunkle, verlassene Kathedrale.

»Also los, David. Bringen wir es hinter uns.«

Wir gingen durch eine Metalltür, die in dem großen Eingangstor angebracht war. Als wir sie öffneten, kreischte das verrostete Scharnier. Das Geräusch hallte schaurig von den hohen Wänden wider, ebenso wie jeder unserer Schritte auf dem Betonboden.

Auch hier hatte das Dach zahllose Löcher, durch die das Abendlicht hereinfiel – inzwischen schon deutlich schwächer –, und von den Steinwänden ging eine beklemmende Kühle aus.

Wie in einem Mausoleum, dachte ich, obwohl ich solche Grabgebäude höchstens mal im Fernsehen gesehen hatte.

Ich sah mich angestrengt um und versuchte, eine Spur zu erkennen – irgendetwas, das darauf hindeutete, dass kürzlich jemand hier gewesen war. Doch in der riesigen Halle war es deutlich schwerer, sich einen Überblick zu verschaffen.

Gewaltige Kessel, Rohre, Werkbänke, Tische, Schränke und Metalltreppen füllten die Eisengießerei, und es schien, als würden sie auf die Rückkehr der Arbeiter von damals warten, damit sie die Totenstille aus dem Gemäuer vertrieben.

Wie vorhin in den Lagern, roch es auch hier nach Rost, aber auch nach Laub, Erde und Fäulnis. Ich spürte, wie sich mir bei diesem modrigen rotbraunen Geruch der Magen zusammenzog.

Während wir uns umsahen und immer wieder erfolglos Kevins Namen riefen, konnte ich nur zu gut verstehen, weshalb Kevin häufiger für seine Fotos hierhergekommen war. Denn auch wenn mir die alte Gießerei ziemlich unheimlich war – wie einem wohl jeder verlassene Ort unheimlich erscheint, an dem einst lärmendes Leben geherrscht hat –, hatte diese Halle auch etwas morbide Faszinierendes.

Hier trafen Dinge, die Menschen vor vielen Jahren geschaffen hatten, auf die Macht der Natur. Der Betonboden hatte an vielen Stellen Risse bekommen, durch die sich Pflanzen ihren Weg gesucht hatten. Nun rankten sie an rostigen Metallrohren empor, schlangen sich um riesige Stahlkessel und überwucherten das Mauerwerk. Dazwischen hatten unzählige Spinnen ihre Netze gewoben, Mücken und Fliegen schwirrten herum, Vögel hatten Nester in die Dachbalken gebaut, und durch eines der Fenster wuchs der Schößling einer Eiche, dessen Wurzeln sich teils im Boden befanden, teils aber auch um die Beine einer alten Werkbank krallten. In fünfzig Jahren würde hier wahrscheinlich ein richtiger Baum stehen.

So wird die Welt einmal aussehen, wenn wir Menschen ausgestorben sind oder uns selbst zugrundegerichtet haben, dachte ich.

Und vielleicht war es das gewesen, was Kevin mit seinen Fotos hatte ausdrücken wollen. Jedes davon war ein kleines Kunstwerk über den Zerfall der Dinge.

»Hier in der Halle ist er nicht«, sagte David, als er zwischen den letzten beiden großen Metallkesseln hervorkam. Dann zeigte er zu einer Treppe, die neben einem vergitterten Aufzugsschacht hinunter ins Dunkle führte. »Jetzt bleibt nur noch das Untergeschoss.«

Bei dem Gedanken, dass wir in diesen Keller hinabsteigen sollten, musste ich schlucken, sagte aber nichts. Es war meine Idee gewesen, hierherzukommen, und wer A sagte, musste eben auch B sagen.

Auch David war die Vorstellung sichtlich unangenehm, dort unten nach Kevin zu suchen, wo wir vielleicht – und *hoffentlich* nur vielleicht – seine Leiche finden würden.

Draußen dämmerte es bereits und bald würde es Nacht werden. Vor allem aber war das Kellergeschoss riesig, wie wir feststellten, als wir zögernd die Treppe hinunterstiegen. Wer sich hier verstecken wollte, wäre nicht leicht zu finden.

Die unangenehme Kühle hatte sich mit jedem Schritt abwärts verdichtet, und bis wir unten angekommen waren, hatte sie sich mit dem graugrünen Gestank nach Schimmel und Feuchtigkeit vermischt.

Irgendwo im Dunkel eines Ganges hörte ich Tropfgeräusche und das Quieken aufgeschreckter Ratten.

»Ich hasse Ratten«, murmelte ich, mehr zu mir selbst.

»Ich auch«, sagte David und leuchtete in das Gangsystem, das sich kurz vor uns in zwei Richtungen teilte und zur linken

Seite hin weiter verästelte. Offenbar war das ganze Werk unterkellert.

»Himmelherrgott«, fluchte er. »Das ist ja ein richtiges Labyrinth. Wo sollen wir da nur anfangen?«

»Leuchte mal hierher, da ist was«, sagte ich und deutete zur Wand.

Dort war ein verblasster Wegweiser zu erkennen, den jemand mit weißer Farbe und noch in Frakturschrift auf die Steine gepinselt hatte.

Personal →
← Lager
← Maschinen

»Fangen wir beim Personal an«, schlug ich vor, und David ging mir stumm mit seiner Lampe voraus. Nun wirkte der große weiße Ritter wieder wie ein ängstlicher dürrer Junge mit fahlem Gesicht, in dem selbst seine Sommersprossen verblasst zu sein schienen.

Wir entdeckten eine große Gemeinschaftsdusche und daneben die Toiletten. Beide Räume waren blau gefliest, schmutzig und mit Flechten und Pilzen überzogen. Hier würde sicherlich nie wieder jemand duschen wollen.

Dann betraten wir einen großen Aufenthaltsraum, der zugleich eine Umkleidekabine war. Die Wände waren von Spinden gesäumt und in der Mitte stand ein langer Tisch mit zahlreichen Stühlen.

Es war der erste Raum auf dem Gelände, der nicht ganz so beklemmend auf mich wirkte. Das musste an den Oberlichtern liegen, durch die das restliche Tageslicht hereinfiel.

Hier war noch nicht alles so verwahrlost wie in der oberen Halle oder den Duschen nebenan. Zwar lagen ebenfalls Müll und Laub am Boden herum, aber die Tische, Stühle und Spinde waren noch recht gut erhalten. Sogar die Vorhängeschlösser, die geöffnet an vielen der Spinde hingen, waren noch nicht so stark verrostet wie etwa die Stangen, die wir auf dem Gang am Boden gesehen hatten.

An der hinteren Wand hingen sogar noch eine Wandtafel (auf die irgendein unbefugter Besucher FUCK YOU! gekritzelt hatte), eine Uhr (die natürlich längst stehen geblieben war), ein staubbedeckter Fotokalender (*Cars and Girls 1995*) und eine Pinnwand, auf die Zettel mit Dartpfeilen gespickt worden waren.

»Er könnte hier gewesen sein«, sagte ich und erschrak über den lauten Klang meiner Stimme in der grauen Stille dieses Raumes.

David, der neugierig den Kalender durchblätterte – *Männer eben* –, sah sich zu mir um.

»Wie kommst du darauf?«

»Ich weiß nicht. Es ist eher so ein Gefühl. Manchmal sehe ich ein bisschen mehr als andere, weißt du?«

Ich bemerkte seinen Blick und verstand sofort, dass man das, was ich gerade gesagt hatte, in zweierlei Weise auslegen konnte.

»Nein, ich meine nicht Halluzinationen. Ich bin eine Synnie.«

»Eine Synnie«, wiederholte er und nickte. »Ja, klar.«

Er fragte nicht nach, und wie es aussah, befürchtete er, er könne etwas Falsches sagen.

»Das sind Leute, die manchmal mehr wahrnehmen als andere«, erklärte ich, und noch während ich sprach, entdeckte ich auf einmal den Grund für meine Intuition.

Es war etwas, das ich auch auf einem der Fotos in Kevins Zimmer gesehen hatte. Zunächst war ich mir nicht sicher, ob es wirklich von Bedeutung war, aber dann flüsterte mir meine innere Stimme zu – und diesmal klang sie ganz nach mir selbst.

Sieh genauer hin, Doro! Na, fällt es dir auf?

In den Türen der Spinde zu beiden Seiten steckten schwarze Schilder mit weißen Nummern von 1 bis 70 und ich sah mich nach Nummer 66 um. Sie befand sich rechts oberhalb von mir und sofort wurde meine Intuition bestätigt.

»Da!«, rief ich aus. »Das war Kevin, da gehe ich jede Wette ein.«

»Was denn?«

Eilig kam David zu mir, und ich zeigte ihm die dritte Sechs auf dem schwarzen Schild, die mit der Kreide von der Wandtafel dazugemalt worden war.

»Sechshundertsechsundsechzig«, sagte ich. »Die Zahl hatte er auch auf seine Schreibunterlage geschrieben. Etliche Male sogar.«

»The Number of the Beast«, sagte David.

»Was?«

»Na ja, Iron Maiden, auf die ist er voll abgefahren. Kevin stand auf Heavy Metal und dieses Teufelsanbeterzeug.«

»Der Teufel«, flüsterte ich und sah zu den drei Sechsen hoch. Dabei trat ich unwillkürlich einen Schritt zurück und stieß mit dem Fuß gegen etwas Weiches.

Erschrocken sah ich hinter mich auf den Boden – und schrie.

Von der Ratte, auf die ich beinahe getreten wäre, waren nur noch der augenlose Kopf, Teile des Fells und das Skelett übrig.

Der Schwanz war bis auf einen Stummel abgefressen und im Inneren des Kadavers wanden sich fette Maden.

Ich würgte, presste mir die Hand vor den Mund und lief nach nebenan zu den Toiletten. Ich schaffte es gerade noch rechtzeitig, ehe ich mich übergeben musste – wieder und wieder, bis mir die Kehle brannte und ich ganz wackelig auf den Beinen war.

Dann ging ich zurück zu David, der taktvoll genug gewesen war, mir nicht zu folgen. Beim Gehen musste ich mich an der Wand abstützen, weil meine Knie noch immer zitterten.

»Na, wieder besser?«

»Geht schon.«

Ich sah zu der Stelle, an der die Ratte neben dem Spind gelegen hatte, um ihr nicht noch einmal zu nahe zu kommen. Sie war weg.

»Keine Sorge«, sagte David. »Ich hab sie in die Ecke gekickt und mit Papier zugedeckt. Guck einfach nicht da rüber.«

»Danke«, sagte ich, und meine Stimme hörte sich entsetzlich rau an. *Wund gekotzt*, hätte meine bulimische Zimmerkollegin in der Klinik gesagt. Sie hatte damit genug Erfahrung gehabt.

Ich versuchte, nicht mehr an die tote Ratte zu denken, und griff nach dem Vorhängeschloss an Spind 66, der nun Spind 666 war. Es war abgeschlossen und ich rüttelte daran.

»Kannst du vergessen, hab ich schon versucht«, sagte David. »Das Schloss ist neuer als die anderen. Sitzt bombenfest.«

»Umso besser.«

»Wie meinst du das?«

»Na, ist doch klar«, sagte ich. »Ein neues Schloss, eine dritte Sechs, also muss da etwas drin sein. Und es ist von Kevin.«

»Ja, schon ...« David machte eine hilflose Geste. »Aber wie kriegen wir das verdammte Ding auf?«

»Da vorn im Gang bei der Treppe«, ich zeigte zur Tür, »da lagen doch einige Stangen herum. Vielleicht können wir den Spind damit aufbrechen? Das Blech sieht ja nicht gerade besonders stabil aus. Und du bist doch der weiße Ritter, oder?«

David verzog das Gesicht, um wenigstens andeutungsweise ein Grinsen darauf erscheinen zu lassen. Er deutete auf den Spind.

»Wenn Kevin wirklich vor einem Teufel auf der Flucht ist«, sagte er, »und wenn er da drin etwas versteckt hat, weshalb ihn dieser Teufel verfolgt ... Wäre es dann nicht besser, wir würden jetzt die Polizei einschalten?«

»Das werden wir. Aber erst wenn wir wissen, was da im Spind ist. Wenn du Beweise hast, werden sie dir glauben. Aber wenn der Spind leer sein sollte und auch noch ich dabei stehe, wird dir kaum noch jemand irgendetwas glauben. Vergiss nicht, für die Polizei bin ich der durchgeknallte Freak, der Tote sieht. Das muss dir nicht auch noch so ergehen.«

Nun glaubte ich plötzlich, so etwas wie Bewunderung in seinen Augen zu erkennen. »Du nimmst das ja sehr gefasst hin.«

»Mir bleibt ja auch nichts anderes übrig«, entgegnete ich. »Außer ihnen das Gegenteil zu beweisen, damit sie ihre Meinung über mich ändern.«

»Okay«, sagte David und hob die Taschenlampe, als wolle er damit zum Angriff übergehen. »Dann zieht der weiße Ritter jetzt mal los in die dunkle Drachenhöhle und holt eine Stange. Und die bleiche Prinzessin sollte sich bis dahin mal auf einen Stuhl setzen. Mit Verlaub, aber du siehst gerade aus wie frisch gekotzt.«

»Ich mag dich auch«, sagte ich und grinste. »Und jetzt beeil dich, bevor es draußen Nacht wird.«

Er ging zur Tür, drehte sich noch einmal zu mir um und posierte dabei wie Schwarzenegger. »I'll be back!«, imitierte er das steirische Terminator-Englisch.

Dann verschwand er um die Ecke.

42

Ich zog einen der Stühle unter dem Tisch hervor, wischte den jahrzehntealten Staub von der Sitzfläche und ließ mich darauf nieder. Dann sah ich zu dem verschlossenen Spind hoch und rieb mir die Schläfen.

Mir war noch immer übel. Seit ich mich übergeben hatte, waren meine Kopfschmerzen zurückgekehrt, und meine Kehle brannte. Ich wünschte mir, ich hätte etwas zu trinken mitgenommen.

Nachdem Davids Schritte auf dem Gang verhallt waren, machte sich beklemmende Stille in dem Aufenthaltsraum breit. Nur der Wind war zu hören, der durch die geborstenen Oberlichter wehte.

Das Pochen in meinen Schläfen nahm zu, als wäre da etwas in meinem Kopf, das herauswollte. Etwas, das ...

Ich gehe die Treppe hoch zu Kais Zimmer, wo er noch immer hinter der Tür mit dem bunten Hampelmann wie von Sinnen schreit.

»Mama! Will Mamaaa!«

In meinem Kopf ist alles dunkelrot vor Wut. Beas Anruf hat das Fass in mir zum Überlaufen gebracht.

Nie wieder werde ich ans Telefon gehen, *schwöre ich mir.* Diese verfluchte Verräterin!

Ich hasse sie für das, was sie mir angetan hat. Warum reißt mir diese Bitch nicht gleich das Herz aus der Brust und trampelt darauf herum?

Und ich hasse Ben. Er hatte es gar nicht ernst gemeint mit mir. Er hatte nur mit meinen Gefühlen gespielt. Wenn ihm wirklich etwas an mir gelegen hätte, würde er jetzt nicht mit meiner ehemaligen allerbesten Freundin herumknutschen.

»Er hat mir unter den Pulli gefasst«, echot mir Beas lallende Stimme im Kopf, und allein bei dem Gedanken daran ist mir nach Kotzen zumute.

Ich will heulen, aber es geht nicht. Etwas hält mich davor zurück, und ich begreife, dass es der blanke Zorn ist.

Dann laufe ich an Kais Zimmer vorbei in mein eigenes und packe das Porträt mit Bens Lächeln. Bis vorhin hat es mir noch gefallen. Weil Ben mir gefallen hatte. Aber nun finde ich es einfach nur noch widerlich. So widerlich, dass ich es mit einem hasserfüllten Schrei zerreiße.

Wieder und wieder, bis nur noch Fetzen auf dem Teppich herumliegen.

»Mamaaa!«

Als wäre meine Wut über diese Bea-Nutte und Ben, diesen blöden Arsch, nicht schon genug, raubt mir Kais Gebrüll den wirklich allerletzten Nerv.

»Hör auf damit!«, kreische ich. »Hör endlich auf!«

Ich stampfe durch den Gang zu seiner Tür, reiße sie auf und gehe hinein.

Kai steht in seinem Bettstättchen und hat die Hände um die Holzstäbe geklammert. Er sieht aus wie ein Sträfling hinter Gittern. Sein Kopf ist knallrot vom Schreien, die Augen sind von Trotztränen verschwollen, und noch immer brüllt er. Jetzt sogar noch lauter, wo ich bei ihm bin.

Ich beiße mir vor Wut auf die Unterlippe, knalle zornig die Tür zu und presse mich gegen die Wand.

Dann starre ich ihn an, als könnte ich sein Schreien damit stoppen. Aber er schreit nur weiter und weiter und weiter dieses nervenzerreißende »Mamaaa!«

Meine Hände werden zu Fäusten und ich zittere am ganzen Leib. Und dann …

Was war dann geschehen? Ich wusste es nicht mehr. Ganz gleich, wie sehr ich versuchte, mich daran zu erinnern und das Bild in meiner Vorstellung wieder zurückzuholen, es gelang mir nicht.

Du weißt, was danach geschehen ist, raunte mir die tiefe Stimme in meinem Kopf zu. *Du weißt es ganz genau. Los, erinnere dich! Was hast du dann getan, Doro?*

43

Ein Rascheln hinter mir ließ mich herumfahren. Es kam aus der Ecke, in die David die tote Ratte gekickt hatte. Über ihren Kadaver hatte er einen ausgerissenen Zeitungsartikel von der Pinnwand gelegt, in dessen Mitte ich Löcher von den Dartpfeilen erkennen konnte.

Mein Herz pochte vor Schreck, was ich mir gar nicht erklären konnte. Da war doch nichts.

Das ist nur der Wind, versuchte ich, mich zu beruhigen. *Nur der Wind, der durch das zersprungene Glas im Oberlicht weht.*

Doch so einfach war es nicht, denn das Zeitungspapier wurde nicht nur von oben angeweht – es wurde auch von etwas *darunter* bewegt.

Die Maden!

Ich spürte, wie es mir erneut sauer die Kehle emporstieg, und wollte schnell wegsehen und noch einmal in die dunkle Toilette laufen. Wahrscheinlich müsste ich gleich wieder reihern, auch wenn ich nicht wusste, was es da in meinem Magen noch zu erbrechen gegeben hätte. Doch ich konnte weder aufstehen noch wegsehen. Es war, als sei mein Blick auf dem vergilbten Stück Papier festgeklebt, das sich nun immer deutlicher bewegte.

Etwas war darunter. Und es war größer als die Maden. Ja, sogar noch größer als die ganze tote Ratte. Es war …

Eine Hand!

Nein, zwei Hände!

Sie schoben sich unter dem Papier hervor, um es dann zur Seite zu werfen. Nun war die Ratte verschwunden und an ihrer Stelle kam ein Kopf durch den Betonboden. Es war, als würde er aus einer zähflüssigen grauen Masse auftauchen. Der Kopf schob sich immer weiter heraus und schließlich erkannte ich das Gesicht.

Es war Kai.

Er grinste mich bösartig an, während er sich mit seinen kleinen Händen seitlich auf dem Beton abstützte und sich aus dem Boden stemmte. Dabei verursachte er ein übles schmatzendes Geräusch, wie etwas, das man aus zäher Melasse zog.

Ich kreischte, sprang auf und hörte den Stuhl hinter mir zu Boden krachen. Doch ich ließ meinen toten kleinen Bruder für keine Sekunde aus den Augen. Jetzt stand er wenige Meter vor mir und wischte sich die graue Masse aus dem blonden Schopf, die doch eigentlich harter Betonboden sein musste.

Dann grinste Kai mich noch breiter an, und in seinem Mund kam eine Reihe fauler Zähne zum Vorschein, die viel zu groß für ihn waren. Kai hatte nur kleine weiße Milchzähne gehabt. Ich hatte sie doch gesehen, wenn er vor lauter Schreien den Mund aufgerissen hatte.

Nein, das ist er nicht!

Das ist nicht Kai!

»Du bist nicht Kai!«, schrie ich ihn an. »Ich sehe dich nicht! Weil es dich gar nicht gibt!«

»Natürlich kannst du mich sehen«, dröhnte das Kai-Ding mit einer Stimme, die so tief und hohl klang, als käme sie direkt aus den Abgründen der Hölle. »Ich bin gekommen, um dich zu holen, Schwesterchen. Dann können wir uns gemeinsam ansehen, was du mir angetan hast. Bis in alle Ewigkeit!«

Ich konnte mich nicht bewegen, war wie gelähmt. Aber schreien konnte ich. Und das tat ich auch.

Ich brüllte vor Entsetzen, während ich nur darauf wartete, dass mich Kais kleine Hände packen würden, um mich dort hinunterzureißen, wo seine grauenvolle Stimme herkam.

Ich riss die Augen wieder auf, erwartete, sein blau-violettes Gesicht direkt vor meinem zu sehen ...

Dann war der Spuk vorbei.

Kai war verschwunden.

Ebenso das Loch im Boden.

Nun lag da wieder die tote Ratte, auf der sich die Maden wanden, und fast war ich froh, sie zu sehen.

Der Zeitungsfetzen flatterte im Abendwind, der von oben durch die kaputte Scheibe hereinwehte. Das Papier raschelte über den Boden, dann wurde es an die Wand gedrückt.

Keuchend und mit Herzrasen stand ich da und versuchte zu begreifen, was ich gerade erlebt hatte. Es musste am Stress liegen, dass Kai mir wieder erschienen war.

Kein Wunder, dachte ich. Nach dem heutigen Tag war ich einfach fertig. Ich hatte nackt und allein in einer Umkleidekabine um Hilfe rufen müssen, hatte fast meinen Job verloren, war im Zimmer eines Jungen gewesen, von dem alle Welt annahm, dass er tot sei, und jetzt stand ich hier mutterseelenallein im Keller eines alten Eisenwerks, das mir schon von außen unheimlich vorgekommen war. Außerdem war es bereits spät und es würde bald Nacht werden.

Ja, wenn das kein Stress war, hatte ich noch nie welchen erlebt.

Der Aufenthaltsraum war in blutrotes Licht getaucht. Draußen ging nun die Sonne unter. In wenigen Minuten würde es dunkel sein und dann saß ich hier im Keller der Eisengießerei bei einer toten Ratte und etlichen ihrer lebendigen Genossen.

»David!«, schrie ich auf den Gang hinaus. »David, wo zum Teufel steckst du?«

Ich ging zur Tür, aber ich bekam keine Antwort. Auf dem dunklen Gang war es totenstill.

»David, lass den Scheiß und komm endlich zurück!«

Wieder nichts, nur das entfernte Quieken einer Ratte.

»Herrgott noch mal, David, nun mach schon! Es wird dunkel und ohne die Lampe kann ich dich nicht suchen. Ich will jetzt endlich weg hier.«

Wieder nichts.

Da stimmt doch etwas nicht! Er muss doch schon längst wieder zurück sein.

Ob er mich hier sitzen gelassen hat?

Nein, bestimmt nicht. Er ist sicher nicht der Mutigste, aber er würde nicht so einfach weglaufen.

»David?« Meine Stimme bebte vor Aufregung. »Ich komme jetzt zur Treppe. Wenn du da irgendwo bist, dann leuchte mir entgegen. Hörst du mich denn nicht? Scheiße, David!«

Noch immer bekam ich keine Antwort, und nun zitterte ich wieder, diesmal jedoch aus ganz reellen Gründen.

Es half nichts, nur rumzustehen. Ich wollte hier nur noch raus, und zuvor musste ich wissen, was in diesem Spind war.

Aber vor allem musste ich zuerst einmal David finden!

Mit einer Hand an der Wand ging ich in die Dunkelheit des Gangs hinaus, und schon nach wenigen Schritten war auch das letzte bisschen Licht verschwunden, das aus dem Aufenthaltsraum drang.

Zögerlich ging ich weiter und hielt die zweite Hand nach vorn ausgestreckt. Ich kam mir wie eine Blinde vor, die sich den Weg durch unbekanntes Terrain ertasten musste. Und wie man es auch von Blinden sagt, hatte ich hier im Dunkeln den Eindruck, als würde ich viel besser hören können. Da waren plötzlich Geräusche, die ich bei Licht vielleicht gar nicht wahrgenommen hätte.

Das Flüstern eines Luftzugs, irgendwo oberhalb. Ein leises Krabbeln neben mir auf der Steinwand. Wassertropfen aus den Arbeiterduschen. Ein Rascheln und Knistern, bestimmt von den Ratten.

Ich schauderte. Hier unten musste es Tausende geben.

Und sicherlich auch Käfer, Spinnen, Würmer und die Maden und ...

»Hör sofort auf damit!«, befahl ich der Stimme in meinem Kopf und versuchte, an das erstbeste Schöne zu denken, das mir einfiel.

Julian und ich auf der Mauer.

Ja, das war ein schönes Bild, auch wenn ich es jetzt ohne Farben sah. Außerdem flackerte und verblasste es ständig. Wie bei einem kaputten Fernseher. Ich hatte hier unten einfach zu viel Angst.

Immer wieder blieb ich stehen, atmete tief durch und machte mir klar, dass es dumm wäre, loszurennen und über irgendetwas zu stolpern. Aber am liebsten wäre ich durch den Gang gerannt, bis ich irgendein Licht erreichte. Noch nie zuvor hatte ich mich mehr nach Helligkeit und Sonne gesehnt.

Dann auf einmal sah ich einen schwachen Schein vor mir. Ein seltsamer Lichtstreifen, der sich über den Boden zog.

Mein Gang wurde schneller und schließlich rannte ich darauf zu.

Entsetzt erkannte ich die Taschenlampe am Boden. Und den reglosen Körper daneben.

»David! Oh nein, David!«

Teil 4

WAHRE FARBEN

44

Da war so viel Blut gewesen. In dem dunklen Gang hatte es fast schwarz ausgesehen. Wie Öl, das man über Davids Kopf geschüttet hatte.

Dann hatte ich zum ersten Mal seit Langem wieder ein Handy benutzt. Ich hatte es in Davids Hosentasche gefunden und war die Treppe hoch und aus dem Gebäude gelaufen, bis ich endlich Empfang hatte.

Ich hatte die Notrufnummer gewählt und vor dem Tor der Eisengießerei gewartet, bis der Rettungsdienst und die Polizei eingetroffen waren. Dann hatte ich ihnen den Weg gezeigt, aber ich war nicht mehr fähig gewesen, in den Keller hinunterzugehen.

Im Nachhinein kam ich mir feige vor, nicht wieder zu David zurückgekehrt zu sein. Aber ich hatte einfach zu viel Angst gehabt.

Die Sonne war bereits untergegangen, bis der Rettungsdienst eingetroffen war, und dort unten in den Kellerräumen musste sich noch jemand versteckt haben. Jemand, der David mit einem rostigen Eisenrohr niedergeschlagen und ihn dann mit einer blutenden Schädelwunde liegen gelassen hatte.

Ich hatte mich gefürchtet, dass mir das Gleiche widerfahren würde, wenn ich noch einmal dort hinunterging. Und für David hätte ich nichts tun können. Er hatte einfach nur dagelegen, schwach geatmet, und seine zweifarbigen Augen waren so verdreht gewesen, dass nur noch das Weiße zu erkennen war.

Als die Polizei etwa zehn Minuten nach meinem Anruf eingetroffen war und sich auf die Suche nach dem unbekannten Täter gemacht hatte, hatten sie dort unten jedoch niemanden mehr entdeckt.

Wer immer David das auch angetan hatte, war geflohen.

Nun saß ich auf dem Polizeirevier, zusammen mit Mum und Frank Nord, die beide sofort gekommen waren, nachdem die Polizei bei mir zu Hause angerufen hatte. Diesmal war der Einsatz nicht grundlos gewesen, aber dass Mum dennoch mit meinem Psychotherapeuten hier aufgetaucht war, beunruhigte mich.

Ebenso beunruhigend fand ich den Blick des Polizisten. Wie ich inzwischen mitbekommen hatte, hieß Sandras Vater Peter Strobel, und er sah mich heute Abend wieder so an wie neulich Nacht.

Freak, sagte sein Blick. *Ich glaube dir kein Wort.*

»Du bist dir also sicher, dass Kevin noch lebt und dass du ihn auch neulich Nacht in der Gartenlaube gesehen hast?«

Peter Strobels Farbe war ein Steingrau. Es passte zu seinem harten, kantigen Gesicht mit den grauen Bartstoppeln und seiner ganzen massiven Erscheinung. Auf mich wirkte er eher wie ein Soldat, nicht wie ein Polizeibeamter.

»Ja, das habe ich Ihnen jetzt doch schon ein paar Mal erzählt«, sagte ich erschöpft und schlang die Wolldecke, die mir einer der Sanitäter mitgegeben hatte, noch ein wenig enger um die Schultern. Trotz der schwülen Sommernacht war mir kalt. Das lag am Schock.

»Ja, das hast du erzählt«, entgegnete Strobel. »Aber ich glaube dir nicht. Oder willst du mir etwa weismachen, *Kevin* hätte David niedergeschlagen?«

Ich schüttelte den Kopf. »Nein ... Das heißt, ich weiß es nicht. Vielleicht war es Kevin, den wir dort unten erschreckt haben, aber vielleicht war es auch jemand anders.«

»Vielleicht der Kerl, der hinter Kevin her sein soll? Der ... wie sagtest du noch ... der *Teufel*?«

»Kevin selbst hat ihn so genannt.«

»Ja, stimmt«, sagte Strobel. »Wie konnte ich das nur vergessen?«

Ich stieß ein finsteres Lachen aus. »Sie glauben mir doch sowieso kein Wort.«

»Da hast du recht. Willst du wissen, was ich glaube? Dass du selbst David niedergeschlagen hast. Vielleicht hast du ihm ja schöne Augen gemacht, damit er dir deine Verschwörungsgeschichte glaubt, und er hat das falsch verstanden? Immerhin hast du ihn an einen einsamen Ort gelockt, da kann ein Junge schon mal auf dumme Gedanken kommen. Bestimmt hast du es nicht böse gemeint und wolltest dich nur wehren. Aber dann ...«

»Jetzt mal langsam, Peter«, unterbrach ihn Nord. »Das sind doch nur haltlose Anschuldigungen. Doro wäre zu so etwas doch gar nicht in der Lage.«

»Mag sein, dass du das deiner Patientin nicht zutraust«, sagte Peter Strobel, »aber wir haben dort unten niemanden sonst gefunden. Da war nur der arme David und neben ihm das Rohr, mit dem er niedergeschlagen wurde. Es war voll mit ihren Fingerabdrücken.«

Ich sah auf meine Hände, die noch immer zitterten, und auf die getrockneten Blutspritzer auf meinem T-Shirt. »Ich habe es Ihnen doch schon zigmal gesagt. Das Rohr war schwer und lag auf Davids Arm. Ich habe es nur beiseitegelegt. Hätte ich ihn etwa so liegen lassen sollen, bis Sie kommen?«

»Mir ist klar, wie Sie nach dem Vorfall von neulich über meine Tochter denken müssen«, sagte nun Mum. Sie sprach ruhig und bestimmt, wie auch damals mit dem Rektor, als es um meine Unbedenklichkeitsbescheinigung gegangen war. Doch trotz ihrer Bemühungen, sicher zu wirken, klang ihre Stimme müde und erschöpft, ja beinahe verzweifelt. »Aber ich versichere Ihnen, dass Doro in keiner Weise zu solchen Gewalttätigkeiten in der Lage wäre. Sie hat so etwas noch nie getan und würde es auch nie tun.«

»Ich war das nicht«, betonte ich noch einmal. »Es war jemand anders, und dieser Jemand kann sich jetzt in aller Ruhe verstecken, während die Polizei hier ihre Zeit mit mir verplempert.«

»Ach ja?« Strobel sah mich ungerührt an. »Vielleicht ist es aber auch umgekehrt, und du verplemperst meine Zeit, indem du mir die Geschichte vom großen Unbekannten erzählen willst? Tatsache ist nämlich, dass alle Indizien gegen dich sprechen.«

»Nun hör mir mal bitte zu, Peter«, sagte Nord. »Nur weil ihr dort unten niemanden gefunden habt, muss das noch lange nicht heißen, dass dort keine dritte Person gewesen ist. In der alten Fabrik treiben sich immer wieder Leute herum. Vor allem Landstreicher, das weißt du doch. Erst vor ein paar Tagen hat Julian einen von ihnen gesehen, der nachts durch den Ort unterwegs war. Julian sagte, der Mann sei stark betrunken gewesen und sogar gewalttätig geworden. Könnte doch sein, dass die beiden ihn da unten aufgeschreckt haben?«

»Sicher.« Peter Strobel nickte und schürzte die Lippen. »Es könnte ein Obdachloser gewesen sein. Es könnte *alles Mögliche* gewesen sein. Aber ich halte mich nun mal gern an die Fakten und das Naheliegende. Woher kommen zum Beispiel die Blutspritzer auf ihrem T-Shirt, wenn sie doch nur das Rohr beiseitegelegt hat?«

»Hören Sie mir denn überhaupt nicht zu?«, schrie ich und schlug mit der Faust auf Strobels Schreibtisch. »Ich habe Ihnen doch gesagt, dass ich Davids Kopf angehoben habe, als ich ihn in die stabile Seitenlage brachte. So wie man es mir im Erste-Hilfe-Kurs beigebracht hat.«

Strobel war zurückgezuckt. Nun schnellte er nach vorn und wollte etwas sagen, doch Frank Nord kam ihm zuvor.

»Kann ich dich sprechen, Peter? Unter vier Augen.«

Schnaubend sah Strobel mich an, dann wandte er den Kopf zu Nord und nickte. »Gut, gehen wir auf den Gang hinaus.«

Die beiden standen auf und gingen zur Tür. Ich fragte mich, was Nord diesem Polizisten jetzt erzählen würde.

Oh, das ist doch leicht zu erraten, kicherte eine zynische Stimme in meinem Kopf. *Er wird sagen: Keine Sorge, Peter, ich werde ihre Dosis erhöhen und dann ist sie wieder brav wie ein Lämmchen. Und das mit David war bestimmt nur ein Penner. Wir sind doch alte Freunde, oder? Außerdem wären wir sogar fast Schwiegereltern geworden. Da lässt sich doch bestimmt was machen, denkst du nicht?*

Ich schüttelte diese Stimme ab und rief Strobel nach, als er gerade aus dem Raum ging. »Haben Sie den Spind überprüft? Haben Sie gesehen, was darin ist? Kevin hat es dort versteckt und deshalb wird er verfolgt.«

Der Polizist blieb abrupt stehen, atmete tief durch und sah sich dann zu uns um. »Ich möchte Ihnen einen guten Rat geben, Frau Beck«, sagte er, an Mum gewandt. »Wenn die Kleine meine Tochter wäre, hätte ich sie schon längst zurück in die Psychiatrie gebracht.«

45

Zehn Minuten später kamen Nord und der Polizist zu Mum und mir in den Raum zurück.

Wir könnten gehen, erklärte Strobel, wobei er mich einschüchternd ansah. Er halte mich allerdings noch immer für tatverdächtig, fügte er hinzu, und dass wir uns zu seiner Verfügung halten sollten. Er lasse mich nur deshalb gehen, weil ich noch minderjährig sei und weil ich den Rettungsdienst gerufen hatte. Außerdem habe Nord die Verantwortung dafür übernommen, dass ich nicht auf dumme Gedanken käme und abhaute.

Das war es also gewesen, was Nord mit ihm unter vier Augen hatte besprechen wollen. Er hielt mich nach wie vor für paranoid, aber nicht für gefährlich. Fast so, wie mir die zynische Stimme vorhin verkündet hatte.

»Ich habe die Wahrheit gesagt«, protestierte ich, als wir das Polizeirevier verließen und zu den Autos gingen. »Warum glaubt ihr mir denn nicht?«

»Hör auf«, sagte Mum streng, und ihr war anzusehen, dass sie mit den Tränen kämpfte. »Hör um Himmels willen auf, Doro!«

Ich vermisste das liebevolle *cara*, das sie sonst verwendete und das uns noch vor Kurzem zu allerbesten Freundinnen verbunden hatte.

Nun war ich wieder *Doro*.

Doro, die Tochter.

Doro, der Freak, um den man sich Sorgen machen musste,

weil sogar schon die Polizei dazu riet, mich wieder in die Klapsmühle zu stecken.

»Nein, ich werde nicht aufhören«, sagte ich und musste ebenfalls weinen. »Diesmal nicht, weil es kein Wahn gewesen ist. Ich habe das nicht getan. Ich war nicht einmal dabei, als das mit David passiert ist. Ich war bei dem Spind, den wir aufbrechen wollten. Denn darum geht es. Etwas ist da drin, weswegen David zusammengeschlagen wurde. Und es ist der Beweis, dass Kevin noch lebt. Vielleicht auch dafür, wer der Tote in Kevins Bus tatsächlich gewesen ist.«

Mit zusammengepressten Lippen sah Mum zum Himmel empor. Es war eine sternenklare Sommernacht und der Mond stand über uns wie eine große Sichel. Sein silbernes Licht spiegelte sich in den Tränen, die über Mums Wangen rannen.

»In Ordnung, Doro«, sagte Nord. »Wenn in dem Spind der Beweis ist, sollten wir jetzt hinfahren und ihn uns anschauen.«

Überrascht sah ich ihn an. »Ist das Ihr Ernst?«

»Ja, das meine ich absolut ernst. Lieber fahren wir drei gemeinsam hin, als dass du nachts allein in der Fabrik herumsteigst.«

»Und die Polizei hat die Spinde wirklich nicht ...«

Er schüttelte den Kopf. »Nein, sie haben sich die Spinde nicht angesehen. Strobel sah keinen Grund dafür.«

»Und Sie? Glauben Sie mir denn?«

»Ich biete dir an, dass wir es gemeinsam überprüfen. Jetzt sofort.«

»Herr Nord«, sagte Mum, die nun wieder gefasst wirkte. »Ich danke Ihnen sehr, dass Sie mitgekommen sind, aber das müssen Sie jetzt nicht auch noch für uns tun. Sie haben doch selbst genug Probleme am Hals, als dass ...«

»Ich mache das wirklich gern«, unterbrach sie der Psychotherapeut. »Sehen wir es einfach als Bestandteil der Therapie. Und wer weiß, vielleicht hat Ihre Tochter ja auch recht?«

»Dann lassen Sie uns jetzt keine weitere Zeit mehr verlieren«, sagte ich.

»Doro!« Mum liefen wieder die Tränen übers Gesicht. »Doro, warum kannst du denn nicht endlich damit aufhören? Siehst du denn nicht, dass du uns immer tiefer in Schwierigkeiten hineinreitest? Was muss ich denn noch tun, damit es dir wieder besser geht?«

»Es geht mir gut, Mum«, versicherte ich ihr und griff nach ihren Händen. »Bitte vertrau mir, ich habe es mir nicht nur eingebildet und ich habe David auch nichts angetan. Hier im Ort stimmt irgendetwas nicht. Fühlst du das denn nicht auch?«

»Nein, Doro«, entgegnete sie schluchzend. »Niemand fühlt das. Niemand außer dir.«

»Lasst uns einfach nachsehen, ja?«, unterbrach uns jetzt Nord. »Habt ihr eine Taschenlampe im Wagen?«

»Ich fürchte, nein«, sagte Mum und tupfte ihre Tränen mit einem Papiertaschentuch ab.

»Dann fahrt schon einmal voraus«, sagte Nord. Er ging entschlossenen Schrittes zurück zum Polizeigebäude. »Ich werde mir bei Strobel drei Lampen leihen. Dazu werde ich ihn allerdings erst überreden müssen, fürchte ich.«

46

Bei Nacht sah die Eisengießerei noch viel gespenstischer aus. Einsam und verlassen erwartete sie uns im Mondlicht, und ich musste an die alten Horrorfilme denken, die oft an Halloween im Nachtprogramm gezeigt werden. An diese Schwarzweißstreifen, in denen es um Spukschlösser oder verwunschene Häuser ging, und in denen Geister, Vampire und Werwölfe ihr Unwesen trieben.

Oder der Teufel selbst.

Der Teufel.

Immer wieder musste ich darüber nachdenken, wen Kevin damit gemeint haben könnte.

Wer war dieser Teufel, dieses personifizierte Böse, dem er die Zahl 666 gegeben hatte?

Was hatte diese Person getan?

Was wusste Kevin über sie?

Es hatte eine Weile gedauert, bis wir die Zufahrt zu der alten Fabrik gefunden hatten. Genau genommen war es gar keine richtige Straße, sondern eher ein besserer Feldweg, der von mannshohen Maisstauden und angrenzenden Getreidefeldern gesäumt wurde.

Mum hatte sich mehrere Male verfahren, war entweder zu früh oder zu spät abgebogen, aber sie hatte kein Wort dabei gesagt. Mit stoischer Miene hatte sie auf die Straße hinausgesehen und alles, was ich zu ihr sagte, entweder mit einen knappen Nicken oder einem noch knapperen Brummen kommentiert.

Es tat weh, sie so zu erleben. Ich wusste nur zu gut, was in ihr vorging. Sie verhielt sich jetzt wieder genauso wie damals, nachdem man mich aus der Schultoilette geholt und in die Psychiatrie gebracht hatte. Sie litt und machte sich gewaltige Sorgen.

Meine Tochter ist wieder verrückt geworden, schien ihre ganze Haltung zu sagen. *Ich dachte, es sei jetzt ausgestanden und wir könnten allerbeste Freundinnen sein, aber jetzt ist sie wieder verrückt geworden. Und ich habe keine Ahnung, was ich noch für sie tun könnte.*

47

Als wir das Werk endlich erreicht hatten – diesmal aus der entgegengesetzten Richtung zum Fußweg, den David und ich genommen hatten –, stand Frank Nords Wagen bereits vor dem Tor. Er hatte seine Scheinwerfer eingeschaltet gelassen und winkte uns mit einer Handlampe zu. Offenbar hatte es doch nicht so lange gedauert, diesen Strobel von der Notwendigkeit unseres Ausflugs zu überzeugen.

»Hier«, sagte er, als wir ausgestiegen waren. Er reichte Mum und mir je eine Lampe. »Seid vorsichtig damit. Die Dinger sind zwar deutlich heller als eine Taschenlampe, dafür werden sie aber auch ziemlich heiß.«

»Halten Sie es wirklich für notwendig, dass wir da hineingehen?«, fragte Mum und deutete mit einer erschöpften Geste auf das Eisenwerk.

Nord nickte und sah uns beide abwechselnd an. »Erst dann werden wir wissen, ob Doro sich getäuscht hat oder nicht.«

»Kommt mit«, sagte ich und ging durch den Spalt im Tor. »Dann werdet ihr schon sehen.«

Sie folgten mir, wobei Nord Mum den Vortritt ließ. Im Licht der Autoscheinwerfer zogen sich unsere Schatten unheimlich in die Länge, während uns das Gebäude aus seinen riesigen schwarzen Fensteraugen entgegenschaute. Fledermäuse huschten über unseren Köpfen vorbei und nur das Knirschen unserer Schritte war im Hof zu hören.

Die rostige Metalltür im Werkstor stand noch offen und wir

gingen direkt zur Kellertreppe. Die Handlampe war tatsächlich wesentlich heller als eine normale Taschenlampe und so erkannte ich schon auf halber Treppe den dunklen Fleck am Boden. Auf dem staubigen Beton wirkte Davids angetrocknetes Blut, als hätte dort jemand einen Eimer brauner Farbe ausgeschüttet.

Tränen schossen mir in die Augen, als ich an David dachte. An den betretenen Blick des Sanitäters, der mir die Wolldecke um die Schultern gelegt hatte, als ich ihn nach David gefragt hatte.

»Sein Schädel ist verletzt«, hatte er gesagt. »Das sieht nicht gut aus. Drück deinem Freund die Daumen.«

Meinem Freund.

Ja, das war David wirklich. Vor allem jetzt merkte ich, wie sehr ich diesen dürren blassen Jungen mit den zweifarbigen Augen, den feuerroten Haaren und den Sommersprossen ins Herz geschlossen hatte. Er war eine eigenwillige und skurrile Persönlichkeit, ständig darum bemüht, seine Unsicherheit hinter einer coolen Maskerade zu verbergen. Und gerade dieses Verbergen des anderen Ichs machte uns irgendwie gleich. Denn in gewisser Weise war auch David ein Freak.

Nun lag er in der Klinik und rang womöglich mit dem Tod.

Wegen mir.

Deshalb kehrte ich auch nicht nur meinetwegen hierher zurück. Es war auch für David. Wir mussten Kevins Teufel das Handwerk legen.

»Keine Sorge, Doro. Er wird es schon schaffen.«

Ich hatte Nord gar nicht gehört, der nun neben mir stand und ebenfalls den Fleck am Boden betrachtete.

»Glauben Sie mir, dass ich es nicht gewesen bin?«

Ich sah ihn prüfend an und dann zu Mum, die auf der letzten Treppenstufe stand. Sie sah zur Seite, aber Frank Nord hielt meinem Blick stand.

»Ja, ich glaube dir, Doro. Und willst du wissen, warum?«

Ich nickte.

»Weil du es diesmal so vehement abstreitest«, erklärte Nord. »Du scheinst keinerlei Schuld daran zu empfinden. Im Gegensatz zu jener Nacht, bevor dein Bruder starb.«

Nun sah Mum mich wieder an. Ich versuchte, ihren Blick zu deuten, konnte es aber nicht. Wusste sie, was damals geschehen war? Hatte sie es nur verschwiegen, um mich zu schützen? Gab es überhaupt etwas, weswegen man mich schützen musste?

Was hast du getan, Doro? Was hast du nur getan?

Noch immer reichten meine Erinnerungen nicht aus, mir mein Schuldgefühl an Kais Tod zu erklären. Da waren nur Bruchstücke. Puzzleteile, von denen ich erst ein paar zusammengefügt hatte. Aber das eine entscheidende Teil fehlte noch.

»Gehen wir weiter«, sagte ich und zeigte auf den Wegweiser an der Wand. »Es ist dort drüben, am Ende des rechten Gangs.«

Wir folgten dem Gang, und ich schauderte, als ich den Grund für das krabbelnde Geräusch sah, das ich vorhin im Dunkeln gehört hatte, während ich mich an dieser Wand entlanggetastet hatte. Nur wenig oberhalb von uns wuselten unzählige Asseln über das feuchte Gemäuer. Sie wirkten irgendwie aufgebracht, als empörten sie sich über die Eindringlinge, die nun schon zum zweiten Mal an einem Tag die Ruhe ihres unterirdischen Reiches störten.

Geh weg, Doro! Geh weg von hier!

Dann erreichten wir das Ende des Ganges, und ich schämte

mich, als von den Toiletten der beißende Geruch nach meinem Erbrochenen zu uns drang.

Schnell ging ich in den Aufenthaltsraum und steuerte direkt auf den Spind Nummer 66 zu, nur um gleich darauf erschrocken stehen zu bleiben.

»Oh nein!«

»Was ist los?«, fragte Nord und kam zu mir, während Mum mit nichtssagendem Blick in der Tür wartete.

»Der Spind«, sagte ich und deutete auf die aufgebrochene Blechtür. Sie war mit Gewalt aufgehebelt worden und der geborstene Riegel hing noch an dem intakten Vorhängeschloss. »Jemand ist vor uns hier gewesen und hat den Spind ausgeräumt!«

Vor Wut und Aufregung zitternd, hielt ich meine Lampe höher und stellte mich auf die Zehenspitzen. Außer einer dicken Staubschicht und einigen Spinnweben war auch das obere Fach leer.

Doch dann entdeckte ich einen kleinen Abdruck im Staub. Er wäre mir fast nicht aufgefallen, hätte nicht der Lichtkegel meiner Lampe einen Schatten geworfen. Etwas hatte dort gelegen und der Form des Abdrucks nach musste es rechteckig gewesen sein.

Dann besah ich mir die Außenseite der Tür und knallte sie zornig zu. »Dieser Mistkerl hat sogar die dritte Sechs von dem Schild gewischt.«

»Bist du dir sicher?« Nord sah mich prüfend an.

»Natürlich bin ich mir sicher«, fuhr ich ihn an. »Ich hatte es Ihnen doch erzählt. Der Spind war verschlossen, und David wollte eine Stange holen, um ihn aufzubrechen. Ich saß auf dem Stuhl, der dort am Boden …«

Ich stutzte. Da lag kein Stuhl mehr. Alle Stühle standen ordentlich aufgereiht um den langen Tisch, als hätten die Arbeiter gerade eben Feierabend gemacht.

»Aber das ...«

Ich schwenkte das Licht durch den Raum und traute meinen Augen nicht. Die Ratte mit den Maden, die David in die Ecke gekickt hatte, war verschwunden. Ebenso der Zeitungsfetzen, mit dem David die Ratte bedeckt hatte und den der Wind an die Wand gedrückt hatte.

Ja, selbst das FUCK YOU war von der Tafel gewischt worden.

Ich war mitten in einem Albtraum! Als würde ich jeden Moment aufwachen und ...

»Doro? Hast du gehört, was ich gesagt habe?« Mums Stimme holte mich aus meinen Gedanken zurück.

»Mum, bitte, glaub mir doch. Jemand war hier und hat ...«

»Schluss jetzt!«, rief sie. »Ich kann das nicht mehr ertragen. Und ich möchte nicht mehr nachts in diesem Keller herumstehen. Was zu beweisen war, ist jetzt bewiesen.«

»Was soll denn bewiesen sein? Dass ich doch verrückt bin? Dass ich mir das alles nur eingebildet habe? Denkst du etwa, ich hätte David ...«

»Doro, es reicht!« Mum hatte mich noch nie angeschrien, aber nun überschlug sich ihre Stimme. »Noch ein Wort zu diesem Thema und ich schicke dich zurück in die Klinik!«

Tränen strömten über ihr hübsches Gesicht und ich sah die Verzweiflung in ihrem Blick. Dieselbe Verzweiflung, die auch ich gerade empfand. Nun dass wir auf zwei unterschiedlichen Seiten standen.

»Ich kann nicht mehr, Doro«, sagte sie. »Versteh das endlich.«

Dann lief sie zurück auf den Gang und wenig später hörte ich ihre eiligen Schritte auf der Metalltreppe.

Frank Nord legte mir eine Hand auf die Schulter. »Versuch auch einmal, dich in ihre Lage zu versetzen«, sagte er. »Sie befürchtet, dass es dir wieder schlechter geht, und sie hat Angst davor. Vor allem jetzt, wo sie allein die Verantwortung für dich trägt. Aber lass uns morgen Vormittag darüber reden. Ich werde dir einen Termin freihalten.«

Wieder einmal musste ich an das Märchen vom Wolf denken und sagte nichts. Der Teufel - wer immer das auch war - war mir zuvorgekommen.

David wäre der Einzige gewesen, der meine Aussage hätte bestätigen können. Er musste den Teufel gesehen haben. Irgendwann konnte er uns vielleicht auch davon erzählen und uns den Namen nennen - zumindest hoffte ich das für ihn.

Aber bis dahin war ich wieder auf mich allein gestellt.

48

Nachdem ich mich geduscht und mir die Zähne geputzt hatte – wobei ich den säuerlichen Geschmack noch immer nicht ganz aus dem Mund bekommen hatte –, klopfte es an die Badezimmertür.

Mum kam herein. Sie hatte ihren Pferdeschwanz gelöst und sich ein paar dunkle Strähnen ins Gesicht hängen lassen, damit ihre verweinten Augen nicht so sehr auffielen.

»Hier, nimm eine Tablette.«

Sie reichte mir ein Glas Wasser und die silberfarbene Blisterverpackung, in der sich noch drei Tabletten befanden. Ich würde Nord um ein neues Nepharol-Rezept bitten müssen.

»Es tut mir leid wegen vorhin«, sagte Mum. Sie ließ sich auf den Badewannenrand sinken. »Ich wollte dich nicht anschreien.«

Ich nickte nur und spülte die Pille mit etwas Wasser herunter.

»Bitte, cara, sei mir nicht mehr böse.« Mum ergriff meinen Arm. »Es ist nur ...«

Sie rang um Worte, und ich sah, wie sie gegen einen inneren Widerstand ankämpfte, ehe sie weitersprach.

»Ich habe es dir nie erzählt, aber ich glaube, jetzt ist es an der Zeit. Ich möchte, dass du verstehst, warum ich mir solche Sorgen um dich mache.«

»Ist es wegen Kai?«, fragte ich und setzte mich neben sie auf die Wanne. »Weißt du, was ...«

»Nein, cara«, sagte sie leise und strich mir über die Wange.

»Es hat nichts mit Kai zu tun. Ich weiß auch nicht, weshalb du dir die Schuld an seinem Tod gibst. Dafür gibt es doch keinen Grund.«

Ich biss mir auf die Unterlippe und wünschte mir in diesem Augenblick nichts sehnlicher, als dass sie recht hatte.

»Nein«, sagte Mum, »es geht um deinen Großvater, Liebes. Um meinen Papa. Ich habe sehr an ihm gehangen, das weißt du. Er war der freundlichste und feinfühligste Mensch, der mir je begegnet ist. Von ihm hast du auch deine besondere Gabe.«

»Ich weiß. Das hast du mir schon erzählt. Opa war auch ein Synnie.«

Sie lächelte schwach. »Ja, er konnte ebenfalls die Farben der Menschen sehen. Ihre *wahren Farben*, so hat er es immer genannt. Deshalb war er auch ein leidenschaftlicher Maler, und hätte er die Möglichkeit dazu gehabt, wäre er bestimmt ein großartiger Künstler geworden. Auch darin seid ihr beiden euch sehr, sehr ähnlich. Aber ...«

Sie sah auf ihre Füße, betrachtete den blauen Badvorleger mit der weißen Blumenbordüre und rang erneut um Worte.

»Aber irgendwann geriet ihm seine Gabe außer Kontrolle«, sagte sie. »Ständig sprach er von irgendwelchen Farben, die niemand außer ihm sehen konnte. Sie schienen überall zu sein. Es war so schlimm für mich, cara. Ich war kaum älter als du jetzt, und ich verstand nicht, was da vor sich ging. Er sagte, die Farben seien vom Himmel gefallen und dass es böse Farben seien. Hässliche, böse Farben, die uns alle vergiften wollten. ›Siehst du sie?‹, fragte er mich immer wieder. ›Kannst du sie denn nicht sehen? Sie fließen doch schon über die Wände.‹ Aber natürlich konnte ich sie nicht sehen. Diese Farben gab es ja nur in seinem Kopf.«

Ich sah sie erstaunt an. »Soll das heißen, Opa ist verrückt geworden?«

»Er hatte einen Hirntumor. Es ging sehr schnell und er konnte auch nicht mehr operiert werden. Er starb nur sechs Wochen später.«

Sie schluchzte und ich legte einen Arm um ihre Schultern. Bisher hatten wir immer nur über Opas Leben gesprochen, über die Olivenernte, über seine besondere Gabe und über seine Malereien, aber nie über seinen Tod.

»Als ich ihn zum letzten Mal besuchen durfte«, sagte Mum, »waren wir für eine Weile allein im Zimmer, und er begann, wieder von den Farben zu reden. Immer wieder bestand er darauf, dass sie bei uns im Raum seien und uns umgaben. ›Glaubst du mir das?‹, fragte er ständig. ›Du glaubst mir doch.‹ Und irgendwann sagte ich schließlich Ja. Nicht um ihn zu beruhigen oder ihm einen Gefallen zu tun, sondern wegen mir. Weil ich es nicht mehr aushielt. Deswegen mache ich mir heute noch Vorwürfe. Denn als die Krankenschwester zurück ins Zimmer kam, brüllte er sie an, er wolle sofort gehen und dass er überhaupt nicht krank sei. Schließlich könne seine Tochter die Farben auch sehen.«

Sie umarmte mich ebenfalls und weinte noch heftiger. Für einige Minuten saßen wir so auf dem Badewannenrand, dann sah sie mir in die Augen.

»Ich will nicht mehr lügen, cara. Und ich kann auch nicht immer nur die Starke sein. Vielleicht ist das ein Armutszeugnis für mich als Mutter, aber seit Kais Tod hat sich so vieles verändert, mit dem ich erst lernen muss zurechtzukommen. Deshalb bitte ich dich von ganzem Herzen, hör auf, dich und uns beide in Schwierigkeiten zu bringen. Geh morgen zu Nord in die Therapie, lerne für die Schule oder lieg einfach nur faul herum und genieße deine Ferien. Aber hör um Gottes willen mit diesen haarsträubenden Gruselgeschichten auf.«

Sie löste sich aus meiner Umarmung und stand auf. »Versprich mir das, Doro. Hier und jetzt.«

»Ich werde morgen wieder zu Nord gehen«, sagte ich. »Versprochen.«

Mehr wollte und konnte ich ihr nicht versprechen. Dafür war bereits zu viel geschehen.

49

Meine Großmutter hatte einen Lieblingsspruch gehabt. Sie hatte ihn auf eines der vielen Kissen gestickt, die sich in ihrem Wohnzimmer auf dem Sofa gestapelt hatten, und meistens hatte das Kissen mit diesem Spruch obenauf gethront.

Wenn die Welt dich ärgert, sing ein Lied, lautete er.

Oma hatte viel und gern gesungen – und das nicht nur, wenn die Welt sie ärgerte. Ich hatte ihr gerne zugehört. Sie hatte bis ins hohe Alter eine wundervolle Singstimme gehabt und Mum hatte sie von ihr geerbt. Zwar sang Mum nicht ganz so häufig wie Oma früher, aber an diesem Morgen tat sie es, und es war schön, von ihrem Gesang geweckt zu werden. Vielleicht hatte sie sich ja an Omas Lieblingsspruch erinnert.

Ich hatte in dieser Nacht nicht besonders gut geschlafen. Viel zu viel war mir durch den Kopf gegangen. Doch dann gegen Morgen hatte das Nepharol zu wirken begonnen und ich war in einen tiefen, traumlosen Schlaf gefallen.

Vor dem Fenster erwartete mich ein weiterer Hochsommertag, ohne die kleinste Wolke am Himmel. Fast schien es, als wollte mich das Wetter verspotten. Als wollte mir die Sonne ausreden, dass ich noch vor nicht ganz zwölf Stunden durch einen stockfinsteren Kellergang geschlichen war, um schließlich David in seinem Blut zu finden.

Was hast du denn?, schien dieses Sommerwetter da draußen zu fragen. *Ist doch alles in bester Ordnung. Alles eitel Sonnenschein.*

Aber das war es natürlich nicht und umso mehr freute mich Mums Gesang aus der Küche.

Sie sang zu einem Lied im Radio, und nachdem ich mir etwas übergezogen hatte und zu ihr hinuntergegangen war, erkannte ich auch, um welches Lied es sich handelte. Es war Cindy Laupers *True Colours*, und es gefiel mir, auch wenn es schon ziemlich alt war.

»Oldies but Goodies«, hatte unsere Englischlehrerin gesagt, als wir den Text dieses Liedes vor Jahren im Unterricht besprochen hatten. So hatte ich gelernt, dass es sich bei diesen *wahren Farben* um eine Redewendung handelte, die im Deutschen das wahre Gesicht eines Menschen bedeutete.

Das hatte ich mir gemerkt und es hatte mir gefallen. Ich hatte mich gefragt, ob diese englische Redewendung ebenfalls auf einen Synnie zurückging.

Mum sang noch immer, als ich in die Küche kam. Sie stand mit dem Rücken zu mir und war mit irgendetwas im Spülbecken beschäftigt. Etwas, das mich verwunderte.

War das nicht Kais Hase, den sie unter den Wasserhahn hielt? Warum, um alles in der Welt, tat sie das?

Dann wurde mir schlagartig bewusst, dass noch etwas nicht stimmte. Die Küchenuhr zeigte bereits neunzehn Minuten nach elf. Warum war Mum dann noch hier? Sie musste doch schon längst bei der Arbeit sein.

Neunzehn Minuten nach elf, durchfuhr es mich. *Wieder einmal!*

Noch immer sangen Mum und Cindy Lauper, dass sie mein wahres Gesicht sehen könnten und dass sie mich dafür liebten. Dann wandte Mum sich zu mir um und ich erstarrte.

Was da mit Mums Stimme sang, war nicht Mum. Es hatte nur von hinten den Anschein erweckt. Von vorn sah es jedoch ganz anders aus. Grauenvoll und mit riesigen schwarzen Augen, so dunkel, dass sich selbst das helle Tageslicht darin verlor. Es war das Insektenmädchen.

»Na, Doro, magst du das Lied?«, fragte es mich, und nun war seine Stimme alles andere als hell und schön. Im Gegenteil, es klang, als würde mich etwas Gewaltiges und durch und durch Böses ansprechen.

»Du solltest es mögen, finde ich«, sagte das Etwas mit den Insektenaugen und grinste. »Es ist doch wie für dich gemacht.«

»Wer ... bist du?«, stammelte ich.

»Och, ich dachte, das weißt du längst. Aber wenn du ein bisschen nachdenkst, wirst du auch von selbst darauf kommen. Wichtiger ist doch, was *deine* wahre Farbe ist, Doro. Hast du dich das nie gefragt? Was versuchst du, vor aller Welt zu verbergen? Was ist dein wahres Gesicht?«

Noch immer war ich unfähig, mich zu bewegen. Selbst meine nackten Füße schienen auf dem Boden festzukleben.

»Lass ... mich ... in Ruhe«, brachte ich mühsam hervor, da sich nun auch mein Mund wie taub anfühlte.

»Nein«, sagte das Wesen und schüttelte den Kopf. »Ich werde dich erst in Ruhe lassen, wenn du aufhörst, dich wie eine Wahnsinnige aufzuführen.«

Der größte Wahnsinn ist doch, dass ich dich hier sehe, dachte ich, konnte es aber nicht aussprechen.

Das Insektenmädchen bleckte grinsend die Zähne, als hätte es meinen Gedanken gelesen.

»Nein, meine Liebe, dein größter Wahnsinn ist, dass du noch immer nach Antworten suchst. Dabei hast du das Wichtigste doch schon gesehen.«

Was meinte sie damit?

»Damit meine ich, dass du die Antwort längst gesehen hast, aber wieder einmal davor davongelaufen bist.«

Mit diesen Worten schnellte sie nach vorn und packte mich an den Schultern. Ich wollte entsetzt zurückweichen, doch es ging nicht. Stattdessen starrte ich nun in ihre Facettenaugen, die so groß und finster waren, dass ich glaubte, in ein gewaltiges schwarzes Loch zu fallen. Ich sah mein tausendfaches Spiegelbild darin. Ein zu Tode erschrockenes Mädchen mit weit aufgerissenem Mund, unfähig zu schreien oder davonzulaufen.

»Sieh hin!«, fauchte mir das Insektenmädchen entgegen, und ich roch seinen Atem, der mich an ranziges Babyöl denken ließ, das man zu lange in die pralle Sonne gestellt hatte.

»Sieh endlich hin!«, kreischte sie mich erneut an, und dann stieß sie mich von sich.

Ich fiel rückwärts, ruderte mit den Armen und ...

50

... erwachte.

Zuerst war mir nicht klar, wo ich mich befand. Ich lag nicht in meinem Bett, weder in unserem ehemaligen Haus noch bei Tante Lydia noch in meinem neuen Zimmer und – gottlob – auch nicht in der Klinik.

Dann legte sich der Nebel des Halbschlafs, und ich begriff, dass ich auf dem Fußboden lag, mein Kopfkissen mit der rechten Hand umklammernd. Ich war aus dem Bett gefallen, nachdem mich das Insektenmädchen gestoßen hatte.

Ein Traum, dachte ich erleichtert und rappelte mich auf. *Gott sei Dank nur ein Traum.*

Doch kaum hatte ich mich aufgesetzt, da fuhr mir erneut der Schrecken in die Glieder. Ich hörte Geschirr in der Küche klappern und ich hörte das Radio. Es spielte *True Colours*, nur dass Mum diesmal nicht dazu sang.

Obwohl ich total verschwitzt war, fröstelte ich. Zitternd zog ich mich an und schlich dann zur Tür. Wieder konnte ich von unten Geschirr klappern hören und noch immer sang Cindy Lauper. Doch dann blendete das Lied aus und ein fröhlich gelaunter Radiomoderator verkündete, dass es neun Uhr dreißig war und dass es ein großartiger Tag werden würde.

Bestimmt wird er das werden, dachte ich in einem Anflug von Zynismus. *Solange da unten nicht das Insektenmädchen in der Küche rumfuhrwerkt.*

Dann hörte ich Mums leises Fluchen, als irgendetwas Metallisches zu Boden schepperte, und atmete auf. Mum fluchte nicht oft, aber wenn, tat sie es auf Italienisch.

Ich ging ins Bad, wusch mir den Schweiß mit kaltem Wasser ab und sah dann in die Küche hinunter, wo mich der sandbraune Geruch nach Kaffee und Kuchenteig empfing.

Mum hatte einen Blechkuchen vorbereitet und schob ihn gerade ins Backrohr.

Der Anblick der Pflaumen auf dem blassen Teig ließ mich an Kai denken. An sein Gesicht.

Ebenso violett wie diese Pflaumen und hassverzerrt ...

Zwar gelang es mir sofort wieder, den Gedanken zu verscheuchen, aber ich war mir dennoch sicher, dass ich kein Stück von diesem Kuchen essen würde.

»Guten Morgen, cara«, sagte Mum und zeigte lächelnd auf den Backofen. »Die Pflaumen hat uns eine Nachbarin vorbeigebracht. Ist das nicht ein gutes Zeichen?«

»Schätze schon«, sagte ich und wusste sofort, was sie damit meinte. Offenbar hatte ihre verrückte Tochter doch noch keinen so schlimmen Eindruck bei den Nachbarn hinterlassen.

Blieb nur zu hoffen, dass es nicht einfach nur eine *neugierige* Nachbarin gewesen war, die mehr über die verrückte Tochter in Erfahrung bringen wollte. Was das betraf, hatte ich in den letzten Monaten viel zu viele schlechte Erfahrungen machen müssen. Ich konnte nicht mehr nur das Gute in meinen Mitmenschen sehen.

»Ach ja«, sagte Mum, »und vorhin hat ein Tierarzt angerufen. Es ging um einen verletzten Hund. Was hast du damit zu tun?«

Ich erklärte es ihr und erfuhr zu meiner Erleichterung, dass es dem Hund inzwischen besser ging und Dr. Lennek mir hatte ausrichten lassen, ich solle doch mal bei ihm vorbeischauen.

»Endlich mal eine gute Nachricht«, sagte ich. »Aber hör mal, Mum, warum bist du heute überhaupt zu Hause? Hast du Urlaub?«

»Kann man so sagen.« Sie nahm den gurgelnden Espressokocher vom Herd, goss sich eine Tasse ein und ließ sich an unserem Campingtisch nieder. »Ich wollte es dir gestern Abend sagen, aber ... Na ja, egal. Ich bin gekündigt worden.«

»Gekündigt?«

Sie nickte und rührte etwas Zucker in die Tasse. »Si, cara. Gekündigt. Weil ich meinen Chef, dieses aufdringliche Arschloch, geohrfeigt habe.«

Völlig verdutzt setzte ich mich zu ihr. »Du hast ... *was* getan?«

»Ich habe ihm eine geschmiert, die er so schnell nicht wieder vergessen wird«, sagte Mum und rührte in ihrer Tasse – deutlich heftiger als nötig. »Eigentlich hätte ich es von Anfang an wissen sollen, aber ich hatte mir immer eingeredet, dass er einfach nur nett zu mir sein will. Na ja, und außerdem wollte ich die Stelle unbedingt. Hier war das nette Häuschen für uns beide, Herr Nord wohnt gleich gegenüber ... Das erschien mir alles so ideal. Aber dann hat er es übertrieben. Mit seinen ständigen Komplimenten hätte ich ja noch leben können, aber als er mich dann gestern auch noch ...« Sie verdrehte die Augen und machte eine entnervte Geste. »Ach, was soll's. Man darf eben keinem Mann trauen, basta! Erst recht keinem, der seit Jahren verheiratet ist. Das sollte ich doch selbst am besten wissen.«

Noch immer fassungslos, starrte ich sie an. Ja, meine Mutter war eine wirklich gut aussehende Frau. Wenn ich mit ihr unterwegs war, kam es häufiger vor, dass sich die Männer nach ihr umdrehten oder dass sie besonders freundlich zu ihr waren. Sogar David hatte ihr Foto mit Bewunderung angesehen.

Und nun verstand ich auf einmal, warum sie immer so erschöpft und genervt gewirkt hatte, wenn sie von der Arbeit nach Hause gekommen war. Und ich verstand auch, warum sie gestern so heftig reagiert hatte. Ihre Sorge um mich *und* ein gekündigter Job ... Ja, das war einfach zu viel für sie gewesen.

»Tja«, sagte sie und stürzte ihren Espresso hinunter. »Ich habe keine Ahnung, wie es jetzt mit uns weitergehen soll, cara. Ohne Arbeit werde ich die Miete nicht lange bezahlen können. Aber ich habe auch keine Lust, dem Staat auf der Tasche zu liegen, geschweige denn deinem Vater. Also werde ich mir etwas Neues suchen, und wenn es nötig ist, werden wir wieder umziehen.«

Das musste ich erst einmal auf mich wirken lassen, aber dann sah ich, dass Mum mich aufmerksam musterte und meine Reaktion erkennen wollte. »Mach dir mal keine Sorgen«, sagte ich deshalb und ergriff ihre Hand. »Wir beide bekommen das schon hin.«

Mum drückte meine Hand und sah mir tief in die Augen. »Wirklich *wir beide*?«

»Wir beide«, versicherte ich. »Gemeinsam. Kein weiterer Ärger.«

Sie nickte seufzend und drückte nochmals meine Hand. Dann stand sie auf und ging mit ihrer Tasse zurück zum Spülbecken.

»Und du hast ihn wirklich geohrfeigt?«, fragte ich und versuchte, mir die Szene vorzustellen.

Zwar hatte ich ihren Chef nie zu Gesicht bekommen, aber ich kannte Mum. Sie konnte unglaublich geduldig sein, aber wenn man es bei ihr übertrieb, bekam man es mit ihrem sizilianischen Temperament zu tun und lernte sehr schnell, warum der Ätna bis zum heutigen Tag noch aktiv ist.

Wieder nickte sie, aber diesmal ohne mich dabei anzusehen. Ihre Schultern zuckten, als würde sie weinen. Doch als sie sich zu mir umwandte, sah ich, dass sie sich ein Kichern verbiss.

»Ich fasse es nicht«, sagte ich und musste mir ebenfalls ein Lachen verkneifen. »Meine Mum hat ihren Chef geohrfeigt.«

»Und es tut mir nicht einmal leid«, sagte sie, und dann prusteten wir beide los.

Wir lachten und lachten, bis uns die Tränen kamen.

51

Als ich wenig später Miss Piggy aus der Garage holte, hatte sich mein Übermut bereits wieder in Luft aufgelöst. Das Insektenmädchen ging mir nicht aus dem Kopf. Ich hatte vorhin alles getan, was man mir in der Therapie beigebracht hatte, und dennoch hatte sich diese Halluzination hartnäckig gehalten. Als ob das Mädchen mit den dunklen bösen Augen weit mehr als nur ein Wahnbild gewesen wäre. Vielleicht war sie eine Nachricht aus meinem Unterbewusstsein?

Sieh hin, Doro!

Ich musste an die frische Luft und mich bewegen, um wieder einen klaren Kopf zu bekommen. Außerdem wollte ich wissen, wie es David ging. Ich machte mir große Sorgen um ihn – erst recht, wenn ich an den mitfühlenden Blick des Rettungssanitäters dachte. Vielleicht gab es inzwischen Neuigkeiten und wenn ja, dann hoffte ich inständig, dass es *gute* waren.

Also radelte ich los und kam keine halbe Stunde später am Mariannenhospital an. Es war ein großes weißes Klinikgebäude mit braunen Holzbalkonen, das außerhalb des Ortes an einem Hang lag, idyllisch eingerahmt von Tannenwäldern, mit einem herrlichen Ausblick über das Tal.

Während ich Miss Piggy im Fahrradständer ankettete, sah ich zurück in Richtung unserer Siedlung, doch der Aussichtspunkt, von dem Julian und ich hierher gesehen hatten, war zu weit entfernt. Man konnte die Mauer, auf der wir gestanden hatten, allenfalls mit viel Fantasie erahnen.

Ich sah mich nach Julians Vespa um, die vorhin, als ich losgefahren war, nicht unter dem Carport gestanden hatte. Doch auch hier auf dem Parkplatz war sie nirgends zu sehen und ich war ein wenig enttäuscht. Heimlich hatte ich gehofft, Julian hier wiederzusehen – und sei es nur für ein kurzes Hallo auf dem Krankenhausgang.

Ich vermisste ihn, auch wenn mir klar war, dass ich nicht so für ihn fühlen durfte. Aber was konnte ich schon dagegen tun? Das war doch das Vertrackte an Gefühlen: Du kannst versuchen, sie zu verdrängen, aber trotzdem sind sie da. Sie lassen sich nicht so einfach abschalten. Und wenn ich ehrlich mit mir war, wollte ich das auch gar nicht.

Was ich für Julian empfand, war einerseits schmerzhaft und verwirrend, weil es nicht auf Gegenseitigkeit beruhte, aber andererseits war es auch sehr schön. Jedes Mal wenn ich an Julian dachte, spürte ich einen Stich in der Brust, und mein Herz schlug schneller – und das war nicht einmal unangenehm. Im Gegenteil.

Aber es war auch so ... so merkwürdig. So zwiegespalten. Ich konnte es nicht wirklich beschreiben. Vielleicht weil ich so etwas noch nie zuvor gefühlt hatte.

Von der gestressten Mitarbeiterin an der Rezeption, deren Telefon unaufhörlich zu klingeln schien, erfuhr ich zwischen zwei Telefonaten, dass David noch immer auf der Intensivstation lag. Die Frau wandte sich auch gleich wieder von mir ab, um den nächsten Anruf zu beantworten, und ich nahm die Treppe in den zweiten Stock.

Die Stationstür war verschlossen und ein Schriftzug auf der Milchglasscheibe wies auf einen Klingelknopf hin. Also läutete ich und wartete.

Kurz darauf öffnete mir eine hochgewachsene Schwester mit langen dunklen Haaren, die sie zu einem Zopf geflochten hatte. Auf ihrem Namensschild stand *Ramona,* und ich fand, dass dieser Name gut zu ihr passte. Er hatte dieselbe Sandelholzfarbe wie das dezente Deo, das sie trug. In einer Hand hielt Ramona ein Klemmbrett mit Unterlagen, von dem ein Kugelschreiber an einer dünnen Schnur herabbaumelte.

»Hallo«, sagte sie und lächelte. »Kann ich dir helfen?«

»Ich möchte David Schiller besuchen.«

Ramona fing den baumelnden Kugelschreiber ein und befestigte ihn wieder an dem Klemmbrett. »Bist du mit ihm verwandt?«

Ich schüttelte den Kopf.

»Dann tut es mir leid.« Die Schwester sah mich bedauernd an. »Hier haben nur nahe Verwandte und volljährige Personen Zutritt. Ich kann da leider keine Ausnahme machen. Bist du seine Freundin?«

»Ja«, sagte ich, denn schließlich war ich Davids Freundin, wenn auch nicht auf die Art, von der Schwester Ramona ausging.

»Und jetzt willst du wissen, wie es ihm geht«, sagte sie und nickte verständnisvoll.

»Ist er denn schon wieder bei Bewusstsein?«

Die Schwester sah sich kurz nach allen Seiten um, dann senkte sie die Stimme. »Hör zu, eigentlich darf ich dir darüber keine Auskunft geben. Aber ich kann natürlich gut verstehen, wie du dich fühlen musst. David liegt noch immer im künstlichen Koma. Mehr kann ich dir leider nicht sagen, da wir erst weitere Untersuchungen machen müssen.«

Nun verschwamm ihr Bild vor meinen Augen und ich wischte mir hastig die Tränen ab. »Wird er sterben?«

»Nein, das nicht.« Ramona zog ein Päckchen Papiertaschentücher aus ihrer Kitteltasche und hielt es mir entgegen. »Er wird auf jeden Fall durchkommen. Und vielleicht hat er ja auch Glück gehabt und trägt keine weiteren Folgen davon.«

Ich nahm ein Taschentuch aus dem Päckchen und putzte mir die Nase. »Und wenn er kein Glück gehabt hat?«

»Darüber solltest du nicht nachdenken. Drück ihm lieber die Daumen. Das kann er jetzt am besten gebrauchen.«

»Ja, werde ich.«

Ich tupfte mir die Tränen aus dem Gesicht und Ramona wollte bereits wieder gehen.

»Warten Sie bitte«, rief ich. »Darf ich Sie noch etwas fragen?«

»Nur zu.«

»Da liegt noch eine Patientin auf Ihrer Station, eine Frau Nord. Sie ist unsere Nachbarin und ich kenne ihre Familie sehr gut. Ihr Sohn hat gesagt, sie werde es wohl nicht schaffen. Gibt es denn wirklich keine Hoffnung für sie?«

Ramona seufzte und blies sich eine Strähne aus dem Gesicht, die sich aus ihrem langen Zopf gelöst hatte. »Bitte versteh das richtig, aber dazu darf ich dir wirklich nichts sagen. Du kannst ja deinen Nachbarn fragen, wie es ihr geht.«

»Ja, klar«, sagte ich. »Werde ich machen.«

»Aber wenn ich dir einen guten Rat geben darf«, sagte die nette Schwester und zwinkerte mir mit ernstem Blick zu, »dann frag ihn lieber nicht. Verstehst du, was ich meine?«

»Ja, das habe ich verstanden.«

Ich wollte mich noch bei ihr bedanken, doch sie verschwand eilig wieder hinter der Milchglastür.

Niedergeschlagen machte ich mich auf den Weg zum Ausgang und dachte an den Radiomoderator von heute Morgen. Er hatte sich offenkundig geirrt. Dass es dem Hund besser ging, schien wohl die einzige gute Nachricht des heutigen Tages zu sein.

Julians Mutter lag also im Sterben und David würde womöglich für den Rest seines Lebens behindert sein. An meiner alten Schule hatte es mal einen Jungen gegeben, der es für besonders cool hielt, den Sturzhelm an den Lenker seines Rollers zu hängen - auch während der Fahrt. Nach seinem Unfall hatten wir längere Zeit nichts von ihm gehört. Auch er hatte auf der Intensivstation im Wachkoma gelegen. Nach einer Weile hatte es dann geheißen, er könne wieder selbstständig atmen.

Wieder schossen mir die Tränen in die Augen und ich wischte sie mit dem Rest von Schwester Ramonas Papiertaschentuch ab. Dabei hätte ich fast den Mann übersehen, der direkt auf mich zugelaufen kam. Es war Bernd Schiller.

»Du!«, rief er aus, und seine zweifarbigen Augen versprühten blanken Zorn. »Was hast du denn hier zu suchen?«

Ich war viel zu überrumpelt, um irgendetwas sagen zu können, aber Davids Vater hätte mir ohnehin keine Chance dazu gelassen.

»Warum hast du das getan?«, brüllte er mich an, und seine Stimme war noch durchdringender, als wenn er sonst kleinen Jungs in roten Badehosen das seitliche Einspringen ins Kinderbecken verbot. »Was, zum Teufel, hat dich nur dazu getrieben, meinen Jungen zum Krüppel zu schlagen?«

»Aber ich habe doch gar nicht ...«, setzte ich an, doch weiter kam ich nicht.

»Dabei habe ich dir sogar noch einmal eine Chance gegeben, du Wahnsinnige du!«

Er packte mich am Arm und zerrte mich zur Treppe. Ich

schrie auf und hatte schon Angst, er werde mich die Stufen hinunterstürzen, doch dann ließ er mich wieder los und sah mich hasserfüllt an.

»Verschwinde und lass dich nie wieder in der Nähe meines Sohnes blicken! Hast du das verstanden, du Geisteskranke? Sonst mache ich dich fertig!«

Ich zitterte, teils aus Angst vor seinem maßlosen Zorn, aber auch vor hilfloser Wut.

»Sie irren sich«, sagte ich, auch wenn mir klar war, dass er mir nicht zuhören würde. »Ich habe David *nichts* getan! Da war noch jemand in diesem Keller und …«

»So etwas wie du gehört eingesperrt«, sagte er todernst, »und der Schlüssel weit weggeworfen. Für immer!«

Dann ließ er mich stehen und ging auf die Milchglastür zu, neben der nun wieder das Insektenmädchen stand.

»Warum sagst du ihnen nicht endlich, was du getan hast?«, dröhnte es mir entgegen.

Entsetzt wandte ich mich um und lief so schnell ich konnte aus dem Krankenhaus.

Wie von Sinnen radelte ich zurück in den Ort, verfolgt von der Stimme des Insektenmädchens in meinem Kopf.

Sag es ihnen endlich! Du kennst doch die Antwort.

52

Als ich bei Frank Nord angekommen war, hatte ich wie Espenlaub gezittert. Und auch jetzt noch war ich kaum in der Lage, das Wasserglas mit beiden Händen zu halten, das er mir gegeben hatte. Immer wieder schwappte etwas davon auf meine Schenkel, und ich stellte es schließlich auf den Tisch zu dem Berg Papiertaschentücher, den ich mittlerweile angehäuft hatte.

Es hatte lange gedauert, bis ich mich wieder so weit im Griff gehabt hatte, dass ich über alles sprechen konnte. Aber dann hatte ich mir einfach alles von der Seele reden müssen. Alles. Auch das, was ich bisher für mich behalten hatte – angefangen bei meinen Albträumen, über die Halluzinationen, bis hin zu Bernd Schillers Anschuldigung, die sich mit der des Polizisten deckte und die mir vorhin fast den Boden unter den Füßen weggezogen hätte.

Ich verschwieg nichts. Es ging einfach nicht mehr anders. Andernfalls wäre ich vollends durchgedreht.

Trotzdem war ich auch ein wenig stolz auf mich. Vor einem halben Jahr hätte meine Begegnung mit Bernd Schiller vorhin ausgereicht, um mich zusammenbrechen zu lassen.

Vielleicht ist das der Vorteil, wenn man es gewohnt ist, von allen als Irre abgestempelt zu werden, dachte ich jetzt. *Es trifft dich zwar jedes Mal aufs Neue wie ein Schlag in die Magengrube, aber mit der Zeit lernst du, es besser wegzustecken. Wie ein Boxer, der sich erst an die Prügel gewöhnen muss.*

Trotzdem hatte mir Davids Vater mit seiner Anschuldigung

sehr, sehr wehgetan. Natürlich war klar, dass ihn seine Angst um David blind gemacht hatte, aber dennoch ...

Als ich schließlich fertig war, starrte Frank Nord für eine ganze Weile schweigend ins Leere. Er saß zurückgelehnt in seinem Sessel, hatte die Beine übereinandergeschlagen und formte mit den Händen ein Dreieck vor seinem Kinn. Erst jetzt fiel mir auf, dass er heute dunkle Kleidung trug und schon bei der Begrüßung sehr ernst gewirkt hatte. Schwester Ramonas Rat kam mir in den Sinn.

Frag ihn lieber nicht danach.

Mir war klar, dass er selbst unter einer großen Anspannung stehen musste und dass er sich innerlich darauf vorbereitete, seine Frau für immer zu verlieren. Dennoch hatte ich nicht anders gekonnt, als ihm mein Herz auszuschütten.

»Schicken Sie mich jetzt in die Klinik?«, fragte ich, als ich die Stille in Nords Sprechzimmer nicht mehr ertragen konnte.

Er hob den Kopf und ließ seine Hände zurück auf die Schenkel sinken. »Hat einer deiner Ärzte schon einmal mit dir über Hypnagogie gesprochen? Oder über hypnopompe Erscheinungen?«

Ich schüttelte den Kopf. »Nein, was soll das sein?«

»Möglicherweise eine Erklärung für die Dinge, die du gesehen zu haben glaubst«, sagte Nord und setzte sich weiter nach vorn. »Ich bin überzeugt, dass es etwas in deiner Erinnerung gibt, das du vehement zu verdrängen versuchst. Und ich bin mir ebenso sicher, dass du diese Erinnerung nur zu einem kleinen Teil bewusst vor dir selbst zurückhältst.«

»Sie meinen das, was in Kais Zimmer geschehen ist, nachdem ich Bens Bild zerrissen habe? Das ist es doch, was das Insektenmädchen meint, wenn es behauptet, dass ich die Antwort kenne?«

Er nickte. »Es muss etwas derart Belastendes sein, dass dein Verstand sich davor fürchtet. Also schützt er sich, indem er dir die Erinnerung daran vorenthält. Aber es gelingt ihm nicht völlig, wie deine ständigen Erinnerungsfragmente beweisen. Dieses Insektenmädchen scheint mir ein Zeichen dafür zu sein, dass du das Ereignis aufarbeiten willst. Deshalb drängt es dich auch ständig. Aber du weißt noch nicht, wie du es anfangen sollst. Und das bringt mich auf die These mit den hypnopompen Erscheinungen.«

»Ist dieses Mädchen so eine Erscheinung?«

»Ja, ebenso wie dein toter Bruder es anfangs gewesen sein muss. Und auch Kevin, den du in der Gartenlaube zu sehen geglaubt hast.«

Ich fuhr zusammen und spürte wieder Wut in mir aufsteigen. »Ich habe mir Kevin nicht eingebildet. Er war dort, ebenso wie der Spind gestern verschlossen gewesen ist, bis wir …«

»Bitte Doro«, unterbrach er mich. »Gib mir wenigstens eine Chance, dir das zu erklären. Ich habe mir doch auch deine Theorie angehört.«

»Also gut.« Seufzend ließ ich mich wieder in meinen Sessel zurücksinken.

»Du hattest geschlafen, bevor du Kevin begegnet bist, nicht wahr? Die schlagende Tür der Gartenlaube hatte dich geweckt. Das ist doch richtig?«

Ich nickte.

»Und als du heute Morgen dem Insektenmädchen begegnet bist, hast du ebenfalls geschlafen?«

Ich nickte wieder, diesmal jedoch mit einem verbitterten Lachen. »Wollen Sie mir etwa einreden, ich hätte das alles nur geträumt?«

»Vielleicht sollte ich dir zunächst einmal etwas über den Schlaf erklären«, sagte Nord. »Wenn du schläfst, sendet dein Gehirn einen Botenstoff namens Acetylcholin an dein Bewegungszentrum und schaltet es damit ab. Dadurch verhindert es, dass du nachts herumläufst oder dich in deinen Träumen bewegst und aus dem Bett fällst oder dich verletzt. Diesen Zustand nennt man auch Schlaflähmung und er endet automatisch beim Erwachen. Wir haben ihn von unseren Vorfahren aus der Urzeit geerbt, die noch auf Bäumen übernachtet haben. Aber manchmal kann es vorkommen, dass wir zu schnell aufwachen. Vielleicht durch ein lautes Geräusch. Oder durch einen besonders intensiven Traum, was jemandem wie dir wohl häufiger passieren dürfte, nicht wahr?«

»Sie meinen damit jemanden, der verrückt ist.«

Nord machte eine abwehrende Handbewegung. »Nein, ich meine damit, dass dich die Synästhesie stärker sensibilisiert als andere Menschen, die diese besondere Gabe nicht haben. Du bist, wenn du so willst, wie ein besonders fein gestimmtes Instrument. Dein Verstand kann deutlich mehr Details aufnehmen. Und so, wie du mir deine Erscheinungen schilderst, tut er das gelegentlich auch in der Aufwachphase. Wenn das geschieht, ist dein Körper noch gelähmt, aber deine Wahrnehmung funktioniert bereits wieder. Dann können Halluzinationen entstehen, bei denen Bilder, Träume und Erinnerungen mit Realem vermischt werden. Nichts davon muss in einem logischen Zusammenhang stehen, aber dein Verstand versucht, allem einen Sinn zu geben. Das ist nun einmal seine Aufgabe. Also zieht er aus allen Informationen eine für sich stimmige Schlussfolgerung. Und bis du endlich wach bist, ist daraus eine neue, eigenständige Erinnerung entstanden.«

»Sie meinen also, ich hätte mir Kevin nur im Halbschlaf eingebildet?«, sagte ich und musste erneut lachen. Es war ein verzweifeltes Lachen. »Aber was ist dann mit Julian? Ich habe ihn auf dem Weg zurück ins Haus getroffen. Oder wollen Sie mir jetzt weismachen, dass ich ihn mir auch nur eingebildet habe?«

»Nein, Doro, an dieser Begegnung zweifelt ja auch niemand. Aber was wäre, wenn du einen Teil des ganzen Vorfalls nicht wirklich erlebt hättest? Wenn du von Kevin geträumt hättest und erst dann zur Laube gelaufen wärst?«

Ich schüttelte heftig den Kopf. »Aber das ist doch ... Schwachsinn!«

Nord sah mir in die Augen. Es war schwer, seinem Blick standzuhalten. »Sag, Doro, bist du noch nie aus einem Traum erwacht und hast zuerst überlegen müssen, ob es wirklich nur ein Traum gewesen ist? Sei ehrlich.«

»Ja, schon«, gab ich zu. »Ich träume sehr heftig, das wissen Sie ja. Aber ich kann sehr wohl zwischen der Realität und einer Halluzination unterscheiden. Wäre ich sonst hier und würde Ihnen von dem Insektenmädchen erzählen?«

»Und wie unterscheidest du, ob etwas real oder nur eingebildet ist?«

»Indem ich kurz wegsehe und dann wieder hin. Und indem ich mich frage, ob so etwas wirklich sein kann.«

»Sehr gut«, sagte er und nickte anerkennend. »Aber bei einer hypnopompen Halluzination kannst du nicht wegsehen. Du hast keine Vergleichsmöglichkeit, weil es sich um ein Traumbild in deinem Kopf handelt. Dein Verstand wird vom Unterbewusstsein getäuscht. Er hält das Gesehene und Erlebte für real. So wie deine Begegnung mit Kevin.«

Ich musste mich immer mehr zurückhalten, um keinen Wutanfall zu bekommen. Ich hatte die Nase gestrichen voll von Leuten, die mich mitfühlend ansahen wie ein uneinsichtiges, verwirrtes Dummerchen.

»Na schön«, sagte ich, »nehmen wir mal an, Sie hätten recht. Nehmen wir an, ich hätte nur von Kevin geträumt. Aber warum dann ausgerechnet von ihm? Ich wusste doch nichts von ihm. Ich wusste zu diesem Zeitpunkt ja nicht einmal, dass es ihn gegeben hat.«

»Wirklich nicht?« Wieder diese ruhige Stimme, die mir alle Sicherheit zu nehmen drohte. »Denk noch einmal genau nach, Doro. Du hast mir erzählt, dass deine Mutter und du am Unfallort gewesen seid. Ihr habt beide das brennende Auto gesehen. Das ist doch richtig?«

»Das habe ich Ihnen doch gesagt.«

»Und du hast gehört, worüber die Polizisten gesprochen haben. Kannst du dich noch erinnern, was genau du gehört hast?«

Ich verdrehte die Augen, aber dann überlegte ich kurz. »Sie winkten uns zu, damit wir die Umleitung nehmen. Über den Feldweg. Und einer sagte, dass es einen Toten gegeben hätte.«

»Hast du sonst noch etwas verstanden? Versuch, dich daran zu erinnern, Doro. Das ist jetzt sehr wichtig.«

Ich rieb mir die Schläfen und versuchte, mir das Bild der Polizisten vorzustellen. Ihre Farbe war ein stumpfes Dunkelblau gewesen, wie das ihrer Uniformhosen. Und dann hörte ich eine der Stimmen wieder, die sich gegen den Motorenlärm erhoben hatte.

»Ein Polizist sagte noch irgendetwas über Brandstiftung und junge Leute«, erinnerte ich mich. »Aber mehr habe ich nicht verstanden, weil es um uns herum so laut gewesen ist.«

Nord nickte. Ihm schien zu genügen, was ich erzählt hatte.

»Na siehst du, das ist schon eine ganze Menge. Also, fassen wir mal zusammen: Der Polizist sprach von einem Toten. In der männlichen Form, richtig?«

»Ja, richtig.«

»Ein anderer sprach von jungen Leuten?«

»Ja.«

»Daraus wirst du geschlussfolgert haben, dass ein junger Mann ums Leben gekommen sein muss. Und im Schlaf hast du diese Information aufgearbeitet, aber die schlagende Tür der Laube weckte dich auf. Sie holte dich so abrupt aus dem Schlaf, dass du überzeugt warst, dem Jungen in der Laube begegnet zu sein. Denk an das, was ich dir erklärt habe. Dein Verstand hatte einfach beides miteinander kombiniert, weil er es nicht besser wusste: den Jungen in deiner Erinnerung und das Schlagen der Tür in der Außenwelt.«

»Ich glaube das einfach nicht.« Mir versagte fast die Stimme. »Was soll dieser Psycho-Mist? Ich bin *nicht* verrückt!«

»Das hat nichts mit verrückt zu tun«, sagte Nord ruhig. »Zumindest nicht auf diese abwertende Weise, wie du es jetzt meinst. Dein hochsensibler Verstand hat einfach die Fakten verrückt. Er hat dir einen Streich gespielt. Und falls du noch einen Beweis dafür brauchst, dann erinnere dich an unser erstes Gespräch über den Jungen in der Laube. Du konntest mir nicht genau beschreiben, wie er ausgesehen hat, weißt du noch?«

»Ja, weil es dunkel in der Laube gewesen ist«, erwiderte ich trotzig. »Es war doch mitten in der Nacht und meine Taschenlampe hatte den Geist aufgegeben!«

»Schon, aber vielleicht lag es ja auch einfach nur daran, dass du nicht wusstest, wie Kevin aussieht. Du kanntest ihn ja nicht, und dein Unterbewusstsein hatte nicht genügend Informationen, um sich ein Bild von ihm zu machen.«

Meine Augen füllten sich mit Tränen, und ich biss mir auf die Lippe, um nicht loszuheulen. Meine Hände zitterten, und ich hatte das Gefühl, auch noch die letzte Sicherheit zu verlieren. Es war, als würde sich ein riesiger Abgrund vor mir auftun, in den ich jeden Augenblick stürzen musste. Ein Abgrund, aus dem das Lachen einer Wahnsinnigen zu mir heraufschallte. Mein eigenes Lachen.

Nord rutschte noch weiter auf seinem Sessel vor und ergriff meine Hände. Ich wollte sie zurückziehen, aber ich konnte nicht. Seine Hände waren doch die einzigen, die mich jetzt noch vor dem Sturz in die Tiefe bewahren konnten.

Wenn er mir nur glauben würde.

»Doro«, sagte er sanft, »warum wehrst du dich so sehr gegen die Wahrheit?«

»Weil es nicht wahr sein kann«, sagte ich und schluchzte.

»Doch, Doro. Du weißt, dass die Bilder deines Bruders und dieses seltsamen Mädchens nur Einbildungen sind, aber du kannst dir nicht eingestehen, dass Kevins Bild ebenfalls nur eine Halluzination gewesen ist. Warum, Doro? Warum?«

Ich blinzelte mir die Tränen aus den Augen. »Weil dann gar nichts mehr wirklich wäre. Weil das dann bedeuten würde, dass ich verrückt bin.«

»Nein, das bist du nicht«, widersprach er mir. »Im Gegenteil. Du bist hier. Das ist der Beweis dafür, dass dein Verstand nach wie vor die Oberhand hat. Du kannst noch Reales von Irrealem unterscheiden. Das ist, was jetzt zählt. Im Grunde genommen weißt du bereits, dass du dich geirrt hast, und es ist keine Schande, sich das einzugestehen. Glaub mir, Doro, der menschliche

Geist ist sehr viel komplexer, als wir es uns vorstellen können. In jeder Sekunde unseres Lebens kommunizieren Milliarden von Zellen in unserem Gehirn. Es ist wie ein Universum, von dem wir längst nicht alles wissen. Deshalb sind wir uns oft selbst ein Rätsel. Wir denken und handeln, und nicht immer können wir uns erklären, warum wir uns ausgerechnet so verhalten. Erst recht, wenn es noch weitere Einflüsse gibt, so wie bei dir. Deine synästhetische Veranlagung, der Tod deines Bruders, die Trennung deiner Eltern, der Wohnortwechsel ... Da ist so viel, was dich beschäftigt, und manchmal ist es dir eben zu viel. Aber du kannst lernen, besser damit umzugehen, glaub mir.«

Er ließ meine Hände los und schob sich wieder in seinen Sessel zurück. Ich konnte das Leder knarren hören. Ein brauner, warmer Ton, der mir auf einmal wichtig war. Weil es ein *reales* Geräusch war. Weil ich jetzt Realität *brauchte*.

Doch auch wenn ich mich jetzt daran festzuklammern versuchte, genügte es mir noch nicht. Weil Nord mir nicht glauben wollte.

»Akzeptiere es«, sagte er leise. »Du kannst Kevin nicht gesehen haben. Es ist gar nicht möglich. Kevin ist tot. Was du gesehen hast, war dein eigener Geist.«

Eine Weile war es wieder still im Sprechzimmer. Nur das leise Ticken der Wanduhr war zu hören. Es klang wie ein kleines Messer, das Sekunde um Sekunde von einem Band abhackte.

»Und was soll ich Ihrer Meinung nach jetzt tun?«, fragte ich schließlich. »Schicken Sie mich zurück in die Psychiatrie?«

»Nein, wozu? Damit du dich in deinem Glauben bestätigt siehst, verrückt zu sein?« Nord sah mich wieder auf diese intensive Weise an, die mich zu durchdringen schien. »Doro, du musst dir endlich klar werden, was in der Nacht vor dem Tod deines Bruders geschehen ist. Da liegt dein eigentliches Problem. Diese ganze Geschichte mit Kevin dient doch nur dazu, davon abzulenken. Weil du glaubst, irgendjemanden retten zu müssen, nachdem du deinen Bruder nicht retten konntest. Etwas muss damals in Kais Zimmer geschehen sein. Daran sollten wir weiter arbeiten. Damit du endlich die Vergangenheit loslassen und ein neues Leben beginnen kannst.«

Ich zog mein Medaillon unter meinem T-Shirt hervor und klappte es auf. Sieben Holzsplitter lagen auf dem Marienbild. Sie waren wirklich da. Ich konnte sie berühren. Und sie fühlten sich überzeugender an als das Knarren von Nords Ledersessel.

»Ich werde darüber nachdenken«, sagte ich schließlich und klappte das Medaillon wieder zu.

Aber ich wusste, dass es jetzt nichts mehr nachzudenken gab. Natürlich hatte er recht, was meine verdrängte Erinnerung an Kai betraf. Aber er täuschte sich, was Kevin anbelangte.

53

Tiere haben für mich keine Farbe. Sie brauchen auch keine, weil sie nichts vor anderen verbergen. Im Gegensatz zu uns Menschen sind sie ganz einfach immer sie selbst.

Wir hingegen schlüpfen jeden Tag in viele verschiedene Rollen, die uns auf andere ganz unterschiedlich wirken lassen. Zu Hause bin ich die Tochter, untertags die Schülerin, manchmal die Freundin und hoffentlich bald die Studentin. Vielleicht bin ich irgendwann auch mal für jemanden die Partnerin oder die Ehefrau, und für einige werde ich wohl immer der Freak bleiben. Fest steht jedenfalls, dass man sich in jeder dieser Rollen ein wenig anders verhält und nur ganz selten alles von sich preisgibt.

Ein Tier hat das nicht nötig. Es muss sich nicht verstellen. Es zeigt dir immer klar und unverblümt, was es will und ob es dich mag oder nicht. Deswegen denke ich oft, dass uns die Tiere vielleicht sogar überlegen sind, auch wenn wir Menschen uns für so unglaublich intelligent halten. Denn im Grunde genommen sind wir doch einfach nur unglaublich kompliziert.

So empfand ich jedenfalls, als ich den schwarzen Hund streichelte, der mich dankbar aus seinen treuen braunen Augen ansah. Nach meinem Gespräch mit Nord war ich zutiefst aufgewühlt gewesen, aber die Freude des Hundes, mich wiederzusehen, brachte mich wieder völlig zurück auf den Boden der Tatsachen. Sein weiches Fell zu berühren, war so wunderbar realistisch.

Nun kniete ich bei ihm, spürte seine weiche Zunge an meiner Hand und sah in seine braunen Augen, aus denen reine, ehrliche Zuneigung sprach. Er wusste, dass ihm David und ich das Leben gerettet hatten. Es ging ihm bereits deutlich besser, als hätte Dr. Lennek ein kleines Wunder an ihm vollbracht.

»Nero scheint dich zu mögen«, sagte der Tierarzt, der mich in seinen Garten mit dem hohen weißen Zaun geführt hatte. Es war ein großer Garten mit alten Apfelbäumen, fast wie der unsere, doch statt einer Laube gab es hier ein hölzernes Gartenhaus, das Lennek für seine Patienten umgebaut und mit einem Außengitter versehen hatte. Im Augenblick gastierten dort außer dem Hund noch eine dreibeinige Katze, eine Schildkröte und ein riesiger Stallhase.

»Nero?«, fragte ich. »Ist das sein Name?«

Lennek nickte. »Ja, ich konnte inzwischen den implantierten Chip ablesen. Sein Besitzer ist ein Erich Sander aus Stuttgart.«

»Stuttgart?« Ich war erstaunt. »Aber wie kommt der Hund dann hierher?«

»Tja, genau da liegt das Problem«, sagte Lennek, während er Neros Wassernapf auffüllte. »Denn leider konnte ich Herrn Sander nicht kontaktieren, um ihn das zu fragen. Nero wurde vor sieben Jahren registriert und sein Besitzer ist unter der eingetragenen Adresse nicht mehr erreichbar. Ich habe daraufhin beim Stuttgarter Einwohnermeldeamt nachgefragt, aber auch da konnte man mir nicht weiterhelfen.«

»Wussten die nicht, wohin er umgezogen ist, oder durften sie es Ihnen nicht sagen?«

»Sie wussten es nicht«, erwiderte Lennek. »Wie es aussieht, ist Herr Sander seit vier Jahren nicht mehr in Stuttgart wohnhaft und hat danach auch keinen neuen Wohnsitz mehr angemeldet. Verstorben ist er jedoch auch nicht, wie mir das Amt versichert hat.«

Nero stand auf und trottete zum Wassernapf. Lennek hatte ihn gewaschen und nun glänzte sein schwarzes Fell in der Sonne. Ich konnte sogar einen kleinen weißen Fleck an seinem Nacken erkennen, der zuvor noch vom Uferschlamm verdeckt gewesen war.

»Ich habe daraufhin eine Kollegin aus unserer Tierschutzorganisation angerufen«, fuhr der Tierarzt fort. »Sie lebt in Stuttgart und war so freundlich, bei Sanders letzter Adresse vorbeizuschauen. Wie sie mir heute berichtet hat, muss es sich dabei um eine Sozialsiedlung handeln, und Sander soll dort als schwerer Alkoholiker bekannt gewesen sein. Offenbar hatte man ihm die Wohnung gekündigt, nachdem es immer wieder zu Streitereien und dann noch zu Handgreiflichkeiten mit Nachbarn gekommen war.«

In meinem Kopf hörte ich wieder eine Stimme, rau und betrunken.

Hast du ihn gesehen?

Auf einmal verstand ich. »Ich glaube, ich weiß, wo dieser Erich Sander jetzt ist.«

»Ach ja?«

»Ja, er ist hier in Ulfingen. Vor ein paar Tagen ist mir ein Obdachloser begegnet. Er war stark betrunken und fragte mich, ob ich weiß, wo *er* ist. Bis jetzt war mir nicht klar, wen er damit gemeint hat.« Das entsprach zwar nicht ganz der Wahrheit, da ich geglaubt hatte, er würde Kevin damit meinen, aber offenbar hatte ich mich getäuscht. »Er suchte seinen Hund.«

»Ein obdachloser Alkoholiker und noch dazu gewalttätig.« Mit gerunzelter Stirn sah Lennek zu Nero, der nun den Kopf hob und zum Gartenzaun starrte, als habe er dort etwas Interessantes entdeckt. »Dann müssen wir uns wohl nicht fragen, wer ihn so zugerichtet hat.«

»Ja. Und wahrscheinlich nicht nur ihn. David, mit dem ich Nero zu Ihnen gebracht habe, wurde ebenfalls brutal zusammengeschlagen. Es könnte sein, dass es Sander gewesen ist.«

»Ich werde dem nachgehen«, sagte Lennek. »Und für den Fall, dass unser Verdacht zutrifft, sollten wir uns überlegen, wie es mit Nero weitergehen ...«

In diesem Moment begann Nero zu knurren. Er starrte noch immer zum Zaun und nun fletschte er bedrohlich die Zähne. Dann schoss er wie von der Tarantel gebissen an Lennek und mir vorbei durch die offen stehende Gittertür. Er hatte sich noch nicht ganz von dem Bluterguss erholt, der auf seine Hinterläufe gedrückt und ihn fast gelähmt hatte. Während er kläffend auf den Zaun zurannte, drohten ihm immer wieder die Beine wegzuknicken. Doch Nero schien dies gar nicht zu bemerken. Er war völlig außer sich.

Wir liefen ihm nach, und ich erkannte einen dunklen Schatten zwischen den hohen Zaunlatten, der nun jedoch eilig verschwand. Nero sprang knurrend und bellend am Zaun hoch. Er kläffte wie von Sinnen. Doch dann gaben seine Hinterläufe nach und er knickte mit einem schmerzerfüllten Winseln ins Gras.

Lennek war als Erster bei ihm und ich machte sofort kehrt. Ich wollte wissen, wen Nero dort am Zaun gesehen hatte. Da es keine Gartentür gab, rannte ich zurück durch die Hintertür in die Praxis und weiter zum Ausgang, hinaus auf die Straße.

Wie schon vorhin im Garten schlug mir die Sommerhitze entgegen, die den Asphalt flimmern ließ. Ich eilte zum Zaun, hinter dem ich den Tierarzt beruhigend auf Nero einreden hörte. Dort sah ich mich in alle Richtungen um, doch außer einer alten Dame, die mit ihrem Gehwägelchen die Straße überquerte, war weit und breit niemand zu sehen.

Nein, dachte ich. Der Schatten hinter dem Zaun war viel zu groß und zu schnell gewesen für eine alte, gehbehinderte Frau.

Er war hier. Derjenige, der Nero verprügelt hat. Erich Sander. Und nun weiß er, wo sein Hund ist.

Allein schon dieser Gedanke war beunruhigend, aber noch mehr machte mir die Vorstellung zu schaffen, dass dieser Mann auch David zusammengeschlagen haben könnte. Jemandem, der seinen treuen Weggefährten nach sieben gemeinsamen Jahren im Suff halb tot trat, war alles zuzutrauen.

Vielleicht war er ja wirklich ein Teufel, wie Kevin es behauptet hatte?

Aber was hatten Kevin und er überhaupt miteinander zu tun gehabt? Dass wir den Hund nur wenige hundert Meter von der Stelle entfernt gefunden hatten, an der Kevins Bus gebrannt hatte, konnte unmöglich Zufall gewesen sein.

Ja, es gab einen Zusammenhang, da war ich mir sicher.

Aber welchen?

54

Lennek hatte Nero zurück in seine Unterkunft gebracht und ihm dort etwas gegen die Schmerzen und ein Beruhigungsmittel verabreicht. Dann war ein kleines Mädchen mit seinem kranken Hamster erschienen und gleichzeitig hatte das Praxistelefon geläutet. Also verabschiedete ich mich, und Lennek versprach mir, sich weiter um Neros Fall zu kümmern.

»Ich werde mich wieder bei dir melden, sobald es Neuigkeiten gibt«, sagte er, während er den Hörer abnahm und gleichzeitig das Mädchen zum Sprechzimmer wies.

Als ich die Praxis verließ, dachte ich noch einmal über Erich Sander nach. Er schien mir der Schlüssel zu allem zu sein. Ihn musste ich finden.

Ein vertrautes Motorengeräusch holte mich aus meinen Gedanken. Als Julian gleich darauf mit seiner Vespa vor mir hielt, machte mein Herz vor Überraschung und heimlicher Freude einen Sprung.

Eilig fuhr ich mir durch die Haare. Mum sagte zwar immer, der kurze Schnitt stehe mir besonders gut und sei obendrein noch praktisch, weil man mit ein paar Handgriffen eine freche Frisur daraus zaubern konnte, aber im Moment sah ich bestimmt schrecklich aus.

»Hi«, sagte Julian und nahm seinen Helm ab. Er wirkte blass und hatte Augenränder. Als er mich anlächelte, konnte ich die tiefe Traurigkeit erkennen, die unter seinem Lächeln lag.

»Deine Mutter hat mir gesagt, dass ich dich wahrscheinlich hier finden werde.«

»Ja ... Ich, also das heißt David und ich ...«, stammelte ich, noch immer völlig überrascht. »Also, wir haben da einen verletzten Hund am See gefunden, und ich wollte nachsehen, wie es ihm jetzt geht.«

»Ja, das hat mir deine Mutter gesagt.«

»Ah ja.« Ich lächelte und kam mir dabei wie eine Idiotin vor. »Und du? Warum wolltest du zu mir?«

»Na ja, ich habe das mit David erfahren und wollte mal nach dir sehen. Und außerdem ...« Er wich meinem Blick aus. »Außerdem wollte ich mich wegen neulich entschuldigen.«

Mir war sofort klar, was er meinte. Den Kuss. Augenblicklich lief ich knallrot an. Auch das noch!

»Da gibt's doch nichts zu entschuldigen«, sagte ich und hatte plötzlich einen Frosch im Hals. »Es war schließlich mein Fehler. Echt blöd von mir. Hak's einfach ab, okay?«

Nun sah er mich an und wieder kämpfte sein Lächeln gegen seine Traurigkeit an. »Es ist heiß. Hast du Lust, etwas mit mir zu trinken?«

Fast hätte ich Nein gesagt, so verlegen wie ich nun war. Aber mir wurde noch rechtzeitig klar, dass ich mir das für den Rest meines Lebens nicht verziehen hätte.

Ich zeigte auf Miss Piggy. »Aber nur, wenn du mich in Schlepptau nimmst.«

55

Wir hatten den letzten freien Tisch vor Pinos Gelateria ergattert. Alle übrigen Plätze waren von einem Bus voller Touristen belagert, die wie ein lärmender Heuschreckenschwarm über den kleinen Marktplatz hergefallen waren.

Du hättest mir besser doch einen Job angeboten, dachte ich, als ich Pino mit hochrotem Kopf zwischen den Tischen hin und her eilen sah. Als er dann unsere Bestellung aufnahm, war er völlig außer Atem.

Währenddessen hatte ich mich mit Julian über Belanglosigkeiten unterhalten, damit er nicht auf die Idee kam, noch einmal mein idiotisches Verhalten von neulich anzusprechen. Es war mir ohnehin schon peinlich genug gewesen.

Julian versuchte, humorvoll zu wirken, aber es war ihm dennoch anzusehen, dass es ihm schlecht ging. Der Grund dafür lag auf der Hand, und ich hielt mich auch diesmal an Schwester Ramonas Rat und vermied, ihn darauf anzusprechen.

Als Pino schließlich mit unseren Getränken zurückkam und dabei wie kurz vor einem Kollaps aussah, klingelte Julians Handy. Er entschuldigte sich kurz, stand auf und stellte sich ein wenig abseits, um dem Touristenlärm zu entgehen. Wenig später kehrte er zurück und legte sein Handy auf den Tisch.

»Sorry, das war mein Vater. Er ist ziemlich aufgeregt wegen der Benefizveranstaltung, aber er lässt es sich nicht nehmen, das Ding durchzuziehen.«

»Was denn für eine Benefizveranstaltung?«

»Ach, es ist eine Art Party heute Abend im Stadtsaal«, sagte Julian und rieb sich müde übers Gesicht. »Die Plakate hängen schon seit einer ganzen Weile aus. Der Erlös geht zu Gunsten der Krebshilfe. Meine Mutter hatte sich dafür engagiert. Sie hatte diese Veranstaltung schon vor einem halben Jahr geplant, kurz bevor es ihr dann schlechter ging. Tja, und mein Vater meint, sie hätte gewollt, dass die Party heute stattfindet, auch wenn die Ärzte sagen, dass sie diese Nacht vielleicht nicht ... Aber egal.«

»Wirst du auch dort sein?«

Er seufzte. »Ja, ich muss, auch wenn ich überhaupt keinen Kopf dafür habe. Eigentlich war ja ein Auftritt der Barlows vorgesehen, aber nachdem zuerst das mit Kevin gewesen ist und jetzt auch noch David ausfällt, werden wir mit einer Notbesetzung improvisieren müssen.«

Mir fiel das Plakat am Ortseingang wieder ein, das ich bei meiner Anreise gesehen hatte.

Die Barlows, dachte ich. *Nun sind es nur noch drei.*

»Das werdet ihr schon hinbekommen«, sagte ich und wollte gerade nach meiner Cola greifen, als plötzlich etwas mit mir geschah.

Ich hörte, wie Julian etwas sagte, aber seine Worte wurden schlagartig leise und waren schließlich gar nicht mehr zu hören. Auch die Touristen um mich herum waren plötzlich verstummt, obwohl ich sie reden sah. Gleichzeitig verlangsamte sich meine ganze Wahrnehmung, als sähe ich die Welt in einer stummen Zeitlupenaufnahme.

Dann blieb mein Blick an Julians Handy hängen, das auf dem roten Plastiktischtuch seltsam zu leuchten schien, und eine Stimme echote in meinem Kopf.

Es war meine eigene Stimme – die Worte, die ich zu David gesagt hatte, als wir im Keller der Eisengießerei unterwegs gewesen waren.

Ich bin eine Synnie.

... Leute, die manchmal mehr wahrnehmen als andere.

... mehr ...

... als andere ...

Ich bin eine Synnie.

... mehr ...

... eine Synnie.

Und dann mischten sich Frank Nords Worte in das Echo.

Wie ein fein gestimmtes Instrument ...

... fein gestimmt ...

Ich glaubte, eine Berührung zu spüren. Jemand fasste nach meinem Arm. Aber mein Arm schien so unendlich weit entfernt von mir. Als wäre er in einer anderen Welt.

Dann explodierte ein Feuerwerk vor meinen Augen. Wie ein riesiges Kaleidoskop tanzten Farben vor mir und Bilder erschienen darin wie grelle Blitze.

Julians Handy auf dem roten Plastiktuch.

Kevins Gesicht unter dem Tisch in der Laube.

Kevins Zimmer.

Die Fotos an seiner Wand.

Der Prospekt auf seinem Laptop.

Ein Kugelschreiber, der daneben liegt.

666.

Wieder und wieder die 666.

Immer schneller und immer heftiger prasselten die Bilder auf mich ein. Es war kaum noch auszuhalten. Sie wirbelten durch meinen Kopf wie Herbstblätter im Sturmwind.

Der Hund.

Der Leichenwagen.

Der Spind.

Der rechteckige Abdruck im Staub.

Sander, der mich gegen die Wand drückte.

Kevins Mutter, die Fernbedienung in der Hand.

David, der am Boden lag.

Wieder der rechteckige Abdruck im Staub.

Nun tobte in mir ein wildes Durcheinander, das sich zu einem einzelnen Bild zusammenfügte. Ein Bild, das keine Form hatte, sondern zu einem Gedanken wurde.

Ein Gedanke, der ...

»Ein Handy!«

Ich hörte mich rufen und dann war ich plötzlich wieder ich selbst. Die Farben und der Bildersturm in meinem Kopf waren vergangen. Nun saß ich wieder in Pinos Eiscafé und etliche Gesichter sahen mich an.

»Doro, alles okay?«

Julian hielt meinen Arm, der auf dem roten Tischtuch festzukleben schien. Dann sah ich, dass mein Colaglas umgefallen war. Die schwarze zuckrige Flüssigkeit hatte sich auf dem Tisch verteilt und tropfte zu Boden.

»Julian, ich weiß jetzt, was in dem Spind gewesen ist.«

»Welcher Spind? Wovon, zum Teufel, redest du? Hast du einen Hitzschlag?«

Ich schüttelte den Kopf, und erst dann wurde mir bewusst, dass uns noch immer alle Gäste des Cafés anstarrten. Auch Pino, der mir etwas unbeholfen einen Beutel Eiswürfel entgegenhielt.

»Gut gegen die Hitze«, sagte er.

»Nein, danke, es geht mir wirklich gut«, antwortete ich. »Es ist alles wieder in Ordnung.«

Pino schien nicht wirklich überzeugt, aber als ich den Eiswürfelbeutel erneut ablehnte, ging er schulterzuckend in das Café zurück.

»Was war denn los?«, fragte Julian besorgt, nachdem sich auch die anderen Gäste wieder abgewandt hatten. Gottlob schien eine Sechzehnjährige mit einer synästhetischen Eingebungsattacke nun doch nicht *so* interessant zu sein.

»Julian, ich denke, dass ich jetzt den Grund weiß, warum Kevin verfolgt wird und warum er sich noch immer versteckt hält.«

Er sah mich aus großen Augen an. »Dann bist du dir wirklich sicher, dass er noch lebt?«

Ich nickte. »Julian, du hast ihn doch gut gekannt. Was für ein Handy hatte er? Hatte es so eine Form wie deines?«

Julian sah zu seinem Handy und nickte. »Ja, schon. Es war ein Smartphone.«

»Und er hat damit fotografiert, nicht wahr? In seinem Zimmer hingen nämlich etliche Fotos, aber ich habe nirgends eine Kamera gesehen.«

»J-ja«, sagte Julian irritiert. »Er hat öfter mal damit herumgeknipst. Warum fragst du?«

»Kevin hatte etwas in einem Spind im Keller der alten Eisengießerei versteckt. Der Spind war abgeschlossen, aber nach dem Vorfall mit David stand er offen. Jemand hatte das mitgehen lassen, was darin gewesen ist. Es hatte dieselbe rechteckige Form wie dein Handy. Es muss sein Handy gewesen sein – das Handy von Kevin!«

Mit gerunzelter Stirn sah Julian zwischen mir und seinem Handy hin und her. »Tut mir leid, ich komme da immer noch nicht mit«, sagte er langsam. »Warum sollte er sein Handy dort verstecken?«

»Am Tag vor dem Brand am See hat Kevin zu seiner Mutter gesagt, er sei bald für immer weg. Sie hat geglaubt, dass er mit Selbstmord droht, was er wohl schon häufiger getan hat.«

»Das kannst du glauben. Kevin war oft total depressiv.«

»Ja, schon«, entgegnete ich, »aber diesmal hatte sie sich getäuscht. Kevin wollte *abhauen*.«

»Abhauen? Und wohin?«

»In die USA.«

»Was?«

Ich ignorierte seinen ungläubigen Blick und erklärte es ihm. »Auf seinem Laptop lag ein Reiseprospekt mit Studentenangeboten. Ich habe denselben für Berlin. Er soll mich fürs Abi motivieren. Kevins Prospekt war für Amerika und er hatte einige Dinge auf der aufgeschlagenen Seite mit Kugelschreiber eingekreist.«

»Na und?«

»Das tust du doch nur, wenn du konkrete Pläne schmiedest.«

»Ich weiß nicht«, sagte Julian. Seine Stirn war immer noch tief gefurcht. »Kevin hatte doch kaum genügend Kohle, um mal seinen Bus vollzutanken.«

»Eben drum«, erwiderte ich. »Aber er hatte sich welche erhofft. Genug, um damit aus seinem tristen Leben auszubrechen.«

»Na schön«, sagte Julian. »Nehmen wir mal an, du hast recht. Wer sollte ihm dann das Geld geben, und wofür?«

»Verstehst du denn nicht, worauf ich hinauswill?« Ich lehnte mich ein Stück nach vorn, um trotz des Lärms um uns herum nicht lauter sprechen zu müssen. »Julian, Kevin hat jemanden erpresst. Mit Fotos auf seinem Handy, das er in dem Spind versteckt hatte. Irgendwas muss dabei schiefgegangen sein und jetzt ist dieser Jemand hinter ihm her.«

Nun war auch die letzte Spur von Müdigkeit aus Julians Gesicht verschwunden. Stattdessen stand darin nur noch maßloses Erstaunen. »Wie bitte? Erpresst? Wen denn?«

»Ich habe keine Ahnung, aber ich denke, dass es eine sehr gefährliche Person ist. Kevin hatte ihn als den Teufel bezeichnet und auf seine Schreibunterlage hatte er etliche Male die 666 gekritzelt. Wenn ich ihn richtig verstanden habe, ging es um einen Mord.«

Julians Augen hatten sich nun derart geweitet, dass ich fast schon befürchtete, sie würden ihm gleich aus dem Kopf kullern. Mit offenem Mund lehnte er sich in seinem Stuhl zurück und schien sprachlos.

»Erinnerst du dich an den Obdachlosen, den wir neulich gesehen haben?«, fragte ich, und Julian nickte stumm. »Ihm gehört der verletzte Hund, den David und ich am Seeufer gefunden haben. Der Mann heißt Erich Sander, und ich glaube, dass er David zusammengeschlagen hat, als wir ihn im Keller der Fabrik überrascht haben. Er muss ziemlich gewalttätig sein, wie ich erfahren habe. Ich bin mir sicher, dass er Kevins Handy hat. Deswegen muss ich ihn finden.«

»Langsam, langsam«, sagte Julian und machte eine abwehrende Geste. »Das muss ich jetzt erst einmal verdauen. Kevin soll einen Penner erpresst haben?«

»Nein, Sander kam nur durch Zufall ins Spiel. Für eine Erpressung kommt er nicht infrage – er hatte ja kein Geld. Die erpresste Person ist jemand anders. Ein Mörder.«

»Ein Mörder«, wiederholte Julian. Er starrte auf seinen unberührten Erdbeershake, auf dem das Sahnehäubchen inzwischen zusammengesackt war. Dann wehrte er gedankenverloren eine Wespe ab, die sich darauf niederlassen wollte. »Shit, ist das abgefahren«, murmelte er vor sich hin.

Wieder spürte ich vor Aufregung einen Kloß im Hals. »Du glaubst mir nicht, oder?«

»Doch, ich glaube dir«, sagte er und sah mich wieder an. »Ich habe zwar noch nicht alles verstanden, aber ich glaube dir. So viel kann sich ein einzelner Mensch gar nicht ausdenken.«

»Danke!« Ich seufzte. »Ich sehe das jetzt mal als Kompliment.«

Julian schien das nicht gehört zu haben. Er betrachtete seinen Shake, als hätte er noch nie zuvor einen gesehen. »Hör zu«, sagte er schließlich. »Du wirst auf gar keinen Fall allein nach diesem Sander suchen. Ich habe keine Lust, dich auch noch auf der Intensivstation zu besuchen. Was David und vielleicht auch Kevin passiert ist, reicht völlig. Ich werde dir helfen, okay?«

Vor Erleichterung fiel mir ein ganzer Felsbrocken vom Herzen. »Wirklich?«

»Ja, sicher«, sagte er mit ernster Miene. »Es geht schließlich um meine Freunde. Aber ich helfe dir nur, wenn du mir versprichst, nichts mehr allein zu unternehmen. Dieser gewalttätige Säufer dürfte wohl das kleinere Problem sein. Wer mir mehr Sorgen macht, ist der Kerl, den Kevin als Teufel bezeichnet hat. Solange wir nicht wissen, wer er ist, müssen wir verdammt aufpassen.«

»Ich weiß«, sagte ich. »Das kann sehr gefährlich werden.«

Julian griff nach meiner Hand und seine Berührung war wie ein Stromstoß. »Dann also keine Alleingänge mehr. Versprich es mir!«

»Okay, versprochen.«

»Gut, wir werden ...«

Wieder klingelte sein Handy, und Julian verdrehte die Augen, als er ablas, wer ihn anrief. Er ließ meine Hand los.

»Schon wieder mein Vater. Doro, ich muss jetzt los. Lass uns nach dem Konzert darüber reden, ja?«

»Gut, ich werde da sein.«

»Dann bis später«, sagte er und nahm den Anruf an, während er zu seiner Vespa lief. Ich hörte noch sein ungeduldiges »Ja, bin schon unterwegs!«, dann startete er den Motor und fuhr davon.

Auch ich machte mich auf den Nachhauseweg, aber statt zu radeln, schob ich Miss Piggy den Bürgersteig entlang. Meine Knie waren noch zittrig von vorhin und ich fühlte mich ein wenig wie beschwipst. Noch immer ging es in meinem Kopf drunter und drüber, denn einiges an dieser ganzen Geschichte ergab für mich noch keinen richtigen Sinn.

Ich fragte mich, wer dieser Teufel sein mochte.

Und ich fragte mich, ob er von *mir* wusste.

56

Kurz vor unserem Haus blieb ich verdutzt stehen. Die Sonne stand schon tief und blendete mich, sodass ich mich zuerst fragte, ob ich mich täuschte. Aber es war tatsächlich Frank Nord, der gerade eben aus unserem Haus kam.

Mum folgte ihm ins Freie und schien offensichtlich gut gelaunt, als sie ihn verabschiedete. Sie unterhielten sich noch, bis sie an der Gartentür angekommen waren, und lächelten dabei, und als Nord schließlich zu seinem Haus ging, winkte sie ihm sogar noch nach.

Diese Herzlichkeit weckte mein Misstrauen. Was hatte das zu bedeuten?

Ich ging weiter auf Mum zu und dann sah auch sie mich.

»Ciao cara. Wo hast du denn gesteckt?«

»Was wollte er von dir?«

»Herr Nord?«

»Wer sonst?«

»Ich kam gerade vom Einkaufen, und er hat mir geholfen, die Einkäufe ins Haus zu tragen. Ist doch nett von ihm, oder?«

»Die Einkäufe, aha.«

Sie hob verwundert eine Braue. »Was hast du denn?«

Ich stellte Miss Piggy neben der halb zerfallenen Hundehütte ab. »Habt ihr auch über mich gesprochen?«

»Ja, haben wir«, sagte Mum, als ich ihr ins Haus folgte. »Und er hat mir erzählt, dass du Fortschritte machst.«

Fortschritte, dachte ich. Eigentlich konnte man das nicht so nennen. Immerhin war ich nicht seiner Meinung, was meine Halluzinationen betraf – und das musste er doch mitbekommen haben. Hatte er Mum nur ein gutes Gefühl geben wollen?

»Was schaust du denn so ernst, cara?«

»Ach, es ist nichts!« Ich ging in die Küche, wo ich mir ein Glas Wasser einschenkte.

Mum war mir gefolgt. Nun lehnte sie in der Tür und strahlte. »Er hat mir einen Job angeboten, bis ich wieder eine richtige Stelle habe.«

»Einen Job? Was denn für einen Job?«

»Na ja, er braucht Hilfe im Haushalt, bis er weiß, wie es für ihn und Julian weitergehen wird.«

Nun war ich erst recht perplex. »Du wirst bei ihm putzen?«

»Ja, dafür bin ich mir nicht zu schade«, erwiderte Mum und wischte sich mit einer stolzen Bewegung eine Strähne aus dem Gesicht.

»Mum, du bist *Industriekauffrau.*«

»Ich weiß«, sagte sie und begann, die Einkaufstüten auf dem Campingtisch auszupacken. »Aber im Moment bin ich eine *arbeitslose* Industriekauffrau. Außerdem sehe ich das auch als eine Art gegenseitiger Nachbarschaftshilfe. Julian und er haben es zurzeit nicht leicht und das Schlimmste steht ihnen erst noch bevor. Also warum sollte ich ihnen nicht helfen?«

Ich vermied, sie anzusehen. Natürlich hatte sie recht, und ich war mir ja selbst ebenfalls nicht zu schade gewesen, Toiletten im Schwimmbad zu putzen und den Müll einzusammeln. Dennoch gefiel mir der Gedanke nicht, dass Mum bei meinem Therapeuten putzte – noch dazu, wo dieser Therapeut auch noch Julians Vater war.

Ausgerechnet!

»Nun mach nicht so ein Gesicht, cara.« Mum stellte eine Milchtüte ab, ging auf mich zu und hob mein Kinn mit dem Finger an. »Deine Mum wird bestimmt nicht ihr Leben lang als Putzfrau arbeiten.«

Ich seufzte. »Tut mir leid, es ist nur ...«

»Ich weiß schon, er ist Julians Vater.« Sie lächelte mich an. »Aber ich hoffe, du wirst dich jetzt nicht für mich schämen.«

»Nein, auf keinen Fall«, versicherte ich und spürte, wie ich knallrot anlief. »Ich werde mich nie für dich schämen, Mum.«

Sie strich mir zärtlich übers Haar, küsste mich auf die Stirn und räumte dann die Milch in den Kühlschrank.

»Mach dir keine Sorgen, cara. Es ist nicht auf Dauer. Ich werde den beiden ein bisschen zur Hand gehen, und Herr Nord hat mir versprochen, dass ich weder Hemden bügeln noch Böden schrubben muss.« Sie sah sich kurz zu mir um und zwinkerte mir zu. »Und auch nicht die Spinnweben im Keller abwischen.«

Nun musste ich schmunzeln, denn Mum hatte eine Heidenangst vor Spinnen – eine regelrechte Arachnophobie. Die war fast so schlimm wie meine Angst vor klingelnden Telefonen in einsamen Räumen. Schon bei der kleinsten Spinne verließ sie fluchtartig den Raum.

»Ach ja«, sagte Mum, während sie den Broccoli im Gemüsefach verstaute, »Julian war übrigens hier und hat nach dir gefragt.«

»Ich weiß. Er hat mich bei Dr. Lennek getroffen.«

»Hat er dich auch für heute Abend eingeladen?«

»Ja, dich etwa auch?«

»Sein Vater«, sagte Mum, faltete die leere Tüte und legte sie in eine Schublade. »Es ist ja für einen guten Zweck.«

»Und? Wirst du hingehen?«

Mum schmunzelte mir zu. »Nur, wenn mich meine allerbeste Freundin begleitet.«

»Das wird sie.«

»Gut, dann werden wir heute ausgehen«, sagte Mum und ging, doch auf dem Flur sah sie sich noch einmal zu mir um, als wäre ihr noch etwas eingefallen. »Sag mal, cara, was ist denn nun eigentlich mit Julian? Ich dachte, er ist vergeben?«

»Ach, Mum.« Ich seufzte. »Das verstehst du nicht.«

»Genau das hätte ich an deiner Stelle auch gesagt.«

Sie zwinkerte mir zu und stieg dann die Treppe zu ihrem Zimmer hoch.

57

Mum erwartete mich im Flur. Als ich die Treppe zu ihr herabkam, ihr Parfüm roch und sah, wie sie vor dem Garderobenspiegel stand und noch einmal ihre Frisur prüfte, durchlief mich ein Schauer. Es war, als sei das vertraute Bild aus meiner Erinnerung wieder zum Leben erwacht – wie ein Déjà-vu.

Ich musste an die Nacht vor Kais Tod denken, und mir wurde bewusst, dass Mum danach nie mehr ausgegangen war. Heute war das erste Mal.

Es war auch das erste Mal, dass wir beide zusammen ausgingen, seit ich acht oder so gewesen war. Noch vor zwei Jahren wäre der Gedanke unvorstellbar für mich gewesen, mit meiner Mutter auszugehen. Ich wäre mir vorgekommen wie ein kleines Mädchen, das zu einem Kindergeburtstag gebracht wird, oder wie eine Überbehütete, auf die man aufpassen muss. Aber nun waren wir wie Freundinnen und das gefiel mir.

Ich beschloss, ihr nichts von dem zu erzählen, was ich inzwischen über Kevin herausgefunden hatte, und auch nicht, warum ich deshalb unbedingt zu dieser Veranstaltung wollte. Stattdessen gab ich mich unbeschwert und ließ mich sogar ein wenig von ihrer guten Laune anstecken.

Wir fuhren zur Stadthalle in den Ort hinunter. Es war ein lauer Abend. Ein angenehmer Wind wehte mich durch die offene Seitenscheibe an und frischte die drückende Hitze des Tages auf.

»Ideales Ausgehwetter«, meinte Mum und summte eine

Eros-Ramazotti-Schnulze mit, die im Autoradio auf ihrem Lieblingssender lief – nicht wirklich meins, aber Hauptsache, Mum war glücklich.

Offenbar schien nicht nur der ganze Ort, sondern auch die Umgebung Mums Meinung vom idealen Ausgehwetter zu teilen, denn als wir ankamen, waren beide Straßenseiten vor der Stadthalle zugeparkt, und auch in den Seitenstraßen und Gassen reihte sich ein Auto ans andere.

Ulfingen war zwar nur ein kleines Nest, aber als ich die Menschentraube vor dem Eingang sah, fühlte ich mich wie bei einer Filmpremiere in irgendeiner Großstadt.

»Wir hätten doch zu Fuß gehen sollen«, sagte ich und hielt nach einer freien Parklücke Ausschau.

»Mit meinen Schuhen?« Mum drehte das Radio leiser. »Die Absätze hätten mich umgebracht. Schau mal da vorn! Ist da nicht noch was frei?«

Doch noch ehe sie ausgesprochen hatte, rangierte bereits ein älterer Herr seinen Mercedes in die freie Lücke.

Hinter uns hupte jemand ungeduldig. Mum fuhr ein Stück weiter und hielt dann neben einer Seitengasse.

»Weißt du was? Stell du dich schon mal wegen der Eintrittskarten an«, schlug sie vor und drückte mir ihr Portemonnaie in die Hand. »Ich versuche so lange, einen Parkplatz zu finden.«

Ich verkniff mir die Bemerkung, dass sie auch schon weiter vorn auf diese Idee hätte kommen können, und stieg aus.

Mum fuhr weiter und ich ging die Straße in Richtung Stadthalle zurück. Doch ich war noch nicht weit gekommen, als plötzlich jemand hinter mir angerannt kam und mir den Weg versperrte.

Erschrocken erkannte ich den hochgewachsenen Mann mit

der abgenutzten Windjacke und den langen speckigen Haaren. Es war der Obdachlose.

»Pscht!«, machte er. »Ich tu dir nichts. Muss dich dringend sprechen.«

Mein Herz raste vor Schreck, aber ich erkannte dennoch, dass von dem Mann keine Gefahr für mich ausging. Im Gegensatz zu unserer letzten Begegnung sah er eher ängstlich aus. Außerdem waren viel zu viele Menschen in der Nähe.

»Hab mir schon gedacht, dass du heute herkommst«, flüsterte er, vom Laufen noch immer atemlos. Dabei sah er sich nervös nach allen Seiten um, als würde er verfolgt werden. Wie schon beim letzten Mal stank er nach altem Schweiß und Alkohol, aber diesmal schien er nicht betrunken zu sein. Zumindest lallte er nicht. »Ich hab dich gesucht.«

»Sagen Sie mir einen vernünftigen Grund, warum ich jetzt nicht die Polizei rufen sollte«, fuhr ich ihn an. »Sie haben David krankenhausreif geschlagen, falls Sie das noch nicht wissen.«

»Was soll ich?« Er sah mich mit weit aufgerissenen Augen an, als hätte ich ihn wie aus heiterem Himmel geohrfeigt. »Scheiße, Mädchen, ich hab doch niemanden zusammengeschlagen. Wirklich nich! Tut mir leid, wenn ich dich neulich an die Wand gedrückt hab. Da war ich echt nicht gut drauf, verstehste?«

Vielleicht war es die ehrlich erstaunte Art, mit der er mich ansah, oder seine Entschuldigung, vielleicht auch seine Farbe – ein Grau, in das sich ein leichtes Beige mischte –, die mich veranlasste, ihm zu glauben.

»Und das Handy aus dem Spind?«

Wieder sah er mich verwirrt an. »Hä? Was'n für'n Handy? Ich such doch bloß meinen Kumpel.«

»Ihren Kumpel?«

»Ja«, sagte er und sah sich wieder um. »Ich hab dich doch mit seinem Hund gesehen.«

Der Schatten hinter Dr. Lenneks Zaun fiel mir ein. Er war weggelaufen, nachdem der Hund ihn angebellt hatte.

Nun verstand ich gar nichts mehr.

»Mit *seinem* Hund? Dann sind Sie gar nicht Erich Sander?«

»Ich?« Er schüttelte den Kopf. »Nee, der Erich wollt mich hier treffen. Draußen am See. Ich hatt noch was zu tun, verstehste? Aber dann bin ich nachgekommen und der Erich war nich da. Ich wart jetzt schon seit Tagen auf ihn, aber der taucht einfach nich auf. Das is sonst so gar nich seine Art. Hab dann jeden gefragt, der mir übern Weg gelaufen is. Dich ja auch. Aber keiner hat ihn geseh'n. Da hab ich mich zulaufen lassen. Und dann seh ich dich wieder und auch noch mit seinem Hund und denk mir so, die weiß doch bestimmt was. Also, wo isser? Dem is doch was passiert, oder?«

Nun ging es wieder in meinem Kopf drunter und drüber. Wenn dieser Mann nicht Erich Sander war und Sanders Hund verletzt am See gelegen hatte …

Und plötzlich wurde es mir klar.

Die Leiche aus dem Bus!

Es war wirklich nicht Kevin gewesen. Dies war der *Beweis*!

Kevin war tatsächlich noch am Leben. Jemand hatte diesen Erich Sander umgebracht und es so aussehen lassen, als wäre es Kevin.

Das erklärte auch, was mit Nero geschehen war. Er musste dabei gewesen sein, als sein Herrchen …

Ein weiterer Gedanke fiel mich an. Eine Erinnerung. Kevins Mutter, wie sie sich bei David und mir beklagt hatte, dass die Leiche ihres Sohnes noch nicht zur Beerdigung freigegeben sei.

Kein Wunder, sie versuchten bestimmt, ihn zu identifizieren, und nach dem, wie mir David die verkohlte Leiche geschildert hatte, würde das alles andere als einfach sein. Erst recht, wenn es nicht Kevin war.

Früher oder später würde die Polizei das bestimmt herausfinden, aber ich konnte dennoch nicht abwarten, bis es so weit war. Das schuldete ich David und allen, die vielleicht noch weitere Opfer des Teufels werden würden. Immerhin wusste ich noch nicht ganz, warum er das alles tat.

War es wirklich nur die Erpressung? Aber warum sollte er den Obdachlosen töten? Warum, um alles in der Welt, sollte man jemanden erpressen, der arm wie eine Kirchenmaus war? Und wo war Kevin?

Immer noch ergab dies alles keinen Sinn.

»Was'n los, Kleine?« Der Obdachlose holte mich aus meinen Gedanken zurück. »Ist dir der Mund zugewachsen?« Er packte mich am Arm. »Sag's mir! Du weißt doch, wo der Erich ...«

»He!«, schrie jemand hinter mir, und ich hörte Absätze auf dem Bürgersteig klicken. Es war Mum. »Lassen Sie sofort meine Tochter in Ruhe!«

Der Obdachlose fuhr erschrocken zusammen, ließ von mir ab und rannte in die enge Seitengasse neben mir.

»Nein, warten Sie!«, schrie ich und lief ihm nach.

Doch der Mann war schneller und verschwand um die nächste dunkle Ecke.

»Cara!« Mum war mir hinterhergelaufen und nun hallten ihre Absätze wie Hammerschläge von den engen Wänden der Gasse wider. »Um Himmels willen, cara, ist alles in Ordnung?«

»Ja, Mum«, sagte ich und seufzte.

»Was wollte dieser Kerl von dir?«

Ich winkte ab. »Nichts. Hat mich nur um Geld angebettelt. Komm, lass uns gehen. Sonst kommen wir noch zu spät.«

»Geht es dir wirklich gut, mein Schatz? Du zitterst ja.«

»Ja, Mum. Es ist mir nichts passiert. Ich bin nur erschrocken.«

Gottlob gab sie sich mit meiner Notlüge zufrieden und wir machten uns auf den Weg zum Stadtsaal.

Ich zitterte noch immer, als wir uns an der Kasse anstellten.

Zwei, es waren zwei, schoss es mir wieder und wieder durch den Kopf. *Und einer von ihnen ist tot.*

Ich musste es Julian erzählen. Unbedingt! Er war der Einzige, der mir jetzt helfen konnte.

58

Der Stadtsaal war voller Leute, ein wahres Menschenmeer. Ich war noch nie besonders gut im Schätzen gewesen, aber es mussten bestimmt an die dreihundert Besucher sein, wenn nicht sogar mehr.

Als wir endlich unsere Eintrittskarten bekommen hatten, schoben wir uns durch das Gedränge.

Ich ging voran, und Mum hielt meine Hand so fest, dass ich schon befürchtete, sie würde sie zerquetschen. Als ich einmal kurz zu ihr zurücksah, lächelte sie mir schüchtern zu, und es war, als würde ich wieder eine neue Seite an meiner sonst so selbstsicheren Mutter entdecken.

Es war wirklich schon lange her, seit sie zuletzt ausgegangen war – und früher hatte mein Vater sie begleitet. Nun waren wir beide nervös, wenn auch aus unterschiedlichen Gründen.

Nachdem wir im Saal angekommen waren, sah ich mich sofort nach Julian um und verfluchte wieder einmal, dass ich nicht größer war. Mit meinen einszweiundsechzig kam ich mir zwischen all den Leuten wie ein Zwerg vor. Am liebsten hätte ich mich auf einen Stuhl gestellt, aber es wäre ohnehin keiner frei gewesen.

»Cara«, rief Mum hinter mir und zerrte an meinem Arm. Dann sah ich, was sie meinte.

Frank Nord stand hinter der Bar und winkte zu uns herüber. Als hätte jemand einen Schalter bei ihr umgelegt, wurde Mum nun wieder zu der zielsicheren Frau, die ich schon mein Leben lang kannte. Sie ging voran und zog mich mit sich.

»Schön, dass Sie gekommen sind«, rief Nord uns durch das Stimmengewirr zu, als wir bei ihm angekommen waren.

Er zeigte zu einem freien Tisch, auf dem ein RESERVIERT-Schild stand und der in all dem Gedränge wie eine einsame Insel wirkte.

»Den habe ich für euch beide freigehalten.«

»Wo ist Julian?«, rief ich Nord zu.

»Wahrscheinlich bei der Band.« Er deutete über die Theke hinweg zur Bühne, auf der einige Personen geschäftig herumliefen und letzte Vorbereitungen trafen. Julian konnte ich jedoch nicht erkennen.

»Ich sehe mich mal ein bisschen um«, sagte ich zu Mum.

»Gut.« Sie zwinkerte mir verschwörerisch zu. »Grüß Julian von mir. Ich organisiere uns etwas zu trinken. Ist Cola für dich o. k.?«

Ich nickte und wollte schon los, als Mum mich zurückhielt und sich dicht neben mein Ohr beugte. »Pass auf dich auf, ja? Und denk dran, du nimmst Medikamente. Also keinen Alkohol! Das musst du mir versprechen!«

Ich versprach es ihr und machte mich auf den Weg zur Bühne.

Früher hätte ich mich vielleicht über Mums Ermahnung geärgert, die mich wieder zum kleinen Mädchen herabstufte, aber nach den letzten Tagen verstand ich ihre Besorgnis sogar – auch wenn sie nicht gerechtfertigt war. Aber das würde ich ihr bald beweisen können.

Außerdem konnte sie ja nicht wissen, dass mich gerade ganz andere Dinge beschäftigten, als Party zu machen.

Vor Aufregung zitterte ich am ganzen Leib und hatte schweißnasse Hände. Nun gab es endlich einen Beweis, dass

Kevin noch lebte, und ich brauchte Julians Hilfe mehr denn je. Ihm würde man glauben, im Gegensatz zu mir – dem Freak.

Mühsam drängelte ich mich vorwärts und kam mir dabei vor, als würde ich gegen eine reißende Strömung anschwimmen. Immer wieder wurde ich angerempelt und geschubst und musste mir zweimal den Satz »Tut mir leid, ich hab dich übersehen« gefallen lassen, bis ich endlich an der Bühne angekommen war.

Zwei der Jungs, die dort oben an Kabeln und Verstärkern herumschraubten, kannte ich von den Fotos auf dem Barlows-Plakat. Die anderen waren mir unbekannt.

Wieder sah ich mich nach Julian um, doch sein Platz hinter dem Schlagzeug war leer.

»He!«, rief ich einem der Jungs zu, der nur einen Meter von mir stand und Kabel in ein Mischpult stöpselte. »Wo ist Julian?«

Er hob eine Hand ans Ohr und signalisierte mir, dass er mich nicht verstehen konnte. Dann kam er zu mir herüber und ich wiederholte meine Frage.

»Ist vorn beim Getränkeholen«, sagte er, dann lief er wieder zum Mischpult zurück.

»Na prima.«

Seufzend wandte ich mich um und machte mich auf den Rückweg zur Bar, als mich jemand von hinten festhielt.

Ich sah mich um und blickte direkt in Sandras Barbiegesicht.

»Hi, suchst du Julian?«

»Ja, warum?«

»Hör mal«, sagte sie und wurde von einem Mann im Anzug unterbrochen, der sich zwischen uns vorbeidrängte.

Ich rechnete fest damit, dass es Ärger mit Sandra geben würde – einen Zickenkrieg, den ich jetzt am allerwenigsten gebrauchen konnte –, aber als ich schon weitergehen wollte, hielt sie mich erneut zurück und wirkte dabei ganz und gar nicht, als wollte sie mich anpöbeln.

»Du heißt Doro, richtig?«

»Ja. Was willst du?«

»Mich bei dir entschuldigen. Dafür, dass ich allen erzählt habe, dass du … na ja, du weißt schon.«

Ich war viel zu verdutzt, um etwas darauf zu antworten. Für einen Moment glaubte ich, sie wollte mich nur auf den Arm nehmen, aber dann sah ich in ihren Augen, dass sie es ernst meinte.

»Ich war eifersüchtig«, sagte sie, gerade laut genug, dass ich sie verstehen konnte. »Eigentlich bin ich's ja immer noch, aber wenn Julian dich wirklich so mag, akzeptiere ich das. Ich will, dass er glücklich ist.«

Sie sah mich weiterhin ernst an, aber ich glaubte trotzdem, meinen Ohren nicht trauen zu können.

»Ist das jetzt ein Scherz?«

Sie schüttelte den Kopf. »Nein, ich meine es wirklich so. Ich mag dich zwar nicht, aber vielleicht bist du ja doch ganz okay, wenn *er* dich mag. Glaub aber nur nicht, dass wir jetzt Freundinnen werden. Ich will's mir nur einfach nicht mit Julian verderben.«

Noch ehe ich etwas darauf antworten konnte, wandte sie sich ab und verschwand in einer Gruppe Mädchen, die sich gerade die besten Plätze vor der Bühne sicherte.

Einen kurzen Moment sah ich ihr irritiert nach, dann ging ich schulterzuckend weiter. Das war natürlich auch eine Möglichkeit, auf Julian Eindruck zu machen. Die verständnisvolle Exfreundin, die nur sein Bestes will, würde ihm sicher mehr imponieren als die eifersüchtige Zicke.

Na schön, dachte ich, *umso besser. Ein Ärgernis weniger. Allerdings täuscht sie sich, was Julians Gefühle für mich betrifft. Ja, er* mag *mich, aber das war's dann auch schon.*

Das Gedränge schien immer dichter zu werden, und ich fragte mich, wie viele Leute die Veranstalter noch in die Halle lassen wollten. Bald würden sie die Gäste stapeln müssen.

Vielleicht lag mein Unmut aber auch einfach nur daran, dass ich solche Menschenansammlungen nicht mochte. Ich war eben doch ein *Partypupser* – so hatte mich Bea immer genannt, als wir noch Freundinnen gewesen waren.

Als ich es endlich wieder zur Bar zurück geschafft hatte, sah ich Julian. Er stand neben dem Tisch, den sein Vater für Mum und mich reserviert hatte.

Mum und Nord saßen zusammen, während Julian sich mit ihnen unterhielt und in jeder Hand zwei Bierflaschen für die Band hielt.

Als Julian mich sah, kam er auf mich zu und nahm mich zur Begrüßung in den Arm. Ich war so überrascht, dass ich zuerst keinen Ton herausbrachte. Doch dann fand ich meine Sprache wieder.

»Julian«, stieß ich hervor. »Ich muss dich dringend sprechen.«

»Was ist denn los? Du zitterst ja. Ist etwas passiert?«

»Julian, es sind zwei gewesen!«

»Was?«

Ich stellte mich auf die Zehenspitzen und sprach ihm direkt ins Ohr. Dabei sah ich zu Frank Nord, der mich mit argwöhnischem Blick musterte. Es schien ihm nicht recht zu sein, dass ich mich mit seinem Sohn unterhielt, aber das war mir jetzt egal.

»Es waren *zwei* Obdachlose, Julian. Ich habe einen von ihnen vorhin getroffen. Er sucht nach Erich Sander, dem der Hund gehört hat.«

Julian sah mich kopfschüttelnd an. »Wovon redest du?«

»Es war nicht Kevin in dem Bus, sondern Erich Sander. Jemand muss seinen Hund zusammengeschlagen haben und dann hat er Sander in Kevins Bus verbrannt. Und jetzt haben wir sogar einen Zeugen, der bestätigen kann, dass Sander verschwunden ist.«

Julians Augen waren bei jedem meiner Worte noch größer geworden. »Sag mal, weißt du, was du da sagst? Wenn du recht hast, dann ...«

»Mord«, sagte ich. »Es geht um einen *Mord*! Und Kevin muss das beobachtet haben. *Das* ist auf dem Handy zu sehen! Wahrscheinlich muss Kevin sich verstecken, weil der Mörder von ihm weiß. Kevin wird ihn erpresst haben, aber das lässt sich der Kerl natürlich nicht gefallen. Julian, ich bin mir sicher, dass Kevin in Gefahr ist. In großer Gefahr. Wir müssen die Polizei einschalten. *Du* musst mit ihnen reden. *Dir* werden sie glauben.«

Auf einen Schlag war Julian kreidebleich geworden. Er murmelte etwas, das ich nicht verstehen konnte, aber den Bewegungen seiner Lippen nach war es nur ein Wort.

Ein fassungsloses »Mord«.

»Wir müssen zur Polizei«, wiederholte ich. »Der Kerl hat diesen Sander umgebracht, da bin ich mir ...«

»Na, ihr beiden?«, unterbrach mich eine Stimme hinter mir. Und dann stellte sich Frank Nord zu uns.

Er sah mit einem sehr ernsten, fast schwarzen Blick auf mich herab, und ich fragte mich, wie viel er von dem mitbekommen hatte, was ich Julian gerade erzählt hatte.

»Julian, es ist kurz vor acht.« Nord tippte auf seine Armbanduhr. »Musst du nicht längst auf der Bühne sein?«

Noch immer stand Julians Mund weit offen. Er sah aus, als hätte jemand einen Eimer Wasser über ihm ausgeschüttet.

Dann schüttelte er sich, wobei etwas Bier aus den Flaschen in seinen Händen schwappte.

»Wie? Ja, natürlich.« Er sah mich an und seine Lippen zitterten. »Wir reden nachher, okay?«

»Okay. Ich warte auf dich.«

Er beugte sich zu mir. »Alles wird gut«, flüsterte er mir ins Ohr, und dann berührten seine Lippen flüchtig die meinen.

Es war nur ein ganz schneller Kuss, aber dennoch fühlte er sich wie pure Elektrizität an. Doch noch bevor ich irgendwie darauf reagieren konnte, war Julian auch schon auf dem Weg zur Bühne.

Ich sah ihm nach und musste an Sandras Worte denken. Vielleicht hatte ich mich getäuscht, dass meine Gefühle für ihn nur einseitig waren? Vielleicht war da wirklich doch mehr? Julian machte gerade eine Menge durch und nun kam auch noch die Sache mit Kevin hinzu. Das alles musste ihn mindestens ebenso verwirren wie mich. Da fiel es nicht leicht, auch noch ein anderes Gefühl zuzulassen.

Nord stand noch immer neben mir. Nun legte er mir die Hand auf die Schulter. »Doro, bitte denk an das, worum ich dich gebeten habe«, sagte er und machte sich dann auf den Weg zurück hinter den Ausschank.

Mum winkte mir zu und ich setzte mich neben sie. Nun zitterte ich erst recht und meine Knie waren butterweich.

Ich trank einen großen Schluck von meiner Cola und versuchte, mich zu beruhigen, aber vor Aufregung hielt ich es fast nicht mehr aus. Das Konzert würde frühestens um elf oder so vorbei sein.

Andererseits konnte ich verstehen, dass Julian nicht sofort alles stehen und liegen gelassen hatte und mit mir zur Polizei gegangen war. Dies war die Veranstaltung, die seine todkranke Mutter geplant hatte, und vielleicht hoffte er, sie würde doch noch erfahren, dass es ein voller Erfolg gewesen war.

Er tat es für sie und ich hätte an seiner Stelle ebenso gehandelt.

»Cara«, sagte Mum neben mir. Sie hatte sich zu mir gebeugt und hielt meine Hand. Ihr Blick war auf einmal merkwürdig ernst, so wie vorhin, als sie mich wegen des Alkohols ermahnt hatte. »Cara, ich habe eben mit Herrn Nord über dich und Julian gesprochen.«

»Ich weiß schon«, sagte ich. »Er mag es nicht, dass wir beide uns treffen.«

»Er denkt, dass du ihn mit deinen Verschwörungsideen belästigst. Stimmt das?«

»Das ist Blödsinn«, gab ich zurück, trank mein Glas leer und sah zur Bühne, wo die Band sich gerade aufstellte.

»Wirklich nur Blödsinn?«

»Ja, sicher. Oder hat das gerade eben wie Belästigung ausgesehen?«

Nun musste Mum lachen. »Nein, ich fand euch beide süß.«

Applaus brandete auf und die Barlows begannen zu spielen. Billy Idols »White Wedding« brandete über uns hinweg und der ganze Saal dröhnte vor begeistertem Klatschen und Pfeifen.

Nun stand der Junge, den ich vorhin nach Julian gefragt hatte, hinter dem Mikrofon und begann zu singen.

»Hey, little sister, what have you done?«

Irgendwie hatte ich das seltsame Gefühl, er würde mich mit diesem Text ansprechen. Aber das war sicher nur ein Anflug von Paranoia.

Werd jetzt bloß nicht wieder zum Freak, dachte ich mir und sah zu Mum, die mich verzückt anstrahlte.

»Wow, die legen ja richtig los!« Sie sprang auf und zog mich mit sich. »Billy Idol! Gott, das war noch meine Zeit. Komm schon, cara, lass uns tanzen. Das habe ich schon seiner Ewigkeit nicht mehr gemacht.«

»Oh nein«, stöhnte ich, aber sie ließ mich nicht los, und so trottete ich ihr durch die Menge hinterher zur überfüllten Tanzfläche.

Dort stellte ich mich an den Rand und sah Mum zu, wie sie ausgelassen zwischen den anderen Tanzenden herumwirbelte. Am liebsten hätte ich draußen auf Julian gewartet – an der frischen Luft und ohne das Dröhnen in meinen Ohren. Hier in diesem Gedränge war es mir viel zu stickig und zu laut. Die Musik verursachte mir Kopfschmerzen und der Bass vibrierte unangenehm in meinem Magen.

Ich hatte heute noch nichts Richtiges gegessen, dafür war ich viel zu aufgeregt gewesen, und der Vorfall mit dem Obdachlosen hatte das nicht besser gemacht. Nun, wo ich endlich etwas zur Ruhe kam, rächte sich mein Magen für die Vernachlässigung. Er krampfte sich zusammen und mir war ein wenig übel. Aber allein der Gedanke, jetzt etwas zu essen ...

Oh Gott, nein!

Ich schreckte zusammen, als ich die kleine Gestalt auf der Tanzfläche sah. Sie starrte zu mir zurück, während um sie herum die Party tobte, und ich wusste sofort, dass sie unmöglich real sein konnte.

59

Kai!

Da stand Kai!

Ich blinzelte und versuchte, klar zu werden. Dann sah ich noch einmal hin.

Kai war immer noch da. Er stand mitten zwischen den Tanzenden, trug seinen hellblauen Schlafanzug mit dem Teddybär auf der linken Brustseite und starrte mich auf eine Weise an, die kaum zu ertragen war.

Sein verquollenes, violettes Gesicht war eine einzige Grimasse des Zorns.

Ich halluziniere, machte ich mir bewusst. *Ich habe Kopfschmerzen, ich bin gestresst. Das ist alles nur Einbildung!*

»Nicht jetzt«, flüsterte ich mir zu und ballte die Hände so fest zusammen, dass sich meine Fingernägel schmerzhaft in die Handballen gruben.

Es war ein Schmerz, der sich wohltuend *real* anfühlte. Aber er half nicht.

»Nicht jetzt. Bitte nicht jetzt!«

Doch ganz gleich, wie sehr ich mich dagegen zur Wehr setzte, Kais entsetzliches Bild wollte und wollte nicht verschwinden.

Mit rasendem Puls wandte ich mich von der Tanzfläche ab und suchte nach etwas, auf das ich mich konzentrieren konnte. Etwas Reales.

Doch da waren viel zu viele Menschen um mich herum, zu viel Hektik, und es war viel zu laut.

Ich brauchte ein ruhigeres Bild, um die aufsteigende Panik in mir wieder in den Griff zu bekommen. Etwas, das mich von dem wahnhaften Gefühl ablenkte, der bösartige Blick meines toten Bruders würde auch weiterhin auf mir haften.

Dann entdeckte ich eine dicke Frau mit auftoupierten blonden Haaren, die an einem der Tische in meiner Nähe saß und begeistert im Rhythmus der Musik klatschte.

Sie trug ein knallrotes Kleid und auf ihrem fülligen Körper sah es beinahe wie ein prall gespanntes Zelt aus.

An diesem Bild versuchte ich, mich festzuhalten.

Ein rotes Zelt. Ein rotes Zelt. Ein ...

Doch dann wurde dieses rote Zelt auf einmal von kleinen Händen angehoben und mein toter Bruder kam darunter hervorgekrochen.

»Nein, nein, nein! Ich will dich nicht sehen!«

Aber ich sah ihn. Er ließ sich nicht aus meiner Vorstellung verscheuchen. Egal wohin ich schaute, überall erschien er wieder.

Kai stand auf der Tanzfläche, aber auch an der Bar und bei einer Gruppe Mädchen, die in Barlows-T-Shirts gekommen waren und im Chor zu »Highway to Hell« grölten. Er saß auf einem der Tische und gleich darauf stand er bei der Band auf der Bühne.

Er war einfach überall.

Und dann kamen etliche Kais von allen Seiten auf mich zu. Sie stierten mich mit finsteren Blicken an und zeigten anklagend mit dem Finger auf mich. Der Anblick ihrer aufgequollenen Gesichter war so grauenhaft, dass es mir die Luft abschnürte.

Ich muss hier raus!

So schnell wie möglich!

Ohne auf die Umstehenden zu achten, drängte ich mich vorwärts, stieß jeden, der mir in den Weg kam, beiseite und taumelte auf den Ausgang zu.

Mir war unendlich schlecht. Kalter Schweiß lief mir in Strömen übers Gesicht, ich musste würgen, und meine Beine gaben nach. Ich konnte mich kaum aufrecht halten und hatte Angst, jeden Moment zusammenzubrechen.

Irgendjemand sprach zu mir.

Ein Mann.

Aber ich verstand nicht, was er sagte, denn meine ganze Aufmerksamkeit galt Kai, der nun vierfach auf mich zukam und mir den Weg versperrte.

Vier Paar Kinderaugen, aus denen mir maßloser Zorn entgegensprühte.

Vier Zeigefinger, die auf mich gerichtet waren.

Und vier Münder, aufgerissen zu einem nervenzerfetzenden Schrei.

»Mamaaaa!«

Jemand packte mich und riss mich zu sich herum. Es war das Insektenmädchen.

In ihren riesigen schwarzen Augen funkelte mich derselbe grenzenlose Zorn an, den ich auch bei all den vielen Kais sah, und ihre Zähne waren gefletscht.

»Lass mich!«, brüllte ich dieses Ungeheuer an. »Verschwinde!«

Ich wollte es von mir wegstoßen, doch es packte mich nur noch fester.

»Nein«, schrie es zurück, und seine tiefe Stimme zerriss mir beinahe das Trommelfell. »Diesmal kommst du mit mir!«

Und dann riss sie mich mit sich und wir drehten uns in einem wilden Reigen.

Ich schrie vor Entsetzen und wollte mich aus ihrem Griff winden, doch es ging nicht. Stattdessen drehten wir uns immer schneller und schneller.

Alles um mich herum verschwamm zu einem grellen Farbenmeer. Licht blendete mich, nahm mir die Sicht und tauchte mich in ein endloses Weiß, das ...

60

... plötzlich zu einem stillen Raum wurde. Dort war es so hell, dass ich weder die Wände noch die Decke oder den Boden erkennen konnte. Alles war nur ein ewiges Weiß und um mich herum herrschte absolute Stille. Nur mein eigenes hektisches Keuchen war zu hören.

Es war, als würden das Insektenmädchen und ich in einem endlosen Nirgendwo stehen.

Hier ließ das Ungeheuer von mir ab. Es ging einige Schritte weiter und wandte sich dann wieder zu mir um, als wollte es mich genauer betrachten. Und zum ersten Mal sah ich, dass sie genauso groß war wie ich, dieselben Kleider trug und dass auch ihr Haar genauso kurz geschnitten war wie das meine.

Nur ihr Gesicht war abgrundtief hässlich, mit den riesigen schwarzen Augen und dem breiten Maul, das nichts Menschliches hatte.

»Na endlich«, sagte sie mit ihrer tiefen rauen Stimme, die sich so entsetzlich finster anhörte. Wie das dunkelste Schwarz, das es gab. »Hier sind wir nun also. Willkommen in deiner Erleuchtung.«

»Wer bist du?«, stieß ich hervor. »Und was soll das alles bedeuten?«

»Ist das wirklich so schwierig zu erraten?«, fragte das Mädchen, das keines war. »Du weißt doch längst, wer ich bin. Du willst es nur nicht wahrhaben.«

»Dann sag du es mir doch!«, schrie ich sie an, und meine Stimme zitterte. »Sag mir, wer du bist!«

»Ich bin der Teil von dir, den du verleugnest. Ich bin dein böses Herz.«

»Nein, du bist nicht real! Das alles hier ist nicht real. Ich bilde es mir nur ein.«

Sie nickte. »Ja, das stimmt und doch auch wieder nicht. Wir sind jetzt dort, wo Realität und Einbildung Hand in Hand gehen. Dort wo wir unser wahres Ich finden. Das, was wir als unser Herz bezeichnen. Wir sind in deinem Verstand.«

»Lass mich gehen«, flüsterte ich und spürte, wie etwas Schweres auf meine Brust drückte und mich zu ersticken drohte.

Tränen liefen mir übers Gesicht, aber ich zitterte viel zu sehr, um sie abwischen zu können. Meine Hände wollten mir nicht gehorchen.

»Bitte mach, dass dieser Albtraum aufhört. Ich will hier nicht sein.«

Doch das Mädchen schüttelte nur langsam den Kopf und ich sah mich selbst tausendfach in seinen gewaltigen Facettenaugen.

»Nein, Doro. Du wirst mich nicht mehr verleugnen. Ich bin ein Teil von dir, vergiss das nie. Es gibt nicht nur die gute Doro. Niemand ist nur gut. Du musst lernen, auch zu mir zu stehen.«

Dann hob sie die Hand, und erneut wurde es so hell, dass ich geblendet die Augen schloss. Ich spürte eine Veränderung um mich, und als ich wieder hinsah, war ich ...

... in Kais Zimmer. Er steht in seinem Gitterbettchen und schreit noch immer.

Ich halte es nicht mehr aus und brülle ihn an, er soll endlich ruhig sein.

»Mama ist nicht da, verdammt noch mal!«, kreische ich. »Ich bin da,

reicht dir das denn nicht? Warum hörst du nicht endlich auf mit diesem Geschrei?! Musst du mir denn einfach alles versauen? Ben macht jetzt mit meiner Freundin rum und ich stehe hier und kann nicht weg. Und das alles nur wegen dir!«

Doch er schreit weiter, und fast glaube ich, er wird mit jedem Moment noch lauter. Dann packt er sein Kissen und wirft es mir mit trotzigem Zorn vor die Füße.

Nun reicht es mir endgültig.

Ich brülle ebenfalls, packe das Kissen und stürme auf ihn zu.

Teil 5

ENTSCHEIDUNGEN

61

Da waren Stimmen um mich herum.

Eine von ihnen war Mums Stimme.

Glaubte ich jedenfalls.

Ich hörte auch noch eine Männerstimme, die mir vertraut schien. Aber ich wusste nicht mehr, woher. Sie klang irgendwie braun. Wie frische Erde.

Dann war es wieder ruhig.

62

Eine Weile später sprach mich jemand mit meinem Namen an.

Eine Frau, aber nicht Mum.

Diesmal war ich mir sicher, denn es war der falsche Name.

»Dorothea? Dorothea! Kannst du mich hören?«

Doro. Ich bin Doro.

Ich wollte es aussprechen, aber aus meinem Mund kamen nur seltsame, verwaschene Laute.

Meine Lider waren zu schwer, als dass ich sie hätte öffnen können. Dennoch sah ich Farben. Wundervolle ruhige Pastelltöne wie die eines gewaltigen Regenbogens. Sie waren viel zu schön; ich wollte aus diesem Traum nicht erwachen.

Aber ist das überhaupt ein Traum?

Wer kann schon sagen, was Traum und was Wirklichkeit ist?

Dann glitt ich wieder in die Dunkelheit.

63

Ich kam in einem dunklen Raum zu mir. Mein Kopf schmerzte höllisch und mir war schwindelig. Ich hatte schrecklichen Durst, als wäre ich innerlich völlig ausgetrocknet. Meine Zunge klebte mir am Gaumen und meine Lippen fühlten sich spröde an.

Ich tastete um mich, griff nach links und dann nach rechts, doch nirgendwo traf ich auf einen Widerstand.

Ich bin nicht zu Hause. Weder im alten noch im neuen Haus. Aber wo bin ich dann?

Vorsichtig setzte ich mich auf. Mein Schädel hämmerte, als würde er jeden Moment zerspringen.

Unweit von mir erkannte ich einen schmalen Lichtstreifen unter einem Türspalt. Ich kletterte aus dem Bett und meine nackten Füße berührten kühlen glatten Boden.

Noch immer benommen, registrierte ich allmählich, wo ich mich befand. Der scharfe grüne Geruch verriet es mir.

Ein Krankenhaus.

Ich sah an mir herab, doch da waren keine Verbände, nicht einmal ein Kratzer. Auch tat mir nichts weh, abgesehen von meinen Kopfschmerzen. Dennoch musste etwas mit mir geschehen sein, aber mir wollte einfach nicht einfallen, was es gewesen war. Doch das spielte jetzt auch keine Rolle, denn mein Durst war mörderisch.

Mörderisch, echote der Gedanke in mir. *Ja, es hat etwas mit Mord zu tun.*

Mord?

Ich tastete mich zur Tür und musste geblendet die Augen schließen, als ich auf den Flur hinaustrat. Die Helligkeit der Deckenlampen brannte in meinem Kopf.

Irgendwo in meiner Nähe schrie eine Frau mit hoher Stimme hinter einer Tür. Es waren laute, verzweifelte Schreie, aber keine Worte.

Alles schien fremd und dennoch empfand ich hier auch eine merkwürdige Vertrautheit.

Solche Schreie hatte ich schon einmal gehört.

Aber wo?

Wenn mir das Denken doch nur nicht so schwerfiele.

»Na, sieh mal einer an, wen haben wir denn da?«, sagte jemand hinter mir. »Ist unser Dornröschen doch noch aus dem Schlaf erwacht?«

Eine dicke blonde Schwester kam auf mich zu. Sie lächelte. Es war die Art von Lächeln, die ich nur zu gut kannte und die ich verabscheute. Die Art, die einem zu verstehen gab, dass man nicht für voll genommen wurde.

Und dieses Lächeln war es auch, das mir schlagartig verriet, wo ich mich befand. Kein Krankenhaus – zumindest nicht im herkömmlichen Sinne.

Sie hatten mich wieder in die *Psychiatrie* gesteckt!

Aber dies war nicht die Jugendstation. Ich war hier nicht in dem hellen Gebäude mit den großen Glasfenstern und Wandpostern, bei Stefano, dem kleinen Meisterkoch, und all den anderen – denn dort hinter der Tür schrie eine *erwachsene* Frau.

Über die Schulter der dicken Schwester hinweg sah ich das einzige Fenster auf diesem Gang. Die Gitter bestätigten meine schlimmste Befürchtung. Dies war die *geschlossene Frauenstation*.

Dort wo ich schon einmal gewesen war, nachdem mich das Wahnbild meines toten Bruders durch das Schulgebäude verfolgt hatte.

Und dann fiel mir alles wieder ein. Kai war mir wieder erschienen. Er hatte mich durch die Stadthalle gejagt, bis ich endgültig den Verstand verloren hatte, und dann musste ich ohnmächtig geworden sein.

»Jetzt gehst du aber besser wieder zurück ins Bett, Schätzchen«, sagte die Schwester. »Du bist ja noch ganz wackelig auf den Beinen. Wie ein junges Reh.«

Sie nahm mich an den Schultern und schob mich zurück in das dunkle Zimmer. Ich wollte ihre Hand abstreifen, aber ihr Griff blieb eisern.

»Ich bin nicht Ihr *Schätzchen*! Ich will raus hier!«

»Natürlich möchtest du das.«

Die Schwester sprach seelenruhig mit mir, während sie mich auf das Bett drückte und mich zudeckte. Jede ihrer Gesten war kraftvoll und bestimmt. Alles an ihrer Haltung verriet, dass sie derartigen Protest gewohnt war. Sicherlich schrie jede ihrer Patientinnen, dass sie hier herauswollte.

Gleich nachdem sie von mir abgelassen hatte, riss ich mir die Decke wieder vom Leib und versuchte, aus dem Bett zu kommen. Doch die Schwester drückte mich wieder zurück. Ihr Blick blieb weiterhin freundlich, aber ihre Hand schien nun Tonnen zu wiegen.

»Ganz ruhig, Dorothea. Du möchtest doch nicht wieder fixiert werden, oder?«

»Fixiert?« Ich sah am Bett hinunter zu den Gurten. Sie waren blau und hatten gepolsterte Manschetten. »Ihr habt mich angebunden?«

»Nur solange du getobt hast. Zu deinem eigenen Schutz. Aber nun brauchen wir das nicht mehr, denkst du nicht?«

Ich ließ mich zurück aufs Kissen sinken und allmählich kehrte sämtliche Erinnerung durch die höllischen Kopfschmerzen zurück.

Das Konzert.

Kai zwischen den Tanzenden.

Das Insektenmädchen.

Mein böses Herz.

»Ich habe Durst.«

»Kein Wunder, Dorothea«, sagte die Schwester und lächelte. »Du hast fast zwei Tage geschlafen.«

»Doro«, murmelte ich. »Ich heiße Doro. Dorothea kann ich nicht ausstehen.«

»Schön, Doro. Ich bin Schwester Marion. Jetzt wartest du brav und ich hole dir etwas zu trinken.«

Sie verschwand aus dem Zimmer, und ich versuchte zu begreifen, was mit mir passiert war. Ein schizophrener Anfall war die einzige Erklärung, die mir einfiel.

Aber warum? So etwas kam doch nicht aus heiterem Himmel. Gut, ich hatte in den Tagen zuvor viel durchgemacht und war gestresst gewesen, aber das allein konnte es doch unmöglich gewesen sein.

»Hier«, sagte die Schwester und reichte mir einen Pappbecher mit Wasser.

Ich hatte gar nicht gehört, wie sie hereingekommen war. Irgendwie schien mein Geist noch immer ein wenig nachzuhinken.

Gierig trank ich den Becher leer, während die Schwester etwas in meinen Schrank legte.

»Ich habe deine Sachen waschen lassen, Doro. Du hattest dich ziemlich heftig erbrochen.«

»Was ist mit mir passiert?«

»Das soll dir besser der Herr Doktor erklären. Er war vorhin schon einmal hier und wird nachher wieder nach dir sehen.«

Tränen schossen mir in die Augen und ich konnte sie nicht zurückhalten. Mein schlimmster Albtraum war Wirklichkeit geworden. Sie hatten mich wieder in die Klapsmühle gesteckt.

Psychiatrie, Schätzchen, hörte ich die Stimme des bösen Herzens in meinem Kopf. *Das ist der Ort, an den du gehörst, Freak!*

»Ich will zu meiner Mum.«

»Sie ist vor einer halben Stunde gegangen«, sagte Schwester Marion und kam wieder zu mir. »Aber sie wird bald wieder vorbeikommen. Und der junge Mann bestimmt auch.«

»Was für ein junger Mann?«

»Julian«, sagte die Schwester. »Er ist schon zweimal hier gewesen und hat sich nach dir erkundigt. Aber hier auf der Frauenstation dürfen wir ihn nicht zu dir lassen. Ist er dein Freund?«

»Das geht Sie nichts an.«

Sie zuckte mit den massigen Schultern. »Ja, da hast du natürlich recht. Kann ich sonst noch etwas für dich tun?«

»Sicher doch. Lassen Sie mich gehen.«

Sie lächelte mitleidig. »Das kann ich nicht, Doro. Aber schau mal, fast hätte ich's vergessen. Die gehören dir.«

Sie hielt mir etwas mit ihren fleischigen Fingern entgegen, das ich zuerst nicht richtig erkennen konnte.

Ein blaues Stück Papier.

Erst als ich es in die Hand nahm, begriff ich, dass es ein Zwanzig-Euro-Schein war.

»Der hatte sich in deiner Weste versteckt«, sagte Schwester

Marion. »Du hast ein Loch im Innenfutter deiner Tasche. Fast hätte ich ihn mitgewaschen, aber da war auch noch ein angebrochenes Kaugummipäckchen, und da habe ich ihn entdeckt.«

Ich hielt mir den Schein vors Gesicht und hatte plötzlich ein klares Bild vor mir. Während die Schwester etwas zu mir sagte und dann aus dem Zimmer ging, sah ich mich selbst vor der Supermarktkasse stehen.

Es schien mir, als sei es schon eine ganze Ewigkeit her, seit ich alles nach diesem Schein abgesucht und an meinem Verstand gezweifelt hatte.

Wieder liefen mir die Tränen übers Gesicht.

»Ich bin nicht verrückt. Ihr täuscht euch alle«, sagte ich. »Ich. Bin. Nicht. Verrückt!«

64

Einige Zeit später kam Dr. Forstner in mein Zimmer. Er hatte mich bei meinem letzten Aufenthalt auf der Jugendstation behandelt, und während er einen Hocker neben mein Bett stellte, erzählte er mir, dass er extra wegen mir hierhergekommen war.

»In ein paar Tagen werden wir dich auf meine Station verlegen können, aber bis du dafür stabil genug bist, wirst du erst einmal hier in diesem Einzelzimmer bleiben.«

Mit *bis du stabil genug bist* meinte er, dass sie weitere Anfälle bei mir befürchteten, vermutete ich. Anfälle, wegen denen ich auf einer geschlossenen Station wohl besser aufgehoben war.

Ich sagte jedoch nichts.

Dr. Forstner war ein großer gut aussehender Mann mit dunklen Haaren und wachsamen Augen, die heute jedoch müde wirkten. Er sah aus, als habe er einen schweren Tag hinter sich. Vor allem aber sah er besorgt aus. Und seine Besorgnis galt mir.

»Warum, Doro?«, fragte er, nachdem uns Schwester Marion allein im Zimmer gelassen hatte.

»Wie *warum*? Was meinen Sie damit?«

Er schlug die Beine übereinander und der Hocker knarrte ein wenig unter seinem Gewicht.

»Doro, ich dachte, unsere Therapie hätte Fortschritte gemacht und dass du bei Herrn Nord in guten Händen wärst. Aber offenbar war das ein Irrtum. Deshalb wüsste ich gerne, was geschehen ist. Aus deiner Sicht.«

Ich saß auf der Bettkante und rutschte nun ein Stück vor ihm zurück. »Das würden Sie mir sowieso nicht glauben.«

»Deine Mutter hat mir erzählt, dass du denkst, du hättest einen toten Jungen gesehen, und dass dieser Junge nicht Kai gewesen ist.«

Ich schwieg.

»Sie hat mir auch erzählt, dass du an eine Verschwörung glaubst, an ein Mordkomplott, und dass du versucht hast, alle davon zu überzeugen.«

Als ich immer noch nichts dazu sagte, sah mir Dr. Forstner lange in die Augen. Ich versuchte, seinem Blick standzuhalten – und seinem dunklen Braun, von dem ich früher immer geglaubt hatte, es habe etwas Erdiges, etwas von Bodenverbundenheit. Doch nun konnte ich sein Braun nicht mehr ertragen.

»Hast du deswegen die Tabletten genommen?«, fragte er. »Um auf dich aufmerksam zu machen?«

»Wovon, zum Teufel, reden Sie eigentlich?«

»Von der Überdosis Nepharol, die wir in deinem Blut festgestellt haben«, sagte der Psychiater und behielt mich dabei forschend im Auge, als wollte er sehen, wie ich darauf reagierte.

Dieser Blick und seine Worte verwirrten mich. Sie machten mich wütend. Wovon sprach er denn nur?

»Was denn für eine Überdosis? Ich habe doch keine Überdosis genommen.«

»Nicht?«

»Nein, verdammt noch mal!«

»Und wie erklärst du dir dann, dass du dich fast damit umgebracht hättest?«

»Was? Was reden Sie denn da?«

Für einen Augenblick wurde es totenstill im Zimmer. Nur die

schreiende Frau in einem der neben liegenden Räume war zu hören.

»Du hast großes Glück gehabt«, sagte Dr. Forstner schließlich. »Dein Körper hat sehr schnell auf das Medikament reagiert und du hast einen großen Teil davon wieder erbrochen. Trotzdem ist es sehr, sehr knapp gewesen.«

»Das ist doch totaler Schwachsinn«, widersprach ich. »Ich habe kein Nepharol genommen. Nur die Menge, die mir Herr Nord verschrieben hat.«

»Nein, Doro. Es war mehr. Sehr viel mehr.«

»Dann muss es mir jemand verabreicht haben.«

»Ach, wirklich? Und wer sollte das gewesen sein?«

»Was weiß denn ich?«

Verzweifelt ballte ich die Hände zu Fäusten. Natürlich wusste ich, wer es gewesen war – jemand, den Kevin als den *Teufel* bezeichnet hatte –, aber mir war klar, dass mich die Wahrheit nicht weiterbringen würde, weil man es als meinen Wahn abtun würde. Also musste ich anders argumentieren.

»Haben Sie denn schon mal dieses Zeug ausprobiert, Doktor? Glauben Sie etwa im Ernst, ich würde mich selbst damit zum Zombie machen? Glauben Sie das wirklich?«

Nun war es Dr. Forstner, der schwieg.

»Wie viele Tabletten hätte ich denn davon nehmen müssen, um so eine Überdosis hinzubekommen?«

»Mindestens fünf bis sechs.«

»Na also«, triumphierte ich, »da haben wir's ja. In meiner Packung waren nur noch drei. Sagen Sie Mum, sie soll nachsehen. Ich wette, die sind alle drei noch drin.«

»Du erinnerst dich doch bestimmt noch, was wir damals in der Therapie besprochen haben«, sagte Dr. Forstner, ohne auf mich einzugehen. »Dass du das Leugnen von Taten als Bewältigungsstrategie deiner Schuldgefühle einsetzt und dass das der Grund ist, warum du dich an manches nicht mehr erinnern kannst.«

»Ich weiß jetzt, dass ich in Kais Zimmer gewesen bin, wenn Sie das meinen«, entgegnete ich. »Ich weiß auch, dass da irgendetwas passiert ist. Aber das hat nichts damit zu tun. Ich habe diese beschissenen Tabletten nicht genommen. Das weiß ich sicher!«

Dr. Forstner nickte und stand auf. »Lassen wir es für heute gut sein, Doro. Ich schlage vor, du schläfst jetzt erst einmal und erholst dich ein wenig. Wir reden weiter, sobald es dir wieder besser geht.«

Er ging zur Tür und ich sprang vom Bett auf. Fast wäre ich gefallen, da meine Beine noch immer wackelig waren, aber meine Wut hielt mich aufrecht. Er glaubte mir nicht. Niemand glaubte mir. Ich war immer noch der Freak für sie.

»Ich habe die Tabletten nicht genommen!«, schrie ich ihm nach und trat gegen den Hocker, sodass der scheppernd umkippte und über den glatten Linoleumboden schlitterte.

Sofort eilten Schwester Marion und ein bärtiger Pfleger ins Zimmer. Den Pfleger hatte ich noch nie gesehen, aber er hatte dieselbe kräftige Statur wie auch die Schwester, und nun standen sie beide zwischen mir und Dr. Forstner.

»Warum, zum Teufel, glauben Sie mir denn nicht?«, brüllte ich. »Ich bin nicht verrückt und ich habe mich auch nicht umbringen wollen!«

»Wir reden später darüber«, sagte Dr. Forstner, dann nickte er der Schwester zu und ging auf den Gang hinaus.

»Ich war es nicht!«, rief ich ihm hinterher, dann packte mich der Pfleger und brachte mich ins Bett.

Ich wehrte mich – erst recht, als ich sah, wie die Schwester eine Spritze aufzog, sie gegen das Licht hielt und die Luftblasen aus der durchsichtigen Flüssigkeit drückte. Doch der Pfleger hielt mich eisern fest.

»Ruhig, Mädchen, ganz ruhig«, sagte er, und dann spürte ich den Einstich in meiner Schulter.

»Was gebt ihr mir da?«, heulte ich. »Ich will das nicht!«

»Es ist nur etwas zum Schlafen«, sagte die Schwester und streichelte mein Gesicht.

Ich warf den Kopf zur Seite, um ihrer Berührung auszuweichen, und sie ließ von mir ab. Der Pfleger hielt mich noch, aber dann spürte ich plötzlich seinen Griff nicht mehr.

Alles um mich herum versank in einem totalen Dunkel.

65

Ich fand mich in dem großen Kellerraum der alten Eisengießerei wieder. Diesmal war es taghell. Warme Sonnenstrahlen drangen durch die verschmutzten Oberlichter herein und ließen Staubflocken in der Luft tanzen.

Ein Traum, dachte ich. *Ich träume das nur.*

»Nein«, sagte eine tiefe Stimme neben mir, und als ich mich umsah, stand dort das Insektenmädchen, von dem ich nun wusste, dass es ein Teil von mir war. Mein böses Herz.

»Nein, Doro, das ist kein Traum, auch wenn es dir so vorkommen mag. Es ist eine weitere Erleuchtung. Du liegst noch immer in deinem Bett in der Klinik, aber du schläfst nicht. Du denkst nach.«

Und worüber?

»Über das, was du zu David gesagt hast. Weißt du denn nicht mehr, was du bist?«

Ich bin eine Synnie. Jemand, der manchmal mehr sehen kann als andere.

»Richtig. Du bist wie ein besonders fein gestimmtes Instrument. Also mach dir diese Gabe jetzt zunutze. Sieh noch einmal, was du schon gesehen hast, und dann versteh es.«

Und was soll das sein?

Doch das Insektenmädchen antwortete nicht. Es war verschwunden. Da war nur noch ich allein in diesem Keller und ich sollte suchen. Aber nach was?

Etwas, das ich schon gesehen habe. Und es muss wichtig sein, sonst wäre ich jetzt nicht hier.

Also ging ich an dem Tisch entlang, an dem einst die Fabrikarbeiter ihre Wurst- und Käsebrote gegessen, Kaffee oder vielleicht auch Bier getrunken, Zeitung gelesen und sich unterhalten hatten.

Die Vorstellung, hier zu sein, war so realistisch, dass ich glaubte, die Tischplatte tatsächlich zu berühren. Meine Fingerkuppen strichen über die glatte, staubige Oberfläche, und ich roch die Betonwände – ihr steinernes Grau, das vielleicht vor Jahren noch ein sauberes Weiß gewesen war.

Ich betrachtete die Reihe von Spinden, ihre schwarzen Schilder mit den Nummern, von denen jede einzelne einmal für einen Menschen gestanden hatte.

Doch die Spinde schienen mir nun nicht wichtig. Ein Gefühl sagte mir, dass sie nicht das waren, was ich suchte.

Ich kam mir vor wie bei dem Suchspiel, das Mum mit mir jedes Jahr zu Ostern gespielt hatte, wenn ich mich im Garten nach dem Nest mit gefärbten Eiern und dem Schokoladenhasen umgesehen hatte.

Fast glaubte ich, ihre Stimme zu hören.

Warm, wärmer, noch wärmer … Nein, hier wird es wieder kälter.

Vor mir war die Wand mit dem Fotokalender.

Kalt.

Daneben die Pinnwand aus Kork.

Wärmer.

Die Dartpfeile.

Noch wärmer.

Die nächste Wand mit weiteren Spinden.

Kälter.

Was suchte ich? Was war es nur? Etwas, das mein Geist längst gesehen hatte und mir nun noch einmal zeigen wollte, damit ich es begriff.

Ich ging weiter, auf den Spind zu, den Kevin mit 666 markiert hatte und der nun aufgebrochen und leer war.

Kalt.

Gleich würde ich den Raum abgelaufen sein und wieder bei der Tür ankommen.

Noch kälter.

Auf dem Gang war also nichts. Außer den Duschen und den Toiletten, von denen eine noch nach meinem Erbrochenen roch.

Lauwarm.

Die Toilette?

Kalt.

Ich hatte mich wegen der toten Ratte übergeben gehabt.

Lauwarm.

Die Ratte.

Wärmer.

Aber was hatte sie mit den Dartpfeilen zu tun gehabt?

Noch wärmer.

David hatte sie mit einem Zeitungsartikel abgedeckt, der an der Pinnwand gehangen hatte.

Heiß!

Ich ging im Geiste zurück zu der Stelle, an der die Ratte gelegen hatte, und sah sie, zugedeckt mit dem Zeitungsartikel.

Heiß! Sehr heiß!

Mein Herz raste bei der Vorstellung, dass sich das Papier gleich wieder bewegen und von kleinen Händen angehoben werden würde. Aber dann beruhigte ich mich mit dem Wissen, dass dies alles nur eine Vorstellung war. Ich konnte das hier nur so plastisch sehen, weil ich eine Synnie war. Jemand, der die Dinge präziser in seinem Kopf abspeichern kann als andere.

»Also mach von deiner Gabe Gebrauch«, flüsterte mir das böse Herz in meinem Kopf zu, und ich konzentrierte mich auf den Zeitungsartikel am Boden.

Heiß, heiß, heiß!

Das Bild war anfangs noch verschwommen. Aber dann wurde es klarer. Ich sah die Überschrift. Buchstaben, die sich allmählich zu Worten formten. Und ein Foto von jemandem, den ich kannte.

Mein Kopf schmerzte, und ich musste meine ganze Kraft einsetzen, um das Bild zurückzuholen, das ich damals im Keller gesehen hatte – nur flüchtig, aber gut genug, um es unterbewusst wahrzunehmen. Ich musste dieses Bild aus der dunklen Ecke meiner Erinnerungen hervorzerren.

Es war einfacher, als ich zunächst glaubte, denn es war ja keine verleugnete Erinnerung, so wie die an die Nacht vor Kais Tod.

Das alles wurde mir jetzt deutlich, während ich erkannte, was ich vor mir hatte.

BENEFIZKONZERT IM STADTSAAL

lautete die Überschrift des Artikels. Und das Foto darunter zeigte Frank Nord. Er lächelte in die Kamera, aber sein Gesicht war von etlichen winzigen Löchern durchsiebt.

Löcher, die von Dartpfeilen herrührten. Dartpfeile, die jemand voller Zorn nach dem Foto geworfen hatte. Jemand, der eine maßlose Wut auf Nord hegte.

Kevin!

Und dann erschienen die Kreidewörter auf der Wandtafel vor mir.

FUCK YOU!

»Na, verstehst du jetzt?«, fragte mein böses Herz, das nun wieder bei mir im Raum war.

Nur dass dieser Raum plötzlich das Krankenzimmer war und das Insektenmädchen auf der Kante meines Bettes saß.

Ja, ich verstehe es jetzt. Aber es ergibt noch keinen Sinn. Ist Frank Nord wirklich der Teufel, vor dem Kevin geflüchtet ist?

Das Insektenmädchen sagte nichts. Es sah mich nur starr aus seinen unergründlich schwarzen Augen an, in denen ich mich spiegelte.

Kevin hat Nord gehasst, dachte ich. *Er gab ihm die Schuld daran, dass seine Freundin weggelaufen und dann in Berlin ums Leben gekommen war. Er wird nach etwas gesucht haben, um es Nord heimzuzahlen. Und als er etwas gefunden hat, hat er ihn damit erpresst.*

Es musste etwas mit dem Tod von Erich Sander zu tun haben und mit seinem Hund, der von einem Teufel zusammengeschlagen worden war.

Aber was? Und wo ist Kevin?

»Du weißt jetzt, wo du suchen musst«, sagte das Insektenmädchen. »Und wenn du es herausgefunden hast, ist endlich Zeit für uns beide. Denn da gibt es noch etwas, nicht wahr, Doro? Etwas, das du getan hast ...«

Mein böses Herz verzog sein hässliches Gesicht wieder zu einem Grinsen. Dann verschwand sein Bild, und ich sah Mum und Nord, die auf dem Konzert zusammen am Tisch saßen. An dem Tisch, auf dem die Cola gestanden hatte, die ich wenig später leer getrunken hatte.

Und dann war ich plötzlich hellwach.

Ich schnellte im Bett hoch.

Nord! Es ist Frank Nord! Er hat mir das Nepharol in meine Cola gemischt. Er will, dass mich alle für verrückt halten. Weil ich etwas weiß, das ich nicht wissen darf.

Ich muss hier raus!

66

Seit ich in der Klinik war, hatte ich jegliches Zeitgefühl verloren. Ich hätte nicht einmal mit Sicherheit sagen können, welcher Wochentag heute war. Kein Wunder, wenn man zuerst fast zwei Tage lang verschlafen hatte und wenig später erneut ins pharmazeutische Traumland geschickt worden war.

Nun war es wieder Nacht, und es musste bereits sehr spät sein, denn auf dem Flur herrschte absolute Stille. Selbst die schreiende Frau war verstummt. Bestimmt hatte die dicke Schwester auch ihr *etwas zum Schlafen* verabreicht.

Als ich aus dem Bett stieg und zum Schrank schlich, stellte ich fest, dass ich endlich wieder sicher auf den Beinen war. Und auch mein Kopf war wieder völlig klar.

Sehr gut!

Ich holte meine Sachen aus dem Schrank und war erleichtert, dass ich endlich aus dem muffigen Anstaltsanzug schlüpfen konnte. Er war mir ohnehin viel zu groß gewesen und seinem Aussehen nach hatten ihn schon etliche Patientinnen vor mir getragen.

Hastig zog ich mich an und versuchte, dabei keine Geräusche zu machen. Meine Jeans, das T-Shirt und die Jeansweste rochen unangenehm grau nach Krankenhauswäscherei und erinnerten mich an die Zeit, in der ich zum ersten Mal in der Waldklinik gewesen war. Damals hatte ich oft davon geträumt, von hier abzuhauen – aber nun würde ich es auch tatsächlich tun.

Das große Problem dabei war, dass ich mich diesmal auf einer geschlossenen Station befand. In der Jugendstation wäre es nicht schwierig gewesen. Fenster auf und ab in den Hof, durch den Klinikpark und dann zur Straße. Aber hier hatten die Fenster Gitter, und man brauchte einen Schlüssel, um rauszukommen.

Ich öffnete die Zimmertür einen Spalt breit und spähte auf den Gang hinaus.

Niemand.

Vorsichtig schlich ich aus meinem Raum und achtete sorgsam darauf, dass die Gummisohlen meiner Sneakers nicht auf dem glatten Boden quietschten.

Das Stationszimmer befand sich genau auf der Hälfte des Ganges. Die Tür stand offen und ich hörte einen leisen Fernseher. Geduckt und mit angehaltenem Atem näherte ich mich der großen Scheibe und schaute hinein.

Ein Pfleger mit blondem Pferdeschwanz saß mit dem Rücken zu mir. Er hatte die Beine lässig auf den Schreibtisch gelegt und tippte auf seinem Handy herum, während vor ihm auf einem kleinen Fernseher irgendein alter Horrorfilm im Nachtprogramm lief. Die Szene zeigte einen großen schwarzen Hund, der eine Frau und ihr Kind in einem Auto attackierte. Ich musste kurz an Nero denken und daran, wie er ausgesehen hatte, als David und ich ihn am See gefunden hatten. Ebenso schmutzig und verwahrlost wie der Hund in diesem Film.

Ich ließ den Blick weiterschweifen und entdeckte schließlich, was ich suchte. Neben einer Thermoskanne und einer offenen Tupperdose mit Obststücken lag ein Schlüsselbund. Nur, wie sollte ich an den Schlüssel herankommen?

Der Pfleger legte sein Handy beiseite und griff nach der Thermoskanne. Sofort duckte ich mich wieder und huschte in das Krankenzimmer nebenan. Im Dunkeln erkannte ich zwei Betten. Aus dem einen drang lautes Schnarchen zu mir herüber, und ich fürchtete schon, es würde den Pfleger aufmerksam machen, da ich die Tür geöffnet gelassen hatte, um ein wenig Licht zu haben. Doch als ich für einen Moment gewartet hatte und niemand ins Zimmer kam, ging ich weiter.

Die zweite Frau wälzte sich unruhig im Bett hin und her. Sie schien einen hässlichen Traum zu haben und murmelte immer wieder etwas, das sich wie »Geh weg!« anhörte.

Ich ging zu ihrem Nachttisch, während die Frau im Schlaf mit den Händen fuchtelte, als wollte sie etwas abwehren.

Neben ihrem Bett sah ich den Rufknopf für das Stationszimmer. Ich atmete tief durch, dann drückte ich den Knopf, eilte leise auf den Gang zurück und dann in das Zimmer gegenüber.

Wie ich gehofft hatte, ließ sich der Pfleger Zeit, ehe er zu der Patientin ging. Wahrscheinlich trank er zuerst noch seinen Kaffee oder Tee aus. In einer Psychiatrie hat es niemand vom Nachtpersonal eilig, wenn sich ein Patient meldet. Damit hatte ich selbst schon meine Erfahrungen gesammelt und heute Nacht machte ich mir das zunutze.

Durch den Türspalt beobachtete ich, wie der Pfleger im Zimmer der Frau verschwand, und hastete dann in das Stationszimmer. Mein Herz schlug mir bis zum Hals, und ich atmete erleichtert auf, als der Schlüssel noch immer auf dem Tisch lag. Ich schnappte ihn mir und lief dann wieder in das Patientenzimmer zurück, wo ich abwartete, bis der Pfleger zu seinem Fernseher zurückschlurfte.

Ich betete, dass ihm der verschwundene Schlüssel nicht auffiel, und wartete angespannt. Wenn er meine Flucht entdeckte, würden sie mich wieder mit Medikamenten vollpumpen und schlimmstenfalls sogar fixieren. Dann wäre alles vorbei.

Doch der Pfleger kam nicht. Stattdessen hörte ich leise Schüsse aus dem Fernseher und musste nervös lächeln. Der Film schien echt spannend zu sein.

Ich schlich aus dem Zimmer und dann zum Ende des Ganges. Der Stationsschlüssel hatte eine charakteristische Form, die ihn von allen anderen Schlüsseln an dem Bund unterschied. Aber gerade als ich ihn ins Schloss stecken wollte, entdeckte ich die elektronische Sicherung neben der Tür und fuhr erschrocken zusammen.

So eine Scheiße!

Hier brauchte man nicht nur einen Schlüssel, um die Tür zu öffnen. Man brauchte zusätzlich einen Code.

Was sollte ich nur machen?

Klar, ich konnte jetzt wie wild Zahlen eingeben, aber ebenso gut konnte ich auch auf einen Sechser im Lotto hoffen. Mir blieb nichts anderes, als den Schlüssel zurückzulegen und wieder in mein Zimmer zu gehen. Dann würde ich gute Miene zum bösen Spiel machen und abwarten müssen, bis sie mich auf die Jugendstation verlegten.

Bei diesem Gedanken hätte ich vor Wut beinahe geweint. Ich war so kurz vor dem Ziel und nun ...

Plötzlich fiel mir etwas auf und schlagartig war alle Verzweiflung vergessen.

Wie ein fein gestimmtes Instrument, dachte ich und sah das Tastenfeld. Neun Zahlen, die Null und zwei weitere Tasten, eine davon rot, die andere grün. Sieben der Ziffertasten wirkten irgendwie sauberer als die anderen. Die Zwei und die Drei schienen abgenutzter zu sein. Ebenso wie die rote und die grüne Taste.

Natürlich!, schoss es mir durch den Kopf. Sie benutzen einen bequemen Code. Trotzdem gab es noch etliche Möglichkeiten.

Auf dem Display erkannte ich, dass man vier Zahlen eintippen musste. Ich tippte viermal die Zwei und drückte dann auf Grün. Sofort erschien auf dem Display die Meldung: FEHLER! BITTE CODE EINGEBEN!

So ein verdammter Mist!

Ich sah zum Stationszimmer und zitterte. Irgendwann würde der Pfleger einen Rundgang machen und in die Zimmer sehen. Entweder ich hatte es bis dahin geschafft oder ich musste wieder in meinem Bett liegen. Hoffentlich dauerte der Film noch eine Weile.

Also tippte ich wieder, diesmal die 3333. Fehler.

Eine Zahlenfolge.

Ich versuchte es mit 3232. Fehler.

2323. Wieder drückte ich auf Grün, sah zum Display und rechnete schon mit einer weiteren Fehlermeldung. Stattdessen stand dort: SCHLOSS AKTIVIERT und ein grünes Lämpchen leuchtete.

Vor Glück ganz fassungslos, steckte ich den Schlüssel ins Schloss, drehte ihn und ... war frei!

67

Als ich einige Zeit später am menschenleeren Bahnhof stand und meinen Zwanzig-Euro-Schein in den Fahrkartenautomaten schob, musste ich wieder an meine Oma denken.

Das Glück ist mit den Rechtschaffenen, war einer ihrer vielen Sprüche gewesen. Und heute Nacht hatte ich *sehr* viel Glück gehabt. Nun hoffte ich, dass es auch weiterhin mit mir war.

Der Automat warf mein Wechselgeld aus, und ich hielt beide Hände in die Münzausgabe, um das Klimpern zu dämpfen. Dabei sah ich mich nach allen Seiten um, doch es war weit und breit niemand zu sehen.

Seit meiner Flucht aus dem Stationsgebäude und durch den großen Klinikpark kam ich mir wie ein entlaufener Sträfling vor. Sie würden mich suchen, sobald sie meine Flucht entdeckten. Sie würden die Polizei verständigen, um die geflohene Irre zu fangen. Den Freak.

Die Bahnhofsuhr zeigte fünf vor halb ein Uhr morgens. Um ein Uhr würde der letzte Regionalzug in dieser Nacht fahren, der auch in Ulfingen hielt.

Ich stellte mich in den Schatten des Gebäudes, hielt meine Fahrkarte wie einen Talisman umklammert und wartete.

68

Die Zugfahrt nach Hause war die aufregendste Reise meines ganzen Lebens. Zwar waren kaum Fahrgäste in der nächtlichen Regionalbahn unterwegs – ein Abteil weiter saßen nur ein knutschendes Pärchen und ein älterer Mann, der offensichtlich betrunken war –, aber die permanente Angst vor Entdeckung reiste mit mir. Wenn dem Pfleger meine Flucht inzwischen aufgefallen war und er die Polizei verständigt hatte, würde man sicherlich auch der Bahn Bescheid geben.

Draußen war es so dunkel, dass ich nur mein eigenes Spiegelbild in der Fensterscheibe erkennen konnte. Ein angespanntes, gehetztes Gesicht sah mir entgegen, das nur noch wenig mit dem Gesicht zu tun hatte, das ich sonst kannte.

Die Bahn hielt an jeder noch so kleinen Haltestelle und jedes Mal verkrampfte ich. Mit angehaltenem Atem wartete ich darauf, dass Bahnbeamte oder Polizisten zusteigen und den Zug nach mir absuchen würden.

Doch nichts geschah. Es kam nicht mal jemand, der meine Fahrkarte kontrollieren wollte – die ich extra gekauft hatte, um notfalls wie eine harmlose Nachtschwärmerin zu wirken.

Als der Zug dann endlich in Ulfingen hielt, knutschte das Pärchen immer noch, der Betrunkene war eingeschlafen, und der Bahnhof draußen war menschenleer. Niemand kümmerte sich um den kleinen Freak, der aus dem Zug stürzte und in der Nacht verschwand.

Ich lief durch den schlafenden Ort, und als ich endlich an

unserem Hexenhäuschen ankam, hatte ich ein überraschendes, aufrichtiges Heimatgefühl. Ich wohnte erst seit ein paar Tagen hier, aber trotzdem strahlte der Anblick des kleinen Hauses nun etwas Altvertrautes aus. Das gelbe Sonnenblumengefühl, und es tat gut, das zu spüren. Es nahm mir etwas von der Angst und Unsicherheit, was mich nun erwartete und wie es überhaupt mit mir weitergehen würde.

Auf das Konzert hatte ich keinen Hausschlüssel mitgenommen – schließlich war Mum dabei gewesen –, aber Mum hatte einen »Notschlüssel«, wie sie es nannte, im Inneren der alten Hundehütte versteckt. Dort würde ihn bestimmt niemand vermuten, hatte sie gesagt und mir zugezwinkert, und ich hatte lachen müssen, denn dieses Versteck war eindeutig origineller als der große Blumentopf vor unserem ehemaligen Zuhause.

Als ich den Flur betrat, erwartete mich ein Anblick, der mir die Luft abschnürte. Die Sonnenblumen in der großen Vase waren verwelkt. Ihre vertrockneten Köpfe hingen auf den Boden und hatten all ihre wundervoll gelben Blätter abgeworfen.

Ich hörte ein leises Stöhnen durch die offene Tür des Wohnzimmers und fuhr erschrocken zusammen. Dann sah ich Mum im fahlen Mondlicht, das durch die große Fensterscheibe fiel. Sie hatte sich auf der Couch unter einer Wolldecke zusammengerollt, als wollte sie sich dort verstecken.

Vorsichtig ging ich auf sie zu.

»Mum? Mum, bist du wach?«

Sie reagierte nicht, aber ich sah, wie ihre geschlossenen Augenlider flatterten, und dann stöhnte sie wieder.

Sie träumte und es war kein angenehmer Traum. Mir fiel die Frau aus der Klinik wieder ein, ihr leises Murmeln.

Geh weg!

Wie es aussah, wollte auch Mum, dass der Traum wegging. Aber er tat es nicht, und sie würde auch so schnell nicht daraus erwachen, dafür sorgten die Tabletten, die zusammen mit einem leeren Glas neben ihr auf dem Couchtisch standen.

Ich kannte das Päckchen. Mum hatte nach Kais Tod häufiger Schlaftabletten gebraucht, anfangs jede Nacht. Nun nahm sie sie wieder, weil sie sich um mich sorgte – um ihre beste Freundin, die nun wieder ihre verrückte Tochter war.

Dieser Gedanke brach mir beinahe das Herz, aber gleichzeitig spürte ich auch wilden Zorn in mir aufsteigen.

Das alles hatte ich einem Mann zu verdanken, der wollte, dass mich die ganze Welt für wahnsinnig hielt, damit mir keiner glaubte, was ich gesehen hatte.

Ich musste dieses verdammte Handy finden.

Jetzt!

Und ich ahnte auch schon, wo ich es finden würde. In Frank Nords Haus!

Zurück im Flur, fand ich den einzelnen Schlüssel in der Schublade des Telefonschränkchens. Er lag neben der Taschenlampe und einem Päckchen Ersatzbatterien. Auf dem Anhänger stand NORD in Mums gleichmäßiger Handschrift.

Wie muss dieser Kerl nur drauf sein?, dachte ich. Hatte er Mum deshalb die Putzstelle angeboten? Als kleine Wiedergutmachung dafür, dass er ihre Tochter in den Wahnsinn treibt? Glaubte er etwa, damit sein schlechtes Gewissen erleichtern zu können?

Ich steckte den Schlüssel ein, nahm dann die Taschenlampe und wechselte die Batterie gegen eine neue aus. Dann sah ich noch einmal zu Mum ins Wohnzimmer und küsste sie auf die Stirn.

Nun schlief sie ruhiger und ihre Züge hatten sich entspannt. Ich betrachtete sie für einige Sekunden und versuchte, mir dieses Bild einzuprägen.

Wenn Nord wirklich Kevins Teufel war, wenn er David zusammengeschlagen, den Hund beinahe tot getreten und Sander ermordet hatte, begab ich mich jetzt in große Gefahr. Vielleicht würde ich Mum nie wieder sehen.

Deshalb wollte ich dieses Bild von ihr mitnehmen: meine Mum, meine allerbeste Freundin, die friedlich auf dem Sofa schlief.

Dann verließ ich unser Haus.

69

Nord war zu Hause. Sein Haus lag im Dunkeln, und sicherlich schlief er längst, aber sein Auto stand im Carport.

Nur Julians Vespa war nicht da.

Vielleicht war er bei seiner Mutter in der Klinik? Vielleicht wechselten sie sich ja ab?

Ich stand an unserem Gartenzaun und war mir unschlüssig, ob ich es wirklich wagen sollte. Wenn ich ehrlich mit mir war, hatte ich höllische Angst, in Nords Haus einzudringen und möglicherweise von ihm dabei erwischt zu werden.

Nord würde wissen, warum ich mich bei ihm einschlich, und diesmal würde er mich bestimmt nicht nur mit einer Überdosis Nepharol ausschalten. Jemand, der ein Menschenleben auf dem Gewissen hatte, war zu allem fähig – auch wenn er sich sonst wie der fürsorgliche Therapeut gab. Eine bessere Maskerade hatte er sich doch gar nicht aussuchen können, um mich vor allen als Freak zu outen.

Mörder, echote Kevins Stimme in meiner Erinnerung. *Teufel.*

Die schwarzen Fensterscheiben, auf denen sich das Mondlicht spiegelte, machten mir erst recht Angst. Sie glichen auf erschreckende Weise den Augen des Insektenmädchens – meines bösen Herzens –, und sie schienen mich zu beobachten.

Komm uns zu nahe und es ist aus mit dir, schienen sie mir zuzuflüstern, drohend und kalt wie schwarzes Eis.

Aber ich konnte nicht mehr anders. Ich musste es einfach tun. Wofür war ich aus der Klinik geflüchtet, wenn ich jetzt kniff?

Dies war meine Chance, es ihnen allen zu beweisen.

Es wird schon nichts passieren, redete ich mir in Gedanken zu. *Wenn du leise bist, wird er dich nicht hören. Und dann hast du endlich Gewissheit. Irgendetwas ist in diesem Haus. Etwas, das du finden musst. Und du* wirst *es auch finden.*

Ich atmete tief durch und ging mit geballten Fäusten über die Straße. Als ich durch die Gartentür trat und mich dem Haus näherte, ging plötzlich das Licht an. Erschrocken sprang ich zur Seite hinter einen der beiden Büsche, die die Haustür bewachten.

Dann erst begriff ich, dass es nur der Bewegungsmelder gewesen war.

Deshalb versteckt sich Julian auch hinter den Büschen, wenn er heimlich vor dem Haus raucht, dachte ich und wünschte mir dabei, er wäre in meiner Nähe. Gemeinsam mit Julian wäre ich sogar durch die Hölle gegangen, ohne mich zu fürchten.

Aber jetzt fürchtete ich mich.

Als das Licht schließlich wieder ausging, drängte ich mich dicht an die Hauswand und stieg seitwärts die Treppe hoch.

Es funktionierte, das Licht blieb aus.

Es war eine laue Nacht, aber trotz meiner Weste fröstelte ich vor Aufregung. Ich spürte die Gänsehaut auf meinen Armen, und mir war, als stünde mein ganzer Körper unter Strom. Nun war ich nicht nur der Freak, der aus dem Irrenhaus abgehauen war, sondern würde außerdem gleich zur Einbrecherin werden.

Ich lauschte kurz in die Stille, ob ich irgendwo im Haus etwas hören konnte oder ob mich sonst irgendjemand entdeckt hatte. Doch außer einer Fledermaus, die unweit von mir auf der Jagd nach Motten und Nachtfaltern quiekend um eine Straßenlaterne kreiste, war alles still.

Mit zitternden Händen sperrte ich auf, betrat das Haus und drückte die Tür so leise es ging ins Schloss zurück.

Der Mond schien durch die Glasfront des Sprechzimmers und erhellte das Treppenhaus. Jetzt war ich also hier, im Haus des Mannes, vor dem Kevin auf der Flucht war. Falls Kevin überhaupt noch lebte. Da er sich bis jetzt immer noch nicht gemeldet hatte, fürchtete ich das Schlimmste für ihn. Er war krank gewesen, als ich ihn vor Tagen gesehen hatte. Wenn er bis jetzt noch nicht aus seinem Versteck gekommen war ...

Nein, daran wollte ich lieber nicht denken.

Wichtig war jetzt, dass ich einen Beweis fand, mit dem ich Frank Nord überführen konnte. Ich musste nur endlich herausfinden, *womit* Kevin ihn erpresst hatte. Ich brauchte den Schlüssel zu seinem dunklen Geheimnis.

Ich war unheimlich aufgeregt und musste mehrmals langsam ein- und ausatmen, um mich ein wenig zu beruhigen.

Immerhin ist doch bis hierher alles gut gegangen, dachte ich. *In der Klinik haben sie meine Flucht noch nicht entdeckt, und falls doch, scheint mich niemand hier zu vermuten.*

Aber nun galt es, einen Hinweis zu finden, von dem ich noch nicht einmal wusste, was es sein würde. Irgendetwas, mit dem ich die Polizei überzeugen konnte.

Es musste einen Zusammenhang zwischen Erich Sander, Kevin und Nord geben.

Aber welchen?

Wonach sollte ich suchen?

Nach Kevins Handy?

Nein, das Haus war viel zu groß und es gab viel zu viele Verstecke. Außerdem konnte es ebenso gut sein, dass Nord das Handy schon längst entsorgt hatte. Sollte ich es doch finden, dann nur aus blankem Zufall.

Nein, es musste noch etwas geben. Etwas, das ich vielleicht schon längst gesehen, aber noch nicht zugeordnet hatte. Wie den Zeitungsartikel im Keller der Eisengießerei.

Ich *wusste*, dass da etwas war, aber ich konnte auf dieses Wissen nicht zugreifen. Dennoch war es da, und es hatte mich veranlasst, hierherzukommen.

Ein plötzliches Summen aus der dunklen Küche ließ mich zusammenfahren. Doch es war nur der Kühlschrank, der sich eingeschaltet hatte.

Ruhig bleiben, redete ich mir in Gedanken zu. Ich knipste die Taschenlampe an und schlich in Nords Sprechzimmer, wobei ich den Lichtstrahl auf den Boden hielt, damit man ihn nicht durch die Fenster sehen konnte.

Ich musste mich jetzt einfach auf meine Gabe verlassen. Immerhin kannte ich schon viele Details - genug, um für Nord so gefährlich zu werden, dass er versucht hatte, mich aus dem Weg zu schaffen.

Nun brauchte ich nur noch etwas, um diese Teile zusammenzufügen. Es war wie bei einem Puzzle, bei dem das eine entscheidende Teilchen noch fehlte. Aber es lag direkt vor mir, das spürte ich.

Nords Schreibtisch war nicht abgeschlossen. Die oberste Schublade enthielt nur sein Notebook. Ich nahm es heraus, klappte es auf und schaltete es ein. Dann hielt ich beide Hände auf die Lautsprecher, bis das Startsignal vorbei war.

Gleich darauf erschien ein leeres Feld, das nach einem Passwort verlangte.

Natürlich. So ein Mist!

Ich seufzte, schaltete das Notebook wieder aus und legte es an seinen Platz zurück.

Die zweite Schublade enthielt Schreibutensilien, DVD-Rohlinge, einen Tacker und weiteren Bürokrimskrams.

Kein Handy.

Etwas anderes hatte ich aber auch nicht erwartet. Wenn Nord das Handy tatsächlich noch hatte, würde er es sicher nicht in einer offenen Schublade herumliegen lassen.

In der dritten Schublade bewahrte Nord Medikamente auf, etliche Musterpackungen verschiedener Psychopharmaka, unter anderem auch vier Päckchen Nepharol.

Ich erinnerte mich, wie er mir bei unserer ersten Sitzung eines davon gegeben hatte. Das Päckchen, in dem nun nur noch drei Tabletten waren – keine fünf oder sechs, die es gebraucht hätte, mich vor aller Welt in eine Verrückte zu verwandeln.

Ich schlug das Heft auf, das bei den Medikamenten lag. Nord notierte darin, wem seiner Patienten er wann welches Medikament gegeben hatte. Zwar fand ich dort meinen Namen und die Anzahl der Tabletten, die er mir mitgegeben hatte, doch danach gab es keinen weiteren Eintrag über die Ausgabe von Nepharol.

Aber was musste das schon heißen? Eine Musterpackung mehr oder weniger fiel doch hier nicht auf.

Ich sah mich weiter um und gab dabei sorgsam Acht, keine Geräusche zu machen. Im Wandschrank standen nur Bücher und im unteren Fach reihten sich Ordner mit Formularen und Belegen, die mit *Kassenabrechnung* und *Steuer 2000* bis *Steuer 2012* beschriftet waren.

Mist! Irgendetwas muss hier doch sein.

Ich rieb mir die Stirn und ließ den Lichtkegel meiner Taschenlampe durch den Raum wandern.

In der Ecke neben der Glaswand sah ich eine bauchige Bodenvase aus sandbraunem Ton, die mir bisher noch nie aufgefallen war, da sie halb von der Sitzecke verborgen wurde und sich der Farbe des Zimmers anpasste. Nords Farbe.

Die Vase ähnelte ein wenig der in unserem Flur, in die Mum die Sonnenblumen gestellt hatte. Nur dass diese Vase einfach nur leer in der Ecke stand.

Ich ging darauf zu und leuchtete hinein. Die Vase war tatsächlich leer. Auch hier war kein Handy versteckt. Nur jede Menge Staub auf dem Boden und ein paar Spinnweben.

Wahrscheinlich steht das alte Ding schon seit einer halben Ewigkeit ungenutzt herum und ist nur irgendein Erbstück, von dem sich die Nords nicht trennen ...

Plötzlich schoss mir ein Bild durch den Kopf. Eine Erinnerung.

Mum und ich in der Küche.

Ich starrte auf die Vase und dachte die Worte *Staub* und *Spinnweben.* Dann sah ich wieder Mums Lächeln vor mir und hörte sie sprechen.

Ich werde den beiden ein bisschen zur Hand gehen, und Herr Nord hat mir versprochen, dass ich weder Hemden bügeln noch Böden schrubben muss. Und auch nicht die Spinnweben im Keller abwischen.

Die Spinnweben im Keller, dachte ich. *Der Keller!*

Ja, das war es! Der Keller, dort musste ich nachsehen.

Aber was war an diesem Keller so Besonderes?

Etwas, das mir nicht einfallen wollte.

Egal, ich muss dort nachsehen.

Augenblicklich huschte ich zurück in den Vorraum und schlich die Kellertreppe hinunter.

Mein Herz raste wie wild. Irgendetwas in mir wollte, dass ich dort hinunterging. Eine Ahnung oder ein Gefühl, das ich mir selbst nicht erklären konnte. Ich wusste nur, dass dieses Gefühl eine signalrote Warnfarbe hatte.

Ja, das Teil, das mir für das Puzzle fehlte, musste dort unten sein. Ich konnte es deutlich spüren.

Das Untergeschoss war komplett ausgebaut. Es glich keinem der Keller, die ich sonst kannte. In unserem Hexenhäuschen gab es nur ein kleines Gewölbe, in dem es rötlich nach Obst roch, und in unserem vorherigen Zuhause hatten wir nur Räume mit unverputzten Ziegelwänden gehabt.

Dieser Keller jedoch wirkte wie ein zusätzlicher Teil der Wohnung. Hier lag ein langer Teppichläufer auf Steinfliesen und die Wände waren mit Raufaser tapeziert.

Im Mittelteil hing eine Garderobe voller Windjacken und Wintermäntel und darunter türmten sich Sportschuhe und Wanderstiefel in einem breiten Schuhregal.

Ich öffnete die erste von vier Metalltüren und leuchtete in die Dunkelheit. Es war ein Heizungsraum mit Warmwasserbehälter, Brenner und einem riesigen Öltank. Ich ging hinein, sah mich um und fand nichts Auffälliges.

Aber etwas muss *hier unten sein*, beharrte mein Gefühl.

Der zweite Raum war voller Vorratsregale. Hier stapelten sich Konserven, Flaschen und Lebensmittelpackungen. *Offenbar isst man im Hause Nord momentan viele Fertiggerichte aus Konservendosen*, dachte ich und erinnerte mich an Julians Einkäufe im Supermarkt.

Dosenravioli, Doseneintopf, Dosensuppe ...

Mum würden sich die Haare sträuben, wenn sie das hier sähe.

Auch hier würde Nord mit Sicherheit nichts verstecken, was nicht seinem Sohn unter die Augen kommen durfte.

Als ich die Tür zum vierten Raum öffnete, war ich erstaunt. Er war komplett gekachelt und in einer Ecke befand sich eine Duschkabine neben einer Toilette. Im vorderen Teil hingen ein Arbeitsmantel und eine Schürze an Wandhaken und darunter standen Gummistiefel.

Hier wuschen sich die Nords also nach der Gartenarbeit. So mussten sie keinen Schmutz durchs Haus tragen, da es hier eine kleine Hintertür gab, in der der Schlüssel von innen steckte. Aber auch hier fand ich nichts Verdächtiges.

Blieb nur noch der vierte Raum. Ich ging hin und drückte die Klinke herunter, aber die Tür war verschlossen.

Irritiert versuchte ich es noch einmal. Tatsächlich, die Tür ließ sich nicht öffnen.

Aber wer verschloss schon eine Tür im eigenen Haus? Ohne dass der Schlüssel steckte?

In diesem Moment ging das Licht an. Ich zuckte zusammen wie vom Blitz getroffen und sah zur Treppe, wo Frank Nord stand. Er war komplett angezogen. Ich hatte ihn also nicht aus dem Bett geholt.

»Guten Morgen, Doro. Ich dachte mir schon, dass du hierherkommst.«

Mein Herz schlug einen Trommelwirbel, erst recht, als Nord auf mich zukam. Ich umklammerte die Taschenlampe fester. Sie war nicht annähernd so groß wie die aus Davids Handschuhfach, als wir den Keller in der Eisengießerei inspiziert hatten, aber notfalls würde ich mich trotzdem damit wehren können.

»Die Klinik hat mich angerufen«, sagte er. »Sie konnten sich zwar nicht erklären, wie du es aus der geschlossenen Station geschafft hast, aber du bist eben ein schlaues Mädchen. Hat dir deine synästhetische Begabung dabei geholfen?«

Ich sagte nichts und sah zur Treppe. Wenn ich dort hinaufwollte, musste ich an Nord vorbei. Es gab zwar noch die Hintertür, aber im Garten war es stockfinster, und ich kannte mich dort nicht aus. Und selbst wenn ich draußen um Hilfe rief, würde sicherlich niemand auf den Freak hören. Erst recht nicht, da es der Garten meines Therapeuten war.

»Mir war klar, dass du nach Hause kommen würdest«, fuhr er fort. »Aber dass du zu *mir* kommst, erstaunt mich. Auf angenehme Weise, wie ich hinzufügen möchte. Offenbar vertraust du mir?«

»Ich? Ihnen vertrauen? Niemals.«

»Schade«, sagte Nord und seufzte. »Aber so ist das wohl mit der Hoffnung. Sie stirbt bekanntlich zuletzt.«

Er blieb kurz vor mir stehen.

»Aber sag mir, Doro, wenn du mir nicht vertraust, warum bist du dann hier? Suchst du weitere Beweise für deine Verschwörungstheorie? Bin *ich* jetzt etwa dein Verdächtiger?«

»Sie haben mir das Nepharol gegeben«, sagte ich. »Es war in meiner Cola, nicht wahr? Wie viele Tabletten waren es? Fünf oder sechs?«

Er schüttelte den Kopf. »Ich denke, das spielt jetzt keine Rolle. Entscheidend ist doch, dass du denkst, *ich* sei es gewesen.«

»Nein«, entgegnete ich. »Hören Sie auf, mit mir zu reden, als hätte ich nicht mehr alle Tassen im Schrank. Davon habe ich endgültig die Nase voll. Ich weiß, dass Sie es waren. Ich verstehe nur noch nicht, warum Sie es getan haben. Womit hat Kevin Sie erpresst?«

Nord schwieg. Er stand nur einfach da und sah mich mit unbeweglicher Miene an.

»Es hat doch etwas mit Kevins Freundin zu tun«, fuhr ich

fort. »Ronja, die in Berlin an einer Überdosis gestorben ist. Nicht wahr? Was war mit ihr?«

»Sie war schwer drogenabhängig«, sagte Nord ruhig. »Ich wollte sie zu einer freiwilligen Entwöhnung überreden und empfahl ihr eine Klinik. Ich hätte sie sogar selbst dorthin gebracht. Aber sie wollte nicht. Und als ihr Vater sie schließlich zwangsweise einliefern lassen wollte, lief sie davon. Man hat nach Ronja gesucht, aber sie blieb verschwunden. Bis einige Monate später die Berliner Polizei bei ihrem Vater anrief und ihn über den Tod seiner Tochter informierte. Danach ist für Kevin eine Welt zusammengebrochen. Er gab *mir* die Schuld an allem. Weil ich als Therapeut versagt hätte.«

Nord zuckte mit den Schultern und sah kurz zu Boden.

»Was das betrifft, hat er vielleicht gar nicht so unrecht gehabt«, fügte er leise hinzu.

»Und dann wollte er es Ihnen heimzahlen«, sagte ich. »Er fand etwas, womit er Sie erpressen konnte. Irgendetwas, das er mit seinem Handy fotografiert hat. Das stimmt doch, oder?«

Nords Gesicht blieb ausdruckslos. »Das Handy im Spind.«

»Genau. *Sie* haben den Spind aufgebrochen, als ich Hilfe für David holte. David, den Sie zuvor niedergeschlagen hatten, weil er Sie auf dem Gang entdeckt hatte. Ich glaube nicht einmal, dass Sie das wirklich tun wollten. Sie waren einfach nur verzweifelt. Kevin hatte Ihnen nicht gesagt, wo sich das Handy befand. Vielleicht sind Sie ja auf seine Forderung nicht eingegangen. Wollte er sehr viel Geld?«

Wieder schwieg Nord und starrte mich an.

»Ist ja auch egal«, fuhr ich fort. »Ich denke, Sie beide haben gestritten und dann ist er abgehauen. Das war am See, stimmt's? Hatte Kevin diesen Treffpunkt vorgeschlagen?«

»Was denkst du denn?«

»Dass Sie dort beobachtet wurden«, sagte ich und sah wieder zur Treppe.

Ich musste an Nord vorbei. Aber wie?

»Der Mann, den Sie getötet und in Kevins Bus verbrannt haben, hieß Erich Sander. Wussten Sie das?«

»Erich Sander«, wiederholte Nord und sah kurz über die Schulter. Er schien zu ahnen, was ich vorhatte. »Nein, das wusste ich nicht.«

»Und sein Hund, den Sie beinahe tot getreten haben, heißt Nero.«

Ich machte einen Schritt zur Seite, sodass ich mich in sicherem Abstand mit Nord auf einer Höhe befand. Wenn ich mich beeilte, konnte ich es vor ihm zur Treppe schaffen.

Nord war schlank und sicherlich nicht unsportlich, aber er war gut fünfundzwanzig Jahre älter als ich.

»Ich habe ihn also nur *beinahe* tot getreten?«, fragte Nord.

»Ja, David und ich haben ihn im Schilf gefunden und zum Tierarzt gebracht. Dr. Lennek weiß, wer Neros Herrchen ist. Und Sander hatte noch einen Freund, der ihn jetzt ebenfalls vermisst.«

»Eine abenteuerliche Story«, sagte Nord und lächelte mich an. Es war dasselbe Lächeln, das ich auch im Gesicht der dicken Psychiatrieschwester gesehen hatte. Das *Du-bist-ein-Freak-dem-keiner-glaubt*-Lächeln. »Aber du hast mir noch immer nicht gesagt, *womit* mich Kevin erpresst haben soll.«

»Fotos, auf seinem Handy. Ich weiß nur noch nicht, von was. Vielleicht sagen Sie es mir ja?«

Nord schürzte die Lippen und nickte. »Jetzt weiß ich also, was du von mir willst. Du bist hier, weil du das Handy suchst. Hier unten, in meinem Keller.«

Unten!

Dieses eine Wort traf mich wie ein Faustschlag ins Gesicht.

Wieder sah ich ein Bild.

Wieder eine Erinnerung.

Kevin unter dem Tisch in der Gartenlaube.

Sein angstverzerrtes Gesicht.

Seine Worte, undeutlich und verwaschen.

Teufel. Hat ... getötet ... mich ... unten.

Mich unten, dachte ich. *Natürlich!*

Ein Feuerwerk aus Farben explodierte in meinem Kopf. Sandbraun. Blau. Dann wieder Ocker und schließlich etwas Rotes.

»Heiß!«, hörte ich Mums Stimme. *»Ja, du hast es gefunden! Frohe Ostern!«*

»Was ist dahinter?«, fragte ich und zeigte auf die verschlossene Metalltür. Meine Hand zitterte, als hätte ich plötzlich Schüttelfrost bekommen.

»Der Übungsraum«, sagte Nord. »Julians Schlagzeug. Warum?«

»Und weshalb ist die Tür abgesperrt?«

Nord schob die Hände in die Hosentaschen und seufzte. »Doro, Doro, wo soll das nur hinführen? Warum bist du jetzt nicht einfach vernünftig und lässt dich von mir zurück in die Klinik bringen? Du bist paranoid und brauchst eine Therapie.«

Ich stieß es bitteres Lachen aus. »Das hätten Sie wohl gerne, was? Mich als verrückt abstempeln, damit Ihnen niemand auf die Schliche kommt.«

»Mir kann niemand auf die Schliche kommen«, entgegnete Nord. »Weil ich nichts zu verbergen habe.«

»Gut, wenn es so ist, dann können Sie doch auch diese Tür aufsperren. Ist ja sowieso nur Julians Schlagzeug dahinter.«

Er zog die Hände wieder aus den Taschen und rieb sich übers Gesicht. »Willst du das wirklich, Doro? Glaubst du wirklich, ich würde etwas hinter dieser Tür verbergen?«

»Sonst hätte ich es nicht gesagt.«

Er atmete tief durch. »Na schön.«

Nord trat auf mich zu und ich ging beiseite. Dann fasste er oben auf den Türrahmen und nahm einen Schlüssel herunter.

Mein Puls beschleunigte sich. Er würde wirklich die Tür öffnen. Und dann? Was kam dann?

In diesem Moment hörte ich Schritte und Julian kam die Treppe herunter. Er trug eine Lederjacke und sein Haar war ihm vom Helm an den Kopf gedrückt worden. Als er uns beide sah, stutzte er.

»Was ist denn hier los?«

Er sah mich an, als wäre ich ein Geist.

»Doro? Was machst du denn hier? Ich dachte ...« Er sprach nicht weiter.

»Sie glaubt, dass ich Kevin ermordet habe«, sagte Nord. »Und dass ich hier in diesem Raum etwas versteckt habe.«

»Das ist doch ...« Julian stieß ein unsicheres Lachen aus. »Doro, was soll das? Das ist doch Blödsinn. Hey, das ist mein Vater!«

Ich schüttelte den Kopf. »Nein, Julian, das ist kein Blödsinn. Ich denke, dass Kevin in diesem Raum ist.«

Er riss die Augen so weit auf, dass ich schon fürchtete, sie würden ihm aus dem Kopf fallen. »Was? Spinnst du jetzt wirklich?«

Nord sah seinen Sohn an, dann mich – und dann drehte er den Schlüssel im Schloss.

»Nein!«, schrie Julian und warf sich gegen die Tür. »Tu's nicht! Bitte tu's nicht!«

Nord sah ihn erstaunt an, und ich bekam eine Gänsehaut, als ich auf einmal verstand.

»Was soll das, Junge?«, fragte Nord verwirrt. »Warum nicht?«

»Bitte, Paps.« Nun rannen Tränen über Julians Gesicht. Er zitterte am ganzen Körper. »Lass die Tür zu. Bitte!«

Ich war unfähig zu sprechen. Hatte ich einen weiteren Albtraum? *Oder einen weiteren Wahnanfall?*

Ich packte Julian an der Jacke und riss ihn von der Tür weg. Er stieß einen entsetzlichen Schrei aus, der mich an die Schreie der Frau in der Klinik erinnerte, aber er wehrte sich nicht.

»Sag, dass das nicht wahr ist!«, brüllte ich ihn an, und nun liefen auch mir Tränen übers Gesicht. »Julian, bitte sag es!«

Doch Julian senkte nur den Kopf und schwieg.

Ich sah zu Nord, der uns mit weit offen stehendem Mund anschaute. Dann nickte er mir zu, öffnete die Tür und betrat den Raum dahinter.

Sein »Oh Gott!« ging mir durch Mark und Bein.

70

Ein ekelhaft grauer Gestank nach Schweiß, Fäkalien, Abfall und abgestandener Luft schlug uns entgegen.

Soweit ich das einschätzen konnte, war Julians Übungsraum nur etwa drei auf drei Meter groß. Wenn er sein Schlagzeug darin aufgebaut hatte, würde es sicher fast den ganzen Raum füllen.

Doch das Schlagzeug war nicht da. Es stand bestimmt noch in der Stadthalle.

Der kleine Raum wirkte düster, obwohl die Deckenlampe brannte. Es gab kein Fenster, und die Wände waren mit dunklem Schaumstoff ausgekleidet, ebenso wie die Innenseite der Tür.

Abgerissene Fetzen der Schallisolierung waren über den Betonboden verstreut. Dazwischen lagen ein umgekippter blauer Plastiknapf, in dem noch einige Ravioli klebten, eine grüne, mit Essensresten verdreckte Camping-Isomatte und ein ebenso schmutziges Kissen, das einmal weiß gewesen sein musste.

Kevin lag reglos in einer Ecke. Er hatte sich wie ein Embryo zusammengerollt, den Kopf in den Händen verborgen. Er trug nur ein schwarzes T-Shirt und die verdreckte Jeans, die ich in der Gartenlaube zuerst für einen blauen Stoffsack gehalten hatte.

»Ist er tot?«, fragte ich, als Nord auf ihn zuging.

Hinter mir hörte ich Julian schluchzen. Er hatte sich an die Wand gelehnt und starrte verzweifelt zur Decke.

»Ich wollte das nicht«, heulte er. »Echt nicht. Er hätte mir doch nur sagen müssen, wo er sein beschissenes Handy versteckt hat. Dann hätte ich ihn gehen lassen. Wirklich! Aber dann ist alles aus dem Ruder gelaufen.«

Nord bückte sich zu Kevin und berührte ihn vorsichtig.

Sofort zuckte Kevin zusammen und riss den Kopf hoch. In seinen aufgerissenen Augen spiegelten sich blanker Wahnsinn und panische Angst. Speichel lief ihm aus dem Mund.

Er lallte etwas, das sich wie »Ich sag's dir nicht« anhörte, und Nord sah sich zu seinem Sohn um.

»Was hast du ihm gegeben?«, fuhr er ihn an.

Julian schluchzte wieder, rieb sich mit dem Handrücken übers Gesicht und wurde von einem weiteren Weinkrampf geschüttelt.

»Julian!«, schrie Nord. »Was hast du ihm gegeben?«

Julian sah seinen Vater an, als habe er ihn nicht verstanden. Seine Lippen zitterten und sein Gesicht war mit Rotz und Tränen verschmiert.

»Ne-Nepharol«, stammelte er.

»Wie viel?«

»Sehr viel«, wimmerte Julian. »Ich wollte doch nur, dass er Ruhe gibt und nicht noch einmal abhaut.«

»Wir müssen sofort den Notarzt rufen«, sagte Nord und stand auf. »Die Polizei ist ohnehin schon auf dem Weg hierher«, fügte er mit einem Seitenblick zu mir hinzu. »Sie müssen jeden Moment da sein.«

Julian schüttelte heftig den Kopf.

»Nein!«, stieß er hervor. »Die kriegen mich nicht. Eher mach ich Schluss.«

Dann rannte er aus dem Keller, die Treppe hoch.

»Julian, bleib hier!«, schrie Nord.

»Ich weiß, wohin er will«, sagte ich. »Rufen Sie den Notarzt und bleiben Sie bei Kevin, ich kümmere mich um Julian!«

»Doro, nein!«, rief Nord mir hinterher. »Bleib hier!«

Doch ich lief weiter. »Die Polizei soll zum Aussichtspunkt hochkommen.«

So schnell ich konnte, rannte ich Julian nach. Doch ich war kaum im Erdgeschoss angekommen, als ich bereits den Motor seiner Vespa vor dem Haus aufheulen hörte.

Ich stürmte aus dem Haus und sah gerade noch Julians Rücklichter in der Dunkelheit verschwinden.

Fluchend rannte ich zu unserer Garage und riss Miss Piggy heraus. So schnell ich konnte, radelte ich Julian hinterher und betete dabei, dass ich ihn noch rechtzeitig erreichen würde.

71

Wie eine Besessene trat ich in die Pedale. Das Gefühlswirrwarr in mir trieb mich voran, ebenso wie die Angst um Julian. Alles in mir ging durcheinander und ich trat mir die Verzweiflung aus der Seele. Da waren Wut, Trauer und Enttäuschung, aber auch Verwirrtheit.

Ich verstand es nicht. Nein, ich verstand es einfach nicht!

Julian war Kevins Teufel. Er war das Böse, dem Kevin die Zahl des Tieres gegeben hatte. Er hatte Erich Sander getötet und ihn in Kevins Bus verbrannt. Er hatte Sanders Hund fast zu Tode getreten und er hatte David zusammengeschlagen.

Es war so unvorstellbar und dennoch war es Wirklichkeit.

Konnte ich mich so in einem Menschen täuschen? Gab es wirklich dunkle Seiten in uns, die wir nach außen hin komplett verbergen konnten? Oder hatte ich sie bei ihm einfach nicht sehen wollen?

Zum ersten Mal wünschte ich mir, das alles wäre nur in meiner Einbildung geschehen – es wären nur Trugbilder der überspannten Fantasie eines Freaks.

Aber es war keine Einbildung.

Schneller, schneller! Ich muss schneller werden!

Die Nacht war windstill und es wurde bereits wärmer. Bald würde der Morgen dämmern, die ersten Vögel sangen schon. Dann würde die Sonne aufgehen und ein neuer Sommertag beginnen. Aber es würde jetzt ein anderer Sommer sein.

Mir lief der Schweiß in Strömen übers Gesicht und meine Beinmuskeln begannen zu schmerzen, aber ich radelte immer weiter, achtete nicht darauf.

Ich musste diesen Hang hoch. Es war doch nicht mehr weit. Ich musste rechtzeitig bei Julian sein!

Wozu denn?, hörte ich mein böses Herz in mir. *Um ihn zu retten? Einen Mörder? Den Teufel, der dir und allen anderen so viel Böses angetan hat?*

»Ich will es verstehen!«, fauchte ich und trat mit aller Kraft in die Pedale.

Doch meine Muskeln schmerzten immer mehr und würden mir bald den Dienst versagen.

Nicht aufgeben! Weiter, weiter, weiter!

Dann endlich sah ich den Aussichtspunkt und gab mein Letztes.

Julians Vespa lag nahe der Mauer am Boden. Er hatte sie achtlos umfallen lassen und nun stand er auf der Mauer und sah ins Tal hinab.

Ich sah seine angespannte Haltung. Sein schattenhafter Umriss war wie ein Scherenschnitt seines inneren Kampfes – und solange dieser Kampf anhielt, konnte ich ihn noch von seinem Vorhaben abbringen.

»Julian!«

Ich brüllte seinen Namen, wieder und wieder, und als ich endlich bei ihm angekommen war, stieß ich mein Rad ebenso zu Boden wie er zuvor seine Vespa und rannte zu ihm.

Julian sah sich zu mir um. Er hielt abwehrend die Hand ausgestreckt. »Bleib weg!«

»Verdammt noch mal, Julian! Mach keinen Scheiß!«

In seinem Blick erkannte ich, dass er es wirklich tun wollte.

Er hatte sich bereits entschlossen. Ihm fehlte nur noch der Mut für den letzten Schritt.

»Ich wollte das alles nicht«, sagte er ruhig. »Es tut mir ehrlich leid, Doro!«

»Dann erklär es mir, denn ich versteh's nicht!«, schrie ich. »Das bist du mir schuldig.«

Er zuckte mit den Schultern. »Es war nur ein kurzer Moment, in dem ich nicht wusste, was ich tat. Aber trotzdem war es zu viel.«

Ich musste ihn am Reden halten, ihn ablenken. »Was hast du denn getan?«

»Wir hatten ein Konzert«, sagte er und sah wieder in das Tal hinab. »Die Barlows in Action. Es war echt cool und es war ein richtig toller Abend. Zwei Tage vorher hatte mir mein Vater erzählt, dass meine Mutter die Nächste auf der Warteliste für ein Herz war. Es war alles gut. Ich war so voller Hoffnung.«

Ich trat näher an die Mauer heran, während Julian weitersprach. Er schien entrückt, als wäre er in die Vergangenheit eingetaucht. Das war gut so.

»Aber dann bekam ich einen Anruf. Es war kurz nach dem Konzert. Mein Vater. Er sagte, ich solle nach Hause kommen. ›Ist etwas mit Mutter?‹, habe ich gefragt, und dann erzählte er mir von dem Virus, das sie sich eingefangen hatte. Sie hatten sie sofort von der Warteliste genommen.«

Nun stand ich dicht bei ihm und sah, dass er weinte.

»Ich war so fertig und ich hatte zu viel getrunken«, sagte er und rieb sich mit dem Jackenärmel übers Gesicht. »Eigentlich hatte ich die Vespa stehen lassen wollen. Kevin hätte mich zurückgefahren. Aber dann fuhr ich doch selbst. Ich wollte allein sein. Als ich am See vorbeikam, hielt ich an und lief zum Ufer.

Dort habe ich gebrüllt wie ein Verrückter. Ich musste es einfach rauslassen. Es hat so verdammt wehgetan.«

Er ballte die Hand zur Faust und drohte in Richtung des Sees.

»Dann kam dieser Penner und machte mich an. Er hatte irgendwo in der Nähe geschlafen und war total besoffen. Er beschimpfte mich, weil ich herumgeschrien hatte. Er nannte mich einen Hurensohn. Ja, einen *Hurensohn*. Ausgerechnet in dieser Nacht.«

Julian wandte sich wieder zu mir um. »Ich stieß ihn weg, aber er wollte sich nicht abwimmeln lassen. Er hörte einfach nicht auf, mich zu beschimpfen. Es war unglaublich: Er hörte nicht auf! Da bin ich ausgerastet. Ich hab auf ihn eingeschlagen, aber das war nicht ich, verstehst du? Das war nicht ich! Es war etwas Böses in mir und ich hatte es nicht mehr unter Kontrolle. Als er schon am Boden lag, fiel mich auch noch diese Töle an, und dann hatte ich vollends einen Filmriss. Das Nächste, an was ich mich erinnere, war der tote Penner vor mir. Er war tot. Wegen mir!

Der Hund war verschwunden, und ich wusste nicht, was ich tun sollte. Ich geriet in Panik und zog den Penner zum Ufer. Ich wollte ihn in den See stoßen. Blödsinn, ich weiß, aber ich konnte nicht mehr klar denken. Dann hörte ich etwas im Schilf. Etwas Großes, als ob sich da ein Mensch bewegte, und ich dachte, da ist vielleicht noch einer von denen.

Dann lief ich davon und fuhr nach Hause. Ich konnte die ganze Nacht nicht schlafen, bis mir klar wurde, dass mich niemand verdächtigen würde. Warum hätte ich schon diesen Kerl totschlagen sollen? Ich kannte ihn ja nicht einmal.

Also wusch ich meine blutigen Sachen und entsorgte sie in

einem Altkleidercontainer. Dann fuhr ich wieder nach Hause und wollte nur noch alles vergessen.

Aber dann meldete sich Kevin. ›Überraschung!‹, sagte er, und es klang schrecklich zynisch. Kevin eben. Dann erzählte er mir, dass er mich gesehen hatte und dass er alles mit seinem Handy gefilmt hatte. Zum Beweis schickte er mir eine E-Mail mit einem Teil des Videos, auf dem ich gut zu erkennen war. Ich sah mich, wie ich auf den Mann am Boden eintrat, obwohl er sich nicht mal mehr rührte. Es war so schrecklich.

Und dann hat mich der Drecksack erpresst. Zwanzigtausend Euro wollte er. Das sei doch für einen Arztsohn eine Kleinigkeit. Aber ich habe nicht so viel Geld. Außerdem wusste ich, dass er mir das Handy nicht freiwillig geben würde, ganz gleich wie viel ich ihm dafür bot. Kevin hätte es nie gereicht, dafür kannte ich ihn gut genug. Er wäre wieder und wieder aufgetaucht. Er hätte mich mein Leben lang im Griff gehabt, verstehst du? Und es wäre eine Genugtuung für ihn gewesen. Seine Rache für Ronja. Wenn er sich schon nicht an meinem Vater auslassen konnte, dann eben an mir. Nein, Kevin hätte nicht aufgehört.«

»Und deswegen hast du ihn im Keller eingesperrt?«

Er nickte und wischte sich wieder übers Gesicht. Dann stieß er ein verzweifeltes Lachen aus. »Der Trottel hat tatsächlich den O-Saft getrunken, den ich ihm angeboten hatte. Es war ja auch sehr heiß. Da hat das Nepharol noch viel schneller gewirkt. Danach habe ich ihn in den Keller gebracht, seinen Bus zum See gefahren und dann die Leiche darin verbrannt.«

Julian presste die Hände gegen die Schläfen, als wollte er sich die schlimmen Erinnerungen aus dem Kopf drücken. »Mein Gott, das war so grauenvoll. Ich meine, ich habe diesen Mann getötet … ihn *umgebracht*! Du glaubst, du kennst das aus Filmen oder Büchern oder aus den Nachrichten, aber es selbst getan zu haben, ist etwas ganz anderes. Du fühlst dich wie ein Stück Scheiße ... Ich hatte solche Angst. Was sollte jetzt nur werden? Also hab ich ihn verbrannt. Ich wollte, dass alle denken, Kevin hat sich selbst umgebracht.

Danach war erst einmal Ruhe, und ich dachte, er würde mir schon verraten, wo das Handy ist. Aber er sagte nichts, weil er Angst hatte, ich würde ihn dann ebenfalls umbringen. Kannst du dir das vorstellen? Als ob ich der absolute Psycho wäre!

Dann hab ich mich auf die Suche nach seinem Handy gemacht. Bei ihm zu Hause, dann auf dem Friedhof und auch in der Fabrik. Nur auf diese dämlichen Spinde bin ich nicht gekommen.

Ich hab ihn immer wieder nach dem Versteck gefragt und hätte ihn auch laufen lassen, ehrlich. Aber Kevin hielt dicht. Und dann, in der Nacht, nachdem wir beide uns im Supermarkt begegnet waren, brachte ich Kevin auf die Toilette. Er hatte sich verstellt, als ob er von dem Nepharol völlig high sei. Tat so, als könnte er kaum gehen. Ich habe nicht genug aufgepasst und plötzlich ging er auf mich los, schlug mich zu Boden und flüchtete durch die Hintertür in den Garten.

Ich lief ihm nach, aber es war so dunkel. Ich konnte den Scheißkerl nirgends finden. Und dann hörte ich dich. Als du dann die Polizei gerufen hast, verabreichte ich Kevin die nächste Dosis und brachte ihn in den Keller zurück. Danach lief ich wieder zu dir.«

In seinen Augen funkelten innerer Schmerz und Verzweiflung. Ich glaubte fast zu sehen, wie ihn dies alles zerriss – jetzt wo er es vor niemandem mehr verbergen musste.

»Doro, es tut mir so leid, dass ich deine Krankheit ausgenutzt habe. Ich wollte dich nicht erschrecken. Wenn du nur aufgehört hättest, ihn zu suchen. Aber du warst so beharrlich, und ich wusste nicht, was ich tun sollte. Ich dachte, nachdem wir dem zweiten Penner begegnet waren, würdest du aufgeben und Kevin als Einbildung abtun. Aber du hast nicht aufgegeben, also musste ich dafür sorgen, dass du an dir selbst zweifelst.«

Jedes seiner Worte fühlte sich wie ein Messerstich an. In diesem Moment wusste ich nicht, was mehr wehtat: die Erkenntnis, angelogen worden zu sein, oder die verzweifelte Zuneigung, die ich noch immer für ihn empfand – wobei aus dieser Zuneigung inzwischen immer mehr Mitleid wurde.

»Du warst das in der Umkleidekabine, nicht wahr?«, fragte ich, und er nickte.

»Wirklich, Doro, es tut mir so leid, aber was blieb mir anderes übrig? Ich wusste ja aus Vaters Aufzeichnungen, wovor du dich am meisten fürchtest.«

»Und David?«

»Ich sah euch, wie ihr zur Fabrik gelaufen seid. Dann bin ich euch nach, aber ihr habt mich nicht gesehen. Als ich hörte, was ihr mit dem Spind vorhattet, musste ich euch irgendwie aufhalten. David kam auf den Gang und ich ...« Er sprach es nicht aus und senkte den Kopf. »Das war mein zweiter Fehler. Der größte überhaupt, weil ich es *absichtlich* getan habe. Ab da wurde alles zum Teufelskreis.«

»Warum hast du nicht aufgehört, Julian? Warum hast du es immer noch schlimmer gemacht?«

Wieder wich er meinem Blick aus. »Es war ja nicht nur wegen mir. Ich konnte doch nicht zulassen, dass meine Mutter davon erfährt. Sie sollte nicht mit dem Wissen sterben, dass ihr Sohn ein Mörder ist.«

Er wandte sich von mir ab und schaute wieder in die Weite. Am Horizont zeigten sich die ersten Lichtstreifen der Dämmerung.

Dann sah ich, wie er sich entspannte. Seine verkrampfte Haltung lockerte sich. Mir wurde klar, dass er sich in sich selbst zurückzog, um dann zu springen.

»Warte«, stieß ich hervor. »Ich muss dir noch etwas sagen. Wir sind uns sehr ähnlich, weißt du?«

Auf einmal spürte ich, dass wir nicht mehr allein waren. Da war eine dunkle, kalte Gegenwart. Es war das Insektenmädchen, das nun neben mich trat und mir auffordernd zunickte.

»Ich konnte mich lange nicht daran erinnern, weil ich es verdrängt hatte«, sagte ich. »So wie du versucht hast, alles zu verdrängen und zu verheimlichen. Aber jetzt weiß ich es wieder.«

Und das stimmte. Mein böses Herz hatte recht gehabt. Tief in meinem Inneren hatte ich mich selbst belogen. Vielleicht war das auch der Grund, warum ich Julian noch immer mochte – weil ich ihn *verstehen* konnte.

Julian schüttelte den Kopf. »Bitte geh, Doro. Du kannst mich nicht retten. Das kann keiner mehr.«

»Will ich ja auch gar nicht.«

Ich musste mich kurz überwinden, aber dann stieg ich zu Julian auf die Mauer.

»Ich komme mit.«

»Was?«

Julian machte einen Schritt zur Seite, wobei er fast neben die Mauer ins Leere getreten wäre. Erschrocken ruderte er mit den Armen und ich packte ihn an seiner Jacke.

Dann zog ich ihn zu mir heran und umarmte ihn.

»Nein, Doro! Geh wieder runter!«

Er wollte mich von sich schieben, aber ich ließ es nicht zu. »Wenn, dann müssen wir beide springen.«

»Nein, du nicht!« Er versuchte, sich wieder aus meinem Griff zu winden. »Du hast nichts getan.«

»Doch, habe ich. Ich habe meinen Bruder umgebracht.«

Er stutzte und sah mich mit großen Augen an. »Das ist doch jetzt nur irgendein Trick, oder?«

Ich sah kurz in den Abgrund und dann wieder zu Julian. »Nein, ist es nicht. Ich werde es dir erzählen, aber nicht hier oben.«

Er musterte mich ungläubig, überlegte einen Moment und dann ließ er sich von mir niederziehen.

Wir setzten uns nebeneinander auf die Mauer. Unsere Beine baumelten über dem Abgrund, und mein Herz schlug noch immer, als wollte es mir die Brust sprengen. Tief unter uns rauschten die Tannen im Morgenwind.

Und dann erzählte ich es ihm.

72

Während ich sprach, kam es mir vor, als würde ich einen Film sehen, in dem ich selbst die Hauptrolle spielte. Alles war so plastisch, als erlebte ich es in diesem Augenblick noch einmal.

Ich sah mich vor dem kleinen Bett stehen, sah Kai, der sich noch immer an dem Holzgitter hielt und mit knallrotem Kopf brüllte. Blanker Trotz, weil er nicht das bekam, was er wollte. Seine Mamaaaa …

Ich hielt sein Kissen in der Hand, das er aus seinem Bettchen geworfen hatte, und war so unglaublich wütend, dass ich am ganzen Körper zitterte. Er wollte einfach nicht aufhören zu schreien.

Dann warf ich das Kissen nach ihm und traf Kai mit voller Wucht am Kopf. Er fiel rücklings in sein Bett und sah mich erschrocken an. Für eine Sekunde herrschte absolute Stille, dann begann er erst recht zu brüllen, und mein Verstand setzte aus.

Ich packte das Kissen und drückte es ihm aufs Gesicht, um endlich Ruhe zu haben.

Kai verstummte augenblicklich. Er strampelte, und seine kleinen Fäuste schlugen nach mir, während ich weiterhin das Kissen auf ihn presste. Mit aller Kraft, die ich hatte.

Ich schrie ihm etwas entgegen, aber es waren keine Worte. Es klang wie das Zorngebrüll eines wilden Tieres.

Alles um mich herum erschien mir feuerrot. Das Bett, das Mobile an der Decke, der Plüschhase mit seinen Glupschaugen, der mich unaufhörlich angrinste, das ganze Zimmer … alles rot.

Aber dann plötzlich begriff ich, was ich tat. Als hätte mich jemand geohrfeigt und aus meiner Raserei geholt.

Ich riss das Kissen von Kais Gesicht und starrte in seine Augen, die entsetzlich weit aufgerissen waren, die Pupillen groß und schwarz, dass ich glaubte, mich darin zu spiegeln.

Sein Gesicht war blau angelaufen. Und für einen Moment dachte ich, er wäre tot, aber er lebte.

Er lebte!

Heulend warf ich das Kissen von mir, zog Kai zu mir hoch und schloss ihn in die Arme. Ich weinte, aber er blieb still.

Anfangs keuchte er noch und schien wie vor Schreck erstarrt, aber dann hielt er sich an mir fest. Er umarmte mich. Er suchte Schutz bei mir.

Bei mir!

Dabei war doch ich der Grund gewesen, warum er überhaupt Angst hatte. Ich hatte ihn fast erstickt, aber jetzt hielt er mich, als wäre meine Umarmung der sicherste Ort auf der Welt.

Das ertrug ich nicht. Ich schob ihn von mir und lief aus seinem Zimmer.

In dieser Nacht hörte ich nichts mehr von ihm.

73

»Ich habe das Kissen rechtzeitig weggenommen«, sagte ich. »Ich hatte ihn nur erschreckt. Für einen kurzen Moment hatte er Todesangst gehabt. Und das nur, weil ich auf eine alberne Party wollte, zu einem Jungen, der sich gar nichts aus mir machte. Als mir das klar wurde, wusste ich nicht, wer von uns beiden sich mehr erschreckt hatte, Kai oder ich.«

»Aber du hast ihn nicht getötet«, sagte Julian. »Du hast dir nichts vorzuwerfen.«

»Wirklich nicht? Die Ärzte haben gesagt, es sei eine Hirnblutung gewesen und dass so etwas häufiger vorkommt. Dass es dafür nicht immer einen Anlass gibt. Manchmal platzt so eine Ader einfach. Aber ich denke, dass ich es verursacht habe. Also, was meinst du? Soll ich jetzt ebenfalls da runterspringen? Wäre das dann die Lösung? Würde es noch etwas ändern?«

Er wandte den Kopf ab, und ich sah, wie seine Schultern zuckten. Julian weinte. Ich legte einen Arm um ihn.

»In jedem von uns ist etwas Böses«, sagte ich. »Es ist der Teil von uns, auf den wir immer sehr gut aufpassen müssen, aber manchmal ist er stärker als wir. So wie bei dir am See oder bei mir mit Kai. Dann gibt es nur einen Weg, dagegen anzukämpfen: Wir müssen zu dem stehen, was wir getan haben. Wenn wir das nicht tun, verfolgt uns das Schuldgefühl und zerstört uns.«

Wieder sah ich mein zweites Ich. Es stand in einiger Entfernung und beobachtete uns. Die aufgehende Sonne tauchte es in hellrotes Licht. Aber nun war es kein Insektenmädchen mehr.

Seine abgrundtief schwarzen Augen hatten sich verwandelt. Nun sah es so aus wie ich.

Hinter uns hörte ich die Sirenen der Polizeifahrzeuge, die den Hügel heraufkamen, und Julian hob den Kopf.

»Komm«, sagte ich und kletterte von der Mauer.

Julian stieß einen tiefen Seufzer aus, dann folgte er mir. Gemeinsam gingen wir zum Parkplatz, doch kurz bevor wir ihn erreichten, blieb Julian stehen.

»Doro, bevor sie hier sind, möchte ich dir noch etwas sagen.«

Ich sah ihm in die Augen und zum ersten Mal fand ich darin seine Farbe. Es war ein tiefes reines Blau, so hell wie der Himmel an einem wolkenlosen Tag. Und ich sah noch etwas: meine eigene Farbe. Sie war Julians Blau sehr, sehr ähnlich.

»Du musst es mir nicht glauben«, sagte er. »Dafür habe ich dich viel zu oft angelogen. Aber der Kuss auf dem Konzert ... der war keine Lüge.«

»Ich weiß.«

Zwei Streifenwagen kamen um die Kurve und hielten mit quietschenden Bremsen auf dem Parkplatz. Die Türen flogen auf und mehrere Polizisten kamen auf uns zugelaufen. Einer von ihnen rief Julians Namen. Es war Sandras Vater.

Julian lächelte mich an, und seine Lippen zuckten, als wollte er mir etwas sagen. Dann wandte er sich um und rannte los.

Entsetzt schrie ich auf, doch er war bereits bei der Mauer angelangt.

Mit einem einzigen Satz sprang er hoch und mit einem weiteren stieß er sich von der Mauer ab. Ich sah, wie er die Arme ausbreitete, und für einen kurzen Augenblick schien er wirklich zu fliegen.

Frei wie ein Vogel.

Dann stürzte er in die Tiefe, begleitet von meinem Schrei.

EPILOG

Sechs Wochen später saß ich an einem Fensterplatz in der Cafeteria des Atlantis.

Die Sommersaison war zu Ende, die Schwimmbecken waren abgelassen und mit Kunststoffplanen abgedeckt. Erstes Herbstlaub verteilte sich über die Liegewiese und funkelte im Spätsommerlicht wie ein Heer bunter Sterne auf einem grünen Himmel.

Obwohl das Bad seit gut einer Woche geschlossen hatte und ein Schild am Eingang bereits für die kommende Saison ab 15. Mai nächsten Jahres warb, schien sich an diesem Nachmittag der halbe Ort in der Cafeteria versammelt zu haben.

Musik schallte aus den Lautsprechern über der Theke, vermischte sich mit dem Klappern von Kaffeetassen und Kuchengeschirr, und Kinder spielten Fangen zwischen den Tischreihen.

»Ich wusste gar nicht, dass du eine so große Familie hast«, sagte ich und erntete dafür das typische Davidgrinsen, auch wenn es durch die Kopfbandage noch etwas eingeschränkt war.

»Ist gar nicht so groß.« Er nickte in Richtung der Kuchentheke, über der ihn eine Buchstabengirlande willkommen hieß. »Sind nur die Verfressenen da drüben. Der Rest sind Freunde. So wie du, zum Beispiel. Warum ist deine Mum eigentlich nicht mitgekommen?«

»Ich soll dir einen lieben Gruß von ihr ausrichten. Sie muss noch etwas in der neuen Wohnung erledigen. Sonst wäre sie gern dabei gewesen.«

»Klar.« Er nickte und sah zu Boden. »Stuttgart also. Na ja, ist ja gar nicht so weit von hier. Und sobald ich wieder Auto fahren kann, sowieso nicht.«

»Eben«, sagte ich. »Und du bist jederzeit willkommen. Die Wohnung ist zwar sehr viel kleiner als unser Hexenhaus, aber Platz für dich gibt es da immer.«

Er winkte ab. »Ach, notfalls schlaf ich in der Badewanne.«

»Tut mir leid, aber wir haben da nur eine Dusche.«

»Auch kein Problem.« David tätschelte Nero, der neben seinem Rollstuhl saß. »Ich werde Nero auf den Schoß nehmen. Dann passen wir mit meinem Chopper sogar in 'ne Duschkabine.«

Es tat weh, ihn so zu sehen, aber ich versuchte, es mir nicht anmerken zu lassen. »Wirst sehen, bald brauchst du ihn nicht mehr.«

»Aber hallo, darauf kannst du dich verlassen. Und wenn nicht, dreh ich meinem Arzt den Hals um.«

Er kratzte sich an seinem Kopfverband und beobachtete nachdenklich seine Mutter, die einem Trio kleiner Mädchen Eis aus der Kühltruhe überreichte. Dann sah er mich ernst an.

»Wirst du morgen auch bei der Beerdigung von Julians Mutter sein?«

Ich schüttelte den Kopf. »Nein. Der Umzugswagen kommt schon am Morgen. Leg bitte eine Rose für mich aufs Grab, ja?«

»Mach ich.« Er nickte. Dann zeigte er auf die Terrasse hinaus. »Mein Vater wirft jetzt dann gleich den Grill an. Bleibst du noch?«

»Sei mir nicht böse, aber …«

»Ich weiß schon, du musst noch packen.« Er grinste wieder, und wir beide wussten, wie es gemeint war.

»Also dann«, sagte ich und stand auf. »Pass auf dich auf.«

»Werd ich. Übrigens, Kevin und ich sind heute Abend zum Jammen verabredet. Wir werden die Barlows wiederbeleben. Eine neue Schlagzeugerin haben wir auch schon. Sie ist nicht nur gut beim Schach, sondern hat auch an den Drums echt was drauf.«

Er deutete mit dem Kinn zu Sandra, die mit zwei Freundinnen in der Ecke stand und lachte. Als er mein erstauntes Gesicht sah, grinste er noch breiter.

»Da guckst du, was? Jeder von uns hat mindestens zwei Seiten.«

»Darauf kommt's an«, sagte ich.

»Genau«, pflichtete er mir bei. »Darauf kommt's an.«

Ich streichelte Neros Kopf zum Abschied und ging. Als ich schon fast bei der Tür angekommen war, rief David mir hinterher.

»Hey, und vergiss nicht, was mein Vater dir gesagt hat. Du hast hier immer freien Eintritt. Lebenslang.«

»Ich werd's mir merken.«

Als ich das Schwimmbad verließ und mich auf Miss Piggy schwang, sah ich zum Himmel hoch. Er war wolkenlos und blau und die Sommerhitze war gebrochen.

Über einem Hügel kreiste ein großer Vogel in der Weite.

Wahrscheinlich ein Bussard, dachte ich. Aber dann entschied ich mich dafür, dass es ein Adler war.

Ja, es war ein Adler.

Und seine Farbe war wie der Himmel.

Ein friedvolles Blau.

»To make a mountain of your life is just a choice.«

»Always Love«
NADA SURF

NACHWORT

Normalerweise schreibe ich am Ende jedes Buches, dass die Handlung und die Figuren frei erfunden sind, doch diesmal stimmt es nur zum Teil.

Selbstverständlich hat es Doro, Julian, David und alle anderen, denen du in diesem Buch begegnet bist, nie wirklich gegeben – ebenso, wie der Ort Ulfingen nicht existiert und auch das Medikament Nepharol eine reine Erfindung meinerseits ist (obwohl es Psychopharmaka gibt, die auf diese Weise wirken). Aber was die Handlung betrifft, wurde einiges von wahren Ereignissen inspiriert.

In der Zeit, in der ich diesen Roman geschrieben habe, gingen einige schreckliche Meldungen durch die Medien: Eine überforderte Mutter tötete ihr Baby in der Waschmaschine, ein alter Mann wurde von Jugendlichen in der U-Bahn zu Tode geprügelt, eine Gruppe Vermummter steckte Autos in einer Großstadt in Brand, in Norwegen wurden siebenundsiebzig Menschen von einem Fanatiker ermordet, in meinem Nachbarort erschoss ein Mann seinen Schwager wegen eines Erbschaftsstreits, und eine Sechzehnjährige beging Selbstmord, nachdem sie von vier ihrer Mitschüler misshandelt worden war.

Und das waren sicherlich noch nicht alle schlimmen Dinge, die während dieser Zeit passiert sind.

Jedes Mal aufs Neue sind wir von solchen Meldungen schockiert und fragen uns, wie so etwas geschehen kann.

Ich glaube, die Antwort finden wir in uns selbst. Jeder von

uns hat hin und wieder böse Gedanken, das ist menschlich. Und solange es bei diesen Gedanken bleibt, ist es auch okay. Sie sind eine Art Seelenhygiene und helfen uns, mit manchen Dingen leichter fertig zu werden – etwa wenn uns jemand besonders geärgert oder verletzt hat.

Wirklich böse sind wir erst, wenn wir aus Vorsatz Dinge tun, die anderen schaden. Das beginnt im Kleinen und endet im Großen.

DANKE

Hinter jedem Roman stehen weitaus mehr Personen als nur der Autor selbst. Deswegen danke ich …

… Roman Hocke, der mich auf die Idee gebracht hat, ein Buch für Jugendliche zu schreiben,

… Susanne Krebs, Jürgen Weidenbach und dem gesamten cbt-Team, die mir mit viel Vertrauen, Verständnis und Enthusiasmus bei der Umsetzung dieser Idee beigestanden haben,

… meiner Nichte Katharina, die mich bei Doros Vorlieben beraten hat,

… Dr. Karel Frasch, dem wandelnden Pharmakologie-Lexikon, das man selbst auf Konzertveranstaltungen befragen kann,

… Ralf Isau und Kerstin Jakob, die unabhängig voneinander mein Interesse für Synästhesie geweckt haben,

… Jana Breunig, für die wortwörtlich bildhafte Inspiration zu Doros Unterwasser-Erlebnis,

… und meinem Bruder Jörg, der mich eines Morgens mit seinem Geschrei fast in den Wahnsinn getrieben hat, als ich zwölf und er noch ein Baby war. (Keine Sorge, liebe Leserinnen und Leser, es geht ihm prächtig und er hat inzwischen eine eigene Familie.)

Zuletzt gilt mein größter Dank wie immer meiner Frau Anita für ihre Unterstützung und für einen wundervollen Sommer, in dem Doro bei uns zu Gast war.

Jay Asher

Tote Mädchen lügen nicht

288 Seiten
ISBN 978-3-570-30843-1

Als Clay Jensen aus der Schule nach Hause kommt, findet er ein Päckchen mit 13 Kassetten vor. Er legt die erste in einen alten Kassettenrekorder, drückt auf „Play" – und hört die Stimme von Hannah Baker. Hannah, seine ehemalige Mitschülerin. Hannah, für die er heimlich schwärmte. Hannah, die sich vor zwei Wochen umgebracht hat. Mit ihrer Stimme im Ohr wandert Clay durch die Nacht, und was er hört, lässt ihm den Atem stocken. Dreizehn Gründe sind es, die zu ihrem Selbstmord geführt haben, dreizehn Personen, die daran ihren Anteil haben. Clay ist einer davon ...

6380

www.cbt-buecher.de

Chris Ryan

Agent 21 –
Im Zeichen des Todes

320 Seiten, ISBN 978-3-570-30835-6

Als der 14-jährige Zac seine Eltern unter ungeklärten Umständen verliert, weiß er noch nicht, wie sehr das sein Leben verändern wird. Ein seltsamer Mann taucht plötzlich auf und bietet dem Jungen eine völlig neue Existenz an. Aus Zac wird nach einer harten Trainingsphase AGENT 21. Er weiß nicht, was mit Nr.1-20 passiert ist, doch am Ende der Mission soll er erfahren, was es mit dem Tod seiner Eltern auf sich hat. Zacs erster hochriskanter Auftrag führt ihn nach Mexico. Er soll sich mit dem Sohn des skrupellosen Drogenbosses Martinez anfreunden - um so an Informationen über eines der mächtigsten Kokainkartelle weltweit zu kommen. Alles läuft wie geplant, bis Martinez' Häscher Calaca Verdacht schöpft ...

30056

Harlan Coben

Butterfly Code

ca. 360 Seiten

ISBN 978-3-570-30919-3

Nachdem sein Vater bei einem Autounfall stirbt, muss der 14-jährige Mickey Bolitar zu seinem Onkel Myron, seines Zeichens Anwalt und Privatdetektiv, ziehen, mit dem seine Eltern seit Ewigkeiten keinen Kontakt hatten. Immerhin trifft Mickey am ersten Schultag Ashley, und die beiden verlieben sich. Doch dann verschwindet Ashley spurlos. Mickey will herausfinden, was mit ihr geschehen ist. Und stößt auf eine Spur, die in die finstersten Gegenden der Stadt führt – und eine ungeahnte Verbindung zum Tod seines Vaters aufweist ...

30118

www.cbt-buecher.de